Be My Baby

내 사랑 줄리엣

# 내 사랑 줄리엣

수잔 앤더슨 | 오현수 옮김

Be My Baby

큰나무

오 현 수

한국외국어대학교 서양어대학 스페인어과를 졸업했다.
역서로『달빛 소네트』,『청혼』,『오직 당신 사랑만으로』,
『황금빛 사막』,『미녀와 야수』,『내 가슴에 사랑이 내린다』등
다수의 책이 있으며 현재 전문 번역가로 활동중이다.

## 내 사랑 줄리엣

초판 인쇄 | 2002년 8월  5일
초판 발행 | 2002년 8월 10일

지은이 | 수잔 앤더슨
옮긴이 | 오현수
펴낸이 | 한익수
펴낸곳 | 도서출판 큰나무

등록 | 1993년 11월 30일(제5-396호)
주소 | 120-837 서울시 서대문구 충정로 3가 3-95 2층
전화 | 02) 365-1845 · 1846  팩스 | 02) 365-1847
e-mail | btreepub@chollian.net
홈페이지 | www.bigtreepub.co.kr

값 8,500원

ISBN 89-7891-139-0 03840

생생한 문체에 너무도 재미있는 소설이다.
— 수잔 엘리자베스 필립스

*여자는 어리석디 어리석다. 오른손의 집게손가락이 없으면 밥풀도 맞추지 못할 존재들 — 인도 속담.*

이 작품의 줄리엣은 육지에서는 리무진, 하늘에서는 콩코드를 타고 다니는 대단한 존재. 금전과 능력과 미모가 남녀를 불문하고 최대의 덕목으로 떠오른 오늘날의 표면적인 잣대로 비추어 볼 때 그녀는 어리석은 여자이긴커녕 모든 조건을 두루 갖춘데다 겸손함, 공정함, 도덕성, 특권층의 사회적인 의무감과도 같은 인품까지 겸비한 진짜 엘리트라고 할 수 있습니다.

하지만 그녀도 사랑에 빠지자 속수무책의 바보가 되어버려 '내가 어쩌다 이렇게 자존심이 없어졌나' 하고 한숨짓기 일쑤입니다. 사교계의 내로라하는 위치나 엄격한 도덕률도 사랑 앞에서는 힘을 발휘하지 못합니다. 줄리엣이 맞닥뜨린 사랑에는 지금까지 어렵게 익혀 왔던 삶의 규칙과 법칙이 통하지 않으니 골머리를 싸매고 전전긍긍할 수밖에요. 이 힘겨운 난국에 맞서 그녀는 유명한 고전 속의 여주인공 줄리엣과 동일한 무기를 선택합니다.

즉, 우리의 현대판 줄리엣은 비록 고리짝 옛날의 그 십대 소녀처럼 죽음까지 불사하는 상황에 처하지는 않지만 진지함 하나에 승부를 걸고 바람둥이 기질이 다분한 로미오들을 진정한 사랑으로 이끕니다.

상기에서 인용한 인도 속담처럼 여자는 하루 세 끼씩 평생 하는 밥조차 쓱싹 해내지 못하고 매번 손을 써서 밥물을 맞추어야 할 만큼 우매한 존재일지도 모릅니다. 하지만 무섭도록 고지식하게 달려드는 바보만이 다른 사람과 세상을 바꾸어 왔다는 건 부인할 수 없지요. 그러니 여자는 본능에 맹목적으로 따를 수 있는 어리석음을 타고났다는 점에서 축복받은 존재가 아닐까요?

작가인 수잔 앤더슨은 「내 사랑 줄리엣」에서 바로 그 사실—여성의 단점이 실은 최대의 장점이 될 수도 있음을 지적하고 있습니다. 또한 줄리엣을 통해 한 조직체의 리더로서 여성이 갖고 있는 우수한 잠재력도 한껏 부각시켰습니다. 줄리엣의 아버지와 보르가드의 상관은 힘의 논리, 수직적인 권위, 구태의연한 편견에 연연하고 심지어는 부하 직원의 공적을 가로채면서까지 출세를 지향하는 부정적인 리더의 모습으로 그려집니다. 그 반면, 줄리엣은 아버지의 영향력과 남성이 세워 놓은 규칙에서 서서히 벗어나 자아를 되찾아가면서 주변의 빠른 변화에 민활하게 대처하는 유연함, 뛰어난 직관력, 타인을 인정할 줄 아는 관대함 등등 여성의 고유한 특성을 발전시키고 일할 맛나는 직장 분위기를 만드는 데 성공합니다. 이런 면에서 「내 사랑 줄리엣」은 우직한 어리석음에 대한, 그리고 여성에 대한 찬가인 셈입니다.

*남자는 구제불능의 얼간이, 감정적인 문제에 관한 한 자동차 바퀴에 올라탄 개미 신세들이다 — 여자라면 누구나 아는 상식*

이 작품의 로미오인 보르가드 듀프리는 내세울 것이라곤 시쳇말로 불알 두 쪽과 애지중지하는 자가용 한 대, 투철한 직업관뿐. 그는 배알이 틀리면 상대를 막론하고 딴지 거는 성격 때문에 상관들의 눈밖에 난 지 오래입니다.

하지만 여자를 지나치게 밝힌다는 결함에 비하면, 보잘것없는 외적 조건들이나 더러운 성격은 그리 치명적인 결점도 아니죠. 사사건건 '막내 여동생이 독립하면 보란 듯이 놀아나리라!'고 부르짖는 보르가드는 머릿속이 온통 여자 꽁무니를 쫓아다닐 생각으로 가득한 전형적인 늑대처럼 보이지만 누구도 예상치 못한 진면목을 하나씩 드러냅니다. 이 현대판 로미오는 영속적인 관계와 책임이라면 꽁무니부터 사리고 가벼운 재미만을 추구하는 듯한 저질 총각이 의외로 쓸 만한 진국일 수 있으니 주의 깊게 살펴봐야 한다는 교훈을 안겨 준다고나 할까요?

작가인 수잔 앤더슨은 보르가드 듀프리를 통해 자동차 바퀴에 올라탄 개미가 왜 세상이 빙글빙글 도는지 모르는 채 그저 회전하는 바퀴에 매달려 차와 함께 굴러가듯, 자신이 사랑에 빠진 것조차 깨닫지 못하고 갈팡질팡하는 대부분의 남자들 모습을 흥미진진하게 보여주고 있습니다. 수잔 앤더슨이 특히 이 작품에서 선사하는 재미는 섹시하고 건강한 웃음입니다. 아이러닉하게 꼬여진 상황도 빼놓을 수 없고요. 예를 들어, 보르가드가 '노랑머리, 빨강머리 여자 둘과 한꺼번에 어울리고 싶다'는 평소의 소원대로 줄리엣과 그녀의 비서를 만나게 되는 장면에서는 실소가 터져나옵니다.

「내 사랑 줄리엣」으로 우리나라에 첫선을 보이는 수잔 앤더슨이 여러분께 부디 좋은 인상으로 남았으면 좋겠습니다. 이렇게 소개되기까지 유독 복잡한 과정을 거쳤고 또 우리말로 옮기며 킬킬거렸던 흔치 않은 작품이라 아주 오랫동안 기억될 것 같습니다. 즐거운 경험 가득한 여름이 되시길 바래요!

오 현 수

수잔 앤더슨
*Be My Baby*

# 1

줄리엣은 제8관구 경찰청사의 대리석 기둥들이 드리우는 그림자 하나에 들어서자 걸음을 멈추고 이마의 땀방울을 가만가만히 훔쳤다. 다음에는 숨을 깊이 들이마셨다가 천천히 길게 뽑아냈다.

아아, 덥다 더워. 이 후텁지근함이여. 냉방장치가 가동된 리무진에서 여기까지의 그 짧은 거리를 걷는 것만으로도 전신이 말캉거리는 느낌이라니.

그녀는 몸에 끈끈하게 달라붙어 일 마일쯤 뭉쳐진 듯한 반투명의 하늘하늘한 드레스 자락을 허벅지에서 잡아떼고 살짝 흔들어 옷 속으로 바람을 집어넣었다. 보스턴을 떠날 때 꿈꾸었던 모습은 이런 게 아니었는데. 뉴올리언스에 도착한 지 채 한 시간도 안 되어서 일이 요상하게 꼬여 버렸다.

일정에도 없던 이 경찰서 방문이 일 꼬임의 주요한 원인이다. 줄리엣은 이곳에서 조금, 아주 쪼오끔 자유를 맛볼 생각이었다. 무엇보다 뉴올리언스는 할머니의 엄한 단속에서 멀리 떨어진 도시, 그 이름이 즐거움과 동의어인 도시, 애스터 로웰다운 행동에 대한 기대치 따위 아예 가지고 있지도 않은 도시란 말이다.

그렇다고 뭐, 옷을 홀딱 벗고 탁자 위에서 방방 춤추며 놀아 젖히겠다는 식의 옹골찬 계획을 짜놓았다는 건 아니다. 그녀의 숨통을 옥죄어 왔던 평생의 빡빡한 구속에서 그저 약간—숨 한 번 크게 쉬어 볼 정도로만—벗어나고 싶었을 뿐이다. 무엇보다 그게 엄청나게 대단한 희망사항도 아니잖아?

하지만 그마저도 여의치 않게 되어버렸다. 다시 한 번 아버지가 그녀와 상의하는 수고를 생략하고 문제를 처리, 당신이 내리신 결정만 리무진 카폰으로 통보한 것이다. 작은 폭탄을 투하하듯이 그렇게. 아버지의 결정은 기정사실화되어 선택의 여지조차 불허하는 것이기에 줄리엣은 지금, 여기 이 자리에 서게 되었다. 그녀는 체념을 곱씹으며 경찰서 안으로 들어갔다.

뉴잉글랜드의 딱딱 떨어지는 억양에 조율된 그녀의 귀에는 이곳 경찰들의 늘어지고 부드럽게 넘어가는 말씨가 무슨 외국어처럼 들렸다. 그들이 알려준 방향대로 움직이며 줄리엣은 남몰래—하지만 열심히—주변 전부를 탐색했다. 경찰서에 와 보긴 처음이었다. 오, 경찰서란 이런 곳이구나. 이국적이면서도 활력이 넘쳐흐르는 곳.

그러나 서장실을 차지한 남자는 이국적이지도 활력이 넘쳐흐르지도 않았다. 그는 잘 나가는 정치인처럼 보였다. 그녀의 아버지와 동일한 부류, 그녀가 노상 대해 온 부류였다. 이발하는 데 돈 꽤나 들였음직한 저 갈색머리 좀 보라. 면도는 또 어찌나 완벽하게 했는지 얼굴이 뺀질거렸으며 퍼지기 시작한 복부는 그런 체형상의 결점이 최소화되도록 솜씨 좋게 재단된 양복에 감싸인 터였다. 경찰 봉급이 생각보다 꽤 센 모양이다.

"페이퍼 서장님 되세요? 저는……."

"뉘신지 알고 있소"

그가 열광적으로 줄리엣의 말허리를 잘라먹고 나섰다. 모음을 꿀 발라놓은 듯이 매끄럽게 굴리고 말꼬리는 길게 늘이는 발음이었다. 적어도 목소리 하나는 이국적이군. 그가 책상을 돌아와 매니큐어까지 발라진 말쑥하고 부드러운 손을 내밀었다.

"이거 만나서 반갑소이다, 줄리엣 로웰 양."

*줄리엣 로즈 애스터 로웰이에요*

그렇게 정정해 주고픈 충동을 그녀는 꿀꺽 삼켰다. 이건 장구한 세월 동안 할머니의 무릎에서 훈련받아 오며 거의 자동반사에 가까워진 충동이었다. 줄리엣은 예의바른 미소를 얼굴에 단단히 붙이고 그와 악수를 교환했다.

"자, 어서 안으로 들어와요."

그는 인자한 아저씨나 되는 양 그녀의 손을 토닥거리며 서장실 안의 의자로 이끌었다.

"그렇지 않아도 아가씨의 방문을 이제나저제나 고대하던 참이라오. 아버어어님과는 이미 긴긴 대화를 나누었소."

"그러셨다고 저도 알고 있어요."

줄리엣은 자리에 앉았다. 헛수고인 줄 뻔히 알면서도 그녀는 차분하게 자신의 의사를 밝혔다.

"저희 아버님께서 지나치게 성급하지 않으셨나 우려되는군요. 저에게 공권력을 투입하실 필요는 없습니다. 시민의 지팡이로서 중요한 임무들이 산적해 있을 텐데 제가 어느 경찰관의 시간을 독차지한다는 건 타당하지 않아요."

"그 무슨 말을! 듀프리 경사는 기쁜 마음으로 봉사할 것이오. 아무 걱정하지 말아요, 아가씨처럼 예쁘고 귀여운…… 에허험."

별안간 목청을 가다듬는 저 태도로 미루어 보아 줄리엣의 표정에서 자신이 썰렁한 동네에 들어섰다는 경고 표지판을 읽은 게 틀림없다.

"뉴오우울리언스 경찰 당국은 아리따운 숙녀에게 협조하는 데 늘 앞장서 왔다오."

그는 재빨리 말을 바꾸어 힘차게 열변을 토했지만 그녀의 선입견을 바꾸어 놓기에는 역부족이었다.

"본 당국은 인력의 적재적소 배치를 최우선 관건으로 삼아 온 바, 테일러 서장께선 장기 휴가를 떠나기에 앞서 이 몸을 서장대리의 자리에 몸소 앉히셨고, 나 또한 그런 중책을 맡은 입장으로서 로웰 양을 보호하는 일에 가장 적합한 형사를 선임해 놓았음을 거듭 강조하리다."

줄리엣의 정중한 미소가 얼어붙고 눈썹이 가운데로 모아졌다.

"형사? 오, 저런…… 아까는 분명히 경사라고 말씀하시지 않으셨던가요?"

이런 경우를 가리켜 첩첩산중이라고 한다. 어느 경찰관의 대 시민 봉사를 독점하는 것도 죄스러운 판에 강력계 형사의 살인사건 해결을 방해하다니 민폐도 보통 민폐가 아니다.

"뉴오우울리언스 경찰국에는 형사의 계급이 따로 없소. 대부분의 형사들이 3급 경찰 내지는 경사라오."

페이퍼 서장대리는 손을 획획 내둘러 세세한 직위 분류 따윈 중요하지 않다는 뜻을 전하고 입 발린 소리를 늘어놓았다.

"우리의 아름다운 도시에 귀사 크라운 호텔의 체인이 들어서게 된 점에 대하여 모든 시민이 충심으로 흥분을 금치 못하고 있으며 온 사교계가 연일 그 이야기로 떠들썩하다오."

정말일까? 진위 여부가 상당히 의심스러운 이야기였지만, 줄리엣 역시 개관을 앞두고 있는 가든 크라운 호텔에 대한 자부심이 대단했다. 그녀는 새 지점을 어느 도시에 둘 것인지에 대한 구상부터 개관에 이르기까지의 총책임을 맡기 위해 지금까지 부단히 노력해 왔고 그런 노력의 결실이 바로 이 호텔이었다. 가든 크라운 호텔은 그녀의 친자식이나 마찬가지였다.

"흥분하긴 본사 역시 마찬가지랍니다."

줄리엣은 선선히 동의했다.

서장대리는 의견의 일치를 보자 신나서 뒷말을 이었다.

"이곳에서 업무를 보는 동안 안전 문제에 관하여만큼은 마음놓으시오. 우리 당국이 일분 일초까지 밀착보호할 것을 약속드리외다."

*이 사람아, 그게 바로 걱정하는 바라네!*

줄리엣의 속도 모르고 서장대리의 말은 계속되었다.

"호텔 개관을 앞두고 다채로운 행사가 풍성하게 준비되었으리라 생각되오만……?"

"맞아요."

이어서 행사 일정을 간략하게 소개하자, 페이퍼 서장대리가 기대 가득한 눈초리로 그녀를 말끄러미 주시했다. 줄리엣은 순전히 예의상 자동적으로 덧붙였다.

"서장님 내외분께서도 부디 저희 행사에 오셔서 자리를 빛내 주시길 앙망합니다."

"하하하, 이렇게 고마울 데가! 우리 집사람이 좋아하게 생겼구먼. 그 사람은 콜리어 가문이라오, 그 사반나 콜리어 집안."

"아."

줄리엣은 사반나 콜리어 집안이 어떤 집안인지 알 도리가 없었지만 페이퍼 서장대리의 외적인 번지르르함을 설명해 주는 핵심 단어쯤 되겠거니 하고 직관적으로 넘겨짚었다. 서장대리 본인이 남부의 구 가문 출신일 가능성은 전혀 없다. 그런 출신이기에는 그녀 아버지의 알랑쇠들처럼 지나치게 열렬하고 지나치게 기름기가 쫠쫠 흐른다. 하지만 요람에서부터 심어진 줄리엣의 예의범절상, 이 상황에서 할 수 있는 대꾸는 오직 한 가지뿐이었다.

"서장님의 존함은 저희 초대객 명부에 이미 올라 있겠지만, 만에 하나 누락되는 불상사가 없도록 만전을 기해 놓겠습니다."

그리고 손목시계를 살그머니 훔쳐보았다.

페이퍼 서장대리가 그런 낌새를 눈치챘다. 이건 할머니를 경악하게 만들 사태에 속할 터이나 최소한 서장대리에게 현안 문제를 서두르게 하는 효과는 발휘했다.

"업무가 얼마나 바쁘시겠소. 내 얼른 듀프리 형사를 부르리다."

서장대리가 책상 위의 전화기로 손을 뻗자 줄리엣은 자리에서 일어났다.

"그 형사분의 공무에 더 이상의 지장을 초래할 필요가 있을까요?"

아버지라면 로웰 가문의 안녕이 만인의 복지에 앞선다는 중세기적인 관념을 신봉할지 몰라도 할머니의 생각은 달랐다. 애스터 로웰이라면 일신의 편안함을 위하여 다른 사람에게 폐를 끼쳐서는 안 된다는 것이 할머니의 주의주장이었고 그게 줄리엣에게는 영순위였다. 왜냐하면 할머니는 딸이 죽은 이래 쭉 손녀를 키워 온 장본인이요 그 손녀가 태어난 순간부터 지금까지 일관되게 자신의 신념을 주입해 왔기 때문이다. 그와 달리 아버지는 간헐적으로 딸의 삶에 뛰어들어 새로운 법령을 공포해 놓고 쏙 빠져나가 그에게 가장 소중한 사업에만 전념했다.

"차라리 저희 쪽에서 움직이기로 하지요."

줄리엣이 좀더 명확하게 의견을 피력했다.

페이퍼 서장대리는 들은 척도 하지 않고 전화기의 숫자판을 계속 눌러 댔다.

"아, 괜찮소. 듀프리 형사한테 아가씨의 위치를 초장부터 박아 놓아야 하오. 그 친구는 뉴오우울리언스 경찰국의 민완 형사이긴 한데 여타의 틈만 내줘도 머리 꼭대기까지 기어오르는 구석이 있거든. 그를 이쪽으로 부르는 게 최상이오."

줄리엣은 우선 이곳에 오고 싶은 마음도 없었거니와, 여타의 틈만 내줘도 폭군 기질을 드러내는 눈앞의 저런 남자에게 생색이란 생색은 다 내며 그녀의 머리를 쓰다듬는 척하고 의견을 묵살하는 대접을 받자 솔직히 열이 뻗쳤다. 그녀는 그와 초연하게 눈을 맞추고 아주 냉랭한 목소리를 냈다.

"저희가 움직이는 편이 낫다고 생각합니다."

페이퍼의 얼굴에 짜증이 어른거렸지만 그는 결국 수화기를 내려놓고 자리에서 일어났다.

"그럼 그렇게 합시다."

서장대리는 매끄럽게 받아넘겼다.

"아가씨의 뜻에 따라야지."

책상을 돌아와 그녀에게 공손히 문을 열어 주는 그의 미소는 아첨꾼의 그것이었다.

"승강기는 이쪽이오."

"조시 리가 앙앙대는데 미치겠어."

보 듀프리는 그의 파트너에게 투덜거렸다.

"내 과보호 때문에 숨막혀 죽겠다나. 한 집에선 도저히 못 살겠다면서 나가겠다는 거야."

그는 루크 가드너를 고즈넉하니 응시했다.

"이봐, 객관적으로 좀 말해 봐. 내가 과보호한다고 생각해?"

"당근이지."

보는 얼굴을 확 구겼다.

"엿 같은 소리. 그 사건만 아니었어도 내가 조시 리의 짐을 손수 싸주고 제발 나가 달라고 등 떠민다. 난 모든 책임과 바이바이하는 순간을 손꼽아 기다려 온 사람이야. 하지만 그런 일이 터진 이상 조시 리는 절대로 못 나가. 집에서 나가려면 내 시체를 밟고 나가라고 해."

그는 기막혀 하며 고개를 절레절레 흔들었다.

"과보호라니. 웃기지도 않아서 원."

"보, 도대체 언제까지 그 일 때문에 속 끓일 작정이야? 제발 털어 버려. 그건 자네 잘못도 아니었잖아."

"내 잘못이 아니긴 왜 아냐?"

보의 인상이 한층 심하게 구겨졌다. 어린 여동생을 밤늦게 나다니게 한 것부터가 잘못이다. 조시 리가 아무리 핸드폰으로 전화질을 해대 차를 쓰게 해달라고 앙탈해도 끝까지 무시해야 했는데. 아니면 초지일관 뜻을 밀어붙여 이 오빠가 경찰서로 돌아갈 때까지 기다리라고 하든가, 내 차는 내가 써야 한다고 강력하게 주장해야 했다. 실은 그 차를 쓸 일도 없었지만서두. 그는 파트너인 루크와 한 차로 움직였다. 어쨌거나 조시 리는 고집을 피워대며 말을 안 들었고, 그는 완전히 환장한 나머지 동생에게 친구의 차를 얻어 타고 그의 잠복 근무처인 스트립주점으로 와서 자동차 열쇠를 받아 가라고 허락해 버렸다. 물론 나름대로의 협상 조건은 내걸었다. 동생의 친구가 경찰서 부근의 주차장에 그녀를 달랑 내려주고 가버리는 대신 조시 리가 안전하게 차에 오를 때까지 지켜봐 주기로 단단히 약속을 받아냈다. 쳇, 허섭스레기 같은 협상이었다. 왜 막내동생을 그 스트립주점처럼 너절한 곳으로 오게 했던지 후회가 막심했다.

보는 복장이 터져 연신 구시렁거렸다.

"내가 동생을 예뻐해서 잡는다고 생각하면 오산이야. 혼자 살고 싶은 건 나도 누구 못지않다구. 난 그날이 오기만 오매불망 염원하며 살아온 남자야."

아니, 오매불망 염원해 왔다는 표현으로는 턱없이 모자라다. 그는 장장 10년 세월 동안 밤이나 낮이나 그 순간만을 꿈꾸며 살아온 남자다.

루크 가드너가 씩 웃었다.

"방울이 녹슬었다, 이거지?"

보는 파트너를 찌릿 노려보았다.

"괄괄한 여동생을 하나도 아니고 셋씩이나 키우면 자네 방울은 온전할 것 같아? 부모님이 돌아가신 후 난 살아도 사는 게 아니었어. 그, 러, 나!"

그의 입이 헤벌쭉 벌어지기 시작했다.

"화려했던 옛날로 복귀할 때도 멀지 않았다구. 조시 리가 짐 싸들고 나가면 나도 당장 뛰어나가 위층이 빵빵한 금발을 낚을 거야."

"어, 저기 있잖아, 보……."

"금발 한 명으로는 부족하지 싶군. 둘로 하자. 아냐아냐, 하나는 노랑머리 다른 하나는 빨강머리가 좋겠어. 에잇 까짓거, 머리색이야 아무려면 어때? 까탈부리지 말자. 낚이는 대로 그녀와 또는 그녀들과 침대에 뛰어들어 일주일 내내…… 흐흐흐……."

환상적인 미래를 그려보며 실실거린 것도 잠시, 친구이자 파트너가 책상의 열려진 아래 서랍에 척하니 걸쳐진 보르가드의 발을 찼다. 보는 짜증을 내며 눈을 부라렸다.

"왜 차고 난리야?"

"듀프리 경사."

심히 못마땅해하는 음성이 보의 뒤에서 울렸다.

"언어순화를 해주면 고맙겠어. 여기 숙녀분이 계신단 말일세."

보는 앉은 채로 돌아보았다. 어랍쇼, 사모해 마지않는 책상물림 나리께서 행차하셨네. 그것만으로도 그의 하루를 망치기 어렵다고 판단했는지 밥통 서장대리께선 한 여자까지 달고 왔다. 쭉쭉 뻗은 롱다리의 그녀는 회색 눈을 동그랗게 뜨고 그를 동물원의 희귀종자 보듯 구경하고 있었다. 그래서 보 역시 그녀를 아래위로 훑어봐 주었다.

"이 숙녀는 줄리엣 로웰 양이야."

피터 페이퍼의 얼굴에는 대할 때마다 어김없이 보한테 이빨을 갈게 만드는 장돌뱅이 약장수의 만병통치 뱀기름만큼이나 느글거리는 미소가 어려 있었다.

"자네의 새로운 임무가 될 분이지."

밥통 서장대리가 심술궂은 승리감이 철철 흐르는 어조로 덧붙이고 살살거리며 뒷말을 이었다.

"로웰 양, 보르가드 듀프리 경사를 소개하리다."

줄리엣은 실내의 모든 사람들이 돌연 긴장하는 분위기를 민감하게 알아차렸다. 여기에서는 수상쩍은 냄새가 진하게 풍겼다. 이건 파워게임의 냄새로다. 그녀가 문제의 형사를 부르지 말라고 고집을 피운 통에 파워게임이 공개적인 장소에서 벌어진 것이다.

나란히 앉아 한창 대화에 열중해 있던 두 형사 가운데 하나가 천천히 몸을 돌려 그녀와 눈을 맞추는 순간, 줄리엣은 이 남자 말고 저 남자— 상큼하게 웃어 보이는 저 빡빡머리의 핸섬한 형사—가 그녀의 새로운 보디가드이기를 속으로 짧게 기도했다.

그런 행운은 역시 따를 리 없었다. 검은머리 형사는 자리에서 일어나 그녀를 쭉 훑어보았고 줄리엣의 심장은 가슴의 벽을 쿵쿵 난타하기 시작했다. 그는 머리만 까만 것이 아니라 눈동자도 까맸다. 속눈썹은 숱이 많다 못해 눈꼬리에서 졸린 듯 무겁게 내려앉은 터였다. 하지만 핸섬한 건 아니었다. 잘난 얼굴들이 길거리에 널리고 쌓인 작금의 현실에서 그는 그럭저럭 통과라고 할 만한 수준이었다. 이 남자는 그저, 그저…… 남자였다. 어느 XY 염색체의 소유자보다도 Y염색체의 형질이 강한 사내 말이다. 그의 독백 가운데 일부가 새삼스레 그녀의 머릿속에서 되살아났다.

*그녀들과 일주일 꼬박 ㅎㅎㅎ?*

여러 명과 한꺼번에 즐기는 그런 종류의 일이 세상에서 정말 벌어지고 있다니? 줄리엣은 경악과 신기함을 금치 못하며 문제의 형사를 말똥말똥 바라보았다.

그는 그녀의 시선을 되돌렸다. 내심 재미있다는 식으로 한쪽 눈썹을 슬쩍 치켜올리고 소리 없이 쿡쿡거리는 입매를 하고서. 그러나 페이퍼 서장대리를 향해 고개를 돌리자 그의 눈썹은 일자가 되었다.

이제 실내의 눈이란 눈은 모조리 그에게 맞추어지고 저마다 숨을 죽였다. 가슴 졸이며 폭발을 기다리는 듯한 아슬아슬한 분위기를 아는지 모르는지 그는 다른 형사와 눈빛을 교환한 다음 입을 뗐다. 의외로 온건한 목소리였지만 실은 거짓된 음색임을 줄리엣은 본능적으로 직감했다.

"새 임무라뇨? 난 이미 다른 사건을 맡고 있다구요, 피터."

"페이퍼 서장대리라고 불러!"

피터 페이퍼는 대번에 핏대를 세우며 정정했다.

"그리고 로웰 양 사건이 자네 임무라면 임무인 줄 알 것이지 웬 군소리가 그리 많나! 상관 말을 뭘로 아는 거야, 엉?"

듀프리라는 형사는 고작 평균 신장, 즉 175에서 180센티미터 사이의 중간키였다. 하지만 어깨가 떡 벌어지고 둔부는 날렵한데다 탄탄한 근육질의 체형은 수영선수를 연상시켰다. 팔뚝을 뒤덮은 까만 체모는 폴로 셔츠의 열린 앞섶에서도 언뜻 엿보였다. 그의 턱 역시 거뭇했다. 저 수염 상태로 시간을 가늠하자면 지금이 오전 11시가 아니라 오후 5시여야 옳다. 그런 얼굴로 상관과 냉철하게 맞서고 있는 보르가드 듀프리는 터프하고 유능해 보이는 반면 서장대리는 물러터지고 신경적으로 보였다. 때문에 듀프리 형사가 어깨를 으쓱거리며 그녀에게 돌아서 명령 복종 자세를 취하자 놀랍기까지 했다.

"로웰 씨*."

그는 한 손을 내밀어 악수를 청했다. 남부인 특유의 느릿하고 부드러운 억양이었지만 줄리엣은 그의 까만 눈동자 깊은 곳에서 지글거리는 분노를 봤다.

"내 파트너를 소개하자면……."

"이번 일은 자네의 단독임무야, 듀프리."

서장대리가 냉큼 끼어들었다.

"나를 아주 죽이슈."

보는 상관을 향해 톡 쏘아붙인 다음 줄리엣에게 설명했다.

"이 친구는 96년 우리 경찰국이 재편성된 이래 내 파트너였는데 오늘부터 예전 파트너라고 불러야 쓰겠어요?"

그는 빡빡머리의 사내를 가리켰다.

"이쪽은 루크 가드너 형사. 서로 인사나 나눠요."

"안녕하세요?"

줄리엣은 가드너 형사를 향해 정중하게 고개를 끄덕거려 인사하긴 했지만 듀프리 형사에게서 시선을 떼기가 불가능했다.

보르가드 듀프리는 땀에 젖어 있었다. 이 순간에도 그의 강인한 목을 따라 땀방울이 또르르 굴러 떨어졌으며 폴로 셔츠의 군데군데가 젖어 탄탄한 가슴팍과 복부에 달라붙은 터였다. 하지만 그녀의 손을 넉넉하게 감싸고 흔드는 가무잡잡한 큰 손은 보송보송했다. 힘찼다. 그리고 따뜻했다.

줄리엣의 세상에 속한 남자들은 보들보들한 손, 하얀 손, 차가운 손을 하고 있다. 그녀는 예의가 허락하는 한도 내에서 가장 빨리 듀프리 형사와 맞잡은 손을 풀었다. 아찔하면서도 어지러운 기분이었다. 이 남자의 감촉과 그 때문에 일어난 감각이 신체의 다른 부분까지 파급되지 않도록

---

* MS.는 혼인 여부에 따라 Miss와 Mrs.로 구분되었던 기존의 경칭과 달리 남성의 Mr.처럼 기혼과 미혼 모두에게 사용되고 1973년 이후 유엔에서도 공식 채택된, 여권 신장이 반영된 경칭.

남몰래 손을 주먹 쥐어 치맛자락의 주름 속에 감추었다. 왠지 뺨이 화끈거려 왔다. 불편한 전율이 그녀의 척추를 타고 흘렀다.

"보르가드가 아가씨의 안전을 책임질 것이외다."

서장대리는 큰소리를 치고 그 형사에게 시선을 던졌다.

"무슨 뜻인지 알겠지, 듀프리?"

그녀한테 눈을 준 채 보는 한 걸음 성큼 다가와 거리를 좁히고—지나치게 바짝 좁히고—고개를 갸웃거렸다.

"베이비 시터가 필요한 이유가 뭐죠, 달링?"

줄리엣은 움찔 뒤로 물러섰다. 그녀는 신체적인 접근에 익숙하지 않았다. 그리고 이런 무례함을 지적하기에는 그녀의 예의범절이 허락하지 않았지만, 그럼에도 턱을 세우고 싸늘하게 쏘아붙여 주려는 찰나 페이퍼 서장대리가 또 점잔을 빼며 나섰다.

"로웰 양은 크라운 호텔 체인의 빛나는 왕관에 새로이 박힐 보석인 가든 크라운의 개관을 책임지고 우리 도시를 방문한 분이야."

이 엄청난 수식어라니. 서장대리의 이빨은 막강했다.

"그래서요? 벌써 호텔에 도둑이라도 들었어요?"

그녀를 내려다보는 보의 눈빛은 오만한 수준의 껄렁함이었다.

"그런 경우라면, 슈가, 최고를 잘 찾아왔군요."

"입 조심해, 듀프리! 로웰 양은 협박편지를 받았어. 따라서 자네가 책임지고 그녀의 신변을 경호하도록."

허억 하고 숨 들이키는 소리가 실내의 여기저기에서 이는 가운데 다들 화들짝 제자리에서 물러섰다. 마치 보가 터지기 직전의 시한폭탄이라도 된다는 식이었다. 줄리엣은 어리둥절했다. 무슨 내막이 숨겨져 있기에 분위기가 이 모양인지 오리무중이었다.

"지금 나보고 경비견 노릇을 하라는 말씀이슈, 페이퍼 서장대리?"

듀프리 형사가 잇새로 내뱉었다. 그녀에게서 억지로 떼어져 상관을 향해 조준된 그의 까만 눈은 순수한 분노의 빛을 요란하게 번쩍거렸다.

"로웰 양의 아버어어머님이 누군지 아나? 그 토마스 로웰 씨야. 이미 그분과도 이야기가 되었네."

페이퍼 서장대리는 보의 손에 종이를 쥐어 줬다.

"이 협박편지의 사본을 잘 숙지해 둬."

그는 거드름을 피우며 덧붙였다.

"더불어 자네 같은 주제에 로웰 양을 따라 호텔 개관의 각종 수준 높은 행사에 참가하게 된 것을 영광으로 알아."

"우우. 갈수록 죽여주는군."

누군가 중얼거렸다.

보는 이른바 협박편지를 숙지했다. 그 내용은 줄리엣도 알고 있었다. 뉴올리언스 가든 크라운 호텔의 개관을 반대한다는 골자의 내용을 따박따박 읽어 내려가던 아버지의 목소리를 리무진 카폰으로 들으며 그녀는 협박편지라기보다 유서 깊은 건물을 유린하는 행위에 대한 열렬한 학술 보고서를 듣는 기분이었다. 보의 까만 눈이 들려 그녀에게 꽂혔다.

"연줄 꽤나 대단한 아빠를 두셨군."

말의 음절마다 경멸감이 물씬 배인 부드러운 어조였다.

"협박편지 좋아하시네. 이건……."

한 손에 들린 종이가 바지직 구겨지는가 싶더니 다른 손의 가무잡잡하고 길쭉한 손가락들까지 가세하여 이내 꼬깃꼬깃해졌다.

"순전히 개똥 같은 소리야. 암만 봐도 그쪽 아빠가 어린 딸내미한테 싱싱한 사내를 사주려는 속셈인 것 같은데."

듀프리 형사의 첫인상에 가슴이 두근거렸다면 이제 머리끝까지 달아오른 그의 분노를 대하자 줄리엣의 심장이 걷잡을 수 없는 박자로 널뛰기를 했다. 이 남자는 반석 같은 그녀의 평정에 대지진을 일으키고 산란한 기분이 들게 하는 재주의 소유자였다.

*언제 어디서고 네가 누구인지 잊지 말아라.*

할머니의 고고한 훈계가 예상치 않은 순간에 불쑥 튀어나와 위안과 함께 유용한 실탄을 제공했다.

줄리엣은 싸악 웃어 보였다.

그는 눈을 가늘게 뜨고 노려보며 말을 툭 던졌다.

"말씀이 별로 없으시구만. 난 그런 천사표가 좋더라."

그의 파트너 루크 가드너가 눈만 떼구루루 굴린 것과 달리 서장대리는 노발대발했다.

"행동거지를 시정하지 못하겠나!"

보는 살벌한 시선을 서장대리에게 못박았다.

"시정하지 못하겠다면? 이 엄청나게 중요한 임무를 박탈하고 도로 <네 팬티 내놔> 사건의 해결을 맡길 테요?"

"그 시시껄렁 사건 따윈 잊어버려!"

페이퍼 서장대리는 품위를 망각하고 호전적으로 턱을 내밀었다.

"내 지시에 따르지 않으면 자네의 별을 떼어버리고 말겠어."

모가지를 자르겠다고 홧김에 한번 그래 보는 눈치가 아니었다.

질색한 줄리엣이 나섰다.

"제발 진정하세……."

"갑시다, 로웰 씨."

보는 그녀의 손목을 덥석 움켜잡고 뚜벅뚜벅 문으로 향했다.

"듀프리이이이!"

서장대리의 천둥벼락 같은 호통에는 당장 서라는 경고가 담겨 있었지만 보는 아랑곳하지 않았다.

질질 끌려가며 줄리엣은 어깨 너머로 고개를 돌리고 어깨를 으쓱거려, 걸음을 멈추고 싶지만 그럴 수 없는 자신의 입장을 분명히 전달했다. 다음 순간 따뜻한 손이 그녀를 문 밖으로 확 잡아끌어 서장대리와 가드너 형사를 그녀의 시야에서 차단해 버렸다.

# 2

*염병할, 튀겨 먹어도 시원치 않을 저놈의 책상물림 같으니!*

사정없이 가속기를 밟아대자 보 듀프리의 차가 가든 지구를 향해 속력을 높였다. 테일러 서장이 있다면 이따위 개수작은 어림도 없다. 서장이 진짜 경찰이라면 저 밥통은 되다 말고, 오만하고, 잘난 척하는 정치가형의 짜가 경찰이다. 서장대리의 생각만 해도 보는 코웃음이 절로 흘러나왔다.

*내가 그 시시껄렁한 사건을 잊으면 성을 갈지.*

처음에는 <네 팬티 내놔> 사건을 일종의 농담처럼 가볍게 생각했다. 그건 듀프리뿐 아니라 경찰서 내부의 공통된 인식이었다. 경찰 노릇을 하다 보면 무지하게 지저분한 범죄들을 다루기 마련인데다, 적어도 그 변태한테 신체상해를 당한 피해자는 아직 나오지 않았기 때문이다. 녀석은 가면을 뒤집어쓰고 나타나 여자에게 총구를 들이대고 속옷을 벗겨 가는 것이 고작이었다. 대여섯 명의 피해자들은 옷 벗는 이상의 짓거리를 당할까 봐 벌벌 떨어야 했겠지만 경찰 입장에서 보면 그 정도는 애교 있는 범죄인지라 사건에 온갖 외설적인 꼬리표를 달아 주었을 뿐이었다.

하지만 보의 태평한 태도는 막내여동생 조시 리가 피해자 명단에 낀 순간 무자비한 정오의 햇살 아래에서 형체도 없이 사라지는 안개처럼 삽시간에 가셨다. 문제의 그날, 보는 루크와 함께 스트립주점에서 초동수사를 벌이고 있었다. 최근 두 건의 <네 팬티 내놔> 범행장소가 바로 그곳이었다. 요컨대 그가 여동생을 사자굴로 불러들인 셈이다. 막내동생이 당하자 그 사건은 개인적인 사건으로 변했고 그는 녀석을 영창으로 보내리라 굳세게 결심했다.

그런데 이 사이비 임무에 코가 꿰었으니 어느 세월에 팬티범을 잡으란 말인가. 로웰 씨의 경비견 노릇을 하는 데 시간이 다 잡아먹히게 생겼다. 이게 전부 경찰국장의 눈 밖에 난 결과이다.

보 듀프리 경사께선 감히 국장의 십대 손녀를 체포했던 것이다.

좋다, 체포는 그렇다 치자. 그보다 환장할 노릇은 따로 있다―보 듀프리 경사는 망할 도로순찰대도 아닐 뿐더러 그 시간은 보 듀프리 경사의 근무 시간도 아니었다. 한달 전 그날 밤에 하필이면 그의 앞차가 차선을 마구 무시하고 휴이 P. 롱 다리를 질주할 건 또 뭔지. 사고를 미연에 방지할 수도 있는데 내 일이 아니라고 못 본 척하기란 불가능했다. 부모님이 음주운전 차량에 목숨을 잃었다는 사실까지 더하여지면 달리 선택의 여지가 없어진다.

따라서 보르가드는 문제의 차량을 세웠다, 잔뜩 취한 십대의 소녀를 체포했다, 그리고 경찰국장에게 톡톡히 찍혔다.

경찰 조합 덕분에 국장의 노골적인 보복은 모면했지만 뻣뻣한 북부의 사교계 영양을 에스코트하는 임무가 어디 형사에게 떨어질 일이냐 말이다. 먹이사슬의 저 밑바닥에 속한 쫄따구라면 또 몰라도. 이건 엄연한 상관의 직권남용이니만치 보가 따지고 나서길 기다리며 동료들이 숨죽인 것도 당연하다. 하지만 따져 봤자 무엇하랴. 경찰국장의 연줄은 막강하다. 그리고 설령 내부감사국에 상정한다손 쳐도 그쪽에서는 코웃음만 칠 게 분명하다.

'이보게 듀프리 경사, 자네가 예쁘장한 처녀를 에스코트하게 되었다

이거지? 아가씨가 원하는 곳이라면 어디든지 슬슬 모셔다 드리는 임무를 맡게 되었다 그거지? 거참 되게 심하군. 자네의 주장이 백번 옳아. 아무리 생각해도 이건 '상관의 직권남용이야, 그렇고말고.'

이런 경우를 가리켜 사면초가라고 한다. 그는 로웰 씨에게 꼼짝없이 덜미가 잡힌 몸이다.

보는 세인트 찰리 애버뉴를 따라 달리며 옆좌석을 슬며시 훔쳐보았다. 에고고, 올바른 생활 님이로다. 저 차가운 빗물 같은 눈하며 빈틈없이 말아 올린 갈색머리 좀 보라. 옷 꼬라지는 또 어떻고. 섬세한 빗장뼈의 흔적과 날씬한 팔과 발목 빼고는 여타의 맨살도 보여주지 않는 것이 단정함의 극치를 달린다. 이러니 그녀를 볼 때마다 사악한 충동, 건드리고 싶은 충동이 불끈⋯⋯.

*잠깐! 잠깐! 잠깐! 이게 뭔 생각?*

지레 놀라 그는 원래 주목해야 했을 도로에 관심을 고정했다. 사내가 건드리고 싶은 유형은 정해져 있는 법. 로웰 씨는 전혀 그런 유형이 아닌 여자, 보는 그런 유형에게만 끌리는 남자 아닌가.

하지만 그의 눈동자가 다시 옆으로 또르르 굴러가 올바른 님의 입술에 못박혔다. 청초한 색조의 립스틱에도 불구하고 모양은 왔다였다—포르노 여왕에게나 어울림직한 입술이다. 보는 자신의 시답지 않은 비교에 입가를 자조적으로 말아 올렸다.

시답지 않기로는 이 상황 전체가 그렇지만, 특히 로웰 씨가 그를 대하는 태도는 극도로 시답지 않았다. 자기가 어떤 남자와 뒤엉키는 상상조차 불허하는 여자면 여자였지 그를 대할 때 빗물 같은 눈이 서릿발이 되고 한물간 상한 냄새라도 맡았다는 식으로 귀족적인 코를 공중으로 번쩍 치켜들어야겠느냐 이 말씀이다.

보의 어깨가 성마른 몸짓으로 으쓱거려졌다. 모든 여자의 마음에 들 순 없는 법. 그러나 북부의 이 올바른 님은 너무하다. 그를 무지렁이 백인, 쓰레기 백인, 남부 깡촌의 시골뜨기 백인으로 낙인찍은 눈치가 역력했다. 그와 루크의 대화 끝자락이 들켰을 가능성까지 포함하면 성적 욕구불만에 사로잡힌 불쌍한 백인으로도 찍혔을 테지.

*어…… 바로 그거야!*

밥통 서장대리가 보를 이 임무에서 해방시켜 줄 리 없다. 경찰국장의 손녀 사건은 차치해 두고라도 이건 보를 향해 차곡차곡 쌓여진 서장대리의 미움이 폭발한 복수전의 양상이다. 하지만 누구나 알다시피 밥통은 타고난 딸랑이다. 그런 고로 로웰 씨께서 경비견의 교체를 원한다면 밥통은 별 수 없이 그녀의 소망을 접수하리라.

보는 옆자리를 향해 육식동물의 미소를 활짝 지었다.

"주소가 어떻게 돼요, 슈가?"

그녀는 그 잿빛 눈을 깜박여 보였다.

"지금 뭐라고 하셨죠?"

"가든 크라운이 어디 있냐구요, 줄리."

"아."

이번에는 그녀의 얼굴이 붉어졌고 보는 머릿속에 신규 정보를 입력했다—얼굴이 쉽게 빨개지는 여자임.

그의 차가 4번가의 모퉁이를 돌아 타이어 마찰음을 내며 콜리세움 가를 가로질러선 가든 크라운 호텔로 개조된 남부식 대저택의 정교하게 주조된 대문을 꽝음과 함께 통과하고 예전의 마차 정차소 아래에 섰다.

*흐흐흐, 정말이지 으까번쩍한 아이디어야.*

보는 다시 웃음을 흘렸다. 그는 입술을 핥으며 그녀에 대한 정보들 가운데 쓸 만한 것을—신체적인 접근을 싫어하는 여자임—골랐고 모든 가능성을 다각도로 모색해 가며 작전을 짰다. 발정난 경비견인 척하고 이 올바른 씨한테 엉겨붙자. 아냐, 그보다 더 삼삼한 묘책도 있다. '엉겨붙기 작전'에 이른바 '안목 넓혀 주기 작전'을 병행하면 팬티범도 잡고 로웰 씨는 떼어버릴 수 있을 터. 이런 경우를 가리켜 일석이조, 금상첨화, 일거양득이라고 한다.

차 밖으로 팔짝 뛰어나간 그는 경쾌하게 반대쪽으로 돌아가 보조석의 문을 열어 주었다.

"도착했나이다, 천사표. 안전하고 확실하고 깔끔한 배달 완료를 고하옵니다."

보는 적잖이 너그러워진 기분이었다. 안전띠를 푸는 그녀를 거의 다정하다 싶은 눈으로 지켜보았으며 심지어는 몸체가 낮은 차에서 내리는데 도와줄 요량으로 손까지 내밀었다.

"이제 안으로 들어가 내일 일정을 점검할까요?"

로웰 씨는 그의 손을 무시한 채 가만히 앉아 있었다. 등은 좌석의 가죽 등받이와 수평이 되도록 꼿꼿하게 세우고 발목은 착 모은 채 두 손을 무릎에 포갠 자태란 마치 그의 근육질 자가용이 왕좌나 된다는 식이었다. 그녀는 목탄으로 가장자리를 그려 놓은 듯한 빗물 같은 눈을 그에게 꽂았다.

"내 이름은 줄리엣이에요."

싸늘하기로는 된서리를 능가하는 목소리였다.

"그러니 줄리엣이라고 부르세요. 피치 못할 경우에는 줄리엣 로즈 또는 애스터 로웰 씨도 괜찮습니다. 저속한 애칭은 달갑지 않군요."

보는 피식 새어나오는 미소를 삼켰다. 재수 없는 여자라는 건 알고 있었지만 이다지도 재수 없을 줄이야. 그는 그녀의 손목을 우악스럽게 잡고 힘차게 당겼다.

"분부에 따르오리다, 장미."

이 여자한테 벗어나는 거? 갓난애의 쭈쭈바 뺏기다.


록산느 데이비스는 약속장부를 탁 덮었다. 그녀는 줄리엣과 다 같이 일정을 점검하고 이제 호텔 로비를 가로질러 현관 밖의 찬란한 햇살 속으로 사라지는 형사의 뒷모습을 뚫어지게 지켜보았다.

"끝내 주네."

약속장부를 부채삼아 열기를 식히며 록산느는 상사에게 고개를 돌렸다.

"호박을 넝쿨째 잡고 왜 떫은 표정이세요?"

줄리엣은 목에서 이는 신경질적인 웃음방울을 참고 초연하게 입을 열었다.

"썩은 호박이 넝쿨째 들어온 것 같아서."

"농담도. 저 남자, 화끈한 진짜 사내잖아요. 저런 남자를 달고 다니는 것보다 고약한 운명을 줄줄이 대볼까요?"

*화끈한 진짜 사내를 달고만 다니면 뭐 해? 다룰 줄도 모르는데.*

그런 대답이 혀끝까지 올라왔지만 도로 삼켰다. 줄리엣은 저속한 애칭이니 뭐니 했던 자신의 태도를 떠올리는 것만으로도 온몸이 화끈거렸다. 어쩌자고 그렇게 콧대를 세웠는지. 할머니는 저리 가세요였다. 그녀는 속으로 진저리를 치며 화제를 바꾸었다.

"헤인즈 부부는 만나 봤어?"

"종마 이야기는 하고 싶지 않다는 뜻이군요."

줄리엣은 질겁을 했다. 록산느를 보좌관으로 채용할 때 줄리엣은 아버지의 반대를 무릅썼으며 천성에 없는 고집까지 피워야 했다. 아버지가 반대한 이유는 간단했다—'저 아가씨는 우리 부류가 아니다.' 그 주장의 타당성 여부는 논외로 치고라도 록산느의 투박한 면은 지금처럼 줄리엣을 오싹하게 만들곤 했다. 하지만 록산느 데이비스는 보좌관 자리에 응모한 세븐 시스터즈* 학벌들 가운데 누구보다 직장이 절실했고 자격조건도 충분했다. 거기에 덧붙여 그녀의 거침없는 솔직함은 상큼했다. 록산느를 상대할 때는 저울을 들고 한 마디 한 마디의 진위 여부를 잴 필요가 없는 것이다.

"딱 한 가지만 여쭈어 볼게요."

록산느가 살살 꼬셨다.

"저 형사가 계속 엉겨붙던데 아무 느낌도 못 받았어요? 몸에서 전류가 흘러야 정상일 텐데. 보 듀프리는 총책임자 님의 부르주아 백인 에스코트들하고는 질적으로 다르잖아요."

"제발 그만 둬 주면 고맙겠어."

---

* Seven Sisters 미국 동부의 7개 유명한 여자 대학들(버너드, 마운트 홀요크, 스미스, 래드클리프, 웰슬리, 브라인 마우이).

"에이, 알았어요. 하지만 이번 출장이 재미있어지리란 예감이 솔솔 드네요."

줄리엣은 보좌관을 뒤에 달고 로비 한쪽의 사무실로 들어갔다. 그녀는 책상 앞에 앉아 록산느와 얼굴을 마주 보았다.

"헤인즈 부부 건은?"

"에드워드 헤인즈는 로맨스 파파예요. 블루룸의 마르디 그라* 가면들이 그의 수집품이죠. 저 근사한 정원 상태도 에드워드 덕분이 아닌가 싶고요."

"셀레스트는?"

"… 품위는 있어요. 하지만 저처럼 미천한 무수리는 상대하기 싫은 눈치였어요."

록산느는 관조적으로 어깨를 들어올렸다.

"내일 오후 3시에 그녀와 약속을 잡아 놓을게요. 총책임자 님께서 직접 판단하세요. 셀레스트 헤인즈는 그녀 나름대로 우리 크라운의 기대치에 맞춰 사교 행사의 일정을 짜놓았어요."

"수고했어, 록산느."

줄리엣은 지난 일년간 함께 일하며 보좌관의 사람 보는 안목을 높이 사기에 이르렀다. 헤인즈 부부는 몰락한 남부 귀족이고 이 아름다운 그리스 부흥양식 고택의 관리·유지를 맡아 왔는데 뉴올리언스 사교계의 연줄을 최대한 살려 새 호텔을 홍보하는 데 일조하기로 약속했다. 이런 기초 자료와 록산느의 안목이 더해지자 헤인즈 내외가 어떤 사람들인지 대충 가닥이 잡혔다.

그녀는 자리에서 일어났다.

"저택이 어떻게 개조되었는지 궁금한걸. 록산느는 이미 둘러본 것 같으니 안내 좀 해줄 테야?"

---

* Mardi Gras 천주교의 사순절 전 1주일 간 사육제(카니발)가 벌어지는데 그 사육제의 마지막 날이자 사순절의 전날을 '참회의 화요일'—마르디 그라라고 부른다. 특히, 뉴올리언스의 마르디 그라는 유명.

개조상태에 대한 호기심도 호기심이었지만 그보다는 심란해서 가만히 앉아 있을 수가 없었다. 뉴올리언스에 착륙한 비행기에서 내려 감정적인 폭주열차에 올라탄 느낌이었다. 이런 기분은 낯선 도시의 이질감 때문이다. 그리고 냉방장치가 가동되는 이곳에서도 땀이 줄줄 나는 듯한 기온 때문이기도 하다. 처음으로 호텔 개관의 총책임을 맡은 흥분 및 스트레스와 쓸데없이 경찰의 보호를 받게 된 성가심 역시 빼놓을 수 없는 요인들이다.

즉, 어느 경찰과 이 심란함은 전적으로 무관한 것이다. 정녕코 그가 존재한다는 사실조차 벌써 가물가물한걸 뭐.

바이워터의 작은 집에서는 잠발라야*의 밤을 맞이하여 협소한 부엌이 메어터지도록 북적거렸다.

각종 재료와 토마토가 부글부글 끓는 솥을 휘젓자 쌀 익는 냄새가 보의 얼굴로 피어올랐다. 그는 맛을 보며, 자신의 옆구리를 쿡 찌르는 막내의 신호에 따라 돌아보지도 않고 다른 손을 내밀었다. 조시 리가 찬장에서 찾아낸 다른 재료를 오빠의 손에 쥐어 줬다. 둘째 여동생인 아나벨은 오빠와 엉덩이를 맞댄 채 새우를 손질하고 햄을 자르는 터였다. 보의 다른 쪽에서는 파트너 루크가 셀러리와 양파를 볶고 있었다. 카밀라는 남편인 네드와 부엌 저편의 소형 식탁에서 샐러드를 만들었고 벅휘트 자이데코는 '이봐~아~요, 머~엇~쟁이' 하며 거실의 CD 플레이어에서 열심히 아가씨를 꼬셔댔다.

"야~아~ 채는 다 익어~었나요?"

둘째 아나벨이 노랫가락에 맞추어 물었다.

"그만 볶고 솥에 집어넣어, 루크. 내가 프라이팬을 써야 해."

"알겠습니다, 싸모님."

루크와 자리를 바꾼 아나벨은 새우와 햄을 프라이팬에 털어 넣었다.

---

* Jambalaya. 대표적인 케이준, 크레올 요리. 프랑스어의 jambon(햄)에서 그 이름이 유래된 만치 초기에는 반드시 햄이 들어갔다.

그녀는 햄 조각을 집어먹으며 오빠에게 고개를 돌렸다.

"밥 먹은 다음에 내 수표책 정산 좀 해줄래? 영수증이랑 장부랑 전부 가져왔어."

"우라질."

보는 대뜸 욕설부터 내뱉었다.

"스물넷씩이나 먹었으면 그딴 일은 스스로 알아서 해야 하는 거 아니냐?"

"내가 숫자에 얼마나 약한지 알잖아."

"전자계산기는 뒀다 뭐에 쓸래? 너 같은 사람을 위해 계산기가 발명된 거야."

연신 투덜거렸지만 그가 둘째동생의 수표책 정산을 해주리라는 건 본인도 알고 남들도 아는 사실이다. 보는 어린 여동생들과 한 지붕 아래에서 살기 위해 보호자의 책임을 떠맡은 지 벌써 십 년째라 가족을 두루 보살피는 버릇이 몸에 배었다.

하지만 이런 진저리나는 버릇을 벗어버릴 날도 멀지 않았다. 조시 리의 문제만 해결되면 그 이름도 찬란한 자유다. 모든 근심걱정과 책임에서 풀려나는 자유! 뉴올리언스의 가장 엉덩이 가벼운 여자들과 마음껏 즐길 수 있는 자유! 해방의 그날에 대한 거창한 계획이 공책 한 권 분량이다.

잠시 후 듀프리 일가와 보의 파트너는 거실의 작은 테이블에 옹기종기 둘러앉았다. 천장 선풍기가 천천히 돌아가며 후끈거리는 대기 속에서 느린 회오리를 일으키는 가운데 그들은 잠발라야를 먹어 치우며 농담과 웃음을 주고받았다.

"나, 할말 있어."

조시 리가 대화 중간의 공백을 포착하고 얼른 선언했다.

"샐러드 그릇을 이리 넘겨, 카밀라 큰언니."

그녀는 모두의 관심을 집중해 놓은 채 샐러드를 덜어 먹으며 뜸을 들였다.

보는 테이블 맞은편의 막내를 바라보았다. 듀프리 집안의 핏줄답게 조시 리도 검은 눈이었다. 하지만 그녀의 까만 곱슬머리, 길쭉한 손발, 죽여주는 미소는 엄마를 닮았다. 둘째 아나벨과 첫째 카밀라는 아빠처럼 금빛이 섞인 갈색머리였으며, 다시 조시 리와 카밀라는 쭉쭉빵빵 체형인 것과 달리 아나벨은 자그마한 편이었다. 그리고 셋 다 괄괄한 수다쟁이들이다.

"그 할말이라는 게 뭐니?"

아나벨이 재촉했다.

첫째 카밀라는 포크로 콕 찌르는 시늉을 했다.

"나 취직했어."

조시 리가 생글거리며 발표했다.

"제8관구 경찰서의 행정부 보조에 보조직이야."

"드디어 고생길에 나섰구나, 동생아."

카밀라와 동시에 그녀의 남편 네드가 외쳤다.

"축하해, 처제!"

"그게 축하해야 할 일인지 난 잘 모르겠다."

아나벨이 짐짓 회의적으로 입을 뗐다.

"오빠랑 루크와 매일 얼굴을 맞대는 곳에서 정말 일하고 싶니?"

"막둥이한테는 최고의 직장이야."

보가 말했다.

"이 오라비가 어련히 알아서 보살펴 줄 수 있잖아."

"오빠의 보살핌은 필요 없어!"

조시 리는 볼멘소리를 냈다.

"난 관두고 오빠 일이나 잘해. 아까 경찰서에 들렀을 때 접수한 소문에 의하면 서장대리와 아침나절에 한 판 했다며?"

그녀는 눈을 동그랗게 뜨고 보의 속을 긁었다.

"행운아 듀프리가 부잣집 양키 여자와 노닥거리는 임무를 맡았다고 다들 부러워하더라."

포크질이 일제히 중단되었다. 모두 보에게 시선을 꽂고 비상한 관심을 드러내자 그는 치약 광고의 모델처럼 이를 다 드러내고 함박 웃었다.

"오래지 않아 해제될 임무란다, 애야."

루크 가드너가 포크를 탁 내려놓았다.

"젠장, 보, 무슨 꿍꿍이야?"

"꿍꿍이는 무슨. 그저 우리의 부잣집 양키 아가씨를 어디까지나 우호적으로 설득해서 경비견 교체를 요구하게 만들자는 거지."

"우호적인 설득? 이봐, 조용히 대화 좀 하자."

"대화할 것도 없어. 자네도 줄리엣 로즈 씨를 만나 봤잖아. 그녀를 설득하는 건 앉아서 스텝댄스 추기야."

"대체 무슨 불만이야? 자네는 호박을 넝쿨째 잡은 거라구. 슬슬 즐겨 가며 일할 수 있는 기회가 많은 줄 알아?"

"호박 같은 소리하네. 썩은 호박도 호박인감?"

"점점 큰일날 소리만 하는군."

루크의 눈빛이 진지해졌다.

"로웰 씨는 새 호텔을 성공시키는 데 일편단심인 눈치였어. 그런 여자를 잘못 건드렸다간 끝이야, 끝!"

"하긴 내 새로운 임무가 엄청난 도전거리이긴 해."

보는 코웃음의 정도를 지나쳐 무례한 비음을 흘렸다.

"그녀는 거품 드레스를 걸쳤거든, 젠장."

카밀라의 손이 잠발라야를 덜다 말고 공중에 얼어붙었다.

"뭐라고?"

"너도 알잖아, 그 거품 드레스. 보일 듯 말 듯 감질만 피워 놓고 정작 중요한 부위는 모조리 가리는 진짜 얍삽한 종류의……."

아뜨뜨뜨 보는 여동생들의 옷도 부드럽고 하늘거리는 재질임을 뒤늦게 알아차렸다. 그는 재빨리 궤도를 수정했다.

"드레스는 중요하지 않아. 문제는 그녀의 인간성이야. 뻣뻣하고 도도한 양키에……."

"요컨대,"

아나벨이 횡설수설을 가차없이 잘랐다.

"그 여자가 푹 파이고 착 달라붙는 스판덱스 차림에 빵빵한 젖통을 자랑하지 않기 때문에 떼어버리겠다?"

"빵빵한 젖통 같은 소리. 로웰 군에게 한 주먹거리나 될 가슴이 있으면 내가 놀라 자빠질 판이다."

"절벽 가슴의 여자는 보호받을 가치도 없다는 소리네."

조시 리가 비아냥거렸다.

보는 파트너한테 호소했다.

"지원사격하지 않고 뭐 해?"

루크는 느긋하게 팔짱을 끼고 싱글거렸다.

"자력구제란 단어, 알지?"

"아주 고마워. 든든한 친구가 있다는 건 참 좋은 일이야."

그는 매제에게 고개를 돌렸다.

"네드?"

"이쪽 보지 마십쇼."

네드가 점잖게 빠져나갔다.

"단합한 세 자매를 상대하느니 맨땅에 박치기하렵니다. 난 그 방침을 오래 전에 굳혔어요."

그는 아내 카밀라의 등을 어루만졌다.

"각개격파, 그게 내 전술이죠."

"얼씨구."

보는 물러나 앉았다. 그는 여동생들의 한결같은 표정—'오빠는 저질'—을 둘러보며 넌더리를 쳤다.

"뱁새가 황새의 마음을 어찌 알랴. 너희들은 이해 못해. 괜히 설명하려고 내 자신을 꽈배기로 만드느니 꽉 죽고 만다."

"고마워, 입 다물어 줘서."

둘째 아나벨이 쏘아붙였다.

"보르가드 듀프리를 이해하려는 시도 자체가 우리 여자들의 녹녹하고 작은 머리에는 가혹한 형벌이라우."

보는 탄식했다.

"아, 우쩌자고 테일러 서장은 이런 때 알래스카로 가버렸는지."

"물고기 잡으러 간 거 자네도 알잖아."

루크가 염장을 질렀다.

"이곳의 더위와 허리케인 시즌도 피할 겸해서 말이야."

삐꺽 신음이 나도록 의자의 뒷다리에 체중을 싣는 그의 반질거리는 머리통이 전등 불빛에 반짝거렸다.

보는 파트너를 노려봤다. 루크에 대한 원망이 폭등했다. 요 모양 요 꼴이 된 건 죄다 이 친구 때문이다. 그가 아침나절에 원래 2센트어치밖에 안 되는 제 구실이나마 단단히 해주었어도…….

"자네 때문에 의자 망가졌잖아, 가드너. 새것으로 사 놔."

"더러운 성깔머리하고는."

조시 리가 혀를 끌끌 차며 자리에서 일어났다.

"커피하고 아나벨 언니가 만들어 온 프랄린*을 가져올게. 당분을 섭취하면 그 성깔이 달콤해질지도 모르지."

부엌으로 향하며 그녀는 오빠의 머리를 다정하게 토닥거렸다.

보는 버럭 소리를 질러 주었다. 으이그 여자들이란 삐딱 노선을 타면 걷잡을 수가 없다. 똘똘 뭉치기는 또 얼마나 좋아하는지. 집 밖에서 다른 여자한테 설움과 굴욕을 당해야 하는 오라비를 동정은 못할망정 잡아먹지 못해서 안달이어도 되는 거야? 심지어 루크마저 가세하여 배신을 때렸다.

쳇, 좋다 이거야. 외톨이 늑대가 되어 다수와 맞섰던 게 어제오늘 일도 아니고 악조건 속에서 승리를 거두었던 것 역시 한두 번이 아니다.

지금은 그 로웰 군을 떼어버릴 전망에 혼자 만족하련다.

줄리엣은 등뒤로 방문을 닫자마자 머리핀을 뽑기 시작했다. 거실을 가

---

* Praline. 아몬드나 호두 등을 설탕에 졸여 굳힌 과자.

로지르며 하나둘 뽑은 머리핀이 한줌이 되었고 침실 앞에 이르렀을 즈음에는 머리칼이 흘러내려 물먹은 스펀지처럼 부풀어올랐다. 그녀는 장식장 위의 작은 쟁반에 핀을 보관했다. 이런 목적으로 일찍이 가져다 놓은 수작업 그림의 쟁반이다. 줄리엣은 두 손을 머리칼 속에 박고 두피를 문질렀다.

"후우, 이제야 살겠다."

침실의 발판 의자에 주저앉아 굽 낮은 구두부터 벗었다. 그리고 밴드 스타킹을 돌돌 말아 내려 집어던지자 만족에 찬 한숨이 저절로 새어나왔다. 그녀는 의자에서 바닥으로 주르르 쾅 내려앉아 발가락을 쭉 뻗는 한편 두 팔은 머리 너머의 벽을 향해 전신을 길게 늘였다. 흐트러진 머리칼이 의자와 맞닿는 뒤통수의 충격을 완화시켜 주는 또 다른 쿠션 역할을 했다.

하지만 그녀의 뿌리 깊은 조신함은 흐트러진 자세를 오래 허락하지 않았다. 줄리엣은 마지막으로 기지개를 켜고 자리에서 일어나 드레스의 숨김 지퍼를 찾았다.

혼자 있게 되니 날아갈 것만 같았다. 듀프리 경사가 호텔에서 한 발자국도 떼지 않겠다는 그녀의 약속을 받아내고 떠난 이래 줄리엣은 전속력으로 움직였다. 시간을 쪼개어 계약직 직원들을 만나 보고 모든 부서의 현황 파악을 통해 각자의 소임을 일깨우거나 업무 진척을 독려하느라 종종걸음쳐야 했다. 그녀에게는 숨돌릴 시간, 일거일동이 평가받는 분위기에서 벗어날 공간이 절실했다.

드레스를 머리 위로 벗어 새틴 날개의 옷걸이에 걸고 스타킹은 망사 가방에 넣었다. 나중에 세탁을 보내야지. 속옷 차림으로 다시 한 번 뻑적지근하게 기지개를 켜며 맨살에 닿는 공기의 감촉을 만끽한 다음 두 팔을 내리고 목을 돌렸다.

긴장된 근육과 팽팽한 신경이 풀리기 시작하자 침대의 이불을 걷었고……, 그녀는 곧이어 목청이 찢어져라 비명을 질렀다.

# 3

몇 시간 내지는 몇 초 후—가늠조차 안 되는 촌각이 흐른 후—주먹으로 방문 두들기는 소음이 일었다.

"총책임자 님!"

보좌관의 다급한 목소리였다.

"무슨 일이에요? 문 좀 열어 보세요!"

공황 상태에서 줄리엣은 침실과 거실을 내달렸다. 문을 열어 젖힌 순간 하마터면 록산느의 노크하려던 주먹에 얼굴을 맞을 뻔했다.

"우와."

록산느는 총 맞은 사람처럼 팔을 뚝 떨구며 상사를 다시 봤다.

"끝내주잖아. 왜 그런 머리를 올리고 다니죠?"

줄리엣은 벌벌 떨기만 했다. 그녀의 아뜩한 표정이 웅변보다 더한 대답이 되었는지 록산느는 자신의 질문을 삭제한다는 몸짓을 해보이고 상사를 도로 방안으로 밀었다.

"괜찮으세요? 우와, 나체나 다름없군요. 하지만 멋진 속옷이에요."

그녀는 비키니 팬티에 하늘색의 반컵 레이스 브래지어만 걸친 상사의 어깨를 따뜻하게 안아 주었다.

줄리엣은 이런 익숙하지 않은 접촉에 몸을 굳히고 자시고 할 계제가 아니었다. 그녀는 여전히 혼미한 정신으로 보좌관에게 이끌려 거실을 가로질렀지만 침실 앞에 이르자 뒷걸음질을 쳤다. 때려죽이는 한이 있어도 저기에는 못 들어간다.

"저 방에서 무슨 일이 있었군요?"

상사의 질린 표정을 유심히 살피며 록산느가 물었다.

"알았어요, 잠깐 기다리세요."

록산느는 기합을 넣듯이 호흡을 가다듬고 침실로 쳐들어갔다. 잠시 후 쏜살같이 튀어나온 보좌관의 손에는 금갈색의 비단 기모노가 들려 있었다. 그녀는 줄리엣에게 옷을 입혀 주고 느슨하게 허리띠까지 매어 준 다음 단호한 어조로 명령했다.

"자, 이제 뭐 때문에 그렇게 놀랐는지 말씀해 보세요."

"실례하오."

중후한 남자의 음성이 문간에서 들려 왔다.

"비명소리를 듣고 달려왔소. 내가 혹시 도와줄 일은 없소?"

록산느가 반색을 했다.

"헤인즈 씨!"

"에드워드요."

그는 다정하게 정정해 주었다.

"부디 에드워드라고 불러 주구려."

"그럴게요. 우선 안으로 들어오세요."

육십대 초반의 은발인 그는 권유에 따랐다. 첫눈에도 교양 있는 남부 신사였다.

"저분은 에드워드 헤인즈 씨예요."

록산느는 상사의 팔뚝을 가볍게 잡고 관심을 환기시켰다.

"그리고 에드워드, 줄리엣 애스터 로웰을 소개할게요. 호텔 개관의 총 책임자이자 비명의 장본인이죠. 하지만 왜 비명을 질렀는지 여부는 아직

미지수예요."

줄리엣은 억지로 정신을 수습하려 애썼다. 그녀는 떨리는 손으로 방문을 가리키며 목소리를 쥐어짰다.

"내 치, 침실에—거대한—오, 하느님, 거대하고 징그러운 괴기 생물체가 있어요. 난생 처음 보는 생물체예요. 그게 이불 속에서 튀어나와 나한테, 내 발등에 떨어져… (진저리에 손짓까지 곁들여 당시의 끔찍함을 전달하고)… 침대 밑으로 들어갔어요."

"그 생물체가 네 발 달린 짐승이었소?"

에드워드 헤인즈가 자상한 어조로 캐물었다.

"예를 들자면 쥐 같은?"

"아뇨. 곤충류였어요. 하지만 딱정벌레처럼 작은 곤충이 아니라 큰, 정말 큰 벌레예요."

"기다려요, 내가 확인하고 오리다."

그는 침실로 향했다.

줄리엣은 방에서 들려 오는 부스럭거리는 소음에 마음이 놓였다. 충격의 여파가 가시고 평소의 차분함이 되돌아오기 시작했다. 괴기 생물체와 조우한 이후 처음으로 주변을 의식할 여유가 생겼다. 그녀는 옆으로 고개를 돌렸고 내심 움찔했다.

그녀의 보좌관도 정장을 탈피한 터였다. 대신 겨자색 새틴의 파자마 차림을 하고 있었다. 생강 빛깔의 고수머리는 얌전하게 올려 정리했던 근무 시간과 달리 커다란 나비매듭으로 질끈 묶은 그물 스타킹 아래로 빨강 폭포처럼 흘러내렸다. 록산느가 참 많이 변했구나, 하는 깨달음과 함께 줄리엣은 감회에 젖었다. 면접 당시의 록산느는 지금처럼 야하고 화려한 모습이었는데.

물론, 이러한 변화를 전혀 눈치채지 못하고 있었던 건 아니다. 보좌관이라는 직위에 어울리는 복장과 태도를 갖춘다는 조건하에 채용했으니까. 하지만 그 변화의 혁혁한 폭은 미처 실감하지 못했다. 지난 1년 간 록산느가 크라운 호텔 체인의 사내 문화에 동화하기 위해 기울였을 노력이 가상하게 여겨지는 한편, 고유한 개성을 죽이도록 무언의 압력을 너무 강하게 주어 왔던 건 아닐까 하는 생각이 처음으로 들었다.

줄리엣의 가슴속에서 애정이 치솟았다.

"고마워."

그녀는 차분하지만 열렬하게 말했다.

"록산느가 즉각 달려와 조치를 취해 주지 않았더라면 난 속옷 바람으로 복도를 활보했을 거야. 머리가 터져 나가라 소리를 질러대면서 말이야."

보좌관의 얼굴이 우스꽝스럽게 일그러졌다. 보글거리는 웃음기와 그걸 참으려는 투쟁으로 벌어진 결과였다. 록산느가 무슨 상상을 하고 있는지는 자명했다. 그녀의 요상한 표정에서 줄리엣은 옛날 고딕 소설의 여주인공처럼 겁에 질려 뛰어다니는 자신의 모습이 떠올라 저도 모르게 쿡쿡거렸다. 그녀는 얼른 웃음을 제압했지만 록산느와 시선이 마주친 순간 그녀들은 동시에 자제력을 잃고 폭소를 터트렸다.

"진심으로,"

줄리엣은 웃다 겨우 숨을 돌렸다.

"고마워."

"뭘요."

눈물까지 찔끔거리며 웃던 록산느는 눈가를 닦았다.

"그런데 벌레도 보통 벌레가 아니었나 봐요. 총책임자 님이 이렇게 동요하신 모습은 처음이에요."

불현듯 줄리엣은 예상하지 못한 충동에 휩싸였다. 자신에게 달려들던 벌레를 보았을 때의 그 원초적인 공포, 모든 이성을 일거에 날려버린 경악감에 대해 마치 록산느가 친구라도 되는 양 격의 없이 털어놓고 싶어진 것이다. 부하 직원을 향해 이런 충동은 한 번도 느껴 보지 못했다. 할머니의 지엄하신 가르침에 따라 고용인들과 언제나 일정한 거리를 두어 왔지만 지금은 이 보좌관이 인간적으로 친해지고 싶은 따뜻하고 정 많은, 같은 여자로 느껴졌다. 줄리엣은 말문을 떼려고 입을 벌렸다.

그때 에드워드 헤인즈가 침실에서 나왔다. 그의 손에 들린 손수건을 보자 줄리엣은 무슨 말을 하려 했는지 잊어버렸다. 하지만 자신이 뭔가 중요한 기회를 놓쳤다는 묘한 기분이 들었다.

"이게 그 벌레였소?"

에드워드가 손수건의 가장자리만 젖혀 보인 순간 여자들은 약속이나 한 듯이 동시에 뒤로 물러섰다. 하얀 손수건의 빳빳함과 청결함이 죽은 벌레의 흉물스러움을 한층 강조했다.

"무슨 벌레가 그렇죠?"

록산느는 오만상을 찌푸렸다.

"10센티미터도 넘어 보이네."

"바퀴벌레라오."

"그럴 리가!"

쭈뼛쭈뼛 가까이 들여다보며 록산느는 회의를 표했다.

"이렇게 큰 바퀴벌레가 어디 있어요?"

"이곳 바퀴벌레는 작은 것에서 이보다 큰 것까지 다양하다오. 뉴올리언스에서 살려면 바퀴벌레와의 공존을 감수해야 해요. 이 녀석들이 없는 곳이 거의 없다오."

"오…… 그런……."

줄리엣은 할말을 잃었다.

"우리 집은 바퀴 문제가 없었소, 예전에는."

에드워드는 노골적으로 경악해 마지않는 여자들을 향해 동정 어린 미소를 던졌다.

"별로 위안이 되는 소리는 아니겠지만, 우연히 흘러 들어온 바퀴벌레라고 생각해요. 그러나 날이 밝는 즉시 살충업체를 부르는 게 좋겠소. 이 녀석이 알을 깠을 경우를 대비해야지. 혹시 몰라서 아가씨의 침대 이불을 벗겨 놓았다오."

"저 침대에서는 절대로 못 자요."

줄리엣이 단언했다. 위생 문제는 젖혀 두고라도 바퀴벌레의 알이 득실거리는 곳에서 잠이나 들면 기적이다.

은발의 남부 신사는 그녀의 손을 다정하게 다독거렸다.

"뉴올리언스에서의 첫날밤이 이런 식으로 망쳐지다니 면목이 없소. 환영인사치고는 고약하군."

"사과는 이쪽에서 드려야 해요, 에드워드. 오늘밤의 모습으로 저를 평가하지 말아 주세요. 저는 평소에 이보다는 훨씬 침착하답니다."

"별말을 다 하는구려, 놀란 게 당연하지. 부디 괘념치 말아요."

"총책임자 님."

록산느가 신사숙녀의 끝 모르는 예의 바른 대화를 잘라 주었다.

"제가 도와드릴 테니 다른 방으로 옮기시죠."

방을 옮기는 작업은 간단했다. 아직 짐조차 풀지 않았기 때문이다. 록산느는 줄리엣과 함께 복도 맞은편의 방으로 짐을 옮기고 야성의 불청객들이 또 있는지 구석구석 살폈다. 바퀴벌레와의 조우는 재수 없었던 사건이라는 확신이 섰을 때야 줄리엣은 잠자리에 들었다.

하지만 잠들기까지는 여러 시간이 걸렸다.


줄리엣은 이튿날 에드워드 헤인즈를 찾아나섰다. 호텔로 개조된 저택을 뒤진 끝에 드디어 목적을 달성했다. 그는 블루룸에 있었다. 푹신한 안락의자와 원예 잡지에 파묻힌 남부 신사의 옆 테이블에는 빵 부스러기만 남은 접시와 빈 잔이 놓여 있었다.

그녀는 열린 문을 가볍게 두들겼다.

"안녕히 주무셨어요? 들어가도 될까요?"

"어서 들어와요!"

에드워드는 검은 테의 돋보기 안경을 벗어 잡지와 함께 내려놓으며 자리에서 일어났다.

"더 이상 집주인도 아니면서 마음껏 늘어져 주인 행세를 한다고 밉게 보지 말아요. 이 방은 아껴 왔던 공간이라오, 긴 세월 동안."

"밉게 보다니요? 그런 마음은 일절 없습니다."

블루룸은 주인의 인품을 진하게 반영했다. 사람을 환영하는 방, 아늑

하고 생기 있고 아기자기하게 꾸며진 그런 방이었다. 낡은 가죽의자들은 은은한 깊이를 자아냈으며 책장에는 장정본과 잡지들이 즐비했다. 특히, 이국적인 마르디 그라 가면들이 장식된 벽면은 장관이었다.

"갑자기 집에 들이닥친 이방인들을 견디느라 고역이시죠?"

"실은 그 반대라오."

에드워드 헤인즈는 부드러운 미소를 지었다.

"낡은 집에 사람이 북적거리니 살 냄새가 나서 좋구려. 이 방과 정원을 제외하고는 그닥 애착도 없소. 우리 부부에게 완벽하게 어울리는 새 집이 어딘가에 있겠지. 그때까지는⋯⋯."

그는 더도 덜도 아닌 딱 적당한 품위를 내세웠다.

"이곳에 한두 가지 개인적인 보물을 보관하고 싶소만⋯⋯?"

"얼마든지 그렇게 하세요."

줄리엣은 죄책감에 사로잡혀 서둘러 말했다.

"딱히 그럴 필요도 없는데 오랜 습관을 바꾼다는 건 부조리해요. 선생님의 사생활을 침해할 뜻은 조금도 없습니다. 저는 그저 어젯밤 일에 대하여 다시금 사의를 표하기 위해 찾아왔을 뿐이에요."

에드워드는 그녀처럼 관대한 여성이 그의 집에서 끔찍한 경험을 하게 된 사태에 대해 우아하게 사과하고 언제든 자신을 찾아와도 환영한다는 뜻을 유려하게 밝혔다. 블루룸에서 나올 즈음 줄리엣은 웃어야 할지 울어야 할지 갈피를 못 잡았다.

저 남부 신사는 로맨스 파파, 그 자체다. 신규 호텔의 후보지를 검토할 때는 저토록 멋진 노신사를 반평생 살아온 집에서 쫓아내게 될 줄 생각조차 못했는데.


"좋은 오후, 록산느 씨."

록산느는 서류에서 고개를 들었다. 이쪽으로 슬렁슬렁 다가오는 듀프리 경사를 지켜보자니 심장박동에 경미한 이상증세가 일었다. 저런 남자를 가리켜 꿀맛이라고 한다. 그럼에도 그녀는 눈을 가늘게 뜨고 의혹 어린 눈초리를 던졌다. 듀프리 경사가 줄리엣에게 뭔가 꿍꿍이를 품었다고 이미 감 잡았기 때문이다. 하지만 시꺼먼 꿍꿍이라 단정짓기에는 섣부르므로 일단 판단을 유보해 두었다.

"자리에 앉아서 기다리세요, 경사."

그녀는 힘들여 익힌 직업적인 어조를 극대화했다.

"애스터 로웰 씨께 경사의 내방을 알리겠습니다."

내선 전화기의 단추를 눌러 옆방에 보고했다.

록산느는 직속상사를 흠모했다―줄리엣 로즈 애스터 로웰은 진짜 숙녀, 숙녀 중에 숙녀, 지상의 소금과도 같은 존재인 숙녀다. 더불어 그녀를 채용해 준 은인이기도 하다.

토마스 로웰은 대놓고 록산느를 불량품 취급했다. 그녀를 채용하고 지속적으로 감싸준 사람은 다름 아닌 줄리엣이었다. 록산느는 줄리엣이 아버지를 기쁘게 해드리기 위해 고군분투하는 모습을 옆에서 지켜보며, 아버지의 반대를 꺾고 자신에게 기회를 준 상사에게 새록새록 고마움을 느꼈다. 또한 그녀를 역할 모델로 삼고 열심히 모방했다. 줄리엣을 실망시키지 않기 위해서라면 뭔들 못하랴. 그러나 상사의 남자 문제에 대해서는…… 그녀가 평생에 적어도 한번쯤은 여자다운 대접을 받게 되길 바라는 입장이었다.

록산느가 아는 한도에서 줄리엣을 '만진' 사람은 아무도 없었다. 줄리엣의 왕 속물 아버지도, 고역스러울 만치 올바른 할머니도, 울트라 워스프*의 어떤 에스코트 상대도 줄리엣한테 손대지 않았다. 뭐, 그들 가운데 일부는 사석에서 좀 늑대 근성을 드러내거나 덜 신사답게 굴지도 모르지만 그런 치가 과연 있었을지 여부는 심히 의심스럽다. 이런 마당에 듀프리 경사가 나타난 것이다.

록산느는 초조하게 잡지를 뒤적이는 그를 훔쳐보았다. 저 사내는 누구들처럼 본인의 수준을 낮추어 지저분한 신체접촉에 나서길 꺼려하는 남

---

* WASP. 앵글로색슨계 백인 신교도(White Anglo-Saxon Protestant의 약자). 미국 사회의 주류를 형성하는 지배 계급.

자가 아니다. 어제 그가 줄리엣에게 줄창 엉겨붙던 기억만 떠올려도 발가락까지 찌릿거린다.

*하지만 보 듀프리, 내 상사한테 시켜먼 꿍꿍이를 품은 것으로 판명되면 넌 끝이야, 끝!*

문 하나를 사이에 두고 줄리엣은 떨리는 호흡을 가다듬었다. 치맛자락에서 있지도 않는 보푸라기를 털어냈으며, 흐트러지지도 않은 머리를 매만졌다. 그리고 초연한 정중함으로 표정을 관리한 다음 사무실 밖으로 나갔다.

그에게 눈이 닿자 심장이 또 미쳐 날뛰었다. 어제와 증상이 똑같았다. 섬세한 앤틱 의자에 퍼져 있던 보 듀프리가 시선을 맞추어 오자 입안에서 모든 물기가 사라졌다. 줄리엣은 내밀하게 입술을 축였다.

그는 잡지를 내팽개치고 일어나, 까만 눈으로 그녀를 느릿하게 훑으며 고개를 까딱거렸다─거뭇한 턱을 미미하게 당기는 정도의 목례였다.

"줄리엣 씨."

"듀프리 경사님."

경사의 입가가 삐딱하니 당겨 올라갔다.

"보라고 하는 게 어때요? 하루 이틀 보고 안 볼 사이도 아닌데."

"그럼, 보."

줄리엣은 사소한 문제에 연연하지 않기로 했다. 정작 목숨을 걸어야 할 문제조차 대충 넘기지 않았던가. 목숨 걸고 사수했더라면 호텔의 성대한 개관을 앞두고 할 일이 산적한 이 마당에 그를 따라다녀야 하는 입장은 모면했을 것이다.

하지만 사수할 수가 없었다. 그녀를 대동하고서라도 누구의 신변을 보호하는 임무 때문에─누구나 인정해 마지않는 그 불필요한 임무 때문에─뒤로 밀린 '공무'를 짬짬이 수행하겠다고 나서는 강직한 경찰한테 어찌 협조를 거절하랴. 의당 줄리엣이 모범 시민답게 양보하고 밀린 일은 밤을 새서라도 해야지.

"이제 가볼까요?"

권유형의 질문이었지만 실은 말치레에 지나지 않았다. 왜냐하면 듀프리 경사가 이미 그녀의 팔꿈치께를 움켜잡고 걸음을 옮겼기 때문이다.

"나중에 봐요, 록산느 씨."

"애스터 로웰 씨의 시간을 너무 잡아먹지 마세요. 늦어도 3시까지는 돌아와야 해요. 그때 다른 약속이 잡혀 있어요."

"예, 예."

밖으로 나선 순간 한낮의 열기가 줄리엣을 강타했다. 심지어는 보의 손이 주는 거칠고 뜨거운 감촉마저 무색해지는 순간이었다. 대기에는 슬슬 친숙해져 가는 뉴올리언스 특유의 물 냄새와 식별조차 불가능하게 뒤엉킨 꽃향기가 농염하게 배어 있었다. 그녀의 비단 드레스가 금방 몸에 휘감겼다. 줄리엣은 앞섶을 살짝 잡아떼며 숨을 시원하게 쉬어 보려고 노력했다. 젖은 모직을 입에 대고 호흡하는 느낌이었다.

"처음에는 압도당하는 기분일 테죠, 아마."

줄리엣은 자동차 문을 열어 주는 보와 시선을 맞추었다.

"이 무더위에 익숙해지려면 얼마나 걸릴까요?"

"그쪽은 평생 가도 안 될 걸요. 나 같은 토박이도 여름 더위에는 아직 익숙해지지 못했으니까. 아, 머리 부딪치지 않게 조심해요."

보는 그녀를 낮은 차체의 보조석에 태우고 문을 닫았다.

치맛자락부터 단정하게 여민 다음 줄리엣은 열린 창 너머로 손을 내밀어 진녹색 차체의 광나는 표면을 살그머니 쓸어 보았다. 어제는 경황이 없어 놔서 자동차 내부의 세세한 부분 따윈 눈에 들어오지 않았지만 지금은 달랐다. 보가 날렵하게 빠진 자동차 앞을 돌아 운전석으로 오는 사이에 그녀는 실내를 둘러보며 호기심을 채웠다. 좌석 공간이 넉넉하고 가죽시트는 버터색이었다. 공간효율을 극대화하여 꼼꼼하게 설계된 인테리어와 작다 싶은 크기의 목조 운전대 그리고 샌들 바닥에 폭신폭신 밟히는 카펫. 그녀가 항상 원해 왔던 차는 이런 자동차다, 아버지가 골라 주신 메르세데스 말고.

줄리엣은 화들짝 정신을 차리고 반듯하게 고쳐 앉았다. 육지에서는 리무진, 하늘에서는 콩코드를 타고 다니는 32살의 여자가 차 한번 얻어 탄 고교생인양 눈을 초롱거리며 잔뜩 흥분하다니? 그렇다고 이 차가 배트맨 차도 아니잖은가. 이건 그저 차체가 낮고 잘 보존된 낡은 자동차에 불과하다.

시동이 걸리자 부르릉 하는 떨림이 그녀의 척추를 뒤흔들어 놓았다.

"좋은 차로군요."

하도 싸늘해서 칭찬처럼 들리지도 않는 목소리였지만 실은 몸으로 느껴지는 이 차의 강력한 마력이 얼마나 좋은지 감추기 위한 위장이었다. 개폐식 지붕이 아니라는 점만 빼고는 전부 마음에 드는 차다.

"애를 그냥 차라고 부르는 건 모욕이에요."

보는 애정을 담뿍 담아 계기반을 어루만졌다.

"이 베이비는 69년형 로열 밥캣 GTO이자, 클래식 차종이자, 디트로이트의 천재들이 천재였다는 인증서라구요, 슈가."

"내 무지를 부디 용서하세요."

줄리엣은 덧붙여 나직하게 중얼거렸다.

"남자와 남자들의 장난감이란."

보가 고개를 쓰윽 돌렸다.

"이거 말고 다른 장난감도 있는데……."

나른하게 반쯤 뜬 눈으로 그녀를 꼼짝 못하게 옭아맸다.

"보여줄까요? 가지고 놀게 해줄 수도 있어요, 달링이 예쁘게 부탁하면."

줄리엣은 생각한 바를 소리내어 말한 자신이 부끄러웠다. 그리고 호기심에 산채로 먹히는 기분이기도 했다. 보의 말이 그 뜻일까? 설마. 하지만 설마가 사람 잡는 경우도 있으므로 그녀는 턱을 번쩍 들고 코 아래로 그를 냉랭하게 내려다보았다.

듀프리 경사는 씨익 웃어 보이기만 했다. 거무스레한 피부와 강렬한 내비를 이루는 하얀 치아가 눈부신 미소였다. 곧이어 그가 덮치듯 몸을 기울여 왔다. 코가 서로 닿을락 말락 하고 가슴이 스치는 자세로 그녀의 오른팔을 슬슬 어루만지며 내려가 엉덩이 근처를 더듬었다.

줄리엣은 좌석에 달라붙었다, 가슴이 격하게 콩당거렸다.

"이게 무슨 짓이에요?"

"보시다시피……."

그는 그녀의 입술에 홀린 사람처럼 눈을 떼지 못했다. 줄리엣은 신경질적으로 입술을 핥았다. 그러자 그가 미미하게 머리를 털며 눈썹을 들어 그녀와 시선을 맞추었다.

"… 안전띠를 매드리는 짓이죠."

보조석의 안전띠를 쭈욱 잡아당겨 찰칵 채우고는 몸을 바로하더니 작은 미소, 하지만 약간 흔들린 미소를 지었다.

"나 같은 법 집행관이 그 외에 무슨 짓을 하겠어요? 안 그래요, 장미?"

"그렇다마다요, 보르가드 보디가드 님."

이런 냉소적인 목소리가 그녀의 입에서 나왔다는 게 믿어지지가 않았다. 조금만 더 뻣뻣해지면 서퍼들이 그녀를 서핑보드삼아 능히 쿠바의 아바나까지 가고도 남으리. 이 망할 남자에게는 그녀한테 멍청한 소리만 지껄이게 하는 탁월한 재주가 있다.

"자, 그럼 몸에서 힘 좀 빼요."

보가 1단 기어를 넣으며 명령했다.

"신나게 즐겨 보자구요."

굉음을 내며 차가 앞으로 튀어나갔지만 공용도로에 이르자 추진력을 잃고 속도가 느려졌다.

열린 창문으로는 후텁지근한 바람이 들어오고 스테레오의 스피커에선 쿨재즈 가락이 흘러나왔다. 신호등에 걸릴 때마다 자동차 엔진이 부릉거리며 항의했다. 줄리엣은 어느덧 보의 명령에 복종하고 있는 자신을 깨달았다—신나게 즐기고 있는 것이다.

그녀는 바람에 흐트러진 머리칼을 뒤로 넘기며 차창 밖의 풍경에 열중했다. 가로수 즐비한 대로에 들어서서 차가 속력을 높이자 획획 스쳐 밀려나는 나무들의 형상이 흐릿하게 번져 커다란 이끼 덩어리처럼 보였다.

그녀는 운전석을 향해 고개를 돌렸다.

"저 가로수들의 수령이 대충 어떻게 되죠? 거목들 같은데."

"여기는 <ㄴㅠㅇㅗㄹ 리ㅇㅓㄴ 스>예요, 달링."

보는 입가에 채 앉지도 못하고 사라진 미소를 지으며 대답했다.

"가로수 따윈 안 키우는 동네다 이 말씀입니다. 우리가 남부 참나무 속屬의 수목들 사이에 끼어 살고 있는 거예요. 하지만 그쪽이 보긴 잘 봤어요—거목은 거목들이죠. 이 동네에서 수령이 제일 많다고는 못해도 백 살은 넘으니까."

시원하게 뚫린 대로는 쿼터 지구에서 단선 도로에 자리를 내주었다. 주차 공간을 찾아 헤매는 동안 줄리엣은 구 시가지의 풍경을 흥미진진하게 구경했다.

벽돌 건물들 사이로 난 비좁은 골목길과 각자 개성을 뽐내는 주철 세공물은 유럽풍 분위기였다. 마천루만 없다면 1,800년대의 거리였다. 아, 다닥다닥 줄지어 있는 스트립주점과 점 보는 집과 섹스샵들도 없다면.

보가 드디어 차를 댔다. 그는 그녀를 차에서 끌어내고—아니, 차에서 내리는 걸 도와주고—손목을 단단히 잡은 채 성큼성큼 거리를 활보했다.

줄리엣은 세련된 국제인임을 자부해 온 터였다. 그러나 목 빼고 진열창을 기웃거리는 그녀의 모습은 영락없는 촌닭이었다. 부두교 가게의 저 쪼글쪼글한 것들은 필시 건조된 동물의 장기들임직했으며 포르노샵에는 그 용도조차 종잡을 수 없는 각양각색의 물건이 쌓여 있었다. 걸음을 늦추고 하나하나 자세히 관찰하고 싶은 학구열이 치솟았다. 입까지 벌리고 기웃거리지 않는 것만도 그녀로서는 대단한 일이었다.

하지만 거리는 한산했다. 잔인한 햇살이 맹공격을 퍼붓는 중이라 그녀의 촌닭 꼴을 구경할 사람들이 얼마 없었으며, 보르가드는 오직 그만이 알고 있는 목적지를 향해 한눈 팔지 않고 전진 또 전진하는 중이었다. 그런 요인들에 힘입어 줄리엣은 조신하게 실컷 즐겼다.

업소들은 문을 활짝 열고 담배연기와 음악을 토해냈다. 보도에 나와 있는 한 석판에는 라이브 섹스쇼가 한창 공연중임을 낯뜨거운 표현들로 알렸다. 섹스쇼 같은 게 정말 존재했다니! 그녀는 그 쇼를 살짝 눈요기나마 할 수 있을까 싶어서 업소 앞을 지날 때 발을 질질 끌며 가능한 한 미적거리며 보에게 끌려갔다.

그의 목적지는 바로 옆집이었다. 줄리엣은 섹스쇼 훔쳐보기에 대한 미련을 못 버리고 어깨너머를 돌아본 채로 실내에 들어섰다. 갑자기 어둠과 만나자 일시적으로 앞이 보이지 않았다. 회오리 치는 자욱한 담배연기 때문에 재채기가 나왔다.

"실례해…… 에에취!"

그녀는 다시 재채기를 하며 손수건을 찾았다. 어두운 눈을 깜박거리며 재채기하랴 손가방 뒤지랴 바쁜 통에 여러 개의 스피커를 뽀개놓을 듯이 쿵짝거리는 블루스 음악조차 줄리엣의 귀에는 들리는 둥 마는 둥했다. 그녀는 보가 이끄는 데로 따라가서 앉으라는 곳에 앉았다. 시력이 실내의 조명 상태에 천천히 조절되었다.

제일 먼저 눈에 들어온 광경은 젖가슴이었다. 인간에게는 불가능한 크기의 어마어마한 가슴에 이어 하이힐 한 켤레가 보였다. 줄리엣은 움찔 고개를 젖혔다―그 하이힐을 신은 발에서 이어지는 무릎이 쫙 벌어진 것이다.

줄리엣은 이제 여자의 사타구니와 정통으로 마주쳤다. 좀더 정확히 말하자면 금색의 반짝이 끈팬티만 걸친 사타구니, 하지만 팬티의 천보다는 거기에 찔러진 석 장의 지폐들로 더 많이 가려진 사타구니였다. 문제의 여자는 엉덩이를 약간 들어올려 빙빙 돌렸다간 이쪽저쪽으로 실룩거리기 시작했다. 뭘 암시하는 동작인지는 분명했다. 여기가 바로 스트립주점인 것이다.

세상에나.

이다지도 신기할 데가.

# 4

조시 리는 소형 콤팩트에 입술을 비추어 보고 머리칼을 굽실굽실하게 부풀렸다. 3층에서 승강기 문이 열리기 직전까지 매무새를 다듬다가 막판에 콤팩트를 숄더백에 집어넣고는 웃옷을 팽팽하게 잡아당겼다. 숨도 크게 쉬어 보았다.

*죽기 아니면 까무러치기, 망치면 쪽박차기야.*

그녀는 기억조차 가물가물한 옛날옛적부터 루크 가드너를 사랑해 왔지만 루크는 그녀를 파트너의 어린 동생으로밖에 보지 않았다. 이제는 그런 태도를 바꾸어 놓을 때가 되었다. 보 오빠가 새로운 단독임무 때문에 바쁜 지금이야말로 하늘이 내리신 기회다.

또한 절대로 망쳐선 안 될 기회이다. 그녀는 코로 공기를 들이켜 입으로 내뱉고는 축축한 손바닥을 치마에 대고 쓱 밀었다.

*난 할 수 있어! 아이 캔 두 잇!*

하지만 루크의 뒷모습을 보자 용기가 사라졌다. 그는 수화기를 귀에 댄 채 셔츠가 널찍한 어깨에서 팽팽히 당겨지도록 책상 위로 몸을 숙이고 있었다. 루크 가드너 근처에선 언제나 온몸이 화끈 달아오르는 기분이 든다. 저 남자 때문에 로마의 프란체스카 성인께 기도 드린 세월만 해도 반평생이다—기다림에 대해 뭘 좀 아는 성인이 있다면 그분이므로 조시 리는 자신이 클 때까지 제발 루크 가드너가 기다리게 해달라고 십대의 열정을 다하여 기도했다. 루크가 다른 여자를 만날까 봐 얼마나 떨었던지. 그러나, 할렐루야, 그런 비극은 벌어지지 않았다. 적어도 지속적인 영향력을 미친 여자는 없었다.

이제 조시 리는 다 컸고 얌전하게 물러나 앉아 루크에게 그 사실을 알아차릴 기회도 주었다. 하지만 소용없었다. 이번에 그가 또 알아차리지 못한다면 그녀의 용기 부족 때문은 아닐 것이다.

그녀는 마음을 당차게 먹었다. 모든 두려움이 7월의 인도人道 또는 인도의 옛 표현인 뱅켓에 떨어진 아이스크림 녹듯 사라졌다. 조시 리는 다시 한 번 호흡을 가다듬고 돌진했다.

하지만 얼마 못 가 오빠의 또 다른 동료에게 잡혔다.

루크는 수화기를 귀에 대고 책상을 뒤졌다. 이놈의 수첩이 대체 어디 갔지? 맹세코 아까 확인해 봤던 곳에서 수첩이 나오자 끄적끄적 갈겨진 페이지를 넘겨 원하던 정보를 찾아내 전화선 저편의 형사에게 불러 주며 편히 앉는 순간…… 여자의 엉덩이가 그의 눈에 확 들어왔다.

와우. 죽이는데. 루크는 미소를 흘리며 눈요기를 즐겼다. 여자가 저기 앞줄의 맥도스키 책상에 양손을 댄 채 몸을 숙여 대화에 열의를 보이자 베이지색 치맛자락이 올라갔다. 아슬아슬했다, 놓칠 수 없는 광경이었다. 베튼코트 형사 같은 경우는 아예 자리에서 일어나 구경해댔다. 루크는 그와 시선이 마주치자 남자끼리의 미소를 교환했다. 감탄사를 입으로 벙긋거리고 가슴을 빠르게 두들겨 자신의 소감도 전달했다. 그리고는 통화 상대의 질문에 대답해 가며 여자의 뒷모습을 계속 감상했다. 우와우. 엉덩이도 엉덩이지만, 미끈하게 빠진 다리가 그의 관심을 사로잡고 놓아주지 않았다—세계 정상급 다리다. 저 여자가 누굴까?

그 질문에 답하듯 여자가 고개를 돌렸고 루크는 야구방망이로 명치를 얻어맞은 느낌이었다. 보의 막내동생이잖아!

맙소사. 얼라를 데리고 이 무슨 작태람. 아니, 연령상으로는 얼라가 아닐지도 튤레인 대학을 갓 졸업했으니 22살쯤 됐겠구나. 하지만 그래도 조시 리는 얼라다. 게다가 루크는 보한테 자신이 외근하는 동안 여동생을 잘 봐달라고 어젯밤에 부탁까지 받은 몸이다. 파트너가 그런 부탁을 할 때는 여동생의 엉덩이와 다리를 잘 봐달라는 뜻은 아니었으리라.

전화선 저편의 초조한 목소리가 루크의 정신을 환기시켰다.

"예?"

그는 멍하니 반문했다. 통화 상대의 짜증스런 어조로 미루어 똑같은 질문을 여러 번 반복했던 모양이다. 루크는 프로답지 못한 드문 일탈을 시정하고 본격적으로 통화에 달려들었다.

"미안하게 됐습니다. 이곳에 잠깐 일이 생겨서요. 다시 말씀해 주세요."

조시 리가 이제 몸을 바로했다. 그녀는 맥도스키 형사의 웃음소리를 뒤로 하고 루크 쪽으로 다가왔다. 루크가 통화를 끝냄과 거의 동시에 그녀도 도착했다.

"안녕, 루크 오빠."

나긋하게 인사하며 친오빠를 닮은 그 죽여주는 미소를 지었다.

"참 오랜만이다. 그치?"

루크는 여전히 그녀를 헤벌레 바라보는 맥도스키의 모습을 포착했다. 왠지 심사가 꼬여 루크는 퉁명스런 목소리를 냈다.

"안녕, 막둥아."

보에게 그렇게 불릴 때마다 조시 리는 화를 냈다. 루크는 그걸 알고 일부러 막둥이라고 부른 것이다.

하지만 조시 리는 뜻 모를 미소만 지어 보이며 책상에 걸터앉아 다리를 꼬았다. 짧은 치마가 허벅지 저 높은 곳을 향해 올라가고 늘씬한 다리는 앞뒤로 간들간들 흔들리며 매혹적인 광경을 연출했다.

루크는 가까스로 고개를 들어 조시 리의 얼굴에 결사적으로 시선을 못박았다.

"오늘부터 일 시작한 거니, 아니면 서류 제출하러 들른 거니?"

"출근 첫날이야. 지금은 내 점심 시간이라 우리 오빠 얼굴이나 볼까 해서 들렀어."

"보는 오늘 외근이야."

"응, 알아. 맥도스키와 이야기할 때야 그 생각이 나지 뭐야."

조시 리는 어깨를 들어올리고 천천히 다리를 풀었다가 다시 포갰다. 루크는 두 가지 사실을 발견했다—발목이 가늘군. 엄지발가락은 빨강색으로 칠해졌고.

"있잖아……."

그녀의 열광적인 어조가 루크의 시선을 위쪽으로 원위치시켰다.

"나, 취직을 너무너무 잘한 거 같아. 큰언니와 제일 친한 친구의 시누이의 시동생이 우리 상사의 남편이더라구."

그녀는 삐뚜름한 미소를 던졌다.

"세상 참 좁지?"

루크도 슬며시 따라 웃었다. 뉴올리언스는 뒷소문과 사돈의 팔촌까지 따지기를 사랑한다. 작은 마을의 문화를 철저하게 보존하고 있는 유례없는 대도시가 바로 뉴올리언스다.

"오빠 바쁘지?"

조시 리는 책상에서 미끄러져 내려왔다.

"이만 가볼게. 난 그저 사회인이 된 흥분을 다른 사람들과 나누고 싶었어. 그 사람이 루크 오빠여서 정말 좋다."

그녀는 그의 팔뚝을 가볍게 쓰다듬었다.

"나중에 봐."

엉덩이를 살랑거리며 멀어져 가는 파트너의 어린 여동생한테서 눈을 떼지 못한 채 루크는 간지러운 열기가 피어오르는 팔뚝을 긁었다. 방금 무슨 일이 벌어진 거지?


"어머머, 진짜 보르가드 버틀러 듀프리잖아! 이게 꿈이야 생시야! 자기가 나를 찾는다는 말을 토미에게 전해 듣고 거짓말인 줄 알았어. 이게 어인 성은이지? 드디어 나한테 데이트 신청하러 온 거야?"

풍만한 몸매의 여자가 자욱한 담배연기를 헤치고 나타나 호들갑을 떨었다. 화려한 금발에 최소한의 옷만 걸친 그녀는 보르가드 너머의 줄리엣을 힐끔 넘겨다보았다.

"내가 착각한 모양이네. 자기 나빠, 데이트 상대를 데리고 오는 게 어디 있어?"

"데이트 상대라니?"

보는 놀라는 시늉을 하며 웨이트리스와 줄리엣을 번갈아 보았다.

"그런 게 아냐, 도라 달링. 이쪽은 그저……."

그저 누구? 도라는 보의 둘째동생 아나벨의 친구 언니의 친구라 서툴게 둘러대면 금방 탄로난다.

"… 그저 북부에서 온 내 친척 줄리엣이야. 도라하고 인사해요, 줄리엣 누님."

"안녕하세요, 도라. 만나서 반가워요."

"내 사랑은 오직 자기뿐이야."

보는 웨이트리스에게 단단히 못박았다. 아주 없는 소리만은 아니었다. 도라는 그의 타입이었으니까. 그런데 왜 아직 데이트 신청을 하지 않았는지는 보 자신도 의문이다.

"아잉, 몰라몰라!"

도라는 삼 센티미터 길이의 핏빛 손톱으로 보의 뺨을 긁으며 줄리엣을 향해 말했다.

"그 소문 알아? 여기 보르가드는 올리언스 패리시*를 통틀어 유일하게 오후 다섯 시 수염의 6학년생이었대."

보는 자신의 턱을 정밀하게 쓸어 보며 확인하는 손가락 같은 줄리엣의 시선을 의식했다. 그 시선은 곧이어 보의 옆구리에 달라붙은 웨이트리스를 향해 이동했다.

---

* Parish. 루이지애나 주에서는 지방 행정의 조직 단위로 카운티(county)를 채택한 다른 주와 달리 성당의 교구 제도(패리시)를 그대로 채택.

"처음 듣는 소문이에요."

줄리엣은 특유의 똑똑 끊어지는 목소리로 대답했다.

"나와 보르가드는…… 족보를 한참, 아주 한참 따져 올라가야 공통의 선조가 나오는 사이거든요."

도라는 창의적인 방법들을 연거푸 개발해 그를 짓이겨대며 줄리엣과 대화를 이어나갔다.

"크레즌트 시티(초승달 도시)에는 초행이니?"

"뉴올리언스에는 전에 와봤지만 단기 체류였어요. 프렌치 쿼터 지구는 처음이에요."

"저엉말? 재미를 보려면 이곳을 반드시 들러야 해. 저기 토미가 말하길," 도라는 저쪽에서 걸레질을 하고 있는 바텐더를 턱짓으로 가리켰다.

"자기가 쇼에 넋을 잃었다고 하더라. 우리 쇼 어땠어?"

"몹시…… 흥미진진했어요."

줄리엣의 입가가 보일 듯 말 듯하게 올라갔다.

"내가 접해 본 그 어떤 것과도 같지 않았어요. <빵빵 라트리킷>은 특히 인상적이더군요."

"그녀의 물건은 확실히 물건이지. 하지만 그보다 더 놀라운 건, 그거 때문에 고 계집애가 출연료를 3배나 많이 받는다는 거야."

보는 앉은 자리에서 들썩거렸다. 여우허리띠를 전신에 칭칭 감고 있자니 빌어먹게 더운데다 도라의 향수 냄새가 점점 고역스러워졌다. 그리고 줄리엣, 북부의 오만 덩어리가 왜 도라한테 상냥하게 나오지? 저 작은 코를 공중으로 번쩍 치켜올려야 정상인데. 적어도 잘난 척은 할 줄 알았다. 그럼 그는 뒷짐지고 도라가 줄리엣을 뭉개놓는 꼴을 지켜본다는 각본이었다. 젠장. 각본대로 돌아가긴 틀렸다. 놀이는 관두고 일이나 하자.

그는 여우허리띠를 풀어버렸다.

"클라이드 리뎃이 이곳에 정기적으로 출입한다고 들었어. 그 친구와 만나야 해."

도라가 입술이 샐쭉하게 일그러졌다.

"나를 보러 온 게 아니었잖아."

"자기를 보러 왔지, 물론. 그러나 지금은 나도 근무시간이란 말이야. 임도 보고 뽕도 따면 좋잖아. 안 그래?"

음악이 흘러나오며 새로운 쇼의 시작을 예고하자 도라는 배경음에 묻히지 않으려고 목소리를 높였다.

"정말 임 보러 온 김에 뽕도 따는 거라면 왜 친척을 달고 왔지?"

"훌륭한 지적이에요."

줄리엣은 웨이트리스를 칭찬하고 보를 향해 눈썹을 세웠다.

"왜 나를 달고 왔죠?"

"에이, 시치미 떼기는."

보는 그녀의 올린 머리에서 느슨해진 머리칼 한 줌을 만져 주는 척하며 완전히 빼내고 늑대 미소를 커다랗게 지었다. 흘러내린 머리가 금방 굽실굽실하게 되살아났다.

"누님은 장난꾸러기구나."

줄리엣의 머리칼을 만지작거리며 그는 도라에게 고개를 돌렸다.

"우리 누님이 지금 농담한 거야. 재미 좀 보게 해달라고 어찌나 졸라댔는지 귀가 따가워. 난 근무 시간이라고, 누님을 못 데려간다고 거절했지. 하지만 그런 말이 통했을까? 어림없지. 최고를 볼 수 있는 황금 기회니 뭐니 하며 노래에 후렴구까지 불러대는데 아주 죽겠더라구."

그는 겸손하게 어깨를 으쓱거렸다.

"그러니 내가 어쩌겠어?"

"사실,"

줄리엣은 싸늘하게 쏘아붙였다.

"최고라면 이미 봤어요. 최고라고 자화자찬해댄 사람이 있었거든요. 그리고 난 어디 데려가 달라고 졸라댄 기억도 없어요. 내 머리에서 손 떼요, 보르가드."

보는 손가락에 감고 장난치던 머리칼을 풀어냈다. 그 옆에서 도라가 방긋거리며 종알댔다.

"둘은 인사키스를 나눌 만큼 친한 친척 사이는 아닌 것 같다. 내 말이 맞지?"

보의 시선이 줄리엣의 입술에 정확하게 꽂혔다. 도톰한 맨 입술이었다. 이건 '엉겨붙기 작전'의 실행을 요구하는 상황이라고 판단, 보는 그녀에게 얼굴을 들이댔다.

"아냐, 도라. 잘못 봤어."

키스할 구실 좋고 기회 좋고 두루두루 좋군.

"잘 봤어요, 도라."

줄리엣은 자리에서 벌떡 일어났다. 허리를 반듯하게 세우고 눈을 찌르는 머리칼을 넘기며 그녀는 보와 웨이트리스를 마주 대했다.

"잠깐 실례해도 될까요? 머리를 고쳐야겠어요."

"우리 누님은 흐트러지는 걸 싫어해."

그는 보충 설명하듯 중얼거렸다. 보는 승리감에 겨워 실실거렸지만 줄리엣의 뒷모습을 입 벌리고 지켜보는 자신을 깨닫고 얼른 웃음을 지웠다. 대신 도라에게 고개를 돌렸다. 이번에는 극히 사무적인 태도였다.

"내 명함이야. 핸드폰 번호와 집 전화번호도 적어 줄게. 클라이드 리뎃이 나타나면 연락해 줘. 아주 중요한 일이야, 도라."

이어 미소를 던졌다.

"그런데 자기 전화번호는 어떻게 돼? 이번 사건을 해결하자마자 내가 전화할게, 슈가. 우리 둘이 짱나게 놀아 보자구."

보는 웨이트리스와 가볍게 노닥거리며 스트립쇼를 구경했다. 그러나 줄리엣이 화장실에서 나온 순간 자리를 털고 일어났다. 그녀의 머리가 도로 말쑥하게 틀어 올려진 모습에 왜 이리 안도감이 치솟는지는 진짜 모를 노릇이다.


시내를 질주하는 보의 소중한 GTO에서 줄리엣은 바윗덩어리 같은 침묵을 지키며 차창 너머의 풍경을 응시했다. 지난 몇 시간에 걸쳐 누적된 분노가 부글부글 끓는 지금은 옆자리의 썩을 위인과 말도 하기 싫었다.

*줄리엣 누님, 도라하고 인사해요 이쪽은 카렌이에요, 줄리엣 누님 안녕 타미 조 우리 누님을 소개할게……*

처음에는 재미있었다. 하지만 그런 기분은 급속도로 가셨다. 마지막 술집에서 줄리엣은 애스터 로웰이라면 입에도 담지 말아야 할 그녀의 신체 일부를 손으로 가리키며 '여기에 키스해 봐, 보 동생' 하고 도전하고픈 충동에 휩싸였다.

하지만, 물론, 참았다.

자랑스럽게 생각해 마지않을 자제력이 아닐 수 없다. 할머님이 아시면 대견해하시리라. 그런데 왜 이리 입이 쓴지는 모를 노릇이다.

신호등에 걸리자 GTO는 위협적인 투덜거림과 함께 배기가스를 방출해 쿼터 지구를 출발한 이후 차안을 지배했던 정적을 깼다. 보는 그녀를 힐끗거렸다.

"이봐요 장미, 살벌하게 조용하군요. 원래 말없는 천사표이긴 했지만… (줄리엣을 걱정스레 살피는 척하고)… 얼굴에 열이 오른 것 같아서리. 어디 아파요? 이 일을 어쩌나?"

그의 속눈썹이 내려앉으며 시선이 아래로 떨어졌다. 그리고 뭔가를 말끄러미 응시했다. 이 남자가 뭘 보나 싶어 그녀는 보의 시선을 따라갔고 이내 얼굴을 더 붉혀야 했다. 그는 줄리엣의 허벅지, 정확하게 말하면 옷이 달라붙어 몸매의 선이 노골적으로 드러난 하반신을 보고 있었기 때문이다. 보는 눈을 들고 나른한 미소를 지었다.

"스타킹을 벗고 다니면 달링이 안 아플 텐데."

여자의 건강에 악영향을 끼치는 이런 남자는 나다니지 못하게 하는 법적인 조치가 필요하다. 보는 가는 곳마다 그녀의 눈앞에서 다른 여자들과 희희덕거리고 야구카드를 수집하는 소년처럼 열광적으로 그녀들의 전화번호를 긁어모았다. 줄리엣을 비싸지만 멍청한 개처럼 끌고 다니며 키스할 것 같은 흉내를 내어 창피를 주려 했다. 줄리엣은 열이 나고, 땀이 나고, 이용당한 기분이었다.

*더 이상은 안 참겠어*

그와 시선을 맞춘 채 줄리엣은 샌들을 벗었다. 그녀는 치맛자락 위를 더듬으며 다리를 살짝 들어올려 스타킹 레이스 밴드의 위치를 조정한 다음 가능한 한 속살이 드러나지 않도록 조심조심 치마 속으로 손을 집어넣어 스타킹을 말아 내렸다. 돌돌 말린 나일론 천이 발목으로 툭 떨어졌다. 그녀는 발가락을 힘주어 모으고 스타킹을 벗어버렸다.

이건 스트립쇼치고 눈물나게 지루한 스트립쇼일 테지만—줄리엣도 그걸 모르는 바가 아니었다—남 앞에서, 그것도 시내 한복판의 창문 열린 차안에서, 더군다나 호르몬의 왕을 위해 스트립쇼를 벌여 보긴 그녀의 평생 처음이었다. 하지만 어색하고 쑥스러운 짓을 벌인 보람은 있었다. 호르몬의 왕이 그녀의 손가락에 대롱대롱 걸린 흰 스타킹을 눈 틔어 나오도록 응시하며 헐떡거렸으니까.

"지, 지금 무, 뭐 하는 겁니까, 줄리엣?"

"당신의 뛰어난 충고에 따르고 있는데요."

나머지 스타킹을 마저 벗으며 그녀는 친절하게 지적해 주었다.

"신호등이 녹색으로 바뀌었어요, 보르가드."

뒤차들이 경적을 울려대기 시작했다. 보는 욕설을 중얼거리고 타이어 마찰음을 일으키며 GTO를 출발시켰다. 줄리엣은 스타킹을 단정하게 접었다. 그 어느 때보다 평온한 기분이었다. 맨다리에 닿는 시원한 감촉도 전혀 나쁘지 않았다.

하지만 그녀의 승리는 짧았다—줄리엣도 그것만은 미처 몰랐다. 잠시 후 호텔에 도착해 보가 조수석의 문을 열어 주자 줄리엣은 사교적인 미소와 함께 손을 내밀었다. 또 우악스럽게 끌어내겠지. 그녀의 예상을 뒤엎고 보는 그럭저럭 친절한 태도를 보였다.

"대단히…… 교육적인 시간이었어요."

줄리엣은 인사치레를 했다.

"그럼 내일 봐요, 어차피 피할 수 없는 만남이니……."

목소리가 기어 들어갔다. 차에서 내린 그녀에게서 보가 물러서길 거부하고 바짝 붙어서 있었기 때문이다.

보의 셔츠는 땀에 젖어 가슴에 부분적으로 붙어 있었다. 그의 체온이 물결 파동처럼 방출되었다. 줄리엣의 맥박이 빨라지기 시작했다. 보는 두 손으로 차 지붕을 짚어 그녀를 사이에 가두었다.

"내일 같은 소리하시네. 오늘도 안 끝났어요. 아직 다섯 시간이나 남았다구요."

"예?"

"내가 다섯 시간 더 그쪽에게 붙어 있겠다, 이 말씀이에요."

"터무니없는 소리하지 마세요!"

"터무니없는 소리라는 걸 누가 모르나. 하지만 서장대리 나리의 말을 들었잖아요. 내 일은 그쪽의 신변경호이고 난 프로라구요."

보는 돌연 킁킁거렸다. 그는 먹이 냄새를 맡은 사냥개처럼 그녀의 관자놀이 근처에서 또 킁킁거렸다. 연거푸 목덜미에 얼굴을 들이대고 다시 코를 벌름거렸다. 줄리엣은 아주 가만히 서 있었다. 그녀의 심장이 밖으로 튀어나올 것처럼 거세게 뛰었다. 보는 천천히 고개를 들고 음미하는 듯한 한숨을 길게 내쉬었다.

"이게 부잣집 딸내미의 냄새로군."

눈꺼풀이 무섭게 내려앉은 까만 눈이 그녀를 들여다보았다.

"멋진데."

그는 드디어 뒤로 물러나 그녀에게 앞장서라는 몸짓을 했다.

"안으로 들어가 보실까요?"

줄리엣은 호텔로 향하며 평정을 되찾으려고 애썼다. 이 남자는 미쳤구나, 정신병자다―그 외에는 달리 설명할 길이 없다.

# 5

엉덩이를 의자에 반만 걸친 채 보는 팔짱을 끼고 다리는 쭉 뻗고 있었다. 줄리엣의 사무실 밖에 있는 의자, 쿼터 지구로 가기 전에 앉아 있었던 그 의자에서 보는 인상을 팍 쓰고 록산느를 노려보았다.

*차라리 돌멩이를 상대하는 게 낫지.*

보는 코웃음을 삼켰다. 저 빨강머리 비서는 성난 보르가드 듀프리를 돌멩이에 낀 이끼처럼 무시할 수 있다는 점에서 그의 여동생들과 흡사하다. 관두자, 관둬. 어차피 록산느에게 화난 것도 아닌데. 그는 자기 자신에게 화가 났다.

이른바 그의 계획이 우찌하여 뒤집어져 주인의 발등을 찍었는지 생각하고 싶지도 않았다. 하지만 그 이유들을 무시하고 싶은 것만큼이나 보의 생각은 부러진 이의 거칠거칠한 표면을 자꾸 핥는 혀처럼 같은 자리로 되돌아갔다. 그는 귀신에게 홀린 기분이었다. 줄리엣 로즈 애스터 로웰은 그의 타입도 아니란 말이다. 그의 타입은 밋밋판판한 체형이 아니라, 어디까지나 아담한 키의 쭉쭉빵빵이다. 그런데 왜 로웰 군의 맨발에 눈이 뒤집혔을까?

줄리엣은 스트리퍼로 치자면 서글퍼질 정도로 서투른 스트리퍼요 그의 평생 최악의 스트리퍼다. 그럼에도 당시를 떠올리기만 해도 보는 거시기가 반쯤 딱딱해졌다.

이게 전부 수도승 같은 생활 때문이다—그 이외에는 달리 설명할 길이 없다.

그의 성생활? 쳇, 남이 알까 무섭다. 장안의 농담거리가 될 수준이다. 부모님이 돌아가신 후 십 년 세월을 목석처럼 사는 것 말고 다른 대안이 없었다. 환락의 밤을 위해 가족이 뿔뿔이 흩어지게 놔둘 수도 없지 않은가. 이승에서는 어림 반푼 어치도 없는 이야기이다. 그렇다고 여자를 집으로 불러들일 입장도 아니었다. 오빠가 되어 가지고 어린 여동생들한테 나쁜 물을 들이다니 천부당만부당하다.

다시 그렇다고 해서, 밖에 나가 재미를 볼 만큼 시간이 펑펑 남아도는 것도 아니었다. 이래저래 간간이 운 좋은 날을 제외하고 밤마다 송곳으로 허벅지를 찔러가며 참아야 하는 생활이었다.

하지만 그런 생활도 과거지사가 될 날이 멀지 않았다. 그날이 오기만 해봐라…….

*다시 하, 지, 만!*

그날은 그날이고 지금은 자신이 너무도 한심했다. 줄리엣 로즈는 보 듀프리 경사님을 흥분시킬 목적으로 고 앙증맞은 스타킹을 벗은 것도 아니란 말이다. 단지 보의 '엉겨붙기 작전'과 '안목 넓혀 주기' 작전에 반항한 것뿐이다.

그러나 그녀의 피부는 엷은 금빛에 꿀처럼 매끄러웠고—보는 언뜻 드러난 종아리와 가느다란 발목의 맨살을 똑똑히 봤다—발은, 젠장, 그녀의 발에 무슨 주술이 걸려 있는지는 결단코 모르겠지만 좁다란 모양에 발등이 높고 발가락은 길쭉했다. 발톱은 버진 핑크색으로 칠해져 있었다. 손톱은 얌전하게 놔두고 발톱만 칠했을지 누가 알았으랴. 또 그녀의 체취는…….

보는 구시렁거리며 의자에서 불편하게 들썩거렸다.

"이제 그만해요, 듀프리!"

록산느가 밑도 끝도 없이 호통을 치자 보는 펄쩍 뛰어올랐다. 그는 멍청하니 눈을 깜박거렸다. 여기가 어디인지조차 순간적으로 헷갈렸다.

그녀는 문을 손가락질했다.

"당장 나가요! 호텔을 둘러보든, 직원들을 잡아먹든, 산책을 하든 마음대로 해요 애스터 로웰 씨의 3시 약속 상대가 곧 들이닥칠 거예요. 나를 2등 시민처럼 여기는 그 속물 여자의 눈꼴사나운 태도는 직업상 참아 주겠지만 내가 댁의 욕설까지 듣고 앉아 있어야 할 이유는 조금도 없다구요. 어서 꺼져요!"

"록산느 씨, 너무 매정하시군요."

보는 자리에서 일어났다.

"하지만 봐드리죠. 난 여기보다 더 좋은 곳에서 쫓겨나 본 적도 있으니까."

그는 록산느의 웃기지 말라는 표정에 어깨를 으쓱거리며 비뚜름한 미소를 지었다.

"실은 뻥이에요. 여기처럼 좋은 곳에서 쫓겨나긴 처음이지만 당신보다 훨씬 야박한 사람들한테 쫓겨나 본 적은 분명히 있어요. 근데 줄리엣의 약속이 몇 건이나 더 잡혀 있죠?"

"오늘은 3시 약속으로 끝이에요."

"뻥 아니고 진짜로?"

보의 기운이 치솟았다.

"줄리엣이 3시 30분부터 자유란 말이죠?"

"넉넉하게 4시부터는."

"그럼 줄리엣한테 4시 5분에 나갈 준비를 하라고 해요."

록산느가 다시 가소롭다는 표정을 지었다.

보는 주머니에 손을 집어넣고 초조하게 다그쳤다.

"뭐가 문제입니까?"

"댁이 애스터 로웰 씨와 외출하는 기쁨을 누리고 싶어한다고 전하긴 하겠지만······."

보는 힝 하고 코웃음을 쳤다.

"··· 그녀가 댁한테 시간을 내줄지는 장담 못해요. 개인적으로 다른 계획을 잡아 놓았을지도 모르니까요."

"취소하라고 해요."

이번에 록산느의 표정은 씨알도 먹히지 않는 이야기는 하지 말라는 투였다. 보는 그녀의 책상을 짚어 눈높이를 맞추고 윽박질렀다.

"봐요, 스위트하트, 내가 여기 온 건 그녀의 요청이니만큼······."

"잘못 봤어요, 스위트하트. 당신이 여기 온 건 그녀 아버지의 요청 때문이에요. 내가 모시는 상사는 자신을 위해 보호를 요청하거나 특별 대우를 원하는 그런 분이 아니에요."

보는 몸을 바로했다.

"정말입니까?"

"정말입니다."

그 말인즉, 애스터 로웰 씨께서도 내심 그를 떼어버리고 싶어하리란 뜻이다. 보는 얼굴에 이는 흐뭇한 미소와 싸우며 다의적으로 해석될 수 있는 의성어로 자신의 소감을 일축했다.

"오호."

"어머, 표현력도 우수하셔라."

록산느는 사뭇 진지한 표정으로 비아냥거렸다.

"그 '오호'를 어찌 해석해야 할지 쉰네로서는 대책이 안 서는군요. 여러 여자를 잡았을 소리네요."

"말발도 대단하시네."

보는 문으로 향하며 씨익 웃어 보였다.

"눈치도 끝내 주고."

"남들도 다 그렇게 말해요."

"4시 5분입니다."

그는 다시 한 번 대못을 박았다.

"줄리엣한테 목욕재계하고 나를 기다리라고 꼭 전해요."

행운이 따른다면 내일 이맘 때쯤 보르가드 듀프리 경사께선 최고가 될 수 있는 영역으로—진짜 경찰 임무로—복직해 있으렷다.


줄리엣은 식당용 물품의 배달이 지연된 원인을 규명하고 그에 따른 문제를 해결한 다음 시간을 확인했다. 3시 30분이 되어 가는데도 셀레스트 헤인즈는 나타날 생각조차 하지 않았다. 줄리엣이 어찌된 일인지 다그치려고 내선 전화기의 단추를 누르려는 찰나 록산느의 목소리가 램프의 요정처럼, 아니 전화기의 요정처럼 스피커에서 흘러나왔다.

"헤인즈 부인께서 도착하셨습니다."

"알려줘서 고마워, 록산느. 부인을 안으로 모셔요."

말이 채 끝나기도 전에 사무실 문이 열리고 육십대 초반의 여인이 고급 향수내를 엷은 구름처럼 휘감고 들어섰다. 지극히 세련된 노부인이었다. 단신의 왜소한 체구였지만 곧은 자세와 비싼 맞춤복 덕분에 늘씬해 보였다.

줄리엣은 책상을 돌아가 맞이했다.

"셀레스트, 드디어 뵙게 되어 반갑습니다. 저는 줄리엣 애스터 로웰이라고 해요."

노부인은 정교하게 손질된 은발의 고개를 여왕처럼 당당하게 끄덕거렸다.

"그런 줄 알고 있어요."

이어 그녀는 손가락을 아래로 늘어뜨린 채 하얗고 부드러운 손을 거만하게 내밀었다. 지각한 행동에 대한 사과 따윈 일절 없었다.

줄리엣은 순간 머뭇거렸다. 이 손이 악수하자고 내밀어진 손일까, 아니면 손등에 키스하라고 내밀어진 손일까? 줄리엣은 계속 망설이며 노부인의 손끝을 잡고 흔들었다. 어색한 악수가 끝나자 그녀는 책상의 맞은편 의자를 가리켰다.

"자리에 편히 앉으세요."

하지만 셀레스트는 그 의자를 무시하고 사무실 저쪽으로 향해 긴 소파에 자리를 잡았다. 그녀는 책상 뒤로 돌아가 엉거주춤 서 있는 줄리엣을 향해 자신의 옆자리를 톡톡 다독거렸다.

"여기 앉아요, 아가씨. 릴리에게 간단한 다과를 준비시켰어요. 목을 축이며 대화를 나누기로 해요."

"저기, 총책임자 님?"

록산느의 목소리가 내선 전화기에서 흘러나왔다.

"한 여자분이 다과 쟁반을 가져오셨는데요. 이분의 말에 의하면 지시를 받았다고……. 여보세요, 기다려요!"

전화기에서 점점 멀어지는 목소리였다.

"마음대로 들어가면 안……."

문이 벌컥 열리며 늙수그레한 여자가 쟁반을 들고 나타났다. 까만 하녀복에 새하얀 앞치마까지 두른 그녀는 서슴없이 사무실을 가로질렀다.

"차를 대령했습니다, 셀레스트 님."

셀레스트는 소형 보조 탁자를 가리켰다.

"여기 놔요, 릴리."

록산느가 이맛살을 찌푸린 채 문가에서 안절부절못했다.

"죄송해요."

줄리엣은 면목없어하는 보좌관을 향해 황당한 미소를 작게 던졌다. 록산느는 문가에서 기다렸다가 하녀의 등뒤로 조용히 문을 닫고 사라졌다.

"자, 이리 와요. 민트 아이스티에 설탕을 넣어 마시나요?"

셀레스트는 세브르 명품 찻잔 세트의 도자기 통에서 은제 집게로 각설탕을 집을 듯한 몸짓을 하며 하얀 눈썹을 고상하게 세웠다.

"설탕은 됐습니다. 감사합니다."

줄리엣은 결국 소파에 앉았다. 사업상의 만남이 어쩌다가 티파티로 둔갑했지? 그녀의 호텔은 개인 저택으로 되돌아가고 그녀는 손님이 된 분위기였다.

"오이와 물냉이 가운데 샌드위치는 뭘로 들겠어요?"

셀레스트가 샌드위치 접시를 내밀었다.

"물냉이로 부탁합니다."

줄리엣은 얄팍한 도기의 개인 접시에 사 분의 일 쪽 크기의 샌드위치를 하나 담아 옆으로 치워 두었다.

"일정에 대해서……."

"쿠키는?"

또 다른 접시가 줄리엣에게 들이밀어졌다.

"고맙지만 사양할게요. 그럼 일 이야기를……."

"아가씨의 집안 이야기를 해보세요."

줄리엣은 아이스티를 조금 마셔 차와 한숨을 같이 삼켰다.

"부계는 보스턴의 로웰 집안이고 모계는 애스터 집안이에요. 저는 외할머니 되시는 로즈 엘리자베스 애스터의 손에서 자랐습니다."

"애스터 여사께서는 진짜 숙녀시군요. 아가씨의 참한 태도를 보면 알아요."

"과찬이십니다. 본론으로……."

"내 남편 에드워드는 알다시피 헤인즈 출신이고 나는 버틀러 집안의 마지막 후손이에요. 이 집은 2백 년에 걸쳐 버틀러 집안의 소유였어요. 난 모계 쪽이 버틀러 집안인지라 상속 대상에서 제외되어, 알다시피, 남편과 저택 관리만 맡아 오던 중 아가씨네 회사의 매입 제의를 받게 되었어요."

매매 제의를 해온 쪽은 버틀러 재단이었지만 줄리엣은 굳이 정정하지 않았다.

"저택의 관리 상태가 훌륭하더군요."

줄리엣은 예의 바르게 연장자를 추켜세우고 단호한 목소리를 냈다.

"부인께서 공들여 사교 일정을 수배하신 것으로 알고 있습니다. 호텔 개관을 앞두고 저희 쪽에서 세운 홍보 행사의 일정과 비교해 가며 검토하는 게 바람직하리라 믿습니다."

그녀는 자리에서 일어나 책상의 전화기 단추를 눌렀다.

"록산느, 약속장부를 가져와 주겠어?"

도로 소파의 자리에 앉을 때 보좌관이 사무실로 들어섰다. 줄리엣은 미소를 지어 보였다.

"저기 의자를 끌어와서 앉아. 셀레스트, 제 보좌관과는 이미 만나 보셨다고 들었어요. 앞으로 록산느와 손발을 맞추어 호텔 개관의 성공을 이끌어 주시기 바랍니다."

"내가 손발을 맞추어야 할 사람은 아가씨라고 알고 있어요."

"물론입니다. 하지만 제가 자리를 비울 경우에는 록산느와 접촉해 주세요."

"하지만 저 아가씨는 그저……."

"제 오른팔이지요."

"그렇겠지요."

셀레스트는 깔끔하게 받아넘겼지만 줄리엣은 그런 태도에 속지 않았다. 노부인의 나무랄 데 없는 언행은 편벽된 계급의식을 진하게 반영하고 있었다. 줄리엣이 속한 세상에는 저런 사람들이 수두룩하다. 한 사람의 오늘이 있기까지 당사자가 기울였을 노력은 도외시하고 출신 집안을 중요시하는 그들은 나름대로의 이유에서 록산느와 접촉할 때마다 그녀를 비천한 비서로밖에 대하지 않았다.

줄리엣은 보좌관에게 고개를 돌렸다.

"샌드위치 하겠어, 록산느? 셀레스트, 개인접시 좀 주세요."

"유감이지만 릴리가 두 개만 준비해 왔군요."

"그럼 하나 더 가져오라고 부탁하기로 하지요. 릴리가 올 때까지 록산느는 내 접시를 쓰도록 해."

새끼손가락을 세운 채 줄리엣은 샌드위치를 집어 빈 개인접시를 보좌관에게 건네고 딱 한 입거리의 빵을 한 입에 털어넣었다. 다음에는 샌드위치 대접시를 보좌관에게 내밀었다.

"물냉이와 오이를 골고루 시식해 봐. 쿠키는?"

"대단히 감사합니다."

록산느는 얌전을 빼며 다소곳이 웃었다.

"쿠키도 주시면 사양하지 않겠어요."

줄리엣은 쿠키 대접시도 마저 넘겼다.

"이제 본격적으로 일 이야기를 시작해 볼까요? 헤인즈 부인, 제가 참석해야 할 사교 행사의 목록을 가져오셨으리라 믿어요."

평소 줄리엣은 일이 주는 성취감에서 보람과 기쁨을 만끽하곤 했다. 그러나 오늘은 이 노부인을 상대하면 할수록 답답한 기분이 가중되었다. 어렸을 때 실내의 의자에서 옴짝달싹못하고 할머니와 차를 마시며 창 너머의 맨발로 뛰어노는 정원사의 자식들을 힐끔거릴 때의 그 기분이었다. 가만히 앉아 이야기에 집중하기가 극도로 어려웠다. 줄리엣은 꼼지락거리고 싶었다. 자리를 박차고 밖으로 달려나가고 싶었다. 어지럼증을 못 이기고 쓰러질 때까지 발레리나처럼 빙글빙글 돌고 또 돌고 싶었다.

하지만, 물론, 참았다.

그때 사무실 문이 갑자기 열리고 보가 구겨진 얼굴을 안으로 들이밀었다. 줄리엣은 손뼉을 치며 뛰어 일어나고픈 충동을 누르기 위해 총력을 기울여야 했다.

"벌써 4시 30분이에요. 아직도 나갈 준비 안 됐어요?"

준비되고 말고요! 제발 나를 데리고 나가 주세요!

"들어오세요, 보르가드."

줄리엣은 속마음과 달리 차분한 목소리를 냈다. 그녀는 눈썹을 치켜올린 보좌관을 못 본 척하고 노부인에게 말했다.

"보르가드 듀프리를 소개할게요. 보, 셀레스트 헤인즈 부인이세요."

"안녕하시죠?"

보는 여유만만하게 셀레스트의 손등에 쪽 하고 뽀뽀를 하고는 줄리엣에게 즉시 돌아섰다.

"이제 외출해도 되죠?"

줄리엣은 입술을 꾸욱 다물었다. 목 안쪽에서 간질거리는 웃음을 참기 힘들었지만 그럭저럭 해냈다. 웃음을 터뜨려 보의 오싹한 예절범절을 부추길 수야 없지. 줄리엣은 셀레스트를 돌아보았다. 노부인은 보를 야생동물 보듯 대하고 있었다. 놀랄 일도 아니다. 그는 거뭇거뭇한 턱하며 근육질 몸에 달라붙은 옷차림과 터질 듯한 활력에서 위험인물이랄지 엉뚱한 곳으로 잡혀 온 맹수처럼 보였다.

그렇다고 줄리엣이 이곳에서 빠져나갈 수 있는 기회를 저버리겠다는 뜻은 아니다.

"결례인 줄 알지만, 헤인즈 부인, 이번 회의가 예상보다 지연되었고 다른 약속도 잡혀 있는 터라 먼저 일어나야겠어요. 남은 이야기는 록산느와 나누시기 바랍니다. 혹시 의문사항이 있다면 오늘밤 제 방으로 전화 주세요."

그녀는 보좌관에게 덧붙였다.

"록산느, 사교 일정이 정리되면 보의 몫으로 목록을 한 부 따로 뽑아 놓고……."

지시를 다 내리기도 전에 보가 그녀를 움켜잡고 문 쪽으로 걸음을 옮겼다. 줄리엣은 저항하지 않았다. 학교를 빼먹고 놀러 가는 아이의 심정이었다. 맨다리에 닿는 냉방된 공기의 감촉을 즐기며 줄리엣은 가벼운 머리와 가뿐한 마음으로 걸음을 빨리 해 그와 보조를 맞추었다.

한편, 작지만 우아한 사무실에 남겨진 셀레스트는 텅 빈 문가에서 눈을 돌리지 못했다. 일자가 된 입매에서는 못마땅한 기색이 역력했고 작게 좁혀진 눈매에서는 쓰디쓴 기운이 물씬 풍겼다. 이런 기막힐 데가! 애스터 로웰 양의 뉴올리언스 사교계 입성을 도모하고자 금쪽 같은 시간을 할애하여 여기까지 왕림했건만 이따위 취급을 받다니? 저 잡것이 어찌 감히?

셀레스트는 줄리엣의 집안 배경에 마지못한 감명을 깊이 받은 터였다. 하지만 저 행동은 상종 못할 양키 출신임을 보여주는 증거다.

그녀는 척추를 펴고 발목을 모았다. 그렇게 싸늘한 위엄을 잃지 않은 채 출세한 타이피스트를 상대로 남은 이야기를 끌어나갔다. 대화가 결론에 도달하자 셀레스트는 수첩을 닫고 벌떡 일어났다.

"릴리에게 다과 쟁반을 치우게 하리다."

냉정한 목소리로 알리고 당당하게 사무실을 나섰다.

생각할수록 분했다. 그녀의 아름다운 저택이 여관으로 개조되고 릴리를 제외한 모든 하인들이 크라운 호텔 체인의 직원이 되는 애통한 상황이 초래되지 않았던들 저 애스터 로웰 양이 그녀를 고작 비서에게 넘기진 않았으리라, 깡패와 손에 손을 맞잡고 나가진 못했으리라. 셀레스트는 머리에서 연기를 내며 그녀와 남편이 현재 저택에서 쓰고 있는 구역으로 향했다.

릴리를 시켜 저 배워먹지 못한 양키년의 침대에 바퀴벌레를 한 마리가 아니라 열두 마리쯤 넣어 줄 걸 잘못했다.

# 6

예상과 딴판으로 일이 돌아가는 이유가 뭘까? 보는 GTO를 몰고 호텔에서 도로로 나서면서 줄리엣의 눈치를 살폈다. 그가 성공을 확신하며 단단한 고지에 발을 들여놓고 그녀의 분노기폭제 단추를 눌러댈 때마다 줄리엣은 의외의 반응을 보였다. 이 올바른 님, 혹시 청개구리띠?

보의 시선을 의식했는지 그녀가 발목을 포개고 양 무릎을 기울이며 운전석으로 돌아앉았다.

"실례하지만……?"

줄리엣은 보의 허락을 기다리지 않고 라디오 소리를 낮추었다.

"얼마든지 실례하슈."

그는 툴툴거렸다.

"댁이 언제는 나 같은 놈한테 신경이나 썼남?"

보는 자신을 유심히 살피는 그녀의 시선에 신바람이 났다. 그럼 그렇지! 기다리고 고대하던 훈계 시간이 드디어 도래했도다. 애스터 로웰 님은 지체 높은 양키에게 일개 경찰이 보여야 할 바른 태도와 언행이 무엇인지 장황하게 열거하리라. 맞아, 그가 잘못했다. 올바른 님이 그를 록산느와 그 엄청난 노마님 앞에서 닦아세울 여자가 아니라는 것쯤은 미리 알고 있어야 했는데. 공석에서 큰 소리를 내기에는 지나치게 올바른 여자다. 대신 머릿속으로 잔소리를 연습해 두었다가 사석에서 조목조목 풀어놓는 부류다—어디까지나 점잖고, 어디까지나 조신하고, 어디까지나 은근한 부류.

눈 가장자리로 보는 옆을 살폈다. 그녀는 좌석의 가죽시트를 어루만지고 있었다. 맥박이 몇 번 뛸 정도의 시간이 흐른 뒤 그녀가 입을 뗐다.

"클라이드 리뎃이 누구예요?"

"오잉?"

"클라이드……."

보는 손사래를 쳤다.

"그쪽 말은 들었어요. 내가 예상했던 것과 백팔십 도로 다른 소리여서 그렇지."

그녀에게 삐진 눈빛을 던지고 보는 관심을 도로에 고정했다.

"클라이드 리뎃은 무기 장물아비예요. 출처가 불분명한 권총은 물론이거니와 골동품 총기류를 전문적으로 취급하죠."

그는 어깨를 으쓱거리며 덧붙였다.

"<ㄴㅠㅇㅗ르 리ㅇㅓㄴ스> 바닥에서만."

"왜 그런 사람을 찾는 거죠?"

"<네 팬티 내놔> 사건과 모종의 관련이 있고, 그 사건은 그쪽도 어제 밥통의 말을 들었다시피 내가 맡은 사건이니까."

"바…… 누구요?"

"밥통. 그 위대한 서장대리."

그는 줄리엣의 도톰한 입술이 치켜 올라가는 광경을 언뜻 봤노라 맹세할 수도 있었지만 도로에서 관심을 떼어 그녀를 제대로 봤을 때 로웰 씨는 이미 자제력을 되찾고 완벽하게 진지한 표정으로 보와 시선을 맞추었다. 그러나 회색 눈망울의 깊은 곳에선 불길이 어른거리고 있었다. 보는 머릿속으로 자신의 멱살을 쥐고 힘껏 흔들어 주었다.

*저게 어떤 불길인지 정밀검사할 마음조차 먹지 마!*

"클라이드 리뎃이 쿼터 지구를 어슬렁거린다는 소문이에요. 놈의 뒤를 열나게 쫓다 보면 그쪽 사무실 밖에서 얼어붙은 내 발바닥도 녹겠죠."

"<네 팬티 내놔>는 무슨 사건인가요?"

"변태 녀석이 여자들의 집에 침입해 속옷을 벗겨 가는 사건."

"상상을 초월하는군요."

줄리엣의 팔뚝에 소름이 금빛 먼지처럼 가볍게 일었다.

"용의자들 가운데 범인을 알아본 피해자는 없나요?"

"놈이 얼굴을 드러내고 범행을 저지를 것 같아요?"

보는 초조하게 반문했다.

"마르디 그라 가면으로 신원을 감추고 변태 짓을 하는 놈입니다."

"오, 저런."

그녀는 경악을 금치 못하며 눈을 동그랗게 떴다.

"에드워드 헤인즈 씨가 마르디 그라 가면을 수집해요."

"여기는 옷장에 그 가면 하나쯤 없는 집이 없는 동네라구요."

"아참, 그렇겠군요. 뉴올리언스는 사육제의 본고장이니까. 미처 생각을 못했어요."

곧이어 줄리엣은 눈썹을 찌푸렸다.

"하지만 클라이드 리뎃이 이 사건과 어떻게 관계가 있을 수 있죠? 리뎃은 오래된 무기 장물을 취급하고 그 범인은 여자들의 옷을 벗긴다면서요?"

"최근의 피해자인 내 동생의 증언에 따르면……."

"이런!"

줄리엣이 그의 말을 가로막았다.

"동생분의 충격이 얼마나 클까. 정말 안됐어요."

보는 옆자리를 훔쳐보고 얼른 시선을 도로로 원위치했다. 로웰 씨의 표정은 진심 어린 동정의 그것이었다. 빌어먹을. 이 여자가 이렇게 착하게 나오면 곤란한데. 보는 성마른 몸짓으로 어깨를 들어올려 그녀의 염려를 떨쳐버렸다.

"충격이라면 조시 리보다 내가 더 많이 받았어요. 어쨌거나,"

그 말이 무슨 뜻이냐고 꼬치꼬치 캐물을 시간을 줄리엣한테 주지 않으려고 보는 뒷말을 서둘렀다.

"팬티범이 옛날 권총을 범행에 사용한다 이겁니다. 조시 리가 그 총기에 대해 자세히 묘사했고 앞서 비슷한 피해자 진술도 나왔어요. 골동품 총기가 수사 물망에 오른 순간 내가 신참 시절에 체포했던 클라이드 리뎃이 떠올랐죠. 그놈을 두들기면 뭔가 나오겠구나 싶더라구요."

보에게 던져지는 그녀의 눈빛은 암만 봐도 존경 같았다.

"몹시 자극적인 직업에 종사하고 계시는군요."

"경비견 임무 말고 진짜 경찰 임무를 수행할 때는 자극적인 직업이라고도 할 수 있죠."

줄리엣은 그의 빈정거림을 묵묵히 소화하며 정면을 향했다. 차안에 침묵이 흘렀다. 얼마 후 그녀가 또 운전석으로 고개를 틀었다.

"당신에게 여동생이 있다는 게 상상조차 안 돼요."

보는 폭소를 짧게 터뜨렸다.

"이봐요, 난 여동생이 셋이나 주렁주렁 달린 몸이라구요."

전방에서 눈을 떼지 않았지만 그는 자신을 새삼스레 살피는 그녀의 시선을 강렬하게 의식했다.

"좋겠어요."

그녀의 목소리는 혼잣말에 가까웠다. 그녀는 앉은 자세를 뒤척이며 다시 말했다.

"난 형제자매가 없어요."

그때 보한테 우습지도 않은 느낌이 일었다. 그녀의 부러운 어조에 그의 속이 순간적으로 오그라붙은 것이다. 보는 움찔했다. 안 돼, 안 돼, 안 돼, 안 되애애애애! 누가 이런 동정표 구하기 작전에 넘어갈 줄 알고? 절대로 안 돼! 그리고 어쩌다가 이 여자와 수다를 떨게 되었지? 보는 고개를 돌리고 줄리엣 로즈 애스터 로웰을 위아래로 훑어보았다.

"가엾은 부잣집 딸내미로구만. 아빠한테 형제자매 대신 몇 트럭 분의 장난감을 받았을 테니까."

보는 그녀의 얼굴에 이는 적나라한 충격의 빛을 무시하려 애썼다. 그녀는 불시에 그 고상한 광대뼈를 한 대 얻어맞은 사람 같았다. 보는 죄책감을 외면했지만, 그녀의 표정이 냉정하고 초연한 것으로 되돌아갔을 때야 참았던 숨을 가까스로 내쉴 수 있었다.

"우리 아버지께선 매우 바쁘셨어요."

차분한 목소리를 내며 그녀는 옆으로 돌아앉았다.

"집안 일에 쏟을 시간이 없으셨습니다."

에고고. 이 여자, 그의 양심을 찌르다 못해 죄책감의 무덤을 파주는군. 하지만 터프한 보 듀프리 님은 신경 안 쓰리. 저얼대로, 신경 쓰지, 않겠어.

줄리엣은 창 너머의 풍경에 눈을 준 채 외동딸에게 좀처럼 시간을 내주지 않았던 아버지를 향한 섭섭함과 실망감만 오래 전부터 따로 보관해 온 마음 저편의 작은 창고에 방금 보가 되살린 상처를 가두었다.

이건 그녀가 자초한 아픔이다. 일생의 한 번이라도 작은 흥분을 맛보길 은밀하게 열망조차 하지 말았어야 했다. 무엇보다 지금은 짧은 시간 안에 해야 할 일이 쌓여 있지 않은가. 게다가 보 듀프리는 얽히면 문젯거리밖에 안 되는 남자이다. 그럼에도 그녀는 회의 도중에 기꺼이 보에게 끌려 나왔다. 변변히 저항 한 번 하지 않고, 모욕이나 다름없는 변명을 둘러대고. 심지어는 셀레스트 헤인즈가 약속 시간을 어겼으니 중간에 따돌림당해 마땅하다고 자신의 행동을 정당화하기까지 했다. 요컨대 줄리엣은 호기심이라는 이름의 친근하지만 허술한 포장지를 몸에 둘렀으면서도 여느 때처럼 적극적으로 나서지 못하고 신중이라는 이름의 한층 친근하고도 안전한 보호벽 뒤에 숨은 것이다.

차안은 찜통이었다. 바람이 촉촉한 습기와 꽃향기를 머금은 채 달려들어 그녀의 머리칼을 잡아당기고 그녀의 폐를 짓눌렀다. 햇빛에 바랜 건물의 원색적인 색채들이 이국적인 풍취를 더해 주며 차 밖에서 빠르게 지나갔다.

줄리엣은 신중함과 거리가 먼 기분이었다. 그게 바로 문제였다. 곤란하기 짝이 없는 반항기가 그녀의 속에 단단히 뿌리를 내리고 이 풍요로운 환경의 부추김을 받아 마치 보도와 길바닥의 틈마다 고개를 내민 이곳의 이끼들처럼 쑥쑥 자라는 듯했다. 비단 반항기뿐만이 아니었다. 관능과 나른함도 시시각각 커져 갔다. 뻣뻣한 도덕관과 예의범절에 아무리 매달려도 자세를 꼿꼿하게 추스르기가 그 어떤 곳에서보다 힘들었으며 그런 막대한 노력을 기울여야 할 가치가 있는지 의심스러워졌다.

보의 GTO가 다시 한 번 프렌치 쿼터 지구에 들어섰다. 구 시가지는 여전히 음악과 소음과 외설 문화로 흥청거렸지만 아까와 달리 인도에는 사람들이 북적거리고 보도에는 관광용 마차들이 자동차 사이를 달렸다.

주차하자마자 보는 그녀를 끌어내고—내리라는 말조차 생략하고 다짜고짜—한 팔 거리를 유지한 채 질질 끌고 갔다. 쿼터 지구는 한번에 전부를 구경하기란 불가능한 곳인지라 줄리엣은 체면을 차려 가며 가능한 한 많이 보기 위해 노력했다.

그녀가 성적인 취향의 상점 진열창들하며 스트립주점과 섹스클럽의 활짝 열린 문 안쪽의 전신거울에 비추어진 영상들을 바삐 힐끔거릴 때 보가 갑자기 걸음을 멈추었다. 줄리엣은 제때 서지 못하고 보의 등에 부딪쳤다. 그는 남은 손을 뒤로 돌려 그녀를 부축했는데 하필이면 손댄 부위가 줄리엣의 뒤쪽 허벅지였다. 드레스의 얇은 직물을 사이에 두고 살과 살의 감촉이 불꽃을 튀겼다. 보는 화들짝 손을 떼고 돌아섰다. 그의 얼굴은 묘하게 무표정했다.

"… 나 배고파요. 그쪽은 어때요?"

줄리엣은 눈을 깜박거렸다. 허벅지의 스물거리는 열기를 신경에서 차단하려고 안간힘을 썼다.

"난 셀레스트와 물냉이 샌드위치를 한 쪽 했어요."

보는 무례한 비음을 냈다.

"그런 거 말고 진짜 음식을 먹자는 거예요."

줄리엣은 미소를 참을 길이 없었다. 한 입 거리도 될까 말까 한 그 샌드위치를 떠올리자 반사적으로 웃음이 피어올랐다.

"좋아요, 그 진짜 음식을 냉방시설이 된 곳에서 먹을 수 있다면."

"리츠 호텔 수준은 아니지만 근방에 분수대가 있는 곳으로 모시죠. 나무 그늘 아래에서 <헐벗은 소년>한테 옷을 입혀 주자구요."

그녀의 입에서 키득거리는 웃음이 새어나왔다.

"당신이라면 부잣집 소녀의 옷을 벗기자고 제안해야 어울려요."

줄리엣은 소스라치게 놀랐다. 자신의 입과 귀가 믿어지지 않았다. 뻐딱한 생각은 속에만 담아 두는 수련을 몇 해에 걸쳐 쌓아 제2의 천성이 되어버린 터였다. 그런데 오늘 들어 왜 천성에 없는 짓만 하는 걸까?

그나마 우아하게 말을 주워담기 위해 그녀가 숨을 고르기도 전에 보는 줄리엣을 돌려세워 마르디 그라 가면의 진열창과 그의 몸 사이에 가두었다. 그녀는 보의 거뭇한 턱—얼굴을 조금만 돌려도 입술이 닿을 듯한 그의 턱을 응시했다.

"부잣집 소녀라면 그쪽밖에 몰라서 그러는데……."

뻐걱거리는 음성이 줄리엣에게 고개를 들어 까만 눈, 졸려운 눈과 시선을 맞추게 했다.

"나와 옷 벗고 놀지 않으래요?"

보와 사실상 맞닿은 자세도 아니었다. 그는 진열장 유리에 팔뚝을 대고 그녀와 마주 보고 있을 따름이었다. 하지만 보의 숨결이 입술에 닿고 보의 체취는 그녀를 망토처럼 감쌌다. 이 남자는 그녀가 언제나 지켜 온 대인 관계의 공간적인 거리를 침범하고 있었다. 줄리엣은 거의 맞닿은 두 몸 사이에서 손을 들어올려 벽처럼 단단한 그의 가슴을 힘껏 밀어냈다. 보는 꿈쩍도 하지 않았다. 오히려 손바닥에 느껴지는 그의 촉촉한 체온이 줄리엣의 날카로워진 신경을 더 팽팽하게 잡아당겼다.

그녀의 유일한 위안이라면 입을 열었을 때 흘러나온 정상에 가까운 목소리뿐이었다.

"싫어요, 보르가드."

무례한 짓인 줄 알면서도 평생 처음으로 예의범절을 집어던지고 줄리엣은 매섭게 덧붙였다.

"그 과도한 호르몬 분비를 어떻게 좀 해보시죠. 당신에게는 하늘이 두 쪽 나는 소리로 들리겠지만 댁의 태도는 지긋지긋해요."

보는 아랫입술을 핥았다.

"이런 경우를 가리켜 뒤통수 때린다고 하죠. 여자가 성적인 말을 하면 남자는 꼬리 치는 것으로 알아듣는다구요. 그쪽이 남자라면 내 말뜻을 이해할 걸요."

"당신에게 조개가 달렸다면 이렇게 바보처럼 굴지 않을 걸요."

오, 이런! 줄리엣, 너 미쳤구나, 미쳤어, 미쳤어!

"나한테 그 귀여운 핑크색 조개가 달렸다면, 스위트, 그쪽에게 옷 벗고 놀자는 제의를 했을 리 없죠."

그는 비스듬한 미소를 지으며 유리창에 대고 굽힌 팔을 곧게 폈다.

"샌드위치 먹으러 갈래요, 말래요?"

줄리엣은 그의 팔 아래로 빠져나와 옷매무새를 다듬었다.

"글쎄요."

자신의 샐쭉한 어조에 이맛살이 저절로 찌푸려졌다.

"좋다는 대답으로 알아듣죠."

다시 한 번 보는 그녀의 손목을 움켜잡고 길을 나섰다.

그의 목적지는 촉수 높은 형광등으로 밝혀진 식당이었다. 옷장만한 넓이의 공간에 요리 냄새가 짙게 배어 있고 냉방시설은 갖추어지지 않은 곳이었다. 보가 약속한 분수대는 어디에도 보이지 않았다.

"요즘 어때요, 루?"

보가 카운터 뒤의 늙은 흑인에게 인사를 건넸다.

"왔나, 듀프리 경사. 자네와 그 숙녀분께 뭘 대령할까?"

보는 줄리엣에게 고개를 돌렸다.

"메뉴를 보며 결정하고 싶겠죠?"

"예."

줄리엣은 카운터 위쪽의 석판에 다양한 색의 분필로 적힌 메뉴를 짧게 훑어본 다음 입을 뗐다.

"머퓨라타 반 쪽으로 하겠어요. 저기 4번이요."

그리고 지갑을 열었다.

"어허, 그 지갑 얼른 닫지 못하겠어요?"

보는 기분 상한 어조로 쏘아붙였다.

"나한테도 샌드위치 사줄 돈쯤은 있수다."

그는 카운터로 다가갔다.

"4번 반 쪽하고 굴튀김 <헐벗은 소년>으로 주십쇼, 루."

"굴?"

줄리엣은 입 속으로 작게 중얼거렸다.

"밤낮으로 조개류만 찾다니 대단한 남자야."

"<헐벗은 소년>에 옷을 입혀 줄까, 경사?"

보가 줄리엣을 향해 던진 미소는 이빨을 다 드러낸 함박미소였다.

"예."

소형 냉장고에서 각자 음료수를 골랐을 즈음 주문한 음식이 나왔다. 줄리엣은 샌드위치를 입으로 가져갔지만 실내의 찌는 더위에 질려 식욕을 느낄 수 없었다. 그녀는 샌드위치를 도로 내려놓았다.

보는 그런 그녀를 가만히 지켜보다가 간결하게 명령했다.

"따라와요."

그는 앞장서서 좁은 골목길을 가로지르고 손바닥만한 공터로 나갔다. 그 중앙에는 호두나무가 가지를 실컷 벌리고 그늘을 드리웠으며 뒷문은 강을 향해 열려져 강바람이 거침없이 몰아쳤다. 그리고 공터 한쪽에 수반水盤만한 크기의 분수가 물을 뿜어 올리고 있었다.

"오."

줄리엣은 탄성을 터뜨렸다. 음식을 작은 탁자에 내려놓고 그녀는 분수대로 향해 다가가 손목을 적셨다. 한숨과 신음이 반반씩 섞인 소리가 입에서 흘러나왔다.

"여기에 뛰어들었으면."

"제발 참지 마시길."

보는 눈꺼풀이 내려앉은 그 졸린 시선을 던졌다.

"소인이 옷을 지켜 드리리다, 달링."

"당신에게 필요한 게 뭔지 알아요? 거세 수술이에요."

손목 안쪽으로 흘러내린 여분의 물로 관자놀이를 식히며 줄리엣은 탁자로 돌아와 자리에 앉았다. 그녀는 탁자 맞은편의 보를 건너다보았다.

"걸어다니는 폭탄 시기는 예전에 넘겼을 나이, 아니에요?"

보는 펄쩍 뛰었다.

"뭔 소리! 남자는 어금니 한 개만 남은 나이에도 남자라구요."

"어휴, 내가 졌어요."

줄리엣은 고개를 설레설레 흔들었다. 그리고 샌드위치를 베어 문 순간 그녀의 표정이 오묘하게 바뀌었다. 눈을 감고 맛을 음미하는 그 표정이란 행복의 절정에 이른 자의 것이었다.

"오, 정말 근사하군요."

잠시 후 줄리엣은 뒤로 물러앉으며 반쯤 남은 샌드위치를 내려놓았다. 보가 그녀를 살폈다. 그는 이미 옷 입힌 <헐벗은 소년>을 모조리 먹어치운 터였다.

"왜 안 먹어요?"

"다 먹었어요."

"새모이만큼 먹는군."

보는 그녀의 샌드위치를 입으로 가져갔다. 질겁한 줄리엣이 눈썹을 치켜올렸는데도 그는 씨익 웃으며 계속 먹었다.

"멀쩡한 음식을 버리면 천벌 받아요."

마지막 한 입까지 그의 입 속으로 사라지자 그들은 다시 길로 나섰다. 보는 이 업소에서 저 업소로 줄리엣을 끌고 다녔는데 갈수록 수준이 떨어졌다.

줄리엣은 이토록 다양하게 너절한 장소들이 존재할 줄은 꿈에도 몰랐지만 의당 경악해야 한다는 건 알고 있었다. 할머니라면 이런 곳에 경악을 금치 못하시리라. 그리고 아버지는……. 뭐, 그분이야 남자이고 평생 규율과 제재 따위에 얽매이지 않으셨으니 당신은 경악하지 않겠지만 딸은 보에 의해 계속 소개되는 추잡한 환경에 까무러치길 기대하실 것이다.

하지만 그녀는 두렵게도 저질에 점점 맛을 들여가는 듯했다.

태양이 내려앉을 무렵 보는 한 업소로 그녀를 안내했다. 그곳의 거리 광고판에는 다음과 같이 적혀 있었다.

쉰 명의 미녀들과 한 명의 정체불성!

"정체불성?"

가로등이 켜진 거리에서 동굴 같은 어둠 속으로 들어가며 줄리엣은 고개를 갸웃거렸다.

"정체불명을 잘못 써놓은 거 아니에요?"

압도적인 음악소리에 질문이 파묻혀 그녀는 보의 대답을 아예 기대조차 하지 않았다.

일몰은 살인적인 더위를 덜어 주지 않았으며 실내의 냉방시설이라곤 천장의 선풍기 두 대가 고작이었다. 줄리엣은 보에게 끌려 사람들 사이를 어렵게 헤치며, 핀으로 고정된 머리칼의 곱슬기가 되살아나 흐트러지기 시작하는 상태를 의식했다.

"오랜만이야, 보르으가아드."

사근사근한 목소리가 바 뒤에서 노랫가락처럼 이어졌다.

"잘 왔어. 그렇지 않아도 애타게 보고 싶던 참이야."

"안녕, 쉘 엘렌. 요즘 좋은가 봐? 신수가 훤한걸."

"자기는 더 훤하면서 뭘."

여성 바텐더는 끈끈한 미소를 던졌다. 그녀는 어깨를 뒤로 젖히는 동시에 숨을 한껏 들이켜 인상적인 크기의 가슴을 마구 부풀렸다.

"보 허니, 작은 부탁이 하나 있어. 내가 속도위반 딱지를……."

"안 돼. 저번에 딱지 처리를 해줄 때 마지막이라고 못박았잖아. 제발 차를 살살 몰라구."

줄리엣이 중얼거렸다.

"이런 경우를 가리켜 솥뚜껑이 자라등 나무란다는 거야."

보는 그녀의 옆구리를 팔꿈치로 쿡 찔렀다.

여성 바텐더가 줄리엣에게 관심을 돌렸다.

"저 친구는 누구야, 보?"

줄리엣은 또 '누님' 타령이 시작될 줄 알았지만 보는 텁수룩한 눈썹을 들어올리며 너스레를 떨었다.

"그간 시력이 많이 나빠졌나 보네? 자세히 다시 봐. 이쪽은 그 유명한 <광란의 장미부채 라터시>라고. 일자리를 찾으러 여기 왔어."

"그래애?"

쉘 엘렌은 저윽이 미심쩍게 줄리엣을 뜯어보았다.

"다리는 화끈한 여부를 둘째치고 일단 롱다리 축에 들지만 저 가슴 가지고는 밥 먹고살기 힘들겠다."

"그 말씀은 너무 지나치……."

"가슴 가지고 밥 먹고사는 여자가 아냐."

보가 큰소리를 친 다음 줄리엣에게 장난기 만발한 눈빛을 던졌다.

"부채 좀 흔들어 봐, 장미."

줄리엣은 눈동자를 천장 쪽으로 굴렸다.

"보르가드의 농담에 속지 마세요."

그녀가 바텐더에게 알려주었다. 하지만 쉘 엘렌이 말귀를 못 알아듣고 어리둥절한 표정을 짓자 줄리엣은 포기했다.

"내가 참아야지 어쩌겠어? 마음에 쏙 드는 경비견을 구할 수는 없는 법이니까."

"장미, 그대가 그 작은 궁뎅이를 떼고 나서면 서로 참을 필요가 없을 줄 아뢰오. 주인 선택권이 없는 쪽은 경비견이외다."

줄리엣은 보에게 끌려 업소들을 전전하는 동안 얄딱구리한 쇼의 배경 음악에 익숙해진 터라 그녀의 신경계를 뒤흔들어 놓고 뼈를 흐느적거리게 하는 그런 음악의 신비에 무의식적으로 편하게 몸을 맡겼다. 하지만 확성기에서 왕왕 울리는 돌연한 드럼소리와 남자의 격앙된 음성은 무시하기 어려웠다.

"신사숙녀 여러분, 아기다리고기다리시던 순간이 다가왔습니다! 롤라 브느와트를 소개합니다!"

쿵짝- 쿵짜락- 쿵쿵짝 하는 현란한 박자에 맞추어 등장한 여자는 절세가인이었다. 절세가인 이외의 표현은 허락하지 않는 어마어마한 미녀였다. 180센티미터를 간단히 넘기는 키에 풍만한 몸매의 그녀는 불꽃 같은 머리와 푸른색 이브닝 드레스로 눈송이처럼 새하얀 피부를 대충 가리고 앞뒤양옆으로 흔들리는 종처럼 하체를 살랑거리며 무대를 한 바퀴 돌았다. 업소의 모든 시선이 그녀에게 쏠렸다. 줄리엣은 쇼를 더 잘 보려고 단 위로 올라갔다.

롤라라는 그 스트리퍼가 무대의 우측, 즉 줄리엣의 앞에서 야한 걸음을 멈출 때까지 줄리엣은 뒤따라온 보의 존재를 알아차리지 못했다. 하지만 롤라가 춤추기 시작하자 그 춤이 바로 보를 향한 것임은 단박에 알아차렸다.

유연하게 허리가 돌아갈 때마다 롤라의 늘씬한 허벅지가 드레스의 터진 옆 자락에서 유혹적으로 드러났다. 그녀는 팔을 앞으로 쭉 뻗은 채 하얀 긴 장갑을 일 인치씩 벗으며 일 인치씩 주저앉았다. 장갑 한 짝이 드디어 벗겨졌다. 롤라는 장갑을 휘둘러 가며 다리 8개 달린 문어처럼 요사스런 팔동작을 곁들여 섹스의 그 체위임직한 하반신 운동을 한참 하다 자리에서 일어나더니 갑자기 뒤로 넘어가듯이 벌렁 누웠다간 다시 일어났다. 그리고 허리 돌리며 앉는 과정을 반복했다. 이번에는 허벅지를 넓게 벌려 하얀 속살을 유감없이 공개하는 변화를 주었다. 그런 한편으로는 매혹적인 미소와 더불어 장갑으로 보를 희롱했다.

롤라는 가뿐하게 자리에서 일어났다. 그녀는 저편의 다른 남자에게 남은 장갑을 벗기는 영광을 베풀고 무대 중앙으로 돌아갔다. 이어서 가슴을 감싸안는가 싶더니만 두 팔이 쫙 펼쳐짐과 동시에 드레스도 두 동강

이가 되어 날아갔다. 이제 롤라가 걸친 것이라곤 10센티미터의 하이힐과 초미니 반바지형의 새틴 팬티뿐이었다. 룰라는 어깨를 흔들었다. 필시 젖가슴을 출렁거리게 할 목적의 동작인 듯했지만 그녀의 완벽풍만한 가슴은 촐랑거리지도 않았다. 그러나 관객들은 환호했다. 아무래도 공연장소가 장소인지라 춤사위의 정확성 따윈 부차적인 문제로 치부되었다.

줄리엣은 넋을 잃었다. 롤라의 몸짓을 따라 무의식적으로 그녀의 엉덩이도 몇 번이나 돌아갔다. 스트리퍼의 마지막 옷까지 벗겨질 차례가 되자 줄리엣은 숨을 죽였다. 롤라는 새틴 팬티를 벗을 듯 말 듯 관객을 감질나게 만들며 관능적으로 몸을 배배 꼬았다.

하지만 음악이 절정으로 치닫자, 롤라는 청색의 집중광선 속에서 마침내 팬티를 벗어 던졌다.

"오, 이…… 이런."

줄리엣은 말문을 잃었다.

롤라의 새틴 팬티는 실은 마지막 의상이 아니었다. 팬티 속에 가느다란 끈팬티를 또 입고 있었다. 문제는 끈팬티가 아니라 팬티의 불룩하게 튀어나온 앞부분이었다. 남자 성기가 틀림없는 그 윤곽을 경악과 충격에 사로잡혀 응시하는 줄리엣을 놔두고 그 여자―또는 그 남자?―는 무대에서 물러났다.

"이리 와요, 천사표."

보가 줄리엣의 귀에 대고 말꼬리를 질질 늘였다.

"무대 뒤의 세계를 소개해 드리죠."

줄리엣은 어지러운 눈으로 보를 응시했다. 낯선 사람을 대하는 표정이었다. 보는 그녀의 공황 상태에 미리 예상했던 것만큼의 만족감은 느끼지 못했지만 줄리엣이 정신을 차리지 못하는 틈을 놓치지 않고 무대 뒤로 이끌었다. 올바른 님이 경비견 교체를 빨리 요구하면 할수록 관련 당사자 모두에게 유익하다.

하지만 그가 롤라의 탈의실 문을 두들길 때, 줄리엣은 이미 혼란을 제압하고 맑은 눈과 깊은 성찰에 빠진 표정으로 보를 주시하고 있었다. 문

저편에서 가벼운 중저음이 들어오라고 허락하자 줄리엣의 입가에 예의
그 사교적인 미소가 단단히 붙박였다.

롤라는 화장대 앞에 있었다. 새틴 가운을 느슨하게 걸치고 긴 다리를
포개고 앉아 짙은 화장을 지우려던 참이었다. 알고 보니 무대에서의 빨
강머리는 가발이고 롤라의 진짜 머리는 뒤집어쓴 까만 스타킹에 짓눌려
본래 색을 가늠하기 어려웠다. 롤라의 눈이 보에게 닿자 반짝거렸다.

"자기로구나."

"그래, 나야."

보는 줄리엣을 앞에 내세웠다.

"여기는 줄리엣 애스터 로웰이야. 너를 만나고 싶대."

"으으으흐흥."

롤라의 반응은 심드렁했다.

줄리엣은 부드럽게 입을 열었다.

"뛰어난 무대였어요."

그녀는 머뭇거리며 적합한 칭찬을 골라 덧붙였다.

"당신 무대는 예술의 경지였어요. 스트립쇼도 예술이 될 수 있다는 잠
재력을 보여주었어요."

롤라가 보에게서 시선을 떼고 돌아섰다.

"고마워, 친구. 내가 들어본 중에서 최고의 칭찬이야."

그는 또는 그녀는 줄리엣을 둘러보았다.

"친구도 잠재력이 풍부해 보이는걸."

보가 서둘러 끼어들었다.

"줄리엣은 잠재력 개발에 관심 없어."

그렇지 않아도 줄리엣의 잠재력을 무시하느라 고달픈 반나절을 보내
고 있는 참인데 그 사실을 굳이 각성까지 시켜 주는 양성인간의 지적 따
위 보에게 하등의 도움이 되지 않았다. 그가 줄리엣 로즈에게 끌린다는
건 상식을 벗어난 일이다. 하지만 오늘은 상식이 제 궤도를 찾지 못하고
헤매는 듯했다.

줄리엣은 롤라의 얼굴을 유심히 관찰했다.

"객석에서 봤을 때 당신의 화장은 완벽했어요, 정교했죠. 얼굴의 살려야 할 부분과 죽여야 할 부분을 조화롭게 강조했군요. 화장술에 대해 많이 아시나 봐요."

"화장술은 내 명성을 뒷받침해 주는 유일한 재산이야."

가운에 가려진 하체를 유감스럽게 내려다보고 롤라가 정정했다.

"아니, 두 번째 재산이지. 암튼 난 화장 자체가 좋아."

롤라는 줄리엣을 뜯어보았다.

"친구는 여하한 일이 있어도 립스틱은 꼭 바르고 다녀야겠다. 벌에 쏘인 듯한 그런 입술을 원하는 여자들 때문에 성형의사들이 떼돈을 벌고있어. 그리고 내 머리칼이 친구 같다면 난 그렇게 죽이지 않을 거야. 어디 보자……."

정체불성正體不姓의 그 또는 그녀는 화장대로 돌아서 뭔가를 찾기 시작했다.

보는 줄리엣의 머리를 새로운 눈으로 보았다. 여전히 핀으로 고정되었지만 올린 모양이 전체적으로 느슨해져 아까보다 부드럽고 숱이 많아진 것 같았다. 또 전과 달리 분명히 구불거리면서 꿀빛 도는 갈색에 윤기를 더하고 있었다.

"찾았다!"

롤라가 좋아라 외치며 줄리엣에게 립스틱을 내밀었다.

"이게 바로 친구의 색깔이야. 한 번 발라 봐."

"안 돼!"

보는 거의 공포에 질렸다. 시시각각 산란해지는 오늘 오후의 유일한 구명줄이 있다면 저 장미가 워낙 품행방정한지라 그의 아랫도리에서 연신 방울소리를 일게 하는 그녀의 잠재력에 관심을 두지 않는다는 사실 하나뿐이었다.

그에게는 다행스럽게도 줄리엣이 뒷걸음질을 쳤다.

"당신의 립스틱을 바를 순 없어요."

롤라가 싸늘해진 눈빛이 되어 립스틱을 화장대에 내려놓았다.

"그렇겠지. 내 살이 닿은 화장품에 무슨 병원균이 득실거릴지 알게 뭐야? 안 그래?"

"그 때문이 아니에요."

줄리엣은 차분하게 설명했다.

"개인 용품은 남에게 빌려 쓰는 게 아니라고 할머니께 주입받아 왔어요. 한 번 형성된 습관은 깨기 어렵지요."

롤라의 기분이 급상승했다.

"친구가 진인짜 마음에 든다. 너무너무 순박해. 이런 보물을 어디에서 찾아냈어, 자기?"

그/그녀는 보에게 캐물었다.

"잠깐, 잠깐만!"

롤라는 화장대 서랍을 열심히 뒤져 립스틱 브러시를 꺼냈다.

"이러면 됐지? 한 번도 쓰지 않은 새 거야. 기다려, 내가 립스틱을 묻혀 줄게."

조잘거리며 롤라는 은색 뚜껑을 열고 립스틱의 아랫부분을 돌려 갈색이 강한 장밋빛 화장품을 브러시에 듬뿍 묻혀 내밀었다.

줄리엣은 잠시 망설였다. 하지만 결국 브러시를 받았을 뿐더러 립스틱을 손수 다시 묻혔다. 그녀는 거울을 들여다보며 입술을 동그랗게 벌리고 정성껏 색을 입히기 시작했다. 중간에 화장품을 보충해 가며 꼼꼼하게 칠하고는 입술을 살짝 모아 문지른 다음 거울에 비추어 보았다. 활짝 웃자 장밋빛 사이의 치아가 진주처럼 하얗게 반짝거렸다.

"마음에 들어요."

보의 마음에도 들었다―늑대 울음을 짖어대기 일보 직전이었다.

줄리엣은 립스틱을 거꾸로 들고 바닥의 상표를 확인했다.

"크리니크 제품이군요."

그녀는 롤라와 눈을 맞추었다.

"당신도 눈치채셨다시피 난 다른 곳에서 왔어요. 크리니크 매장이 여기 어디에 있죠?"

"딜라드 백화점에. 삭스 백화점에도 있겠지만 난 그쪽 매장하고는 안 친해. 친구는 꼭 딜라드로 가봐."

롤라는 단호하게 말했다.

"거기 가서 롤라 브느와트의 친구라고 해."

"그럴게요. 정말 고마워요, 롤라."

줄리엣은 몇 분 더 여자끼리의 대화를 나누었다. 보는 시무룩하고 곤두선 기분으로 그녀를 지켜보는 수밖에 없었다. 마침내 줄리엣은 롤라에게 미소를 지으며 우아하게 물러났다.

탈의실 밖으로 나온 순간 줄리엣의 훈훈한 미소는 빙점 이하로 온도가 떨어졌다.

"사람, 바보 취급하지 말아요."

호된 질책이었다. 그러나 보는 도톰한 장밋빛 입술의 움직임에 사로잡힌 나머지 아무 소리도 귀에 들어오지 않았다.

"내 지능은 정상이에요, 보르가드. 당신은 지난 몇 군데의 업소에서 클라이드 리뎃을 찾지도 않았고……. 지금 내 말을 듣고 있어요? 뭘 보고 있는 거예요?"

"아무것도 안 봤어요."

보는 퉁명스럽게 대답했다. 그는 혹시 침 떨어졌을까 봐 아랫입술을 핥고 시선을 억지로 상향조정했다. 그러자 이번에는 줄리엣의 머리칼이 눈에 들어왔다. 이럴 수가, 몇 분 사이에 숱이 더 많아졌잖아! 더 구불거리기도 하고!

"당신 태도로 미루어 보아, 나를 끌고 업소들을 전전한 목적이 사건 수사 이외에 따로 있다는 결론밖에는 안 나와요. 도대체 무슨 생각이죠? 당신이 선호하는 혼탁한 곳에서 기절이라도 할 만큼 내가 청정한 공기만 마시고 사는 선녀인 줄 알았어요?"

"쳇, 선녀는 무슨. 그런 생각은 전혀 안 했네."

"오, 영민하셔라."

줄리엣은 냉소적으로 비꼬았다.

"하루만에 나에 대해 잘도 아셨군요."

불끈하는 성깔이 그의 혈관을 타고 돌았다. 보는 그녀를 벽에 몰아세웠다.

"난 한 가지는 똑똑히 알고 있수다―그쪽이 내 인생을 말아먹고 있다는 것."

보는 그녀에게 얼굴을 들이밀었다.

"페이퍼한테 가슈, 로웰 씨. 경비견 교체를 요구하라구. 안 그러면 더 이상 <착한 총각 씨>는 없을 줄 알아. 이건 경고야."

줄리엣은 눈을 가늘게 뜨고 노려보았다. 보를 그녀의 발 아래에서 꿈틀거리는 지렁이 보듯 하는 표정에서 지금 무슨 생각을 하는지 분명했지만 올바른 님은 그 생각을 입 밖으로 내진 않았다.

"똑똑히 들으세요, 듀프리 경사."

그녀의 입이 급기야 열렸다.

"경사가 숨죽이고 잠자코 있으면 경비견 교체를 진지하게 고려해 보겠어요."

줄리엣은 보를 밀어내고 치맛자락을 휘날리며 또깍또깍 성난 걸음을 옮겼다.

# 7

루크는 경찰서를 나설 즈음 그저 집에 가고 싶은 마음뿐이었다. 긴장감이 어깨를 짓눌러댔다. 그런 상태는 주차장을 가로지를 때 하늘을 향해 솟은 조시 리의 엉덩이를 알아본 순간에도 그다지 개선되지 않았다. 조시 리는 자동차의 열린 후드 아래로 상체를 들이밀고 있었다. 끝없이 이어지는 다리와 아슬아슬한 치마의 고혹적인 자태는 오히려 그의 긴장지수만 몇 도쯤 올려놓았다.

그냥 지나갈까? 루크는 속으로 갈등했다. 조시 리가 허리를 펴기 전에 살그머니 차를 몰고 주차장에서 빠져나가는 게 그리 어려울 것 같진 않았다. 무엇보다 지금은 자동차 정비공 흉내내기 놀이를 할 기분이 아니었다.

하지만 그 각본에는 난점이 하나 있다—조시 리도 자동차 정비공이 아니라는 점. 이 순간에도 욕설을 해대며 자동차를 서툴게 주물러대는 그녀의 모습으로 미루어, 보가 가르친 기본적인 정비 지식의 범위에서 벗어나는 문제가 틀림없다. 루크는 주머니에 손을 꽂고 어깨를 잔뜩 도사린 채 터덜터덜 다가갔다.

"도와줄까?"

조시 리가 까악 소리를 질러대며 펄쩍 뛰어올랐다. 그 바람에 하마터면 열린 후드의 안쪽에 머리를 부딪칠 뻔했다.

"루크 오빠! 놀라서 간 떨어지는 줄 알았어."

그녀는 몸을 바로하고 루크에게 돌아섰다.

"집에 가는 길이야?"

"응."

"잘됐다. 그럼 나를 태워다 줘. 둘째언니가 내 출근 첫날을 축하하는 뜻에서 차를 빌려줬어. 아나벨 언니 딴에는 배려한다고 해준 거겠지만 이놈의 자동차가 당최 움직여야 말이지."

제기랄. 루크는 떨어지지 않는 걸음을 마지못해 떼었다.

"내가 손봐줄게."

"고맙긴 한데 그럴 것까진 없어. 보 오빠가 두 시간 내로 집에 돌아올 텐데 뭐. 우리 오빠와 이곳으로 되돌아와서 고쳐 달라고 하면 돼."

조시 리는 팔뚝으로 이마를 닦았다. 그녀는 팔을 내려 민소매 블라우스의 단추 두 개를 풀고 앞섶을 팔랑팔랑 흔들어 옷 속으로 바람을 집어넣었다.

"지금 당장은 덥고 짜증나 죽겠어. 빨리 집에 가고 싶어."

루크는 그녀의 목덜미에서 흘러내리는 땀의 운동방향에 주목하고 있는 자신을 깨달았다. 땀방울이 쇄골 부위를 갈짓자로 통과해 대문자 V자로 널찍하게 드러난 가슴 골짜기를 사선으로 가로질렀다. 루크는 발 뒤축으로 휙 돌아섰다, 일사불란한 걸음을 옮겼다, 그의 자가용 보조석 문을 열었다. 그리고 어깨 너머를 초조하게 돌아보았다.

"타."

간결한 초대였다.

"그래야 나도 오늘 안에 집에 돌아갈 수 있지. 배고프다, 어서 가자."

조시 리는 언니의 자동차 후드를 닫은 후 소지품을 챙겨 루크에게로 향했다. 그녀는 루크의 팔 아래로 미끄러지듯 차에 올라 안전띠를 매고 짧은 치마를 끌어내리며—내려봤자 주요 부위만 겨우 가리는 길이였지만—루크에게 생글거렸다.

"고마워, 오빠."

주차장을 빠져나갈 즈음 차의 통풍구에서 찬 바람을 본격적으로 토해내기 시작했다.

"아, 냉방장치에 축복 있으라."

만족에 찬 신음을 흘리며 조시 리는 통풍구를 향해 허리를 숙였다. 그녀는 옷깃을 활짝 벌려 바람이 닿는 피부의 면적을 넓혔다.

"너무 시원하다. 보 오빠도 낡은 똥차를 팔아버리고 이렇게 쌩쌩 잘 나가는 차를 마련하면 좋을 텐데."

"보의 차에도 냉방기는 장착되어 있어."

"그래, 맞아."

조시 리는 건조한 어조로 동의했다.

"고장난 지 벌써 3년째인데 오빠가 고칠 생각조차 하지 않는다는 게 문제지."

루크는 그녀에게 굳은 표정을 던졌다.

"네 학비를 대느라 돈이 없기 때문이라는 생각은 안 해봤니?"

조시 리는 그의 거친 어조에 속눈썹을 빠르게 깜박거리다가 방어적으로 대꾸했다.

"난 전액 장학금으로 학교를 다녔어."

"등록금만 있으면 해결될 문제가 아니잖아. 보의 GTO 가지고 시비 걸지 마, 막둥아. 그건 보가 자신에게 허락하는 유일한 사치야."

그녀는 발끈해 운전석으로 돌아앉았다.

"내가 우리 오빠의 은공도 모르는 줄 알아?"

조시 리는 대들었다.

"난 내 욕구와 기분만 내세우는 사춘기 소녀가 아냐. 따라서 오빠가 카밀라 언니와 아나벨 언니와 나 때문에 얼마나 많이 희생했는지 알고 있어. 보 오빠는 말이야, 우리 셋 때문에 거의 파산한 남자야. 우리 셋 때문에 연애 한 번 변변히 못해 본 남자라구. 우리 셋 때문에 여자와의 영속적인 관계 공포증에 걸리기도 했고."

루크가 정색을 지어 보였다.

"보가 여자와 안 풀리는 게 너희들 때문이라고 탓했다는 거니? 얘가 지금 누구를 속이려고 들어? 보는 그럴 놈이 아냐."

"우리 탓을 한 적은 없어."

조시 리는 순순히 인정했다.

"왜냐하면 오빠는 우리를 사랑하니까. 하지만 누가 꼭 그걸 지적해 줘야 아나? 보 오빠한테는 정기적으로 만나는 여자친구가 지금껏 한 명도 없었잖아. 형편없는 여자의 엉덩이만 쫓아다녔어. 브래지어 사이즈가 지능지수라면 그 여자들은 세계를 정복하고도 남았을걸. 우리 오빠가 결혼이나 자식—자식 갖기는 보 오빠한테 하늘이 금지하신 노릇이지—또는 지속적인 관계를 원하지 않는 듯한 가벼운 여자들하고만 데이트해 온 건 제대로 된 청춘을 누려 보지 못한데 대한 미련과 박탈감 때문이야."

"조리 있는 분석이구나, 얼라치고는."

"성인 여성다운 분석이라고 해줘."

"어쨌거나."

루크는 어깨를 으쓱거려 얼라와 여성의 명백한 차이를 무시했다.

"오빠 집에서 뛰쳐나갈 기회만 노리는 누구의 분석치고는 조리 있다고 해두자."

"나 때문에 무슨 기분 나쁜 일 있었어?"

*네가 그렇게 생긴 게 문제야. 네가 그렇게 옷을 입고 다니는 게 문제야. 그리고 여덟 시간 전만 해도 넌 그저 얼라였다는 게 문제야.*

"너 때문에 기분 나쁜 일이 뭐가 있었겠니?"

"그런데 왜 딱딱거려?"

조시 리가 열렬하게 그에게 다가앉자 치마가 더 올라갔다.

"보 오빠는 나한테 오빠 이상의 존재야. 아버지이기도 해. 난 그렇게 고맙고 소중한 오빠가 나 때문에 돌이킬 수 없는 뭔가를 놓쳤다고 생각만 해도 가슴이 찢어지는 것 같아. 하지만,"

그녀는 루크의 허벅지까지 꾹꾹 찔러 뒷말을 강조했다.

"난 더 이상 아이가 아냐. 그러니 내가 재수 없이 변태한테 걸렸다고 해서 불량 청소년처럼 방에 갇혀 지내진 않겠어."

"신파극을 쓰려고 작정을 했구나. 보가 언제 너를 방에 가두어 놓고 싶어했다고 그래?"

"오빠는 편들기로 작정을 했구나. 보르가드 듀프리 님은 할 수만 있다면 나를 방에 가두어 놓고 싶어해. 그건 세상이 다 아는 사실이라구. 난 보 오빠를 사랑해. 은혜도 많이 입었어. 하지만 나한테 뭐가 가장 좋은지 아는 사람은 바로 나야, 보 오빠가 아냐. 나는 오빠의 지시에 맹목적으로 따르는 고분고분하고 어린 동생이 이제는 아니란 말이야."

루크는 헛웃음을 내뱉었다.

"고분고분? 너한테 고분고분한 구석이 있기나 했니? 보가 설령 과보호로 나온다 해도 그건 네가 이번 사건에 휘말린 데 대한 책임을 느끼기 때문이야."

"내가 답답한 부분이 바로 그거야. 왜 보 오빠는 자기 잘못도 아닌 일에 책임을 느끼냐구. 그리고 내가 오빠의 기분을 풀어 주기 위해 남은 평생을 바쳐야 옳은 것도 아니잖아?"

그녀의 손가락이 다시 루크의 허벅지로 돌아왔지만 이번에는 손끝만 슬쩍 스쳤다.

"있잖아, 난 막무가내 고집을 피우는 게 아냐. 짐을 싸서 뛰쳐나갈 생각도 없어…… 팬티범이 잡힐 때까지는. 그저 내가 어른이 되었다는 사실을 알아 달라는 것뿐이야. 난 더 이상 아이도 아니고 아이 취급도 사양이야."

루크의 일부는 그녀의 성인 선언을 이해하고 또 동조하며 박수를 쳐댔다. 하지만 신중한 부분, 현명한 부분, 소수의 듬직한 경찰다운 부분은 조시 리가 파트너의 어린 여동생이라고 외쳐댔다. 보에게 조시 리는 언제까지나 어린 여동생으로 남을 것이다. 그러므로 루크로서는 높다란 담벼락을 튼튼하게 쌓아올려 하루 종일 머릿속을 맴돌았던 생각을 차단하는 게 신상에 가장 이롭다.

적어도 숨쉬기운동이나마 계속하고 싶다면 말이다. 보의 인내력 지수는 여동생들에 관한 한 대단히 낮기 때문이다.

이후 루크는 묵묵히 차를 모는 데만 관심을 쏟았다.

조시 리는 그의 침묵을 알아차렸는지 못 알아차렸는지 전혀 내색하지 않은 채 언니들과 서로 아는 지인들에 대한 재미있는 일화를 끊임없이 풀어놓았다. 차가 집 앞에 서자 그녀는 그 죽여주는 미소를 활짝 지었다.

"고마워. 오빠가 최고야."

그녀는 몸을 기울여 루크의 입술에 뽀뽀했다. 그리고는 미소와 함께 그에게 묻은 립스틱 자국을 엄지로 닦아주었다.

"안에 들어왔다 가지 않을래? 내가 간단하게 저녁을 차릴게. 집까지 태워다 준 오빠에게 감사인사를 적절하게 하고 싶어서 그래."

루크는 그녀의 입술이 닿은 자리가 타는 느낌이었다. 머릿속에서 두 단어―빈 집! 적절한 감사인사!―가 깜박거리며 화끈한 영상들이, 하지만 적절하지는 못한 영상들이 꼬리를 물었다. 루크는 화들짝 몸을 움츠렸다.

"아냐…… . 제의는 고맙지만 돼, 됐어. 너에게 도, 도움이 되었다니 나도 기쁘다."

오, 하늘이시여. 조시 리를 상대로 이 무슨 망측한 생각? 그의 어디가 잘못된 게 틀림없다. 그녀가 루크의 머릿속에서 바삐 돌아가는 영상들 가운데 하나만 알아도 목청이 찢어져라 친오빠를 부르며 도망가리라.

"정말 안 들어갈래?"

"응."

"알았어. 그럼 또 봐."

조시 리는 밖으로 나가 허리를 숙이고 마지막으로 미소를 던졌다. 까만 머리칼이 앞으로 흘러내렸다. 그녀는 길고 날렵한 손가락으로 머리를 뒤로 젖혔다.

"다시 고마워, 루크 오빠."

루크는 그녀가 집안으로 사라지자 안도의 한숨을 내쉬고 부리나케 모퉁이를 돌았다.

집안에서 조시 리는 침실로 향했다. 가는 길에 지갑을 던져놓고 천장의 선풍기를 켠 다음 침실에서 옷을 갈아입으며 흐뭇한 웃음을 연신 방긋거렸다.

*일이 이다지도 술술 풀릴 줄이야*

조시 리는 자신에게 주는 상으로 시원한 음료수를 한 잔 마신 다음 택시를 부르기로 결정했다. 보 오빠가 귀가하기 전에 작은언니의 자동차 부품을 재조립해 차를 되돌려 주어야 한다.


줄리엣은 쿵쾅거리며 롤라의 클럽 안을 가로질렀다. 그녀에게 있는 줄조차 몰랐던 성질이 뜨끈뜨끈하게 열오른 마당에도 그가 허용한 이상으로 줄리엣이 앞장서지 못하도록 근접거리를 지키는 보의 태도를 뼈아프게 의식하지 않을 수 없었다. 보는 룰루랄라 그녀의 뒤를 따랐지만 클럽 밖으로 나가자 눈 깜박할 사이에 거리를 좁혀 줄리엣의 위팔을 독단적으로 움켜잡았다.

예의범절상 차마 말싸움은 못하고 줄리엣은 손을 뿌리쳐 현재의 호전적인 기분을 표시했다. 하지만 그 손은 떨어져 나가지 않았다. 되레 단단히 달라붙었다. 심지어는 그녀를 잡아당겨 보의 옆구리에 달라붙게 만들고 놓고도 떨어질 줄 몰랐다, 그의 손은.

"진정하시죠."

보는 말꼬리를 빼며 점잖게 충고했다. 줄리엣이 차갑게 노려보자 그는 행인과 자동차로 북적거리는 거리를 거뭇한 턱으로 가리켰다.

"주위를 한번 둘러봐요, 장미. 여기는 사교계 데뷔 무도회가 아니에요. 그쪽이 혼자 활개치고 돌아다닐 곳이 못 된다 이겁니다."

"미안하지만,"

줄리엣은 냉랭하게 쏘아붙였다.

"애스터 로웰은 어디에서도 활개치고 돌아다니지 않습니다."

그럼에도 그녀는 보의 충고를 받아들여 주위를 둘러보았고 금방 기가 꺾였다. 프렌치 쿼터 지구가 처음으로 비우호적으로 느껴진 것이다.

밤의 구 시가지는 낮과는 다른 얼굴, 아주 위험한 얼굴을 하고 있었다. 거리는 소음으로 들썩거렸다. 음악소리는 이곳의 불변의 요소인양 시간과 무관하게 여전했으며 모퉁이마다 거리의 악사들이 진을 치고 있었다. 줄리엣이 보에게 끌려 지나치는 업소들은 갖가지 재미를 찾아온 남성 고객들의 들뜬 환호성을 운동장의 물결박수처럼 쏟아냈다. 음탕한 웃음소리, 한 잔 꺾으러 가자는 표어적인 함성이 건물의 벽돌 벽에 부딪쳐 공명 현상을 일으키는 빈도만큼이나 많은 술꾼들이 이 술집 저 술집을 전전했다.

플로리다의 스프링 브레이크가 대학생들을 겨냥했다면 프렌치 쿼터 지구는 성인의 놀이 천국이었다. 일상의 모든 겉치레에서 벗어난들 책잡힐 것이 없는 그런 공개적인 파티 분위기였다. 줄리엣은 두 패거리의 사내들이 혼자 지나가는 여자를 향해 외설적인 몸짓을 곁들여 떠들썩하니 희롱하는 장면을 목격했다.

그녀는 옆에 있는 남자가 문득 고맙게 느껴졌다. 보는 까슬까슬한 턱을 도전적인 각도로 내밀고 직업적인 눈빛으로—'경찰과 얽히기 싫으면 건들지 마!'—행인의 접근을 허락하지 않았다. 이런 보의 존재에 대한 감사함을 인정하느니 줄리엣은 차라리 혀를 깨물 테지만 두 패거리의 사내들이 쫙 갈라져 길을 넓게 터준 이유가, 그리고 그녀한테 난잡한 추파를 던지지 않은 이유가 보르가드 듀프리 때문임은 알고 있었다. 패거리들을 통과하자 줄리엣은 참았던 숨을 내쉬었다.

"이만 집에 가고 싶어요."

"그렇지 않아도 집으로 데려다 주는 길이에요. 일분일초라도 빨리."

"나를 일분일초라도 빨리 데려다 주고 싶은 게 아니겠죠. 당신이 죽도록 가고 싶어하는 곳은……."

"어라, 어라!"

보의 감탄사는 시기적절했다. 덕분에 줄리엣은 그의 여자 관계를 들먹여 자기 얼굴에 침 뱉는 실수를 모면했다. 보가 야간 데이트를 하든 말든 줄리엣하고 도대체 무슨 상관이 있단 말인가. 그럼에도 그녀는 보의 데이트 생각에 심사가 뒤틀렸다. 또, 그러한 자신의 심적 상태에 얼굴이 화끈거렸다. 하지만 다행히 보는 다른 곳을 보고 있었다.

그는 저쪽을 뚫어지게 응시하다 말고 줄리엣의 팔을 쥔 손에 갑자기 힘을 넣었다. 그리고 사전예고도 없이 뛰기 시작했다. 깜짝 놀란 줄리엣이 비틀거리자 보는 뛰는 속도를 미미하게 늦추며 그녀의 팔을 초조하게 잡아당겼다.

"서둘러요! 클라이드 리뎃을 놓치기 전에!"

"리뎃이 어디 있는데요?"

이 질문은 대답을 기대한 것도 아니었고 대답이 나오지도 않았다. 그녀는 우격다짐으로 잡아당기는 보에게 이끌려 오직 달리는 데에만 정신을 모았다. 끈 달린 샌들은 이처럼 과격한 활동을 위해 만들어진 신발이 아니었지만, 보는 샌들이 벗겨져도 도로 신을 틈을 주긴커녕 그녀에게 맨발로 뛰게 할 기세인지라 최선을 다해 그와 보조를 맞출 수밖에 없었다.

차에 이르자 보는 목을 늘여 도로를 살피고 입으로는 숨죽인 욕설을 늘어놓으며 보조석의 문을 땄다.

"타요."

줄리엣은 차안으로 다이빙해 들어가 운전석 문의 잠금 장치를 풀어 주었다. 보는 자리에 앉기가 무섭게 시동을 켰다. GTO의 엔진이 부르릉거리며 소생했다.

"안전띠 매요."

사이드미러를 살피는 보의 짧은 명령이었다. 줄리엣이 허둥지둥 안전띠를 맬 때 GTO가 타이어 타는 냄새를 일으키며 주차공간에서 튕겨 나갔다.

하지만 폭발적인 질주는 겨우 백오십 미터에서 끝났다. 쿼터 지구의 정체된 도로 사정이 펼쳐진 것이다. 취객과 관광용 마차까지 가세하여 앞을 가로막자 보는 입에 욕설 발동기가 달린 사람마냥 끊임없이 거친 소리를 내뱉었다. 게다가 배달트럭까지—이 시간에 이런 동네에 있어서는 안 될 차량이—골목에서 튀어나왔다. 보는 급제동을 걸었다. 줄리엣의 체중이 앞으로 확 쏠렸지만 제때 계기반을 붙잡은 반사신경과 안전띠의 반탄력 덕분에 무사했다.

보는 이제서야 틈을 내어 안전띠를 맸다. 배달트럭이 후진기어를 넣고 꾸물꾸물 골목으로 다시 들어가기 시작했다. 최소한의 공간이 생기자 보는 경적을 울리며 여전히 후진중인 트럭의 앞을 돌아갔다. 그는 운전대 위로 잔뜩 구부린 채 도로 상황을 주시하랴, 클라이드 리뎃의 차를 찾으랴 바삐 눈동자를 굴렸다.

"이 개자식이 대체 어디 갔지?"

보의 강한 긴장감은 전염성을 지닌 듯했다. 어느덧 줄리엣의 심장도 쿵쿵거렸다. 그녀는 안전띠의 반경 내에서 앞으로 몸을 내밀었다.

"리뎃의 차종이 뭐죠?"

"포르쉐 같았어요, 빨강 포르쉐."

그의 입술이 뒤틀렸다.

"무기 장물아비의 수입이 일반 공무원보다 쏠쏠하다는 증거죠."

줄리엣은 창문을 내렸다. 그녀는 밖으로 머리를 내밀어 전방의 거리와 차들을 살폈다.

"저기 있어요! 한 블록, 아니 두 블록 앞에……. 지금 우측으로 돌고 있어요! 보여요?"

"어디……. 바로 저 차야!"

보는 기어에서 손을 떼고 그녀의 허벅지를 짧지만 힘차게 쥐었다 놓았다.

"잘했어요."

잠시 후 GTO도 우측으로 돌았을 때 보의 얼굴이 일그러졌다. 가장 심한 정체 구간에서 벗어나긴 했지만 저마다 속력을 높인 앞차들의 꼬리등 간격이 널찍널찍하게 벌어져 있었던 것이다.

"우라질. 리뎃이 간선도로로 나가려는 모양인데. 이제 달릴 준비해요, 슈가. 우리가 쫓는 줄 저놈이 눈치채기 전에 잡아야 해요. 안 그러면 놈을 놓치고 먼지만 먹게 되거든요."

말이 채 끝나기도 전에 차가 펄쩍 뛰어나갔다. 줄리엣은 좌석 등받이에 쿵 부딪쳤다. 보가 기어를 바꾸어 밤의 열기 속으로 질주하기 시작하자 흥분된 그녀의 가슴도 전속력으로 쿵쾅거렸다.

GTO가 거의 따라잡았을 즈음 클라이드 리뎃이 추적을 눈치챘다. 포르쉐는 신호등의 빨간 불을 무시하고 도망갔다. 보는 욕을 퍼붓고 운전석 아래를 더듬어 이동용 회전등을 꺼냈다. 전원을 켜자 파란 불이 빙글빙글 돌아가며 명멸했다. 보는 회전등을 차 지붕에 얹은 후 경적에서 아예 손을 떼지 않고 포르쉐의 뒤를 쫓아 교차로를 가로질렀다.

픽업트럭 한 대가 이쪽으로 무섭게 달려들었다. 비명이 줄리엣의 혀끝까지 올라온 찰나, 보는 운전대를 급하게 꺾었다. 찢어지는 듯한 타이어 마찰음과 함께 옆으로 주르르 미끄러져 픽업트럭을 간발의 차이로 피하자 보는 운전대를 다시 돌려 GTO처럼 덩치 큰 전형적인 미제 자동차에게는 너무도 협소한 공간으로 능숙하게 파고들어 다른 차량들 사이를 누볐다.

드디어 간선도로에 들어섰을 때였다, 하늘이 열리고 폭우가 내리기 시작했다. 보는 GTO를 한계까지 밀어붙였으며 차선 바꾸기와 끼어들기를 거듭하는 등 미치광이처럼 차를 몰았지만 내심으로는 패배를 자인하고 있었다. 독일 슈트르가르트의 정밀한 기계공학이 낳은 저 빨강 스포츠카는 마력 면에서 GTO를 앞선다. 세계 최상의 카레이서를 데려와도 그 힘의 차이를 메우기는 역부족이다.

포르쉐는 보를 멀찌감치 따돌리고 소로小路로 빠져나갔다. 보가 뒤따라 그곳으로 접어들었을 때 포르쉐는 어디에도 보이지 않았다.

보의 혀 안쪽에 패배의 씁쓸한 맛이 고였다. 클라이드 리뎃과 다시 마주칠 일말의 행운에 기대를 걸고 밤새도록 도로를 헤맬 수도 있겠지만 그러기엔 기상조건이 너무 불리했다. 보는 한적한 모퉁이에 차를 세우고 기어를 중립에 놓았다. 거침없이 내리꽂히는 폭우의 커튼 속에서는 삼백 미터 전방도 보일 둥 말 둥했으며 이동용 회전등을 회수하는 그 짧은 동안에도 보의 한 팔이 흠씬 젖었다. 보는 차창을 올렸다. 그리고 이 망할 추격전에서 작은 승리감이나마 맛볼 요량으로 줄리엣에게 고개를 돌렸다—이제는 그가 더한 노력과 시간을 들이지 않아도 올바른 님이 경비견 교체를 요구하고 나서겠지.

줄리엣은 안전띠에 묶인 채 가만히 앉아 동그래진 눈으로 보의 시선을 되돌렸다. 하지만 그 한 쌍의 잿빛 눈 깊은 곳에서 활활 타오르고 있는 감정은 예의 바르게 억제된 분노도 신중함도 아니었다.

그녀의 쇄골 가운데에서 맥박이 미친 듯이 펄떡거리고 있었다. 귀족적인 광대뼈 주위는 빨갛게 상기된 터였다. 망할 립스틱이 발라진 채 유혹적으로 벌어진 입술과 치과의사 협회에서 완벽한 치아로 뽑힐 만한 이 사이로 가쁜 숨이 들락날락거렸으며 꿀빛 도는 갈색 머리칼은 흘러내려 굵은 웨이브를 그리고 있었다.

"이런, 젠장."

보는 허스키한 목소리를 가까스로 뽑아냈다.

"신났잖아."

"오, 보르가드, 오오, 이런 흥분이 존재하는 줄조차 몰랐어요."

줄리엣은 몽롱한 미소를 던졌다.

"당신 일은 항상 이래요? 세상에. 나라면 이런 자극에의 지속적인 노출을 견디지 못할 것 같아요. 심장이 터지는 기분이에요."

그의 시선이 저도 모르게 아래로 뚝 떨어졌다. 순간 보는 왜 아래를 봤는지 진한 후회를 곱씹어야 했다. 정숙한 드레스의 가슴팍에서 작게 도드라진 두 개의 돌기를 포착했기 때문이다. 줄리엣의 신체적인 흥분 상태는 전적으로 아드레날린의 폭발적인 분비에 의한 결과다—보르가드도 그걸 모르는 바가 아니었다. 하지만 보는 앞으로 나가는 손을 말릴 수 없었다. 그의 손이 꿀빛 도는 갈색 머리칼을 파고들자 큰 핀과 실핀들이 우수수 떨어졌다. 보는 그녀를 와락 당겨 입술을 덮쳤다.

줄리엣의 입술은 겉보기처럼 야들야들하고 탱탱했으며 그의 요구에 맞추어 즉각 순종하는 고분고분함까지 보여주었다. 거친 신음이 보의 목

안쪽에서 터져나왔다. 그 풍요로운 입술은 너무도 예쁘게, 너무도 뜨겁게, 너무도 수줍게 감미로운 맛을 보라고 유혹했다. 보는 부드러운 머리칼 속에 손을 더 단단히 박고 각도를 바꾸어 입술을 포갰다.

"아."

한 번의 호흡과 함께 그 입술이 사납게 다그치는 또 다른 입술의 요구에 따라 살짝 벌어졌다.

이제 보는 그녀의 안에 있었다. 오, 주여, 그녀는 달콤했다—진짜 꿀맛이었다. 하지만 그의 세기에 밀려 그녀의 고개가 점점 뒤로 꺾이자 보는 이것만으로는 충분하지 않다고 결정했다. 결코 충분하지 않았다. 보는 머리칼을 놓고 안전띠를 더듬었다.

그녀의 어깨가 속박에서 해방되자 보는 그녀를 번쩍 들어 자신의 무릎에 앉혔다. 빗방울이 차의 금속 지붕을 두들겼다. 습기 찬 창문은 외부의 시선을 차단해 주었다. 둘의 혀가 만나 꼬이자 세상은 아득하게 멀어졌다.

보는 자신의 목에 감기는 날씬한 두 팔을, 자신의 머리를 헤집는 손가락들을 느끼며 젖가슴을 찾았다. 딱딱한 유두가 그의 손바닥에 닿자 둘다 동시에 숨을 터뜨렸다. 그 작은 돌기를 잡고 살그머니 당겨 보았다. 관능적인 신음소리가 보의 귀에서 영원히 메아리쳤다, 꿈틀거리며 그의 흥분한 사타구니를 누르는 엉덩이의 탱탱한 감촉이 생생했다. 보는 그녀의 다리를 따라 손을 내려뜨렸다. 하지만 아무리 팔을 뻗어도 원하는 맨살은 만져지지 않고 비단천만 잡혔다. 보는 성마르게 드레스 자락을 당겨 올리고 매끄러운 다리, 긴 다리, 맨 다리를 탐했다.

그때 운전석 창문을 두들기는 날카로운 소리가 실내의 정적을 갈랐다. 그들은 얼어붙었다. 소스라치며 보가 포갠 입술을 풀자마자 줄리엣은 부랴부랴 보조석으로 돌아가 미친 듯이 치마를 내렸다. 숨찬 숨을 헐떡거리며 그들은 망연하게 서로를 응시했다.

그녀의 멍한 눈에는 시시각각 경악이 차올랐지만 달뜬 욕망의 흔적이 아직 머물러 있었다. 입가는 뭉개진 립스틱과 수염 그루터기에 긁힌 자국으로 불긋불긋했다. 보는 순간 엉뚱한 생각에 빠졌다. 저토록 엄청난 머리칼이 어떻게 단정하게 올려질 수 있었을까? 그녀는 눈 위에서 그리고 귓가에서 폭발한 듯 굽실거리는 고수머리를 허둥거리며 매만졌다. 고개를 숙이자 우아하고 긴 목이 청순하게 드러났다. 성모 마리아여, 그 오만한 양키는 어디로 갔나이까? 흥분한 증거가 여전히 가슴팍에 남아 있는 그녀는 속속들이 타락한 수녀처럼 보였다.

딱딱, 창문을 초조하게 두들기는 소리가 다시 났다. 보는 그녀에게 시선을 잡아뗐다. 임무수행중의 이런 프로답지 못한 일탈은 전에 없었다.

보는 평생 처음 느껴 보는 막막한 심정으로 창문을 내리기 시작했다.

# 8

우둔하기 짝이 없는 짓이었다고 결론 내리며 줄리엣은 머리칼과 원수 진 사람처럼 거칠게 빗어 내렸다. 미늘살 창문으로 쏟아져 들어온 아침 햇살이 반들거리는 마루에 빛과 그림자의 창살을 길게 늘이고 있었다. 그녀는 거울을 응시하며 결론을 수정했다—다시 생각해 보니 '우둔'이란 단어는 이 상황에 지나치게 상냥한 표현 같았다.

*넌 바보야, 줄리엣. 바보, 바보, 바보!*

줄리엣은 머리를 틀어 올려 단정하게 고정한 다음 눈꼬리를 최대한 잡아늘여 거울을 확인해 가며 뒷머리가 한 올 흐트러짐이 없도록 매만졌다. 그녀는 어젯밤 자신의 행동이 도무지 믿어지질 않았다. 다른 사람도 아닌 '줄리엣 로즈 애스터 로웰'이 만난 지 이틀밖에 안 되는 경찰과 뒤엉키다니? 그것도 자동차의 앞좌석에서! 다시 그것도 성욕과잉의 색마하고! 더군다나 그녀를 재수 없는 짐 덩어리라고 직설적으로 선언한 남자와!

그러고도 모자라, 열두 살짜리 같은 새파란 고속도로 순찰대원한테 현장을 들키기까지 했다.

그 순찰대원이 그녀를 훑어보던 눈빛—'난 네가 차안에서 한 일을 알고 있다'—을 상기하는 것만으로도 악다문 잇새에서 신음이 새어나왔다. 순찰대원은 그의 코 아래에 경찰신분증을 들이대며 차갑고 무표정하게 노려보는 보의 위세에 눌려 차를 빼라는 지시 한 마디만 남기고 물러났다. 하지만 다시 못 볼 그 순찰대원과 달리, 보르가드는 대체 무슨 얼굴로 대하면 좋으리오? 그에게 칭칭 감기고 젖가슴이 만져지자 가르릉거리고 그의 손길에 다리를 벌려 주고서.

신체 접촉은 줄리엣에게 결코 자연스런 행위가 아니었다. 그녀의 세상에 속한 남자들은 누구나 그 점을 존중해 주었다. 그들은…… 문화인이다. 교양인이다. 신사들이다. 누구처럼 뜨거운 손과 사나운 입술과 까마귀 깃털보다 더 까만 눈을 하고 있지도 않다. 요컨대 그들은 보채지 않는 부류였다. 좀더 내밀하게 파고들자면, 깊이 교제하는 사이가 된다손 쳐도 가뭄에 콩 나듯이 동침하고 그 밤일도 어디까지나 기본에 충실하게 치르는 부류다. 줄리엣은 너무 기본적이라고 매번 실망했지만 그 전부가 그녀의 성적매력이 부족하기 때문이겠거니 하고 자책해 왔다. 남녀의 신체 접촉이 폭발적인 양상 내지는 자제를 허용치 않는 양상으로 치달을 수 있으리라고는 상상조차 못했다. 하지만 이제는 경험으로 안다—어떤 남자와 닿으면 그녀도 심장이 한 번 뛰는 사이에 몸 안팎으로 달아오르고, 촉촉하게 젖고, 터질 듯이 부푼다.

*거울 속에서 나 같지 않은 낯선 여자와 만나게 되지*

어젯밤의 그 여자와 다시 만날까 무서워 줄리엣은 거울에서 돌아섰다. 그래, 어젯밤 일은 일탈이다. 젖은 도로에서 벌어진 고속 추격전과 그에 따른 아드레날린의 왕성한 분비로 인한 일탈이었다. 무의미한 일탈이었을 뿐이다.

*다시는 거듭되지 않을 일탈이야*

줄리엣은 옷장에서 미색의 리넨 치마를 찾아 입었다. 종아리까지 덮는 길이의 정숙한 치마에 갑사로 된 민소매 튜닉을 걸치고 그 상의의 감쪽같이 감침질된 옷단을 매만졌다. 장신구로는 외줄의 긴 진주 목걸이와 귓불 부착형의 진주 귀걸이를 선택했다. 다음에는 새틴 주머니에서 상아색 스타킹을 골라 발판의자에 앉았지만 신지는 않고 스타킹 레이스 밴드를 가만히 바라보았다.

그녀는 자리에서 그냥 일어섰다. 자신 같은 자신을 아무리 되찾고 싶다 해도 스타킹 고문은 사양하련다. 피부 호흡을 차단하는 나일론까지 더하지 않아도 이 도시의 기온은 가히 살인적이다. 줄리엣은 상아색 가죽 구두를 꺼내 신발 안에 화장분을 조금 뿌리고 맨발을 들이밀었다.

잠시 후 사무실에 들어섰을 때 록산느는 이미 책상을 지키고 있었다. 줄리엣은 보좌관의 책상 옆에서 걸음을 멈추었다.

"어제는 나 혼자만 빠져나가서 미안해."

"괜찮아요."

손 키스를 불어 보이며 록산느는 활짝 웃었다.

"듀프리 같은 깜찍이가 재롱을 피워대는데 어떤 여자가 저항하겠어요?"

신경질적인 웃음이 줄리엣의 입에서 짧게 터져나왔다. 그녀는 남자와 여자와 섹스에 관한 핵심적인 질문을 보좌관에게 던지고 싶었지만 물론, 참았다. 그건 애스터 로웰이 거론해선 안 될 화제에 속하니까.

아아, 애스터 로웰은 왜 이다지도 올바르게 살아야 하는지. 애스터 로웰에게만, 아니 애스터 로웰 및 애스터 로웰 부류에게만 적용되는 듯한 갖가지 규칙과 제재를 준수하는 것이 왜 이다지도 중요해야 하는지. 줄리엣은 숨을 크게 들이쉬었다, 가치관을 깨고 남녀 관계에 대한 질문을 던지리라 마음을 다졌지만…….

세 살 버릇이 여든 간다는 속담에 담긴 옛사람들의 뛰어난 통찰력을 다시금 실감해야 했다.

"나머지 일정은 어떻게 되었지?"

"총책임자 님이 나가신 후 셀레스트는 차분한, 실은 경직된 태도를 보였어요. 하지만 남은 일정은 순조롭게 조정되었어요."

"록산느는 보물이야. 본사로 돌아간 후에 내가 다시 말하지 않아도 인사과에서 월급 인상 제안서를 가져다주기 바래."

"그런 일이라면 생각났을 때 당장 시행하시죠?"

개구쟁이 같은 미소가 록산느의 얼굴에 피어올랐다.

"마침 제가 각종 서류 양식을 챙겨 왔어요."

효율적으로 정리된 서류함에서 월급 인상 제안서를 찾아 상사에게 얼른 내밀었다.

줄리엣은 밝은 웃음소리를 냈다.

"알았어, 당장 시행할게. 그 동안 록산느는 브렌타노를 연결해 줘. 그쪽과의 계약에 의하면 바의 유리잔이 이틀 전에 납품되었어야 하는데 아직도 소식이 없어."

그녀는 전용 사무실로 걸음을 옮기다 말고 돌아섰다.

"개인적인 부탁을 하나 해도 될까?"

"물론이에요."

"딜라드 백화점으로 크리니크 립스틱의 전화 주문 좀 부탁할게. 립스틱 색상명은 <별종 포도> 아니면 <색다른 포도>야."

"보라색 립스틱을 바르시겠다는 말씀이세요?"

"보라색이 아냐, 건포도색이지."

록산느는 생각에 잠겨 상사를 바라보았다.

"맞아요. 건포도색은 총책임자 님과 잘 어울릴 거예요. 그런 제품이 있다는 소리는 어디에서 들으셨어요?"

"어느…… 기인이 어제 나에게 권해 주었어. 리무진 기사를 백화점으로 보내 주문품을 가져오게 해."

록산느의 얼굴에 야릇한 표정이 일었다. 줄리엣은 보좌관이 지금 무슨 생각을 하는지 알 만했다. 그녀는 상사라는 지위를 내세워 부하 직원들에게 개인 심부름을 시킨 적이 없었다. 할머니께서 이 일을 아시면 손녀에게 커다란 실망감을 느끼실 테지만 줄리엣은 흔적만 남은 어제의 반항심에 매달려 할머니 생각을 떨쳐버리고 보좌관에게 부드럽게 덧붙였다.

"부탁해."

"지금 당장 전화 주문할 게요."

줄리엣은 월급 인상 제안서를 흔들어 보였다.

"나도 지금 당장 이 서류를 기재할게. 록산느를 채용한 건 내 평생의 가장 현명한 결정이었어."

한 시간 가량 호텔 객실에 자동 온도 조절 장치를 설치하는 공사 책임자와 이야기를 나누고 록산느와 호텔 조직의 세부사항을 협의하고 있을 때, 리무진 기사가 전화 주문품을 가져왔다. 록산느는 기사의 등뒤로 사무실 문이 닫히자마자 열렬하게 재촉했다.

"어서 발라 보세요, 어떻게 보일지 궁금해요."

줄리엣이 립스틱을 다 바르자 보좌관은 나직하게 휘파람을 불었다.

"우와. 끝내 주는데요."

자의식에 사로잡혀 줄리엣은 미소를 작게 지었다.

"고마워. 워낙 고운 색이어서……."

겸연쩍게 말꼬리를 흐리며 엉덩이를 덮는 튜닉의 밑단을 만지작거렸다.

그때 셀레스트가 열린 문을 두들기고 서슴없이 안으로 들어섰다. 노부인은 정교하게 가다듬은 머리를 높이 들고 등줄기를 꼿꼿하게 세운 채 사무실을 가로질렀다.

"역사학회 행사에 갈 시간이에요. 페리를 타고 강을 건너려면 지금 출발해야 해요."

그녀는 여왕처럼 당당하게 말했다.

"에드워드가 리무진에서 기다리고 있어요."

"이런! 헤인즈 부인, 죄송해서 어떻게 하지요? 부인께서 헛걸음하지 않으시도록 미리 말씀을 드렸어야 했는데."

줄리엣은 책상 앞에서 일어났다.

"두 분 먼저 가세요. 저는 듀프리 경사와 움직여야 해요."

그가 어젯밤에 산 넘고 물 건너 도망치지 않았다면.

"듀프리 경사라니?"

셀레스트가 반문했다. 줄리엣이 조직폭력 단원과 동행할 거라고 선언했던들 노부인이 이보다 더 대경실색할 순 없었을 것이다.

"어제 부인도 만나 보셨잖아요."

"우리의 회의를 중간에 방해했던 그 무례한 청년? 그 청년이 경찰이란 말이에요?"

"<ㄴㅠㅇㅗㄹ리ㅇㅓㄴ스> 경찰국의 자랑스런 간판이죠."

문간에서 보의 목소리가 대답했다.

줄리엣은 고개를 돌린 순간 온몸에 이는 홍조를 느꼈다. 물론, 부끄러움으로 인한 홍조였다. 그 이상도 그 이하도 아니다. 정말이다. 그러나 보는 부끄러워하는 기색이 조금도 없었다. 그가 오늘 나타날 것인지 아닌지 궁리했던 줄리엣 자신이 한심하게 여겨질 만큼 말짱했다. 하긴 보르가드 듀프리는 일상 다반사로 차안에서 여자를 무릎에 앉히고 키스로 얼을 빼놓겠지. 당시의 기억을 떠올리자 줄리엣의 뺨이 화끈거렸다.

보의 갸름한 뺨은 갓 면도한 남자 특유의 새틴 같은 윤기가 흘렀지만 수염 자리의 푸르스름한 그림자 덕분에 거부감 드는 빤질빤질한 인상은 주지 않았다. 옷차림은 평소보다 단정한 터였다. 앞주름을 세운 검정색 바지에 코코아색의 반소매 실크 셔츠를 걸치고 검정과 황색이 교차된 넥타이까지 결후 아래에 느슨하게 매고 있었다. 정장에 가까운 그 차림의 파격이라면 까만 고무코가 올라온 황갈색의 스니커즈뿐이었다……라고 줄리엣은 생각했지만, 셀레스트를 돌아 가까이 다가오는 보의 허리춤을 보았을 때 생각을 수정했다. 그녀는 제 눈을 의심하며 그의 바지 허리띠 위로 슬쩍 올라온 권총집의 가죽띠를 뚫어지게 응시했다.

"그게 꼭 필요한 건가요?"

줄리엣은 보의 좌측 엉덩이 뒤쪽에 매달린 권총을 턱짓하며 물었다. 보는 그녀 앞에서 걸음을 멈추었다, 언제나처럼 지나치게 바짝 붙어 섰다.

"나한테 이번 임무가 괜히 떨어진 줄 아시나이까? 그대는 살벌한 협박장을 받은 무력한 시민, 그자는―내가 그 협박장을 숙지한 바에 따르면―오래된 폐허가 호텔로 바뀌어진 데 대해 잔뜩 분개한 위험인물이잖아요."

보는 한쪽 눈썹을 치켜세웠다.

"역사학회 행사에서 끔찍한 재난이 일어날 가능성이 얼마나 높은지는 하늘도 아시죠."

이어서 장난기를 거두고 까만 속눈썹의 바깥 부분이 광대뼈에 닿도록 눈을 가느다랗게 좁혀 뜨고는 줄리엣의 입술을 험악하게 노려보았다.

"그 립스틱, 어디에서 났습니까?"

그가 무섭게 윽박질렀다.

"나 없이는 호텔에서 한 발자국도 내딛지 말라고 내가 말했습니까 안 했습니까? 난 임무의 경중을 가리지 않고 성실하게 수행하는 프로예요. 이따위 사이비 임무나 담당했다고 사람 무시하는 겁니까?"

깜짝 놀란 줄리엣이 말문을 잃고 그를 바라보기만 하자 그녀의 보좌관이 대신 대답했다.

"우리 총책임자 님은 호텔을 떠나지 않았어요."

록산느가 뒷말을 이었다.

"딜라드 백화점에 전화 주문하고 리무진 기사를 시켜 수령해 온 립스틱이라구요."

"어."

"저 립스틱이 새 거라는 건 어떻게 알았죠? 추리력도 대단하셔라. 형사다워요. 시민의 세금이 헛되이 쓰이지 않는 증거를 대하니 아주 기쁘군요."

보의 구릿빛 얼굴에 벌그스름한 기운이 오르기 시작했지만 해명이란 이름의 횡설수설을 늘어놓는 고역은 면했다. 셀레스트가 단호하게 끼어든 것이다.

"늦기 전에 이만 출발합시다."

셀레스트 헤인즈는 종이 한 장을 줄리엣에게 내밀었다.

"행사에 초대된 손님들 가운데 중요인사만 뽑은 목록이에요. 그들의 인적사항도 간략하게 적어놓았어요. 원래는 내가 차안에서 한번 짚어 주려고 했지만 일이 이렇게 되었으니 아가씨 혼자 훑어보도록 해요."

줄리엣은 종이를 받았다.

"감사합니다. 이 목록은 큰 도움이 될 거예요."

"고럼고럼, 중요인사들을 무시하면 큰일나죠."

보는 맞장구를 쳐대며 콧구멍으로는 무례한 소리를 흘렸다. 더 나아가 셀레스트에게 야만의 미소를 큼직하게 던지며 도전까지 했다.

"행사장에 누가 빨리 가나 경주할까요?"

그의 사근사근한 태도에 노부인은 입가가 올라갈 듯 말 듯한 차디찬 표정을 되돌렸다.

"난 왕자병은 아니지만,"

보는 줄리엣을 끌고 호텔의 대리석 바닥 로비를 가로지르며 투덜거렸다. "어떻게 이런 일이 있을 수 있지? 저 숙녀가 암만 해도 나를 싫어하는 것 같아."

셀레스트는 선거 유세에 나선 정치가처럼 남북 전쟁 전에 세워진 대농장 저택의 사람들 사이를 종횡무진 누비며 미소와 잡담을 교환하고 줄리엣이 주위에 있을 때는 그 북부 아가씨를 중요인사들에게 소개시켜 주었다. 요컨대 셀레스트는 외관상 평소와 조금도 다를 바가 없었다. 하지만 그녀의 속은 품위 있게 억제된 공포 상태였다. 저 시건방진 눈빛과 밑바닥 백인의 예의범절을 갖춘 무례한 청년이, 글쎄, 경찰이란다.

이건 재난이다. 크라운 호텔 체인의 본사로 편지를 보낸 행동은 실수였다. 이런 경우를 가리켜 자승자박이라고 한다. 당시 그녀는 선조 대대로 살아온 저택이 저질 여인숙으로 타락한다는 사실에 너무도 분개한 나머지 헛수고인 줄 빤히 알면서도 펜이나마 들어 반대의 소리를 외치지 않을 수 없었다. 아아, 한순간의 충동이 남은 평생을 망칠 수도 있다더니. 엄청나게 막대한 판단상의 오류를 저질렀다.

그녀는 메이 엘렌 보드리와 기만적인 대화를 이어나가며—메이는 1956년 코티용* 때 늠름한 그레이슨 대위를 그녀의 코 아래에서 빼앗아간 셀레스트에 대한 원한을 아직까지 간직한지라 둘이 솔직하고 진정한

---

* Cotillion. 사교계 데뷔 정식 무도회.

대화를 나누기란 아무래도 무리이다—사람들 사이에서 듀프리 경사를 찾아냈다. 그는 오르되브르를 접대하는 웨이터의 쟁반에서 카나페를 재빨리 낚아채 여러 각도에서 요리조리 관찰하고는 입에 던져 넣었다.

경찰이란 거치적거리는 장애물밖에는 안 된다. 특히 주제를 모르고, 뻔뻔하고, 건방진 경찰을 지속적으로 달고 다녀야 한다는 건 언어도단이다. 셀레스트의 시선이 듀프리 경사에게서 떨어져 다른 곳을 배회하다 남편에게 닿았다. 에드워드는 마커스 랜드리와 포치에서 대화에 열중해 있었다. 필시 부겐빌레아 비료에 대한 이야기를 나누고 있을 테지. 그녀의 입가에 작은 미소가 피어올랐다.

셀레스트는 에드워드를 만난 순간 이 남자가 내 남자임을 알아보았다. 그들의 결혼 생활은 완벽했으며 요즘 젊은것들에게 본받아 마땅한 귀감을 세웠다. 부부 사이의 문제라고는 딱 하나, 이른바 '혼인 의무'에 속하는 것뿐이었다. 셀레스트는 그 의무가 참으로 역겨웠지만 에드워드의 머릿속에는 아내라면 대낮에도 남편의 요구에 응해야 한다는 해괴망측한 개념이 자리잡고 있었다. 훤한 낮에도 이런 판이니, 그 혼인 의무를 그나마 참아 줄 수 있는 밤의 침실에서는 오죽했으려고. 에드워드는 차마 입에 담을 수조차 없는 부적절한 행위들을 시도했다. 하지만 그녀가 남편의 오도된 생각을 바로잡아 주자—'난 그런 여자가 아니에요, 여보'—그 후로는 결혼 생활이 가히 모범적으로 굴러갔다.

그러던 중 최근에 에드워드가 여자 속옷을 수집하기 시작했다. 그는 이 새로운 버릇을 아내에게 들킨 줄 모르고 있으며 그녀 쪽에서는 굳이 먼저 이야기를 꺼내지 않았다. 누설되어서는 안 될 비밀을 지키는 가장 좋은 방책은 아예 말하지 않는 것이니까. 뿐더러, 따지고 보면 에드워드의 새 버릇이 유해한 것도 아니다. 남편이 양갓집의 젊은 아가씨에게서 속옷을 벗겨 오는 것도 아니지 않은가.

소문만 나지 않으면 문제될 게 없는 버릇이다. 지금은 그런 소문을 감당할 여력이 없다. 경제적인 몰락을 감수하는 것만으로도 힘겹다. 그러나 이곳은 남부 중의 남부—명문가의 빈한함은 사교계에서 너그러이 받아

들여지는 곳이다. 하지만 에드워드의 소소한 기벽은 누구의 이해도 받지 못하리라.

셀레스트의 시선이 다시 형사에게 꽂혔다. 그들 부부의 삶에 뛰어든 경찰의 존재가 못마땅했다, 실은 대단히 못마땅했다. 경찰은 현상을 위협하는 존재요 제거되어야 하는 존재이다. 그런 고로 여기에서 문제라면 어떻게 제거할 것인가에 대한 방법론만이 남는다.

문득 그녀는 허리를 곧추세웠다. 열여섯 살의 여름에 아버지의 기사와 일탈된 열정을 교환하며 부수적으로 습득한 어떤 지식이 떠오른 것이다. 지금이야말로 그 지식을 활용해야 할 때가 아닌가 싶었다. 소싯적의 지식이긴 하지만 발군의 기억력을 되살린다면 그 지식 활용의 기술적인 과정은 어렵지 않게 수행할 수 있을 것이다. 그녀는 무엇보다 버틀러 집안의 후예가 아닌가. 마음먹으면 못해 낼 일이 없는 훌륭한 핏줄을 타고났다.

셀레스트는 메이 엘렌에게 양해를 구하고 그들의 삶에서 듀프리 경사를 영원히 제거하기 위해 나섰다.


"여기는 어떻게 된 게 음식이라곤 죄다 새끼손가락만 하지?"

"고정하세요, 보르가드."

보는 넥타이 매듭 안쪽에 손가락을 집어넣어 숨쉴 공간을 넉넉한 이상으로 확보했다. 이쪽으로 다가오는 어느 부인을 향해 그가 사나운 시선을 던지자 그녀는 갑자기 방향을 바꾸어 다른 사람에게 갔다. 그런 보의 옆에서 줄리엣은 입가에 힘을 주어 웃음을 억눌렀다.

"얌전히 행동하면 나중에 <헐벗은 소년>을 사줄게요."

"겨우? 밥통한테 경비견 교체를 요구한다면 또 모를까."

줄리엣의 얼굴에서 작은 미소가 사라졌다.

"당신이 지금 내 일을 방해하지 않는다면,"

그녀는 차갑고 정중해진 목소리로 뒷말을 이었다.

"경사의 제안을 고려 목록의 윗줄에 올려놓고 나중에 숨쉴 틈이 생기자마자 진지하게 생각해 보지요."

보는 존재의 안팎으로 완전히 동작 정지되었다. 그는 넥타이에서 손을 내리며 천천히 자세를 바로했다.

"진담이에요?"

"예."

그녀는 웃음기 없는 눈을 하고 있었다. 마치 거리에서 말을 붙여 온 타인을 대하듯이 냉랭하고 무심한 눈빛으로 보를 응시했다.

"이만 실례해도 될까요? 일을 해야겠어요."

보는 멀어져 가는 줄리엣의 뒷모습을 바라보았다. 그래……, 잘됐다. 드디어 서로에게 바람직한 결말이 다가왔구나. 내일 이맘 때쯤이면 그는 진짜 경찰 임무를 수행하고 있으리. 참…… 잘된 일이다. 근사하다. 올바른 님도 그와 토닥거리는 데 질렸겠지.

*나한테 싫증난 거야, 틀림없어.*

그는 흰색 상의를 걸친 웨이터의 쟁반에서 오르되브르를 한 움큼 집어 구석 자리를 찾아갔다. 벨기에산 대리석으로 된 벽난로 옆에 얌전히 서서 사람들을 구경하며 시간을 죽였다.

이건 정말이지 좀 쑤시는 유형의 파티였다. 자기 과시욕에 빠진 상류층 인사들이 무의미한 대화나 나누며 잘난 척하는 파티 말이다. 역사적인 저택을 보존한다는 파티의 취지에 진정으로 관심 있는 자가 과연 몇이나 될지 의심스럽다. 이곳은 남부 분위기가 강한 고색창연한 대저택인만큼 적어도 파티의 장소 선정만은 그 취지에 부합되었다고 할 수 있지만 곱게 나이를 먹은 목재와 벽돌, 내벽의 회반죽 장식, 사탕수수와 종려나무를 주제로 한 유리세공 등등을 눈여겨보는 이는 한 명도 없었다.

하지만 줄리엣의 사교술은 흠잡을 데가 없었다. 그녀는 사람을 가리지 않고 평등하게 대했으며 만인에게 공손한 언행을 보여주고 있었다. 그런 태도는 비단 이곳의 역사학회 회원들뿐 아니라 환락가의 종사자에게도 마찬가지였다. 따라서 보는 그녀에 대한 한 가지 사실은 인정하고 머릿속에 입력해 두어야 했다—'줄리엣 로즈 애스터 로웰 씨는 수준 있는 숙녀임.'

그때 보는 또 다른 사실을 깨달았다. 그녀가 별로 웃지 않는다는 사실이었다. 정상의 삶이란 썩 재미있지 않은 모양이다. 기껏 고속 추격전 때문에 보기 드문 함박웃음을 짓다니 말이다. 줄리엣은 어젯밤에 행복해 보였다.

보는 불편하게 꼼지락거렸다. 어젯밤 생각은 말자. 그건 현명하지도 생산적이지도 못한 기억이다.

한 시간 후 파티가 파장에 이르렀다. 줄리엣을 둘러싼 사람들의 숫자가 줄자 보는 그녀와의 거리를 슬금슬금 줄이기 시작했다. 그는 셀레스트 헤인즈가 줄리엣에게 접근하는 모습을 포착하고 거리 줄이기의 속력을 높였다. 체면과 외관을 무엇보다 소중히 여기는 듯한 저 노마님이 어떤 불경스런 음모를 꾸밀지 알게 뭐람?

그의 직관적인 의심은 타당한 것으로 판명되었다. 왜냐하면 셀레스트가 줄리엣에게 다음과 같이 속삭이는 소리를 보는 똑똑히 엿들었기 때문이다.

"나와 에드워드는 이제 떠날 참이에요. 아가씨도 우리와 함께 가는 게 어때요? 그럼 그 형사에게……."

이 부분에서 노부인은 보의 권총을 눈치채지 못한 몇몇 관찰력 둔한 상류층 인사들이 그의 직업을 알면 큰일난다는 식으로 목소리를 잔뜩 낮추었다.

"… 운전하는 수고를 덜어 줄 수 있잖아요."

"좋아요."

"당신은 내 차를 타고 가야 해요."

보는 앞으로 성큼 나서며 선언했다. 왠지 모르게 속이 뒤틀렸다. 그를 떼어버리려 하는 노부인의 수작에 동조하는 줄리엣을 향한 짜증이 걷잡을 수 없었다.

셀레스트가 그에게 고개를 돌렸는데, 지금 그녀는 향수와 화장분으로 포장된 156센티미터 신장의 강철 의지 덩어리였다.

"듀프리 씨, 그럴 필요 없어요. 우리는 호텔로 곧장 돌아갈 거예요. 그 사이에 무슨 위험이 닥치겠어요?"

"필요하든 불필요하든 그녀는 나와 함께 움직여야 합니다. 그리고 듀프리 경사라고 부르십시오."

보는 줄리엣에게 고개를 돌렸다.

"난 임무수행중입니다. 상부로부터 다른 지시가 떨어지기 전까지 당신의 신변 경호가 내 일입니다."

"고지식하게 구는군요."

셀레스트는 못마땅하게 보를 노려보며 차갑게 반박했다.

"이 아가씨는 다름 아닌 애스터 로웰이에요. 누가 감히 허튼 수작을 하겠……."

"그만하세요, 헤인즈 부인."

줄리엣이 끼어들었다.

"저는 듀프리 경사의 차를 타고 가겠어요."

"하지만……."

"함께 가자고 제의해 주셔서 감사합니다."

줄리엣은 부드럽게 인사했다.

"부인의 배려는 마음에 새겨 둘게요. 나중에 호텔에서 뵈요."

"정말 괜찮겠어요?"

"예."

"알았어요."

셀레스트는 보에게 쏘는 듯한 시선을 던졌다. 그녀는 무슨 말을 하려는 듯이 입을 벌렸지만 그냥 닫고 총총히 멀어져 갔다.

"주최측에 작별 인사를 하고 오겠어요."

줄리엣이 차분한 목소리로 알렸다.

보는 얼마 후 그녀에게 GTO의 보조석 문을 열어 줄 때도 여전히 헤아릴 수 없는 분노에 휩싸여 있었다. 줄리엣은 잠자코 차에 올라탔다. 보와 눈을 맞추지도 않았다. 할말 자체가 없다는 듯한 기색이었다.

*쳇, 그럼 누가 상관할 줄 알구?*

그는 줄리엣의 태도에 일절 상관하지 않았다. 정말이다. 그저 뭔가를 때려부수고 싶은 파괴욕으로 속이 부글부글 끓었을 뿐이다. 보는 파괴욕에서 관심을 분산하기 위해 다년간 수련·발전시켜 온 운전술을 연습하기로 결심했다.

오늘의 목표는 '중단 없는 전진'이었다. 따라서 보는 평소의 위험천만한 속력으로 질주하는 대신—뭐, 그렇다 해도 대부분의 사람들 기준에는 여전히 빠른 속도에 속할 터이지만 어쨌든—브레이크 사용을 절대적으로 피하고 계속 달리는 데 역점을 두었다. 하지만 강의 이쪽 도로는 교통량과 신호등의 숫자가 비교적 적은지라 별다른 도전거리가 되지 못했다. 운전술을 발휘하는 데는 뭐니뭐니해도 도심 한복판이 최고인데.

바로 그 때문이겠지만, 선착장에 이르러 브레이크를 밟아야 했을 때 보의 성깔은 조금도 누그러져 있지 않았다. 페리가 그의 앞차까지 태우고 떠나자 그는 손바닥으로 운전대를 내리쳤다.

"엿먹을!"

다음 배에 일착으로 오르게 되리란 사실은 점점 멀어져 가는 저 페리를 원통하게 바라보는 그의 심정을 달래주지 못했다.

줄리엣은 그런 보를 향해 싸늘한 시선을 던지고 차에서 내렸다. 보 역시 숨죽여 욕설을 중얼거리며 따라 내렸다.

그들은 약속이나 한 듯이 입을 떼지 않았다. 가만히 서서 미시시피 강을 오가는 배들을 구경했다. 새로운 페리가 선착장으로 들어오자 보와 줄리엣은 역시 한 마디도 나누지 않은 채 몸을 돌려 다시 차에 탔다.

페리에서 마지막 차가 내리자 보는 시동을 걸고 요금징수대에서 배의 진입로를 빠르게 가로질렀다. 문제는 갑판의 모퉁이에서 속력을 줄이기 위해 브레이크를 밟았을 때 벌어졌다.

브레이크 페달이 그의 발 아래에서 따로 놀았던 것이다.

"어라!"

보는 있는 힘껏 페달을 밟아댔지만 브레이크가 걸리지 않았다. 그는 다급한 김에 비상레버를 잡아당겼다.

그래도 차는 서지 않았다.

근육질의 금속 덩어리인 GTO가 곧 이륙이나 할 듯이 페리 갑판에서 활강했다.

"보?"

줄리엣은 의문조로 목소리를 높이는 한편 계기반을 잡았다.

페리 승무원이 마구잡이로 달려오는 GTO를 피해 옆으로 몸을 던졌다. 보는 운전대를 급격하게 틀어 비틀거리며 조타실을 빙 돌자마자 기어를 변경했다. 차의 엔진이 상처 입은 사자처럼 포효했지만 여전히 빠른 속도로, 지나치게 빠른 속도로 갑판 끝을 향해 달려갔다.

"오, 이런, 오, 이런이런."

줄리엣은 신음했다. 다음 순간에는 비명을 질렀다.

"보, 이러다가 강에 빠지겠어요!"

"안전띠를 풀고 수영할 준비해!"

보가 긴장된 어조로 외쳤다.

그 말이 끝나자마자 GTO는 갑판 끝의 강철 기둥과 충돌했다. 요란한 소리와 함께 차가 강철 기둥과 두 겹의 밧줄을 뚫고 날아간다 싶었을 때 갑자기 부르르 떨며 정지했다. 앞바퀴가 공중에서 드르르륵 공회전하다 멈추었다. 뒷바퀴로만 간신히 차 전체의 체중을 떠받치고 있는 형국이었다. 하지만 차체가 기우뚱하며 뒷바퀴마저 들리기 시작했다.

이제 차는 갑판에 반쯤 몸을 걸치고 시소처럼 간들거렸다. 보는 눈 가장자리로 줄리엣을 살폈다. 그녀는 유령처럼 하얗게 질린 얼굴을 하고 얼어붙은 터였다.

"가만히 있어요, 슈가. 아주 가만히."

보는 소리조차 죽여 나직하게 경고했다.

숨 한 번 잘못 쉬었다간 미시시피 강의 흙탕물 속으로 추락할 판이다.

# 9

두려움에 질린 눈으로 줄리엣은 강물을 바라보았다. 탁한 초록의 포말이 선체에 부딪쳐 몽글몽글 일어나며 페리 엔진의 진동에 맞추어 넘실거렸다. 줄리엣은 그 광경에서 시선을 뗄 수 없었다. 차와 함께 저 강물 속으로 곤두박질쳐 진흙 바닥까지 가라앉는 영상이 머릿속에서 회오리치고 미시시피 강의 악어떼에게 당한 희생자들 이야기마저 불현듯 떠올라 공포를 가중시켰다.

그때 페리의 엔진이 꺼지고 요동치던 물결이 잔잔해졌다.

줄리엣은 손을 내밀면 닿을 듯이 가깝게 보이는 강물의 위력에 압도당해 차 주위에서 이는 고함소리와 발소리조차 의식하지 못했다. 이제 미시시피는 평온함을 되찾은 터였다. 햇살이 닿자 혼탁한 해수면은 우중충한 녹색의 녹슨 갑옷인양 반짝거리며 속 깊은 곳에 감추어진 신비를 굳게 방어했다. 줄리엣의 귓전에선 이명이 울리고 심장이 뛸 때마다 손끝까지 쿵쿵거렸다. 보가 옆에서 뭐라고 말하는 것 같았다. 하지만 그 소리는 뇌까지 전달되지 않은 채 나직하게 달래는 보의 어조에서 감정적인 위안만을 구했다.

"달링? 내 말 들려요, 줄리엣? 젠장, 대답 좀 해봐요."

보의 말은 텅 빈 옷장 속으로 던져진 고무공처럼 그녀의 머릿속에서 통통거리며 튀었다. 그러다 드디어 의미 있는 문장으로 연결되기 시작할 때 보가 조심스레 손을 내밀어 그녀의 무릎을 건드렸다.

줄리엣은 팔짝 뛰어올랐다. 그와 동시에 차체가 강물을 향해 스르르 기울어졌다. 보는 욕설을 내뱉었다, 줄리엣은 비명을 질렀다, 차의 뒷바퀴는 갑판에서 점점 더 멀어졌다. 그녀는 두 팔에서 경기가 나도록 힘주어 계기반을 끌어당겼다. 아슬아슬한 차체의 이 새로운 각도를 원래 상태로 돌려놓으려는 간절한 몸짓에도 불구하고 강물이 집어삼킬 듯이 달려들어 그들의 망막을 가득 채웠다. 휘둥그래진 줄리엣의 눈은 쏟아지기 일보 직전이었다.

그때였다, 꽝 하는 소리와 함께 뭔가가 차의 트렁크에 심하게 부딪치며 차체의 기울어짐이 멈추었다. 뒷바퀴가 천천히 내려가기 시작했다. 곧이어 갑판에 다시 닿았다. 줄리엣은 계기반을 놓고 뒤를 돌아보았다.

한 남자가 차의 트렁크 위에 길게 누워 있었다. 저렇게 어마어마한 거구의 사내는 줄리엣의 평생 처음이었다. 그는 기름기로 번들거리는 장발을 풀어헤친 터였다. 햇볕에 그을린 이두박근에는 뱀과 나체의 여자가 뒤엉킨 문신이 새겨진데다 꼬질꼬질한 흰색의 탱크탑은 불룩하게 튀어나온 배와 털복숭이 어깨를 가까스로 덮고 있었다. 하지만 줄리엣의 눈에는 세상에서 가장 아름다운 남자로 보였다.

그는 바이유 투어즈 야구단 모자를 벗어 보였다.

"티레이가 인새드립죠, 아가씨. 이제는 매음 놔요, 가재 싫어지는 것보다 더 빨리 구해 드릴 테니."

그리고 고개를 옆으로 꼬아 버럭 소리를 질렀다.

"연결고리 개져와, 르로이!"

줄리엣은 서둘러 안전띠를 풀었다. 그런 그녀의 손을 보가 살며시 쥐었다.

"괜찮아요?"

마른침을 삼키며 그녀는 고개를 끄덕거렸다.

"대체 어떻게 된 거죠, 보르가드?"

"브레이크가 나갔어요. 연결선에 이상이 생겼나 봐요."

견인차가 갑판을 굴러와 GTO의 뒤에 서고 한 남자가 견인차의 운전석에서 뛰어내렸다. 빨강머리의 그는 굵은 케이블과 연결된 고리를 GTO의 꽁무니에 걸었다.

"네 팽패짐한 엉덩짝도 쓸모 있을 때가 있구나, 티레이. 좋은 자동채 한 대를 구해냈어."

"임마, 이 자동채는 클래식이야. 물 먹이긴 애깹지."

GTO가 견인차에 끌려 갑판 끝에서 멀리 떨어지자 줄리엣과 보는 밖으로 나갔다. 발이 갑판에 닿는 순간 줄리엣은 떨기 시작했다. 그녀는 가슴을 감싸안고 다른 사람들에게서 돌아섰다. 위기를 모면한 지금 와서 흔들리는 자신이 부끄러웠다.

보가 그녀를 돌려세우며 중얼거렸다.

"창피해할 거 없어요, 줄리엣."

그녀의 떨림이 한층 심해졌다.

보는 한 팔을 줄리엣의 목에 걸고 따뜻하게 감싸 안았다.

"쉿."

줄리엣이 눈물을 터뜨리지도 않았는데 그는 우는 아이 달래는 소리를 냈다. 그녀가 계속 말뚝처럼 뻣뻣하게 서 있자 보는 다른 손으로 그녀의 등을 쓸어 주었다. 여동생을 대하는 듯한 몸짓이었다.

"괜찮아, 줄리엣 로즈. 이제는 다 괜찮아."

그는 벌써 까실까실하니 수염이 돋은 턱을 줄리엣의 머리에 기댄 채 다정하게 위로했다. 그녀는 촉촉하게 땀에 젖고 따뜻한 그의 목덜미에 가만히 뺨을 얹었다. 보는 그녀를 다독거리며 고개를 돌려 두 남자를 향해 말했다.

"고맙습니다. 덕분에 살았어요."

보는 그녀의 등에서 잠시 손을 떼어 GTO를 톡톡 어루만졌다.

"여기 내 베이비의 목숨은 말할 것도 없구요."

"연때가 맞은 덕분이지 뭘."

티레이는 이어 설명했다.

"우리도 페리를 타려고 줄 서 있던 챔이었거든."

르로이가 털털한 미소와 함께 고개를 주억거렸다. 빨강머리의 그는 견인차의 운전석으로 향하며 제안했다.

"댁이 원하면 자동채를 쟁비소까지 끌어 드리지."

남자들 사이에서 오가는 극히 현실적인 대화와 등을 쓸어 주는 보의 손길이 거듭되자 줄리엣은 서서히 평정을 회복했다. 줄리엣은 어색하게 몸을 바로하고 옷매무새를 가다듬었다.

보가 그녀의 시선을 찾았다.

"괜찮아요?"

"예. 미안해요."

"미안은 무슨. 떠는 게 당연하죠."

그는 이쪽으로 모여드는 배의 승무원들에게 관심을 돌리고 상황 설명에 나섰다.

곧이어 보와 줄리엣은 견인차에 탔다. 차내에는 천만다행으로 냉방장치가 가동되는 중이었지만 티레이의 넓은 면적 때문에 줄리엣은 문과 보사이에 옹색하게 끼어 숨조차 제대로 쉬지 못했다. 그럼에도 자신의 무릎에 앉으라는 보의 제의를 정중하게 사양했다. 대신 그녀는 재미있게 지켜보는 티레이와 르로이에게 말을 걸었다.

"두 분은 뉴욕에서 오셨나요?"

티레이와 르로이는 뉴욕 브룩클린과 그밖에 어느 지역인지 정확히 댈 수 없는 곳의 사투리가 뭉뚱그려진 억양이었다.

"챈만에요. 티레이와 내는 루이지애나의 이곳 토백이애요. 아이리시 채널에서 태어내 함께 재랬죠. 그 동네, 아세요?"

"예, 들어는 봤어요. 하지만 아이리시 채널이 정확히 어디 있는지는 잘 몰라요."

"골든 지구에서 매거진을 가로지르면 아이리시 채널이 나와요."

보가 설명해 주고 두 남자를 향해 덧붙였다.

"이 보스턴 아가씨는 골든 지구에 머무르고 있죠."

그는 편한 자리를 찾아 뒤척거리더니 갑자기 줄리엣을 번쩍 들어 그의 무릎에 올려놓았다.

"휴우, 이제야 숨 좀 쉴 수 있겠네. 우리 모두를 살려주는 셈치고 여기 얌전히 있어요, 장미."

티레이와 르로이의 호탕한 웃음소리를 못 들은 척하며 줄리엣은 차내의 제한된 공간이 허락하는 한 가장 새침하게 보의 무릎에 앉아 있었다. 집으로 가는 길이 아뜩하게 느껴지는 순간이었다.


이튿날 보는 호텔로 가는 길에 경찰서를 들렀다. 그는 승강기를 무시하고 한 번에 두 계단씩 3층까지 뛰어올라갔다. 사무실에 들어선 순간 제일 먼저 눈에 들어온 광경은 막내동생이었다.

조시 리는 루크의 책상에 붙어 서서 열심히 조잘거리고 있었다. 보는 살금살금 다가가 동생의 약점인 옆구리에 간지럼을 피웠다. 조시 리는 헉 하고 뛰어오르며 오빠의 손가락을 잡아뗐다.

"이러지 마! 난 어엿한 직장 여성다운 인상을 심으려고 노력하는데 오빠가 남들 앞에서 간지럼을 피우면 내 꼴이 뭐가 되겠어?"

"어엿한 직장 여성이 남의 사무실에 와서 수다질이냐? 네 사무실에서 인상을 심든지 파든지 해."

"출근 정각이 되려면 아직 5분이나 남았다구. 난 어제 오빠의 모험담을 루크 오빠한테 들려주려고 온 거야."

루크가 믿지 못하겠다는 투로 확인했다.

"차의 브레이크가 나갔다는 거, 사실이야?"

"하마터면 페리에서 멋지게 다이빙할 뻔했어. 착한 친구들이 제때 나타나 준 덕분에 간신히 수장을 모면했지."

보는 티레이와 르로이의 우락부락한 겉모습만 봐서는 예상치 못한 선행을 구구절절하게 풀어놓은 다음 말을 맺었다.

"그 친구들이 아니었다면 GTO는—줄리엣하고 나는 물론이고—미시시피 강바닥에서 물고기들이랑 친구하며 수영 꽤나 해야 했을걸."

"어쩌다 브레이크가 나갔을까?"

"내 말이 그 말이야."

보는 좌절감에 사무쳐 머리칼을 거칠게 뒤로 넘겼다.

"현재 GTO는 경찰 정비과에 들어가 있어. 고장 원인이 밝혀지는 대로 나한테 알려주겠다는 약속은 받았지만 정비과가 워낙 바빠야 말이지. 한참 걸릴 거야."

그때 루크의 책상 전화기가 울렸다. 루크는 보에게 한 손가락을 세워 이야기를 일시 중단시키고 전화를 받았다.

"루크 가드너입니다. 예? 아, 예에. 잠깐만요."

그는 수화기를 보에게 넘겼다.

"전화 받아. 페이퍼가 자네를 찾는데."

보는 루크의 책상에 걸터앉아 수화기를 귀에 댔다.

"듀프리인데 무슨 용무죠, 페이퍼?"

"페이퍼 서장대리라고 부르지 못해!"

서장대리가 당장 호통을 치며 정정했다.

"내 방으로 내려와."

"지금요?"

"그래."

그리고 전화가 끊겼다.

보는 뚜뚜거리는 신호음을 발하는 수화기를 내려다보며 어깨를 으쓱거렸다. 그는 수화기를 루크에게 돌려주고 자리에서 일어났다.

"가봐야겠어. 밥통이 보재."

"나도 사무실로 가야 해."

조시 리가 몸을 바로하며 말했다.

"나중에 봐, 루크 오빠."

"그러자, 막둥아."

루크는 파트너에게 시선을 던졌다.

"밥통이 왜 찾는지 나중에 이야기해 줘."

"밥통이 오빠를 왜 찾지?"

조시 리는 몇 분 후 계단을 내려가며 혼잣말처럼 중얼거렸다.

보는 코웃음을 쳤다.

"그걸 누가 알겠냐? 내가 출근했다는 소리를 어디서 주워듣고 줄리엣의 경비견 노릇이나 하러 가라고 쪼아댈 생각인가 보지."

"하지만 오빠의 근무 시간이 되려면 아직 15분이나 남았잖아."

"애야, 밥통은 나에 관한 일이라면 물불을 가리지 않는단다."

조시 리는 그녀의 사무실 앞에 이르자 오빠의 뺨을 다독거렸다.

"밥통의 신경을 더 이상 건드리지 마."

"알았어. 이 오빠만 믿어, 아가야."

보는 동생에게 미소를 지어 보이고 복도를 가로질러 테일러 서장실로 갔다. 열린 문에 걸린 명패―페이퍼 서장대리실―를 보는 순간 그의 얼굴이 일그러졌지만 보는 문틀을 두들긴 다음 비딱하니 기대어 섰다.

"왜 불렀어요?"

"들어와, 듀프리. 문 닫고 거기 앉아."

보는 상관의 지시에 따랐다. 하지만 책상 맞은편 의자에 널브러지다시피 앉아 발목을 다른 쪽 무릎에 턱 걸친 자세는 순종적인 태도라고 보기 어려웠다.

"자네는 이 순간부터 로웰 양의 사건에서 손떼."

서장대리가 거두절미하고 결론만 내뱉었다.

무릎에 얹혀진 보의 발목이 스르르 흘러내려 바닥에 쿵 떨어졌다. 그는 상체를 발작적으로 앞으로 내밀었다.

"뭐라구요?"

"이건 로웰 양의 강력한 요청에 따른 결정이야."

"그녀가 언제 그따위 빌어먹을 요청을 했다는 겁니까?"

"약 반 시간 전에. 일고의 여지도 없는 장난 편지 한 통 때문에 시민의 세금을 낭비한다는 데 죄스러움을 느낀다더군."

"어…… 어, 잘됐군요."

보는 자리에서 벌떡 일어났다. 별다른 이유도 없이 위장이 뒤틀리고 심계항진이 일어났다. 그는 그런 증상들 전부를 단호하게 무시했다.

"로웰 씨의 말이 백번 옳은 소리예요."

그는 주머니에 손을 쑤셔넣고 서장대리를 죽일 듯이 노려보았다.

"그럼 나는 도로 <네 팬티 내놔> 사건을 맡도록 하죠."

"마음대로 해."

서장대리는 어깨를 으쓱거린 후 자신의 생각에 빠져 소리내어 궁리했다.

"내 입장이 곤란하게 됐어. 로웰 양의 아버어머님이 아시면 좋아하지 않으실 텐데. 하지만 당사자가 싫다는 신변보호를 억지로 해줄 수도 없고. 이거 참."

페이퍼 서장대리는 문득 정신을 차렸다. 그는 보에게 윽박질렀다.

"왜 아직도 여기에서 미적거리고 있나! 빨랑 올라가서 일해!"

"알았사옵니다."

보는 껄렁하게 거수경례를 올려붙이고 발뒤축으로 돌아섰다.

잠시 후 루크 가드너는 제자리로 돌아온 파트너에게 궁금하게 물었다.

"어떻게 됐어?"

"줄리엣이 나를 걷어찼어."

그는 서장대리의 말을 반복해 주었다.

"농담 아니지? 이야, 축하해. 소원 성취했군."

루크는 보를 자세히 살폈다.

"그런데 얼굴이 왜 그 모양이야? 떫은 표정인데."

"내 얼굴이 어디가 어때서?"

보는 험악하게 눈을 부라렸다.

"난 행복해. 우라지게 행복하다구!"

루크는 두 손을 들어 보였다.

"이봐, 진정해. 난 그저 보이는 대로 말했을 뿐이야."

"자네도 형사 맞아? 그러면서 어떻게 그토록 관찰력이 형편없을 수 있지? 난 말이야, 경찰답지 않은 경찰을 보면 아주 화가 나."

"미안하게 됐어. 본의 아니게 진실을 지적해 자네 억장을 무너뜨려서."

보는 클린트 이스트우드의 무표정하고 살벌한 표정으로 째려보아 루크를 조용히 물러나게 만들었다. 그리고는 쿵쾅거리며 옆자리의 컴퓨터 책상으로 향했다.

"진실 같은 소리하네. 누구의 억장이 무너졌다는 거야?"

그는 소리를 죽여 연신 투덜거렸다. 책상 앞에 앉아 컴퓨터 화면을 노려보긴 했지만 아무것도 눈에 들어오지 않았다.

조회한 내용이 뜬 화면에 집중하기까지는 상당히 오랜 시간이 걸렸지만 한 시간 반 후에는 그럭저럭 성공을 거두었다. 보가 열심히 일하고 있을 때 그의 책상 전화가 울렸다. 그는 수화기를 낚아채 신분을 밝히긴 했지만 관심은 다른 책상의 컴퓨터 화면에 가 있었다.

"정비과의 해리야."

전화선 저쪽에서 목소리가 이어졌다.

"방금 자네의 자동차를 살펴봤어. 이쪽으로 잠깐 내려와 봐, 듀프리 경사."


"절단?"

보는 목을 빼고 자동차 내부를 들여다보았다. 그를 따라온 루크 역시 정비공이 가리키는 지점에 눈을 못박았다.

"이것 좀 보라구."

정비공은 다른 부품과 연결된 브레이크 선의 끊어진 양쪽을 보여주었다.

"잘린 면이 깨끗하잖아. 듀프리, 누군가의 미움을 톡톡히 샀군."

"나를 미워하는 사람이 어디 한둘인가. 루이지애나 전체에서 가장 미움받는 사나이가 바로 나잖아. 하지만 어떤 정신나간 녀석이 사고로 위장해서 나를 죽이려고까지 했지?"

"정신병자의 소행이 아냐."

루크는 정비공에게 감사인사를 하고 사무실로 올라가는 길에 단정 내렸다.

"이건 자네를 잘 아는 놈의 소행이야. 적어도 자네가 차를 얼마나 빨리 모는지 아는 놈이 일을 꾸몄어."

"내가 어제 <중단 없는 전진> 놀이를 한 게 천만다행이었다는 소리잖아."

"맞아. 도로 주행중에 브레이크를 밟았다면 앞차를 뭉개놓고 다 같이 저 세상으로 갔을 거야."

"젠장맞을."

보는 주머니에 쑤셔넣은 손을 부르르 주먹 쥐었다. 그는 찌부둥한 눈빛을 파트너에게 던졌다.

"여기에 함축된 뜻이 뭔지는 말하지 않아도 알지?"

"로웰 씨에 대한 협박이 개소리가 아니라는 뜻이지."

"그래. 따라서 내가 오판을 저질렀다는 뜻이야."

"그래, 자네는 경찰치고 판단력이 형편없는 친구야. 근무 시간에 그녀를 놔두고 이탈한 적은 없었겠지?"

"난 그 정도로 형편없는 경찰은 아니라구. 하지만 줄리엣에게 배치된 인원은 나 하나야. 이 사건을 진지하게 받아들인 사람은 처음부터 아무도 없었으니 그게 당연한 노릇이지만 조속한 시일 내로 시정되어야 해. 지금부터는 여러 명이 순번제로 돌아가며 줄리엣을 보호할 필요가 있어."

"자네는 이 사건에서 손떼라는 지시를 받았을 텐데?"

"그거야 진실이 밝혀지기 전의 이야기지. 여자를 괴롭히려는 놈은 절대로 용서 못해. 이제 내가 감 잡은 이상, 밥통한테 달려가 나를 도로 이 사건에 붙여 달라고 떼를 써야지."

보는 어깨를 으쓱거렸다.

"밥통은 얼씨구나 할걸. 줄리엣 아빠의 예쁨을 받으려고 전전긍긍이니까."

루크는 고즈넉하게 파트너를 바라보았다.

"자네의 그 소중한 <네 팬티 내놔> 사건은 어떻게 하고?"

보는 입이 찢어져라 웃었다. 그 자신도 놀랄 만큼 기분이 좋았다. 어깨를 짓누르던 어떤 무게가 일거에 사라진 느낌이었다.

"그야 물론 줄리엣 로즈 씨가 모범 시민답게 양보하고 내 사건 수사에 협조해 주어야지. 안 그래?"


록산느는 섬세한 모양의 찻잔과 서류들을 양손에 가득 들고 사무실로 들어섰다.

"차 한 잔 드셔 보세요."

그녀는 차받침에 얹혀진 찻잔을 줄리엣의 책상에 내려놓았다.

"깜찍이 경사가 오늘은 늦네요. 차가 많이 막히는 모양이에요."

"오지 않을 거야."

록산느는 의자에 앉으려다 말고 엉거주춤한 자세로 상사를 뚫어지게 응시했다.

"그게 무슨 말씀이세요?"

"듀프리 경사는 앞으로 안 와. 내가 오늘 아침에 서장과 통화해서 그의 직무를 해제시켰어."

록산느는 힘없이 주저앉았다.

"지금 농담한 거라고 말씀해 주세요, 제발."

상사가 찻잔을 만지작거리며 시선을 피하자 록산느는 다그쳤다.

"왜 그러셨어요?"

"난 애초부터 경찰의 보호를 받을 필요가 없었으니까."

줄리엣의 현재 심란함은 가히 잴 수조차 없었다. 그녀는 찻잔을 옆으로 치워놓았다.

"그 협박편지는 장난에 불과해. 그런데도 직급상 능력을 인정받은 듯한 경찰의 공무수행을 중단시키고 내 경비견 노릇이나 맡겨서야 되겠어? 이건 순전히 아버지의 고압적인 횡포야. 남의 의견을 묵살하고 당신의 뜻대로 밀고 나가시는 태도는 정말이지 난처해."

"깜찍이 경사가 다른 의견을 내세우던가요?"

줄리엣은 통렬한 웃음소리를 냈다.

"주님이 우주적인 원대한 계획을 세우실 때 로웰 집안에게 부여한 중요도에 대해 보르가드는 아버지와 다른 의견을 갖고 있다고만 알아둬. 그가 그렇게 생각하는 것도 당연하지. 보는 어제 익사할 뻔했어, 록산느. 그 사람이 애지중지하는 차와 함께 강물에 곤두박질칠 뻔했단 말이야. 다행히 위기를 모면했으니 망정이지, 아니었다면 GTO는 수리불능에 처했을 거야. 그게 전부 아버지의 고집 때문에 보르가드가 내 신변경호를 맡은 탓이야. 이제는 내가 단호하게 나서야 할 때가 되었어."

"총책임자 님은 자신을 위해서가 아니라 전적으로 듀프리 경사를 위해 단호하게 나선 거군요."

줄리엣은 눈 한 번 깜박거리지 않고 시치미를 뗐다.

"무슨 소리를 하는 건지 통 모르겠군."

"줄리엣 피노키오 님, 지금 코가 석자나 늘어난 거 아세요? 내 말뜻을 모르는 척하시긴. 총책임자 님은 그를 좋아하고 있다구요."

*오, 좋아하고 말고 너무 좋아해서 탈이지.*

그녀는 얼굴에 오르는 열기를 의식했다. 비단 보르가드 듀프리만 좋아하는 게 아니다. 할머니라면 기겁하실 테지만 그녀는 은밀하게 즐거움을 맛봤던 그 모든 부적절한 업소들로 보에게 끌려 다닐 때도 좋았고 보가 억지로 떠넘겼던 그 모든 거짓된 역할 놀이도 좋았고 그밖에 또…….

*하지만 그건 어디까지나 거짓에 일탈이었어.*

줄리엣은 머릿속으로 강력하게 반박했다. 그녀는 허리를 곧게 펴고 보좌관을 향해 손을 내밀었다.

"그 서류들을 좀 볼까?"

록산느는 한숨을 쉬며 눈을 흐렸다. 줄리엣은 보좌관의 실망 어린 눈빛을 대하기 민망하여 시선을 떨구고 싶은 충동과 싸워야 했다. 곧이어 록산느는 사무적인 표정을 되찾고 서류철을 건넨 후 본격적으로 업무에 착수했다.

줄리엣은 자기환멸의 쓰디쓴 작은 조각을 삼켰다. 아무리 노력해도 단한 사람조차 기쁘게 해줄 수 없는 자신이 싫었다. 그녀는 애스터 로웰다움에 대한 모든 이의 기대치를 맞추는 데 지속적으로 실패해 왔다. 그럼에도 다시 노력하고 또 실패하는 일에는 이제 진절머리가 났지만 그 반복적인 과정에서 벗어날 수 없었다. 이런 경우를 가리켜 다람쥐 쳇바퀴돌기라고 한다. 하지만 타고난 천성이 이 모양인 것을 어찌하랴. 다른 사람이 될 순 없지 않은가. 그 때문에 모두가 실망한다면 그녀로서는 유감스러울 따름이다.

*극도로, 지극히, 영원히 유감스런 노릇이지.*

아, 이런 생각은 관두자. 그러지 않으면 미쳐버리리라. 지금 당장은 현안 문제가 산적해 있고 거기에 집중해야 한다.

그리고 줄리엣은 현안 문제에 집중했다. 그 일을 성공적으로 해냈기때문에 갑자기 문가에서 보르가드의 목소리가 들려 왔을 때는 심장이 멈추어 버릴 듯이 깜짝 놀랐다.

"안녕, 록산느 씨. 그리고 장미도 안녕? 나갈 준비됐어요?"

# 10

"나가다니? 어딜? 난 당신과는 아무 데도 가지 않을 거예요."

줄리엣은 등을 일자로 세웠다. 주위에 용수철 장치가 내장된 권총이 있다면 그녀의 척추가 곧추세워지는 그 급격함에 감응해 자동 점화되고도 남았을 것이다. 심장이 두근거리고 얼굴은 화끈거렸다. 온몸의 피가 이글거리는 용암인양 혈관을 타고 도는 느낌이라 그런 혈액의 흐름이 피부 밖으로 드러나지 않는다는 게 오히려 놀라웠다.

"그리고 당신이 여기에는 무슨 일이죠, 경사?"

"그야 임무를 수행하러 왔죠. 평소처럼."

보는 문틀에서 몸을 일으켜 사무실을 가로질렀다.

"지각하긴 했지만 거기에는 타당한 사유가 있다구요."

그의 미소는 싱그러웠다. 자연스러웠다. 상대의 안면근육을 저절로 풀리게 하는 그런 미소였다. 보가 저 미소 하나로 여자와 얽힌 곤란한 상황에서 쉽게 탈출해 왔으리라는 데 누구는 전 재산을 걸 용의가 있었다.

"임무?"

줄리엣은 멍하니 반문했다.

"하지만 내가 당신의 임무를 해제시켰어요."

"그래서 내가 나 자신을 도로 복직시켰죠."

보는 동화책에 나오는 늑대의 웃음—'너를 맛있게도 냠냠 잡아먹어 주마'—과 닮은 미소를 실실거렸다. 그는 반질거리는 책상에 길쭉한 손자국을 내며 체중을 기댄 채 신나 죽겠다는 표정으로 말꼬리를 질질 늘여 뒷말을 이었다.

"나를 그렇게 쉽게 떼버릴 수 있다고 생각했다면 오산입니다아아."

"당신을 떼버리다니!"

비분강개한 줄리엣은 파르르 떨었다. 청각이 의심스러워지는 순간이었다. 그녀의 황당해하는 태도에 록산느가 킥킥 소리를 내고 재빨리 헛기침으로 웃음을 감추었다.

보가 록산느에게 고개를 돌렸다.

"자리 좀 비켜 주겠어요, 허니?"

줄리엣이 반대하기도 전에 그녀의 보좌관은 이미 문 밖으로 사라졌다. 록산느의 등뒤에서 문이 부드럽게 닫히자 줄리엣은 남의 사무실에 와서 이래라저래라하는 보르가드를 향한 분노를 삼키느라 질식할 것만 같았다. 그녀는 몇 차례 숨을 가다듬고 보에게 초점을 맞추었다.

"경사의 허무맹랑한 판단과 달리,"

그녀는 기특하리만치 초연한 목소리를 냈다.

"당신을 본 사건에서 제외시킨 이유는 간단합니다. 서장님께서……."

"서장대리죠."

보가 매끄럽게 끼어들어 정정했다.

줄리엣의 악다문 잇새에서 씨근덕거리는 숨이 새어나왔다.

"… 서장대리께서 본 사건을 맡긴 순간부터 경사가 노발대발해 왔던 바로 그 이유 때문이에요. 당신이 이번 임무에서 벗어나고 싶어했다는 사실조차 부인할 만큼 뻔뻔스럽지는 않겠지요?"

줄리엣은 솔직히 곤혹스러움을 금치 못하며 보를 살폈다.

"왜 갑자기 마음이 바뀐 거죠?"

보는 그녀의 시선을 정면으로 받아넘겼다.

"내 차의 브레이크 선이 절단되었기 때문에."

"예?"

충격에 눌려 목까지 올라왔던 울분이 가라앉았다. 줄리엣은 책상에 바짝 다가앉았다. 보 듀프리라는 존재가 대표하는 안전함에 가까이 가려는 본능적인 몸짓이었다.

"누군가 의도적으로 차의 브레이크 선을 잘랐어요. 내가 당신에 대한 협박의 심각성을 제대로 판단하지 못한 거지요."

잘못을 시인하기란 쉽지 않았지만 보는 어깨를 들썩거려 자존심 상함을 떨쳐 버렸다.

"하지만 그런 과소평가는 되풀이하지 않으렵니다. 이제부터 당신은 24시간 순번제 보호를 받아야 해요."

"안 돼요."

"돼요."

보는 반대를 허락하지 않는 어조로 잘라 말했다. 이어서 그는 눈썹을 가운데로 모으고 사포 같은 턱을 만지작거리며 생각에 빠졌다. 까칠까칠한 수염 쓸리는 소리가 조용한 사무실에서 크게 울려퍼졌다.

"차라리 내가 호텔에 상주하며 당신을 보호할까……."

"안 돼요!"

"… 하는 생각도 들지만 어린 여동생이 마음에 걸리는군요."

그의 시선이 줄리엣의 전신을 배회하기 시작했다. 보는 통제를 벗어난 안구 운동의 조절력을 얼른 되찾아 그녀와 눈을 맞추고 설명했다.

"동생이 팬티범에게 당한 후로는 그 아이를 밤에 혼자 놔두기가 내키지 않아요."

"그러시겠지요, 이해해요."

줄리엣이 열렬하게 동의했다.

"난 지금 이대로의 신변보호만으로도 충분해요. 혼자서는 호텔 밖으로 나가지 않을 것을 약속드리겠어요."

"그 약속을 깨면 내 손에 절단날 줄 알아요. 그리고 밤에도 이곳에 경찰 인원을 배치해야 해요."

"좋아요."

보는 그 죽여주는 미소를 활짝 지었다.

"여자는 역시 고분고분한 여자가 최고라니까."

줄리엣은 이를 갈며 자리에서 벌떡 일어났다. 상황 주도권을 쥐고 잘난 척하는 보의 태도는 더 이상 참아 줄 수 없었다.

"경사는, 하지만, 여전히 본 사건에서 제외예요."

할머니의 가장 도도하고 거만한 어조를 모방한 보람이 있었다. 줄리엣은 그의 미소가 사라지는 광경을 지극히 만족스럽게 지켜보았다.

"난 다른 담당자를 원해요."

"그 말인즉, 최고를 원한다는 소리겠죠. 안 그래요?"

보는 책상을 돌아갔다.

"그리고 최고는 바로 나예요."

"경사의 자만심에는 한계가 없군요."

줄리엣은 바짝 다가온 보와 팽팽하게 맞섰다. 그가 호전적으로 일그러진 얼굴을 들이밀 때는 턱을 번쩍 치켜세웠지만 까만 눈동자의 홍채가 갑자기 커지자 그녀는 기세 싸움에 밀려 저도 모르게 눈을 깜박거렸다.

"난 일에 관한 한 겸손 따윈 모르는 놈입니다."

보가 딱 부러지게 선언했다.

"이봐요, 난 이 사건 때문에 이리저리 휘둘려 왔수다. 밥통이 나를 진짜 사건에서—내 동생까지 당한 사건에서 억지로 떼어내 댁의 볼록한 작은 엉덩이에 붙여 줄 때는 언제고 이 사건이 합법적인 경찰 임무로 판명되자 다시 나를 떼어버리겠다는 식의 개수작은 용납 못한다 이거라구!"

지금보다 그녀에게 더 얼굴을 들이밀기란 불가능한데도 보는 그 불가능을 가능으로 바꾸었다.

"이 사건은 내 사건이야! 댁도 거기에 익숙해지는 게 좋을걸!"

"익숙해지길 거부하겠어요!"

줄리엣은 지지 않고 얼굴을 그에게 들이밀었다.

"경사를 멀리 차드리죠! 댁은 남부 쓰레기 백인의 찬송가 일 절을 끝마칠 틈도 없이 날아갈 걸요!"

소리를 지르면서도 그녀는 분노를 내보이는 이런 자신의 태도에 익숙하지 않아 입이 말라 왔다. 줄리엣은 혀를 내밀어 입술을 축였다.

그 순간 보의 적대감이 드러날 때와 똑같이 빠른 속도로 사라지고 입가가 비뚜름한 미소로 올라가기 시작했다. 그 미소와 더불어 줄리엣의 맥박이 미친 듯이 빨라졌다. 이 남자의 태도가 왜 바뀌는 거지? 그녀는 경계하지 않을 수 없었다.

"오라, 그거였군."

보는 씨익 웃으며 중얼거렸다.

"내가 둔하게 굴어서 미안해요, 장미. 하지만 나처럼 괜찮은 남자도 정신차리게 하려면 한두어 번 뒤통수를 갈겨 줘야 하는 법. 이게 전부 차안에서 있었던 그 일 때문이죠?"

"뭐예요!"

빽 하고 올라가는 그녀의 목소리에 동네방네의 놀란 개들이 짖기 시작하지 않은 게 되레 신기했지만 줄리엣은 현재 예의범절을 따질 계제가 아니었다.

"당신, 왕자병이군요. 중증의 왕자병 환자야. 이보세요 듀프리 경사, 제발 정상 좀 찾아주세요. 밥통한테 경비견 교체를 요구해 달라고 나에게 말한 사람은 바로 당신이었잖아요!"

"에이이, 수줍어하긴."

보는 능글거렸다. 그녀의 모든 신경을 팽팽하게 잡아늘이고 그날 밤 차안에서 그리고 그의 무릎에서 경험했던 모든 감각을 되살려놓는 끈끈한 어조를 내며 보는 못박인 손끝으로 그녀의 뺨을 쓸어내렸다.

"그게 뭐 부끄러워할 일인감? 우리가 후끈 달은 십대들처럼 차안에서 좀…… 좀 그랬기 때문에 내 보호를 받기가 쑥스럽다고 그냥 인정해도 괜찮아요, 스위트."

보의 손가락이 그녀의 턱을 지나 목으로 내려갔다.

"남녀 사이의 일이라는 게 다 그렇고 그런 거지 뭘. 하지만 내가 자제력을 발휘해 드리죠, 당신이 먼저 꼬리치지 않는다면. 혹시 그게 문제예요?"

그는 다리를 벌려 줄리엣의 허벅지를 사이에 가두어 놓고 그녀에게 바짝 다가갔다. 아니, 접착제를 사용하지 않아도 두 사람의 신체가 얼마나 달라붙을 수 있는지 몸소 증명했다.

"나한테 손을 떼기가 불가능할까 봐 두려워요? 그런 문제라면 문제랄 것도 없지. 내가 허락해 드릴 테니 언제든 마음껏……."

"웃기지 마세요."

줄리엣은 V자로 파진 앞섶을 더듬는 손가락을 쌀쌀맞게 탁 때려 물리치고 뒷걸음질쳤지만 책상 모서리에 엉덩이만 찧었다. 그녀는 책상 턱을 움켜잡아 의지한 채 잠긴 목소리를 가까스로 뽑아냈다.

"잘난 척도 하지 마세요. 착각도 유분수랬어요."

그녀는 웃어 주고 싶었다. 보의 초인적인 자만심을 단번에 뭉개버릴 만한 그럴 듯한 말을 해주고 싶었다. 하지만 심장이 문제였다. 전속력으로 뛰는 심장 때문에 도통 머리가 돌아가지 않았다.

보는 아주 가까이 있었다. 흑요석 같은 눈망울의 깊은 곳에서 펄럭거리는 빛의 미묘한 움직임까지 보일 정도였다. 거친 숨결은 그녀의 입술을 때리며 혼란을 가중시켰다. 그는 뜨거운 숨과 함께 나직하게 말을 내뱉었다.

"그럼, 우리 사이에는 아무 문제도 없는 거죠?"

문제가 없긴 왜 없어? 문제는 많다. 그저 보가 이런 식으로 나올 때는 그 문제들에 초점을 맞출 수 없어서 그렇지. 줄리엣은 그의 가슴에 한 손을 대고 거리를 지키며 고개를 뒤로 뺐다. 신경질적으로 입술을 축이기도 했다.

"보르가드……."

그녀는 보의 근육이 긴장하는 낌새를 알아차리고 마음의 준비를 했다. 뭐에 대비한 마음의 준비인지는 모르겠지만서두. 하지만 보는 도톰한 입술에서 그녀의 눈으로 시선을 올리고 다그쳤다.

"문제없죠?"

보의 눈빛에 홀린 줄리엣은 고개를 끄덕거렸다.

"좋았어!"

그는 뒤로 물러섰다.

"이제 일해요. 하지만 오후에는 시간을 비워 놔요. 우리 둘이 가야 할 곳이 있거든요."

그리고 줄리엣이 정신을 차리기도 전에 휑 하니 사라졌다.


서장대리는 애스터 로웰 양을 앞둔 자리에서 듀프리 경사의 요구 조건을 묵살하지 못했다. 이럴 줄 알고 보가 줄리엣을 경찰서로 끌고 오긴 했지만, 밥통에게 미치는 올바른 님의 영향력은 보의 예상을 뛰어넘어 엄청난 기쁨을 안겨 주었다.

그건 비단 줄리엣이 그 대단한 토마스 로웰의 딸이기 때문만은 아니었다. 그녀는 사람을 제압하는 빗물 같은 잿빛 눈으로 페이퍼 서장대리를 꼼짝 못하게 만들었다. 보는 이 사건에 인력 충원을 해달라고 요구한 다음 느긋하게 뒷짐진 채 줄리엣이 의자 등받이와 수직이 되도록 척추를 세우고 단정하게 앉아 있는 것과 달리 밥통은 그녀의 귀족적인 눈초리를 한 몸에 받고 꼼지락거리는 가관을 즐겁게 구경했다. 서장대리는 인력 충원 요청에 대해 고작해야 가문 논에 가랑비 내리는 격의 미적지근한 조치밖에 취하지 않았지만—야간 순찰조 대원에게 근무중 호텔을 지키게 하는 정도—보는 그게 줄리엣의 안전이 밤에 완전히 노출되는 것보다는 낫다고 결정, 만족하기로 했다.

사실은 만족한 것 이상이었다. 보는 서장실을 나서며 자꾸 벌어지는 입을 다물지 못했다. 하루에 두 번씩이나 자신의 뜻을 관철하다니! 그것도 두 번 가운데 한 번은 여자에게! 이건 기록갱신이다. 놀라 자빠질 판이다.

"어머, 쥐 잡아먹은 고양이 얼굴을 하고 있네."

보가 줄리엣을 데리고 복도를 가로지를 때 어느 열린 사무실의 안쪽에서 여자 목소리가 흘러나왔다.

"왜 그렇게 신났어? 우리의 풀기 없는 지도자 님 의자에 초강력 풀이라도 발라놓은 거야?"

제기랄. 보는 방어적으로 어깨를 도사렸다. 그는 사무실 문가에 나타난 여자를 향해 심드렁하니 말했다.

"너로구나, 조시 리."

보는 옆의 줄리엣이 귀를 쫑긋 세우는 기색을 예리하게 포착했다.

"당신이 조시 리?"

줄리엣은 도톰한 입술을 쩍 벌리고 보의 여동생을 응시했지만 이내 입을 다물고 손을 내밀었다. 악수를 교환하며 그녀는 밝게 웃었다.

"아, 미안해요. 줄리엣 로즈 애스터 로웰이라고 해요. 우리는 아담과 이브까지 거슬러 올라가야 겨우 친분 있는 사이이니만큼 당신으로서는 내 어리석은 첫마디를 듣고 나를 바보라고 오해했을 거예요. 하지만 난 당신이 어른인 줄 몰랐기 때문에 좀 놀랐어요."

"왜 그런 선입견을 품었는지 알 만해요."

조시 리는 건조하게 받아넘겼다. 그녀는 굵은 목소리를 내어 보의 껄렁껄렁한 말투를 흉내냈다.

"나한테 어린 동생이 있다는 이야기를 했던가? 조시 리는 우리 집 막둥이야. 걔가 주니어용 브래지어를 하기 전부터 내가 키웠지비."

그녀의 목소리가 정상으로 돌아왔다.

"오빠가 지갑에 넣고 다니는 내 사진은 보여주지 않던가요? 걸스카우트의 브라우니 단복을 걸친 사진이요."

줄리엣은 눈썹을 치켜올렸다.

"당신을 키워요?"

보는 신음을 삼켰다. 오, 주여, 어찌하여 조시 리를 이곳에 취직시키셨나이까? 이곳은 그의 성역이다. 그의 자질이 결코 심판대에 오르지 않는 곳, 오빠 역할을 요구당하지 않는 곳, 양육 능력이 지속적으로 공격받지도 않는 곳이란 말이다.

"저기……."

보는 줄리엣의 관심을 분산시켰다.

"빨리 올라가서……."

"오빠에게 아무 이야기도 못 들었어요?"

조시 리가 감히 오라비의 말씀을 중간에 끊었다. 그녀는 줄리엣의 팔을 마치 자기 것인양 움켜잡은 오빠의 태도를 알아차리고 까만 눈을 빛냈다. 보는 얼른 줄리엣을 끌고 승강기로 갔지만 아무리 초조하게 단추를 눌러 대도 문이 즉각 열리지 않자 비상계단 쪽으로 향하기 시작했다. 조시 리는 그런 오빠의 뒤를 악착같이 따라다니며 줄리엣에게 종알거렸다.

"부모님이 십 년 전에 돌아가셨을 때 오빠가 우리 자매들의 보호자로 나섰어요. 그리고 나와 아나벨 언니와 카밀라 언니를 키웠죠. 보 오빠는 우리한테 엄마, 아빠, 오빠의 삼위일체 같은 존재예요."

보는 계단의 문고리를 잡은 채 얼어붙었다. 줄리엣에게 비추어진 자신의 모습을—완전 충전된 섹스머신—얼마나 흐뭇하게 즐겨 왔는지 처음으로 깨달은 것이다. 그런데 동생이 그의 실체를—실은 무지하게 지루한 남자—폭로해 버렸다.

*망할 조시 리, 저건 동생도 아냐, 원수야 원수!*

턱에서 빠드득 소리가 나자 보르가드는 어금니에서 힘을 뺐다. 좋다, 두 달 후에 어디 두고 보자. 저 애물단지가 집에서 나가면 거칠 것 없이 놀아 젖혀 주마. 세 명의 십대 여동생들을 이렇게 키워도 되는 건지 고민하며 머리털을 쥐어뜯던 밤은 영원히 안녕이다. 놓친 세월을 만회하고 모든 환상을 실천하고야 만다.

보는 얼굴에서 모든 표정을 지우고 줄리엣에게 고개를 돌렸다. 그녀의 달라진 눈빛을 대할 각오를 다졌다. 하지만 줄리엣은 엉뚱하게 나왔다. 그녀는 아예 그를 보지도 않았다. 대신 그의 여동생을 진지하게 대하고 있었다.

"당신과 두 언니는 행운아들이군요."

줄리엣은 차분하게 말하고 보에게 작은 미소를 던졌다. 그가 사건을 맡겨 달라고 꼬셨던 이래 받아 왔던 대접에서 달라진 구석이 전혀 보이지 않았다. 에이그, 여자들이란. 늙어 꼬부라질 때까지 살아도 절대로 이해하지 못할 종자가 여자다. 여자는 다른 별나라에서 온 생명체이다.

"예, 행운아들이죠."

조시 리는 미소를 지으며 오빠의 옆구리를 찔렀다.

"보 오빠의 양육 방식은 독특했거든요."

줄리엣이 쿡쿡거렸다.

"그랬겠죠."

"조시 리, 줄리엣은 할 일이 많아. 호텔 개관을 총책임지고 있는 몸이라구. 그리고 난 루크와 나눌 말이 있어서 이만 간다."

보는 비상 출구의 문을 열고 줄리엣을 잡아당겼다.

"기다려, 나도 같이 가."

조시 리가 오빠의 뒤를 따라 계단을 오르기 시작했다.

"난 아직 점심 휴식 시간을 안 썼어."

보는 여동생이 잠잠해지자 숨을 참았다. 굳이 돌아보지 않아도 조시 리가 뭐 하고 있는지 훤했다. 보나마나 줄리엣을 관찰하고 있겠지. 다행히 조시 리는 오빠에게 안도의 한숨과 함께 정상적인 호흡을 되찾게 하는 말을 던졌다.

"그 립스틱 색깔, 좋은데요."

"당신 오빠가 저번에 소개시켜 준 화장술의 여왕이……."

웬 여왕? 보는 줄리엣의 뒷말을 더 이상 듣지 않고 씨익 웃으며 그녀를 끌고 한 번에 두 계단씩 올라갔다. 줄리엣은 자신이 한 말에 담긴 이중적인 의미도 모른다―보는 그 점에 한달 봉급을 걸 용의가 있었다. 사람 대하는 게 능숙하고 세련된 여자치고 성적인 문제에 이르면 신기할 만치 순진해진단 말씀이야.

순간, 그날 밤 차안에서의 영상이 떠올랐다. 당시 줄리엣은 결단코 순진하지 않았으며 그녀의 맛과 감촉 역시 순진과는 거리가 멀었고 또

······. 그만! 그만! 그만! 보르가드는 그날 이후 툭 하면 되살아나는 그 기억을 이미 무수히 억눌러 왔던 것처럼 지금도 무자비하게 봉쇄했다. 이런 생각은 경찰다운 경찰답지 못해.

3층에 이르자 보는 문을 열고 줄리엣을 끌어냈다. 하지만 여동생은 나오든 말든 상관하지 않고 비상 출구의 문을 놓아버린 후 사무실로 향했다. 루크가 책상을 지키고 있었다―반가운 일이다. 여자들과 지나치게 많은 시간을 보낸 후유증에서 벗어나려면 터프한 경찰끼리의 대화가 필요하다.

"어이."

보는 파트너에게 인사했다.

"좋은 소식 있어?"

"좋은 소식이 잘도 있겠다."

조시 리가 냉소적으로 빈정거렸다.

"오빠가 아침에 여기 들른 지 겨우 다섯 시간밖에 안 흘렀어."

그녀의 얼굴에 대고 사실상 문을 닫아버린 거나 마찬가지인 누구 때문에 조시 리는 뿔딱지가 단단히 났다.

루크는 현명한 상식을 발휘하여 조시 리를 무시했다. 루크는 파트너 못지 않게 그의 여동생들에 대해 꿰뚫고 있다.

"맥도스키가 잭슨 스퀘어에서 살인범을 잡았어. 머피는 샤트르에서 추격전 끝에 절도범을 체포했고."

"그게 좋은 소식이에요?"

줄리엣은 불신과 경악이 교차하는 낯빛으로 물었다.

두 남자는 그녀 쪽으로 동시에 고개를 돌렸는데, 현재 그들의 표정은 신선한 날고기를 발견한 한 쌍의 육식동물과 비슷할 거라고 보는 추측했다. 캬하. 이 맛에 경찰 한다니까.

줄리엣은 두 남자를 번갈아 보고 조시 리에게 시선을 던졌다. 보의 여동생은 어깨를 들썩거렸다.

"묻지 마세요."

"알았어요."

줄리엣은 시선을 보에게 고정했다.

"대신 궁금하게 여겨 왔던 점을 묻기로 하죠. 두 분은 어떤 형사예요?"

"유능한 형사들."

보의 즉각적인 대답에 루크가 고개를 끄덕끄덕거렸다.

"최상이지요."

"겸손도 하셔라."

줄리엣은 작게 중얼거리고 다시 물었다.

"아니, 두 분이 무슨 범죄를 담당하느냐는 질문이었어요. 보르가드 당신은 내 사건을 맡았으니 강력계 형사가 되는 건가요?"

"뉴올리언스 경찰국은 96년 가을에 재편성되었습니다, 로웰 씨."

루크가 설명했다.

"그냥 줄리엣이라고 불러 주세요. 그 <재편성>에 담긴 정확한 뜻이 뭐죠?"

"그 뜻인즉, 장미, 텔레비전 드라마와 현실은 다르다는 거죠. 우리 경찰국은 더 이상 살인사건이나 마약 혹은 매춘 등등의 범죄 유형에 따라 조직을 나누지 않아요. 총 23명의 형사들이—루크, 23명이 맞지?"

루크가 고개를 끄덕거리자 보는 뒷말을 이었다.

"총 23명의 형사들이 이곳 제8관구에서 일어나는 모든 사건을 처리하죠. 미성년자와 관련된 범죄나 강간사건처럼 고도의 전문 지식이 요구되는 사건만 제외하고."

보는 파트너에게 시선을 던졌다.

"보스틱이라는 이름의 순찰대원, 알아?"

루크는 잠시 생각을 더듬은 후에 어깨를 들어올렸다.

"모르겠는데. 왜?"

"그 친구가 야간에 호텔을 맡게 되었어. 암만 해도 폴리스 아카데미를 갓 졸업한 새내기인 눈치인데 그래도 어떤 실적을 쌓아 밥통이 일을 맡긴 건가 해서. 하지만 자네 같은 마당발도 모르는 친구라면……."

몸짓을 곁들여 보는 말꼬리를 흐렸다.

"내가 알아볼게."

"고마워. 공원의 마약 매매 사건은 어때?"

"오늘 3시에 밀고자하고 만나기로 했어."

루크는 쓴웃음을 지었다.

"기대하고 자시고 할 것도 없는 만남이지만."

"재미없다는 소리군. 그렇지?"

루크는 그저 어깨만 으쓱거렸다.

보는 줄리엣의 손목을 잡고 문으로 향했다.

"수고해, 우리는 이만 가볼게. 집에서 보자, 조시 리."

"오빠 잠깐만!"

동생의 다급한 외침에 보는 빙그르르 돌아서 눈썹을 세웠다.

"지겸이 오늘밤 맥스웰 카바레에서 연주한대. 그러니 오빠가 나를 데려가 주면 좋겠어."

"오늘은 안 돼."

보는 파트너를 넘겨다보았다.

"루크한테 부탁해 봐."

루크의 턱 근육이 실룩거리자 보는 얼른 사과했다.

"미안해. 데이트가 잡혀 있구나?"

친구가 만사를 젖혀두고 어린애 봐주길 기대하면 안 되지.

"데이트는 없어."

루크는 맥빠진 소리를 냈다. 그는 잠시 망설이다가 펜을 책상에 내던졌다.

"내가 데려가 줄게, 막둥아."

"아주 좋았어."

보는 자못 만족에 겨워 고개를 주억거렸다. 여동생은 외출할 기회를 잡았으니 나중에 그에게 심심해 죽겠다고 긁어대지 않을 것이요, 그 자신은 믿음직한 파트너에게 동생을 맡기고 일에만 열중할 수 있게 되었다.

오늘은 뭔가 되는 날이다.

"둘 다 나중에 보자구."

싱글벙글하며 문을 나서려는데 줄리엣이 발을 질질 끌며 그에게 저항했다. 보는 뒤를 돌아보았다. 그녀가 어깨 너머로 목을 쑥 뽑고 있었다.

"만나서 반가웠어요, 조시 리."

줄리엣이 부드럽게 외쳤다.

조시 리는 생긋 웃어 보였다.

"마찬가지예요. 다시 만나길 바래요."

보와 줄리엣은 별다른 대화를 나누지 않고 계단을 내려가 로비를 가로질렀다. 우람한 대리석 기둥들이 늘어선 경찰서 밖으로 나가자 줄리엣은 찬란한 햇살에 눈을 깜박거렸다. 그 동안 보는 습기가 그녀의 머리칼에 미치는 영향력을 관찰했다.

줄리엣이 그를 올려다보았다.

"지검이라면 지방검사의 약자인가요?"

"맞아요."

"당신네 지방검사가 카바레에서 연주를 한단 말이에요?"

"아, 우리 지검은 해리 코닉 3세라서."

"해리 코닉 주니어(2세)*하고 어떤 관계라도?"

"부자지간이죠. 3세는 간간이 카바레에서 연주해요, 쓸 만하죠."

보의 입가가 당겨 올라갔다.

"검사 노릇은 더 쓸 만하구요."

줄리엣의 입가에도 미소가 피었다.

"여기는 진짜…… 재미있는 동네군요."

---

* 유명한 재즈 연주가.

# 11

"아버님 전화 받으세요. 2번입니다."

"고마워, 록산느."

줄리엣은 내선전화 단추에서 손을 뗐다. '아버지'라는 소리에 기쁨과 불안으로 가슴이 떨려 왔다. 이런 불안정하면서도 친근한 기분은 오래 전에 떨쳐버렸어야 하는데. 줄리엣은 서둘러 전화기의 숫자판을 눌렀다.

"안녕하세……."

"브레이크 선이 절단되었다는 소리가 다 뭐냐?"

아버지의 성마른 목소리가 다짜고짜 다그쳐댔다.

"네가 그 자동차에 타고 있었다면서? 왜 내가 그런 소식을 남에게 들어야 하는 거냐? 더군다나 사고 당일이 아닌 지금에야?"

이런 경우, 줄리엣에게 입력되어 있는 자동반응은 사과였지만 그녀는 혀끝까지 올라온 죄송하다는 말을 목 안쪽으로 밀어넣었다. 대신 숨을 들이마시고 내쉬는 데 시간을 할애했다. 평소와 다름없는 평정을 회복하자—또는 방어선을 구축하자—줄리엣은 차분하게 말문을 뗐다.

"심려를 끼쳐 드리고 싶지 않았어요. 그쪽에서 손써 주실 수 있는 일도 아니잖아요."

*어쩜 나한테 괜찮냐는 말 한 마디 없으세요, 아버지?*

"어떻게 지내셨어요? 할머니는 어떠신지요?"

"그 양반 안부라면 네가 직접 여쭈어 보거라."

아버지의 대답은 무뚝뚝했다.

"수화기를 들고 단추 몇 번 누르는 게 그렇게 어렵냐? 효도는 어른 살
아 계실 때 해야 되는 거야."

"그런 말씀하시는 아버지는 그간 할머니를 한 번이라도 찾아가 뵈셨나
요?"

줄리엣은 냉소적으로 쏘아붙이고 스스로에게 경악했다. 이 무슨 천성
에도 없는 시건방진 말대답? 그녀의 어딘가가 크게 잘못된 게 분명하다.

전화선 저편에서 침묵이 이어졌다. 그녀가 막 사과하려는 찰나 아버지
가 굳은 어조로 말했다.

"호텔 개관의 진척 상황에 대한 보고서를 한 장도 못 받았다. 이게 어
떻게 된 일인지 설명해 봐라."

줄리엣은 앉은 자세를 고쳤다.

"이 프로젝트의 총책임자는 바로 저예요. 저와 같은 위치의 본사 간부
들 중에서 개관 준비를 작파하고 보고서를 작성했다는 소리는 금시초문
입니다. 저에게도 공평하게 대해 주세요. 그 일 때문에 전화를 주신 거라
면 이만 끊겠습니다. 할 일이 쌓여 있어요. 전화 주셔서 감사합니다. 혹시
기회가 닿으시면 할머니께 제 안부 인사를 전해 주세요."

그녀는 수화기를 내려놓고 양손에 얼굴을 묻었다.

아버지의 마음에 들고 싶은 이 욕구가 언제쯤이야 사라질까? 서른두
살이나 먹었으면서도 아버지의 인정을 따내고 아버지의 비위를 맞추려
는 이런 본능적인 충동에 여전히 시달려야 하다니. 어른 대 어른으로서
아버지를 대하는 법을 배우게 되는 날이 언제일까? 그녀가 서른다섯이
되었을 때? 마흔다섯이나 쉰 살을 넘으면?

적어도 이번에는 아버지와 맞서 그녀의 자리를 지켰다. 그것도 전에

비해 어렵지 않게. 이건 고무적인 일이 아닐 수 없다. 여기 뉴올리언스에는 그녀에게 변화를 가져오는 요소, 괄목할 만한 성장을 촉진하는 요소가 있는 모양이다.

줄리엣은 고개를 들고 자세를 가다듬었다. 서류에 다시 정신을 모으려는 순간 황동 화병의 둥그스름한 표면에 맺힌 한 여자의 영상이 눈에 들어왔다. 저 여자가 누구지? 줄리엣은 몸을 기울여 좀더 자세히 들여다봤다. 허억! 장밋빛의 큼지막한 입술에 열띤 눈을 하고 머리 모양은 단정치 못한 저 여자가 나? 줄리엣은 기겁을 하며 물러나 앉았다.

변화가 곧 발전이라는 이론을 재고해 봐야겠다. 저 화병 속의 여자는 낯선 여자, 자신조차 알아보지 못할 여자, 전혀 애스터 로웰답지 않은 여자니까.

그날 이후 줄리엣은 예전의 자신으로 돌아가기 위해 의식적으로 노력했다. 일주일 전만 해도 그녀답게 말하고 행동하고 생각하는 전부가 자연스럽게 이루어졌건만 이제는 그렇게 되는 것 자체가 하나의 일이었다. 그녀의 머리칼은 아무리 다듬어도 단정하게 올린 모양으로 고정되지 않았으며 손은 아무리 막아도 립스틱이 들어 있는 화장대 서랍으로 향했다. 게다가 이 불경스런 더위 속에서 나일론 스타킹을 걸치기란 생각만 해도 넌더리가 쳐졌다. 그녀는 보에게 끌려 도시를 누비길 단호하게 거절했으나 내심으로는 그 흥분이 그리웠다.

평온무사한 나날이 흐르고 흘러 2주에 이르자 줄리엣은 사건이 터지길 거의 바라게 되었다. 단조로운 날이 거듭될수록 보의 산란함은 그 수위가 점점 높아졌기 때문이다. 그리고 보가 좀 쑤셔 하면 할수록 줄리엣은 굳은 결심에도 불구하고 예전의 자신을 되찾기가 어려워졌다. 보르가드 듀프리는 그녀에게 도발적인 자유를 충동질하는 존재, 그래서 위험한 존재였다.

경찰이라 해도 하루 24시간 위험에 노출되는 건 아니다. 하지만 근래의 보르가드처럼 하루 24시간 위험과 격리된 일선 경찰은 극히 드물다.

그는 자동차 추격전도, 용의자를 찾아 뒷골목 누비기도, 그밖에 솜털이 곤두설 만한 모든 활동과 차단되자 줄리엣에게 온 관심을 쏟았다. 그리고 자신에게 그 관심을 되돌려주지 않는 그녀 때문에 보의 분노지수는 나날이 치솟았다.

어제는 가슴 한복판에 '911에 연락하여 경찰 만나세'라고 대문짝만하게 적힌 노란 티셔츠를 걸치고 나타났다. 그리고는 별다른 볼일도 없이 걸핏하면 사무실로 스며들어 그녀의 책상에 엉덩이를 걸치고 객쩍은 소리만 늘어놓았다. 보는 가장 사소하고 일상적인 말에도 신랄함을 담아 시비 거는 데 일가견이 있었지만, 줄리엣은 저게 전부 하릴없는 데서 비롯된 지루함 때문이겠거니 치부하고 본능적인 반응을 자제했다. 그럴수록 보는 그녀의 반응을 이끌어내는 데 혈안이 된 사람처럼 나섰다. 그 반응이 신경질이든 도덕군자의 꽉꽉 막힌 소리이든 좋다는 식이었다.

*그게 전부 지루하기 때문이야, 틀림없어.*

줄리엣은 다시 한 번 결론지으며 보의 시선을 피해 주위를 둘러보았다. 리버 로드의 유서 깊은 대저택에서 열린 이 가든파티는 셀레스트 헤인즈의 주선으로 초대받은 또 다른 모임이었다. 아름다운 정원은 내로라하는 유지들로 북적거렸지만 보의 접근을 막기에는 역부족이었다. 보는 다른 사람이 가청 범위에 있으면 철저하게 공적인 태도를 견지하다가도 줄리엣과 단 둘이 되는 기회만 생겼다 하면 본색을 드러냈다. 그리고 이제 그녀와 대화를 나누던 부부가 물러간 터였다.

줄리엣은 자신에게 못박인 보의 눈초리를 의식하며 부지런히 딴청을 피웠다—아이스티 잔을 번갈아 들며 가방에서 중요인사 목록과 필기도구를 꺼내는 등등 굉장히 바쁜 척했다.

"그것만으로는 부족해 보이는걸?"

양손에 물건을 가득 든 그녀를 살피며 보는 느릿하게 말했다.

"내가 얼른 오르되브르를 두어 개쯤 갖다 줘요?"

보는 줄리엣의 뺨에 숨결이 닿을 만큼 거리를 좁혔다.

"그럼 달링의 열 손가락이 전부 찰 텐데."

줄리엣은 뒤로 물러섰다.

"놀고먹는 손에 악마가 깃드는 법이에요."

이 새침한 대답이 정녕 그녀의 입에서 나온 소리란 말이더냐? 통탄의 신음이 절로 새어나왔다. 왜 보와 함께 있으면 할머니가 상대적으로 자유분방하게 여겨질 만큼 꼬장꼬장한 설교만 튀어나오는지 알다가도 모를 일이다.

보는, 물론, 한 마디도 지지 않았다.

"그 소리는 나도 들어 봤어요. 그리고……."

시원시원하게 수긍하고 은근하게 덧붙였다.

"바삐 놀리는 손手足에 장님이 생긴다는 소리도 있죠."

목록이 그녀의 손에서 뚝 떨어졌다.

줄리엣은 주저앉아 종이를 집는 한편 도망친다는 인상을 풍기지 않고 보에게서 도망칠 수 있는 변명거리를 찾아 주위를 결사적으로 둘러보았다.

그도 옆에 쪼그리고 앉았다.

"정말 장님이 되는지 안 되는지 확인하고 싶으면 말만 해요. 달링이 원하면 내가 손 기술을 발휘해 드리죠."

보의 끈끈한 어조에 그녀는 마음과 달리 그의 손가락을 주목하지 않을 수 없었다. 보는 내내 이 모양이었다―그녀의 머릿속에서 갖가지 영상들을 줄달음치게 만드는 말을 계속 해댔는데 그 영상들은 줄리엣 혼자의 힘으로는 백만 년이 가도 떠올리지 못할 대단히 창의적인 것들이었다.

그녀는 웅크린 자세에서 허리를 꼿꼿하게 폈다.

"그런 기술이 깃든 손을 가리켜 마수魔手라고 해요."

톡 쏘아붙이려는 의도와 달리 헬륨가스 들이킨 미니마우스 같은 목소리가 나왔지만 어쨌거나 상당히 냉랭하게 전달하긴 했다. 그녀는 목소리를 가다듬었다.

"마수에 걸리고 싶어하는 다른 지원자를 찾아보세요."

그리고 그의 손가락에서 억지로 시선을 떼어냈다.

"저기 보세요, 에드워드 헤인즈 씨예요."

줄리엣은 자리에서 일어나 옷자락을 폈다. 실은 도망가고 싶은 속내를 들킨 것 같아 보의 싱글거리는 눈빛을 마주 대할 수 없었다.

"실례해도 되겠죠? 헤인즈 씨와 할말이 있어요"

딱히 할말은 없었지만 호기심은 있었다. 줄리엣은 에드워드 헤인즈가 뭘 하고 있는 건지 궁금했고 또 하마터면 소리내어 궁리할 뻔했다. 하지만 제때 정신을 차리고 입을 다물었다. 보가 수수께끼를 풀 수 있는 작은 기회나마 놓칠 턱이 없으니까. 그녀의 목적은 그를 달고 다니는 것이 아니다, 어디까지나 그에게서 벗어나는 것이지. 줄리엣은 에드워드를 향해 회양목 미로를 돌아가며 고개를 갸웃거렸다. 남부 노신사는 중국풍의 화분 앞에 주머니칼을 들고 서 있었다.

"안녕하세요."

줄리엣은 그의 뒤에서 부드럽게 말을 걸었다.

에드워드 헤인즈가 특유의 달콤한 미소를 던졌다.

"안녕하시오. 아가씨에게 범죄 현장을 들켰구려. 그리고 저 젊은이에게도."

노신사의 덧붙임에 줄리엣은 고개를 돌렸다. 그녀는 터져나오는 한숨을 억눌러야 했다. 보가 뒤따라온 것이다.

"나를 체포하러 온 게 아니길 바라오."

에드워드는 말의 내용과 달리 태평하고 유유자적한 태도였다.

보는 어깨를 으쓱거렸다.

"꽃가지를 조금 잘랐다고 체포할 순 없죠."

"이 꽃나무는 그냥 꽃나무가 아니라오."

에드워드는 칼날을 접어 주머니에 집어넣었다. 그는 잘려진 가지를 눈송이처럼 하얀 손수건에 조심스럽게 싸기 시작했다.

"하이비스커스 로사 시넨시스지."

"하이비……?"

"중국에서 자생하는 장미의 일종이오, 경사. 1990년 워싱턴 D.C.에서 열린 꽃 박람회 때 중국 대사관 측이 미국에 선물한 것을 팬시 하이비스커스 협회가 몇몇 특별한 사람들에게만 나누어 준 희귀종이라오."

노신사는 화분의 핑크색 꽃송이를 극도로 사랑스럽게 어루만졌다.

"그러니 이 꽃을 발견했을 때의 내 흥분은 짐작이 가리라 믿소."

"아, 예에…… 흥분."

보는 바지 주머니에 손을 꽂고 편히 건들거렸다.

"흥분이라면 잘 알고 있죠. 그런 기분을 느끼는 경우가 선생님과 약간
다르긴 하지만."

"그렇겠지."

에드워드는 진지하게 보의 말을 받았다.

"젊은이는 직업도 그렇고 행동파일 테니까. 그런 흥분에 비하면 꽃이
주는 흥분은 대단히 맥빠진 것으로 보이겠지. 하지만 사람마다 정열의
대상이 다른 법이라오."

그는 줄리엣에게 고개를 돌렸다.

"아가씨는 정열을 어디에 두고 있소?"

보가 흥미진진한 눈빛을 그녀에게 꽂고 눈썹을 치켜올리며 대답을 기
다렸다.

유리창에 김 서린 GTO의 내부가 줄리엣의 머릿속에 생생하게 떠올랐
다. 그녀는 그 영상에서 물러서듯 급하게 뒷걸음질을 쳤다.

"제 정열이요? 그야 일과 그밖에—오, 헤인즈 부인께서 부르시는 것
같아요. 이만 실례할게요."

두 남자를 향해 사교적인 미소를 지어 보이고 돌아선 순간 줄리엣의
얼굴에서 미소가 사라졌다. 정열은 보르가드 듀프리 앞에서 나누고 싶은
화제 목록의 바닥에 속한다.

*셀레스트, 고마워요. 때를 맞추는 감각이 일품이군요*


셀레스트 헤인즈는 듀프리 경사와 남편이 대화하는 모습이 못마땅했
다, 실은 대단히 못마땅했다. 하지만 그녀는 맹목적인 공포에 무릎을 꿇
길 거부했다. 저들 사이에 위험한 화제가 오가고 있다고 판단하기는 아

직 이르다.

그녀는 줄리엣과 조지앤 홀리스터를 인사시켰지만 사교 관행이 허락하는 한 가장 빨리 후자를 떼어버렸다. 조지앤은 양키 계집을 부른 표면적인 구실에 지나지 않을 뿐더러, 홀리스터 집안은 졸부 집안에 불과하다. 조지앤 홀리스터 따위가 어떤 농간을 부렸기에 사교계의 일류 가운데 일류만 초대된 이 파티에 끼게 되었는지는 알다가도 모를 노릇이다. 셀레스트는 줄리엣에게 관심을 돌렸다.

"어때요, 아가씨?"

"아주 좋아요, 감사합니다. 멋진 모임이에요. 제가 오늘 접촉한 사업상의 지인들 숫자를 아신다면 아버지께서 기뻐하실 거예요."

"반가운 소리이군요. 이 자리에 모인 사람들은 가든 크라운 호텔의 고객층이 적절한 수준에 오르도록 도모해 줄 영향력을 지녔어요."

그녀의 집이 여인숙이 될 수밖에 없는 운명이라면 적어도 보스턴 클럽의 회원 수준—에드워드의 가입신청마저 거절당하리만치 고고한 그 클럽—과 근접한 부류가 드나드는 곳이 되어야 한다. 셀레스트는 다시 정원 저쪽으로 시선을 던졌다. 순간적으로 속이 철렁 내려앉았다.

"아가씨의 형사가 에드워드와 이야기를 나누고 있군요. 저 둘 사이에 무슨 공통화제가 있는지 상상조차 안 돼요."

하지만 그들의 대화는 방금 전보다 한층 열띤 분위기였다.

줄리엣은 작은 미소를 지으며 입을 열었다.

"제가 저 자리를 뜰 때까지만 해도 취미와 정열에 대한 이야기가 오가는 중이었어요. 헤인즈 씨는 아주 위험한 취미를 갖고 계시더군요. 그 때문에 감옥 신세를 지게 될지도 모르겠어요."

셀레스트의 귓전에서 이명이 울렸다. 그녀는 가까스로 웃음소리를 뽑아냈다.

"장미 정원에서 별별 흉한 이야기가 오가는군요!"

농담도 잘한다는 식으로 줄리엣의 손을 다독거리고 셀레스트는 아직 단어와 단어를 조합할 수 있는 능력이 남아 있는 동안 변명을 둘러대고 자리를 떴다. 그녀는 회양목 미로 너머에 줄지어 있는 올리브 나무들 쪽으로 향하며 핸드백을 어루만졌다. 그 안에는 언젠가 때가 도래하리라는 본능적인 느낌으로 벌써 며칠째 갖고 다닌 어떤 물건, 묵직하고도 끔찍한 물건이 들어 있었다.

드디어 이 물건을 사용할 때가 도래한 듯하다. 이제 남은 관건이라면 사용법을 떠올리고 다소의 복잡한 과정을 정확하게 수행하는 것뿐. 그쯤은 그리 어려운 일도 아니다. 그녀는 무엇보다 버틀러 집안의 마지막 후예요 헤인즈 집안의 며느리가 아니던가. 요컨대, 그 뛰어난 능력을 혈통과 사회적인 위치로 이미 인정받았다. 현안문제에 집중하면 불가능이 없는 몸이고 그녀는 절대적으로 집중할 마음가짐을 굳힌 터이다.

이번에야말로 듀프리 경사를 영원히 제거하고야 말리라.


먹구름이 남쪽에서 형성되기 시작했고 곧 이쪽으로 다가올 낌새였다. 보는 사람들 사이에서 바삐 오가는 줄리엣의 시선을 잡고 오만하게 턱짓을 했다—'이리 와.' 그녀의 고상한 작은 턱이 공중으로 번쩍 올라가자 보는 남몰래 싱긋 웃었다. 줄리엣은 반항적인 몸짓에도 불구하고 충실하게 정원을 가로질러 다가왔다.

보는 그녀를 지나치게 밀어붙였다가 사건에서 밀려났던 전적이 되풀이되기 전에 자신에게 재갈을 씌워야 한다는 사실을 누구보다 잘 알고 있었다. 하지만 줄리엣이 문제였다. 그녀는 망할 예의범절의 벽 뒤에 숨어 요지부동도 하지 않았고, 그건 정말이지 모를 이유에서 보의 심란함을 한없이 가중시켰다. 보는 어깨를 굴려 긴장을 풀었다. 좋다 이거야. 끝까지 가보자. 그의 충동에 자유재량권을 부여하는 건 임무에서 방출될 위험이 있지만 적어도 줄리엣에게 벽 뒤에서 고개를 내밀게 하는 효과는 있다. 게다가 올바른 님에게 엉겨붙기란 무지하게 재미있기도 하고.

하지만 그의 재미지수를 몇 도쯤 낮추는 사태가 벌어졌다. 이쪽으로 다가오는 줄리엣 앞을 처음에는 전형적인 사교계 인사가, 다음에는 웬 노상강도 같은 놈이 가로막은 것이다. 보는 초조하게 넥타이를 못 살게 굴었다.

줄리엣이 마침내 그의 앞에서 걸음을 멈추고 깐깐한 어조로 비아냥거렸다.

"어인 일로 부르셨는지요?"

"그만 가자고 불렀죠. 파티도 슬슬 김 빠지기 시작한데다 저 구름들 모양도 심상치 않아요."

먹구름이 다가오는 속도에 맞추어 하늘이 빠르게 어두워지고 주차장으로 향하는 다수의 움직임이 보였다. 그러나 몇몇은 줄기차게 차를 마시며 오르되브르를 공격해대고 있었다.

"저들 가운데 손을 놀려 벌어먹는 치가 있긴 있어요?"

"만인이 누구처럼 법과 질서의 수호자가 될 순 없는 거 아니겠어요?"

줄리엣은 건조하게 반박했다.

"그럼에도 경사가 놀랄 만한 정보를 하나 귀띔해 드리죠. 내가 오늘 만났던 여성들의 대부분이 많은 시간과 노력을 자선활동에 쏟고 있어요. 댁이 댁의 직업을 대하는 강도로 말이에요."

"고럼고럼, 세상은 또 다른 자선 무도회를 필요로 하고 말고."

"이제 봤더니 당신…… 속물이었군요!"

보는 코 아래로 줄리엣을 내려다보았다.

"속물 같은 소리 하시네."

"당신은 아닌 척하는 속물이에요."

그녀는 새로운 발견에 무한히 흐뭇해하는 눈치였다. 줄리엣은 한 걸음 다가와 보의 넥타이에 손을 뻗었다.

"자선 무도회를 얕잡아보지 마세요. 그런 행사는 많은 재원을 확보하여 대단히 가치 있는 곳에 쓰고 있어요."

줄리엣은 핸드백을 팔에 끼고 넥타이를 깔끔하게 다시 정리해 그 매듭을 보의 결후 아래까지 밀어올렸다.

"돈이 없어서 쩔쩔매는 사람들을 도와주고 있다고요."

보는 넥타이에서 그녀의 손을 떼어냈다.

"알아요, 알아요, 안다구요."

그는 와이셔츠의 두 번째 단추까지 넥타이 매듭을 도로 내렸다.

"무도회 이야기가 나왔으니 말인데, 호텔 개관의 전야 칵테일 파티가 얼마 남지 않았어요. 당신의 턱시도를 임대해 놓을까요?"

보는 그녀에게 이를 드러냈다. 이 여자가 지금 사람을 뭐로 보는 거야? 자선 대상?

"이 동네는 코티용의 중심지예요, 장미. 옷장에 턱시도 한 벌쯤 없는 집이 없다구요. 난 아버지의 턱시도를 물려받았수다."

그는 다시 넥타이로 향하는 줄리엣의 손을 잡고 그녀를 한 팔 거리로 멀찌감치 떼어놓았다.

"왜 갑자기 기가 펄펄 살아서 이러시나?"

"기가 펄펄 산 것처럼 보여요? 내 얼굴이 벌개지지 않았다고 그런 오해를 하다니. 난 그저 평정을 되찾은 것뿐이에요. 하긴 당신은 당황한 내 모습에 익숙해졌을 테니 착각할 만도 하죠."

"어쨌거나 내 넥타이를 또 건들면 신체적인 위협으로 간주하고 무력을 동원……."

그때 탕 하는 소리와 거의 동시에 그들 뒤의 떡갈나무에 총알이 박혔다. 보는 욕설을 내뱉었다. 그의 모든 감각이 적신호를 발하며 긴장했다.

"엎드려!"

줄리엣은 어리둥절한 표정으로 그를 바라보았다. 보는 그녀를 땅바닥에 패대기쳤다. 그리고 펄쩍 뛰어 그녀의 위를 덮자마자 다시 총성이 났다. 보는 빗방울이 떨어지는 것보다 더 빨리 뒷춤에서 권총을 뽑아들고 총알이 날아온 방향을 향해 고개를 살짝 들었다.

"누가 우리를 향해 총을 쏜 거 맞아요?"

줄리엣이 그의 몸 아래에서 불신에 찬 소리를 냈다.

여러 여자들의 비명소리는 죽었지만 웅성거림과 동요한 움직임들 때문에 저격수의 위치를 정확하게 가늠하기 어려웠다.

"젠장."

보는 사납게 중얼거렸다. 회양목 미로 너머의 올리브 나무들 쪽에서 시선을 떼지 않고 상체를 약간 일으킨 다음 납작하게 깔린 줄리엣의 뒷목을 한 손에 휘감았다.

"포복자세로 후퇴해요."

그는 나직하게 지시했다.

"저 떡갈나무 뒤에 숨어서 꼼짝도 하지 말아요."

그녀의 반응이 즉각 나오지 않자 다그쳤다.

"알아들었어요?"

"하지만……?"

보는 석연치 않은 대답이라고 판단, 그녀의 뒷목을 쥔 손에 경고조로 힘을 넣었다.

"알아들었죠?"

"예."

"좋아요. 그럼 동작 실시!"

줄리엣이 꿈틀거리며 그의 가랑이 사이로 빠져나가는 감촉이 일었다. 곧이어 그녀는 그의 보호반경에서 완전히 벗어났다. 보는 힐끔 돌아보아 그녀가 제대로 몸을 숨겼는지 확인한 다음 자리에서 일어나 갈짓자를 그리며 내달렸다.

올리브 나무들에 이르렀을 때 하늘이 열리고 폭우가 쏟아지기 시작했다. 보는 주차장으로 일제히 달려가는 사람들을 헤치고 저격수가 있을 법한 지점을 모조리 조사했다. 염병할, 잘 돌아간다―현장증거는 비에 쓸려 망가지고 목격자들은 뿔뿔이 흩어지고 있으니 말이다. 덧붙여 줄리엣은 무방비하게 노출되어 있다. 그녀를 혼자 놔두지 말았어야 했는데. 범인은 65명의 사람들이 주위에 있는데도 감히 총질을 하지 않았던가. 보가 증거를 찾아 헤매는 지금 줄리엣에게 무슨 짓을 할지 누가 알랴. 암만 생각해도 저격범은 사람들 틈에 스며든 것 같았다.

보는 떡갈나무 쪽으로 되돌아가며 핸드폰을 꺼내 경찰의 배치계에 연락했다. 그는 상황을 간략하게 요약하고 현장 조사팀과 인원 보충―가능하다면 특히 루크—을 요청했다. 마지막으로 그의 핸드폰 번호를 남긴 다음 대지급으로 연락해 줄 것을 촉구했다.

줄리엣은 나무에 기대어 무릎을 감싸안고 있었다. 비를 피하는 데는 그럭저럭 성공했지만 옷은 흙투성이에 머리는 헝클어지고 턱에는 벌겋게 긁힌 자국이 나 있었다. 그녀는 망연자실한 눈으로 그를 올려다보았다. 보는 그녀 앞에 쪼그리고 앉아 머리칼에 대롱대롱 매달려 있는 큰 핀을 빼주었다.

"괜찮아요?"

그녀는 그의 지능지수를 의심하는 표정이 되어 무릎을 더욱 힘주어 감싸안았다.

"누군가 나에게 총을 쐈다구욧!"

"알아요, 달링."

"그럼 이것도 알겠군요, 내가 부적절하게 치마를 걷어올리고 엉금엉금 기는 동안 커다란 벌레 한 마리가……."

"알았어요,"

보는 그녀의 말을 가로막았다.

"당신이 전혀 괜찮지 않다는 거."

줄리엣은 포옹이 필요한 사람처럼 보였다. 하지만 그는 별을 단 몸……. 아, 경찰 배지가 와이셔츠 주머니에 있군. 보는 배지를 밖으로 꺼내 달았다—이제 됐어. 좋다, 현재 그는 심각한 공무수행중인 경찰이다. 따라서 피해자와의 신체 접촉은 바람직하지 못하다. 그리고 머리끝까지 열받은 터였다. 보르가드 듀프리의 인생에서 꼬이지 않은 유일한 부분이자 이례적으로 특출난 능력을 발휘하는 부분이 있다면 일뿐이다. 그런데 어떤 놈이 계속 그를 다된 음식에 콧물 빠뜨리는 쪼다로 만들고 있는 것이다.

"미안하게 됐습니다, 줄리엣."

보는 그녀를 일으켜 세운 다음 팔에서 흙먼지를 털어 주었다.

"당신이 겁에 질리고 동요한 건 알아요. 하지만 지금 당장 내가 집중해야 할 일은 저격범을 찾아내는 겁니다."

"그 동기도 찾아야 해요! 누가, 왜 나를 죽이고 싶어하죠?"

"예, 동기도 찾아낼게요. 당신이 할 일은 지원 인원이 도착할 때까지 내 옆에 붙어 있는 겁니다. 알았죠? 이 주위에 사람은 많지만 믿을 사람은 거의 없어……."

줄리엣이 그의 품으로 달려들었다.

에고고. 보는 몸에 힘을 주고 가만히 있다가 아주 조심스럽게 그녀를 껴안았다.

"저기 말이죠, 이건 어디까지나 일의 일부예요. 내가 당신을 안아주는 버릇이 붙거나 해서 이러는 게 절대로 아니라구요."

그녀가 더 바짝 안겨오자 보는 줄리엣의 머리를 다정하게 쓰다듬어 주었다.

"하긴 총알받이가 되는 게 당신에게 일상다반사로 벌어지는 일도 아니니까 뭐."

쓸쓸한 웃음소리가 그의 푹 적은 셔츠 앞판 근처에서 들려 왔다. 보는 그녀를 떼어놓고 한 팔 거리를 지켰다.

"난 가능한 한 범죄 현장을 원형대로 보존해야 해요."

그는 줄리엣의 눈 속을 들여다보았다.

"힘들겠지만 당신은 강해져야 할 필요가 있어요. 강해질 수 있죠?"

그녀는 호흡을 가다듬었고 이내 보의 마음에 쏙 들게 그 반듯한 척추를 귀족적으로 세웠다.

"예."

"아주 착해요."

보는 그녀의 뒷목을 잡고 앞으로 당겨 이마에 키스했다. 그리고 얼른 놔주었다.

"자, 이제 우리의 의문에 대한 답을 찾으러 가볼까요?"

# 12

삽시간에 사람들을 주차장에서 대저택의 중앙 살롱으로 몰아넣은 보르가드와 보조를 맞추느라 줄리엣은 사실상 종종걸음을 쳐야 했다. 이는 전적으로 그녀가 그의 옆에 붙어 있어야 한다는 보의 고집 때문이었다. 보는 상류층 인사들에게 단호하고 예의 바른 태도를 취했다……라고 말하고 싶지만, 그 중 한 명이 연줄을 들먹이며 언성을 높이자 보의 눈빛이 험악해지고 목소리에 날이 서는 등 심상치 않아졌기 때문에 모두가 그의 요망대로 한 자리에 모였다.

그는 골동품 집기가 즐비한 중앙 살롱을 둘러본 후 섬세하게 생긴 의자를 창가에서 떨어진 구석에 놓고 줄리엣을 앉혔다. 다음에는 풍채 좋은 남자를 향해 돌아섰다.

"선생님, 이 책상을 옮기는 데 도와주십시오."

지적당한 남자는 순순히 나섰지만 집주인이 노발대발하여 소리를 높였다.

"손대지 마시오! 그 책상은 가치평가를 불허하는 고가구요!"

하지만 보는 들은 척도 하지 않았다. 그는 다른 남자의 도움을 받아 책상을 창가와 줄리엣 사이로 옮기고 의자 하나를 책상 뒤에 갖다 놓은 후에야 사람들을 향해 돌아섰다.

"이건,"

그는 주먹으로 책상을 꽝 내리치며 말문을 뗐다.

"대단히 좋은 책상이고 일이 끝나는 즉시 제자리로 돌아갈 겁니다. 하지만 본질적으로 책상은 낡아빠진 목재에 지나지 않습니다. 반면에 이쪽은! (난데없이 줄리엣을 가리켜 움찔하게 만들어 놓고) 방금 전에 저격당할 뻔한 사람입니다. 이런 여성을 무방비하게 앉혀서야 되겠습니까, 안 되겠습니까?"

아무도 입을 열지 않았다.

보는 만족스레 고개를 끄덕거렸다.

"좋습니다. 기본적인 상호이해가 이루어진 듯하니 본 임무에 들어가겠습니다. 여러분에게 불편을 끼쳐 드려 죄송한 마음을 금할 길이 없습니다. 그러나 이곳에서 살인 미수 사건이 발생했고, 여러분은 불행히도 사건에 휘말린 목격자들이니 진술을 해주셔야 합니다. 조사가 매끄럽게 이루어질 수 있도록 협조를 당부드립니다. 저 또한 최대한 노력하여 조속히 일을 매듭짓겠습니다. 지원 인원도 곧 도착하기로 되어 있습니다."

그때 그의 주머니 안에서 전화가 울렸다. 보는 모두에게 양해를 구하고 핸드폰을 받았다.

통화 내용을 엿듣기 위해 상당수가 광범위한 수준으로 품위를 망각하고 촉각을 곤두세웠지만 그들 가운데 성공한 사람이 있었는지 여부는 회의적이었다. 보르가드의 등뒤에 앉아 있는 줄리엣의 자리에서도 웅얼거리는 음색 이외에 그가 무슨 말을 하는지 전혀 알아들을 수 없었다. 무표정을 견지한 사람들도 내심으로는 호기심에 사로잡혀 있다고 가정할 때 줄리엣보다 더 철저하게 그 호기심을 감춘 이는 없었다.

보는 통화를 마치고 사람들에게 돌아섰다.

"진술은 일 대 일로 받겠습니다."

그의 힘찬 뒷말이 이어졌다.

"여러분은 차례를 기다리시는 동안 총성이 울렸을 당시 정원의 어디에서 무엇을 하고 계셨는지, 주변에는 누가 있었는지 기억을 가다듬어 주시기 바랍니다."

보는 바지의 뒷주머니에서 수첩을 꺼내어 자리에 앉고 근처의 한 사람을 지목했다.

"선생님부터 시작하기로 하죠."

그리고 그는 일에 착수했다.

셀레스트 헤인즈는 진술 차례를 기다리며 초조하게 발을 까딱거렸다. 주위에서 흥분과 불평의 속닥거림이 산불처럼 일었지만 그 전부를 무시했다. 듀프리 경사는 멍청이다. 멍청이가 아니고서야 어떻게 저격 대상이 줄리엣이었다고 오판할 수 있겠는가. 처음부터 맹해 보이더니만 역시. 멍청이는 멍청이되 위험한 멍청이라 유감일 따름이다.

아, 저 경사를 간발의 차이로 놓쳤다―아슬아슬하게 과녁을 빗맞추었다. 고물딱지 권총의 겨냥이 왼쪽으로 치우친다는 사실을 그녀가 어찌 짐작했으랴. 각고의 노력으로 기억력을 되살려 1849년 포켓형 콜트의 탄창을 어렵사리 채우고 현장에서 잡힐 위험을 감수했던 그 모든 수고의 대가가 고작 몇 마디 거짓말을 지껄이기 위한 긴긴 기다림이란 말인가.

셀레스트는 냉철한 결의와 훌륭한 핏줄에 힘입어 남편 옆에 조용히 서 있긴 했지만 속으로는 용암처럼 뜨거운 좌절감이 그녀의 핏줄을 타고 돌았다. 순수한 진저리의 한숨을 참기 위해 인간의 한계에 도전해야 했다.

아무 소득도 없이 남은 오후를 빼앗기고 완벽한 여름 장갑 한 켤레를 망쳤군.

줄리엣은 구석 자리에 얌전히 앉아 보의 진술 청취 작업을 지켜보며 머릿속에서 휘몰아치는 생각을 차단하려고 애썼다. 하지만 그 생각을 하지 않기란 술 취한 사람에게 헛것을 보지 말라고 강요하는 격이었다. 특히 그녀가 숨 한 번 내쉴 때마다 모든 사람의 시선이 쏠리는 이 마당에 그 생각을 안 하기란 불가능했다.

*나를 죽이고 싶어할 만큼 증오하는 사람이 있어*

증오는커녕 단순한 반감도 받아 본 적이 없는 줄리엣이었다. 그런데 실은 누군가의 살의를 샀다는 사실이 밝혀진 것이다. 그 사실은 끈질긴 생명력을 자랑하며 그녀의 마음을 좀먹어갔다. 아니, 그녀가 살점이 두둑한 뼈다귀를 받은 강아지마냥 시간 흐름을 잊어버리고 그 사실을 씹고 씹고 또 씹었다.

방 저쪽에서 작은 소요가 일어나 생각의 흐름을 방해했다. 줄리엣은 고개를 들었다. 루크 가드너 형사가 중앙 살롱으로 들어서자 사람들은 모세를 만난 홍해처럼 가드너 형사에게 길을 열어 주었는데 그의 뒤를 따르는 한 여자를 본 순간 그녀는 자리에서 벌떡 일어났다.

"줄리엣!"

그녀의 보좌관이 부르르 떨며 외쳤다. 록산느는 단숨에 방을 달려와 창문과 책상 사이의 좁은 틈을 낑낑거리며 가로지르고 그 과정에서 보를 납작하게 만들어 놓은 다음 줄리엣을 덥석 안았다.

록산느의 포옹은 강하고 포근했다. 요컨대 줄리엣은 하루에 두 번씩이나, 그것도 반 시간이 채 되기 전에 포옹을 두 번이나 받게 된 것이다. 그녀는 자신이 보의 품에 몸을 던졌다는 사실이 도무지 믿어지지 않았다. 하지만 그 시점에서 떠올릴 수 있었던 생각이라곤 미시시피 강에 추락할 뻔했을 때 그의 포옹이 주던 안도감뿐이었다. 그녀는 그 안도감을 다시 느끼고 싶었다, 절실하게. 보의 성적인 흡입력을 고려하면 기이하기 짝이 없는 노릇이지만 그는 대단히…… 부성애적인 위안을 주는 재주가 있다. 세 여동생들에게 최고의 오빠가 틀림없으리라.

하지만 줄리엣은 독립적으로 살아왔다. 남에게 의존하면 안 된다고 할머니께 주입받았으며 아버지는 기회 있을 때마다—그 기회가 얼마나 잦았는지는 하늘만이 아시리—독립성을 강조했기 때문에 그녀는 타인을 필요로 하는 이런 상태에 익숙하지 않았다, 어색하고 불편했다. 지금도 할머니와 아버지의 목소리가 귓전에서 쟁쟁하게 울리자—'애스터 로웰이라면 두 발로 굳건히 서야 한다.'—줄리엣은 보좌관의 따뜻한 품속에서 천천히 굳어 갔다.

록산느는 그런 낌새를 알아차리고 뒤로 물러났다. 그녀는 상사를 위아 래로 철저하게 살핀 후 줄리엣의 머리칼을 다정하게 넘겨주었다.

"우와. 가드너 형사에게 총격전의 전말을 듣고 하마터면 바지를 지릴 뻔했어요. 총책임자 님이 무사하셔서 하느님 만세예요. 하지만 모습이 엉 망진창이군요! 사람들 인심, 진짜 야박하네요. 어떻게 이대로 방치할 수 가 있죠?"

보는 부루퉁한 눈빛을 던졌다.

"여기 일이 꽤 바쁘게 돌아갔다구요, 록산느 씨."

그는 퉁명스럽게 쏘아붙이고 하던 일로 돌아갔다.

록산느는 보의 등줄기에 대고 당차게 말했다.

"그럼 내가 그녀를 돌보겠어요. 화장실에 가도 되죠?"

보는 반대하지 않아 줄리엣을 놀라게 했다. 그는 진술 차례를 기다리 던 사람들 가운데 두 남자에게 호위 임무를 맡기고, 숙녀들이 화장실에 있는 동안 밖에서 기다리며 아무도 안에 들이지 말라고 당부했다.

잠시 후 화장실의 고풍스런 거울을 대한 순간 줄리엣의 입에서 신음이 흘러나왔다. 흙투성이 얼굴은 꼬질꼬질하고 머리는 폭탄 맞은 것처럼 사 방으로 뻗쳐 있었다. 그녀는 턱을 돌려 긁힌 자국을 살폈다.

"엉망이군."

"엉망 정도가 아니에요."

록산느는 세면대에서 수건을 적시며 고개를 돌려 거울 속의 줄리엣을 살폈다.

"하지만 약간의 물과 비누를 들여 개선되지 못할 건 없죠."

줄리엣은 거울에서 돌아섰다.

"와주어서 고마워."

그녀는 차분하지만 열렬하게 입을 뗐다.

"덕분에 든든해졌어. 가드너 형사는 참 사려가 깊은 사람이야, 록산느 를 데려와 주다니."

"그 사람 생각이 아니었어요. 깜찍이 경사가 나를 데려오라고 부탁했대요."

"보르가드가?"

줄리엣의 심장이 콩콩 작게 뛰었다.

"예."

록산느가 온수에 적신 수건을 가지고 거울 쪽으로 다가갔다.

"여기 앉으세요."

줄리엣은 푹신한 의자에 앉긴 앉았지만 보좌관의 손에 들린 고급스런 장식용 핸드타월을 꺼림칙하게 응시했다.

"그건 사용하라고 놔둔 수건이 아닌 것 같은데."

"그러거나 말거나 나는 써야겠어요. 보들보들한 수건을 놔두고 종이타월로 상처 주위를 닦는다는 건 말도 안 돼요. 수건이야 빨면 그만이죠 뭐. 세탁기가 괜히 발명되었나요?"

록산느의 입가가 슬쩍 올라갔다.

"세탁기를 처음 고안한 사람은 필시 남부의 백인 마나님이었을 걸요. 노예 해방 후 빨래를 손수 하게 되자 세탁기 생각을 해낸 게 분명해요."

줄리엣은 눈을 깜박거렸다.

"오. 그런 생각은 너무 심해."

"심하긴요. 필요는 발명의 어머니라고들 하잖아요."

록산느는 줄리엣의 얼굴을 살살 닦아주기 시작했다. 긁힌 자국만 남기고 나머지 부위가 깨끗해지자 다시 세면대에서 수건을 빨아 와 줄리엣의 긁힌 턱을 톡톡 찍어내듯이 닦았다. 줄리엣이 허억 하고 숨을 들이키자 록산느는 이맛살을 찡그렸다.

"죄송해요, 많이 아프시죠? 하지만 상처 주위의 먼지를 제거해야 해요."

잠시 후 록산느는 허리를 폈다.

"다 되었어요. 소독한 것만은 못하겠지만 최소한 청결해졌어요."

그리고 줄리엣에게 수건을 내밀었다.

"팔을 닦으세요. 우와, 저 손! 어서 세면대로 오세요."

줄리엣은 손을 내려다보았다. 오른손 바닥이 까진데다 집게손가락이 퉁퉁 부어오른 터였다. 지금까지는 아픔을 의식하지 못했지만 이제 쑤셔 오기 시작했다. 줄리엣은 시험삼아 손가락을 굽혀 보았다.

"부러지진 않았어. 땅바닥을 짚을 때 접지른 모양이야."

세면대에서 손은 씻었지만 머리를 정리하려 하자 빗을 제대로 쥘 수가 없었다. 너무 속상해 눈물이 치받쳤다. 그리고 그런 자신이 한심해져 더욱 속상했다.

"이리 주세요, 내가 빗어 드릴게요."

록산느가 빗을 빼앗았다. 그녀는 어수선한 머리에 여전히 붙어 있는 핀 몇 개를 전부 뽑아내고 엉킨 머리칼을 푼 다음 부드럽게 빗어 내리기 시작했다.

줄리엣은 빗이 한 번 지나갈 때마다 점점 부풀어오르고 구불거리는 머리칼을 우울하게 지켜보았다.

"머리를 올리긴 틀렸어. 큰 핀과 실핀을 거의 다 잃어버렸어."

"왜 머리를 올리고 싶다는 거죠?"

"머리를 내리면 말괄량이처럼 보이니까."

빗질이 중단되었다.

"누가 그런 말을 하던가요? 잠깐, 내가 맞혀 볼게요. 할머니께서 그러셨죠? 맞죠?"

골백번도 더 그러셨지.

그런 대답이 혀까지 올라왔지만 줄리엣은 그저 거울 속의 록산느를 향해 어깨만 으쓱거려 보였다.

"저기요, 줄리엣, 할머니께서 약간…… 고리타분하다는 생각은 안 해 보셨어요? 거울 좀 보세요. 이렇게 머릿결이 끝내 주잖아요. 라파엘 전파 풍*이에요."

"머리숱이 징그럽게 많잖아."

---

* Pre-Raphaelite. 라파엘 시대 이후부터 미술 및 작시에서 치우쳐 온 인위적이고 작위적인 원칙에 반발, 1848년 영국의 젊은 예술가들이 결성한 단체.

록산느는 말문이 막혔는지 기가 막혔는지 잠시 침묵을 지켰다. 그녀는 곧이어 단호하게 말했다.

"이 사실을 어떻게 알려야 할지 난감하지만요, 머리숱이 많은 건 나쁜 게 아니랍니다. 이 머리숱의 절반만 가질 수 있어도 살인까지 불사하겠다는 여자들이 수두룩해요. 그리고 머리숱과 말괄량이가 대체 무슨 관계가 있죠?"

"말괄량이는 얼굴 주위에 머리칼을 늘어뜨리고 다니는 여자야. 걷는 대신 뛰는 여자, 큰 소리로 말하는 여자 말이야."

줄리엣의 속에서 반항기가 불쑥 솟았다.

"재미 보는 여자를 말괄량이라고 해."

그녀는 거울 속의 영상을 찬찬히 살폈다. 그녀의 머리칼은 보기 나쁘지 않았다—사실 꽤 예뻤다.

록산느는 빗을 돌려주고 줄리엣의 어깨를 힘주어 꼭 움켜쥐었다.

"그럼, 세상의 말괄량이들을 위해 파이팅을 외쳐야겠군요."

"맞아."

반항기에 젖어 줄리엣은 거울 속의 보좌관과 시선을 맞추었다.

"말괄량이 파이팅이야. 난 완벽한 숙녀가 되기 위해 평생을 바쳐 왔어. 그런데도 나를 죽이고 싶어하는 사람의 총에 맞아 죽을 뻔했지. 할머니가 잘못 아신 거야."

줄리엣은 가방 속에 빗을 집어넣으며 선언했다.

"착한 여자가 되어 봤자 아무 짝에도 쓸모없어."

중앙 살롱으로 돌아갔을 때 사람들의 숫자는 현저하게 줄어 있었다. 그녀들은 의자를 하나 더 끌어다 책상 뒤의 줄리엣 옆자리에 놓고 보와 루크가 일하는 동안 나직하게 이야기를 나누었다.

드디어 마지막 사람까지 진술을 마치고 떠났다. 보는 펜을 책상에 내던졌다. 그는 늘어진 자세로 눈가를 문지르고 버럭 소리쳤다.

"어떻게 된 게 마흔 명이 넘은 사람들이 아무것도 보지 못할 수가 있지?"

보는 루크에게 시선을 던졌다.

"자네는 어때? 소득 있어?"

"꽝이야. 자네가 집단 대탈출을 막기 전에 빠져나간 사람들에게 희망을 걸어 봐야지."

줄리엣이 반론을 제기했다.

"범죄 현장을 목격해 놓고 집으로 그냥 돌아갔을 사람은 없어요."

"그렇게 양심이 불량한 사람이 있다는 게 아니에요."

보가 말했다.

"당시 올리브 나무들 근처에서 특정인물을 봤지만 그자가 범인인 줄 깨닫지 못하고 진술하지 않은 채 이곳을 떠난 사람이 있을지도 모른다는 거죠."

그는 목을 돌려 긴장된 근육을 풀었다.

"그런 목격자만 찾아도 수사의 방향을 잡을 수 있어요."

록산느가 부드럽게 목소리를 높였다. 그녀는 빗물로 얼룩진 창 너머를 내다보고 있었다.

"저기 정원에 있는 남자들은 누구죠?"

"현장 조사팀입니다. 당신과 줄리엣이 화장실에 가 있는 동안 도착했어요."

보는 돌연 눈을 가늘게 뜨고 줄리엣을 강렬하게 응시했다.

"아까보다 얼굴이 낫군요. 기분은 어때요?"

"괜찮아지겠죠."

*언젠가는*

"그 현장 조사팀 요원이 이쪽으로 오고 있어요."

록산느가 창가에서 보고했다.

요원은 몇 분 후 중앙 살롱에 들어섰다. 그는 흠뻑 젖은 개처럼 몸을 털고 보에게 다가왔다.

"증거물을 찾았습니다."

작은 납 덩어리가 담긴 비닐봉지를 책상에 내려놓았다.

"떡갈나무에서 방금 파냈습니다."

보는 증거물을 살폈다. 루크가 다가와 책상에 걸터앉자 보는 잠자코 비닐봉지를 건넸다. 루크도 그걸 조사한 다음 현장 조사팀 요원에게 고개를 돌렸다. 그의 잘생긴 얼굴에 주름 하나가 길게 가 있었다.

"이게 도대체 탄환이야 뭐야?"

"평범한 총기상에서 살 수 있는 탄환은 아닙니다. 오래된 탄창 회전식의 연발 권총에 사용되던 겁니다."

보와 루크는 오랫동안 시선을 교환했다.

"이런 젠장."

넌더리를 치며 보가 중얼거렸다.

"고무기故武器가 사용된 제2의 사건이라. 일이 더럽게 풀리는군."


비가 결국 그치고 해도 졌을 무렵에야 보는 호텔 앞에 차를 세웠다. 그는 야간 교대자를 찾아 주위를 두리번거렸지만 문제의 교대자는 보이지 않았다. 보의 목 근육들이 순식간에 굳어졌다.

밥통은 왜 밥통처럼 구는 걸까? 협박편지를 심각하게 여기지 않았을 때는 경사를 사건 담당자로 붙여놓고 협박이 진짜로 드러나자 필요할 때 사라지는 새내기 경찰을 붙이는 경우가 세상천지에 어디 있느냔 말이다. 진짜 경찰이 장기휴가를 떠난 사이에 무능력한 얼간이가 고위직을 채우고 있다는 건 망할 뉴올리언스에서 아는 사람은 다 안다.

보는 줄리엣을 살폈다. 금빛이 도는 평소의 피부색은 누렇게 떴고 자세에서도 특유의 꼬챙이 같은 반듯함이 결여된 터였다. 좌석 등받이에 고개를 기대고 눈을 감은 줄리엣은 기진맥진해 보였다. 심지어는 그녀의 생동감 넘치는 머리칼마저 퇴색된 듯했다.

*이런 경우의 대응책은 오직 하나뿐이야.*

"장미, 다 왔어요."

그는 무릎에 힘없이 놓인 줄리엣의 손을 가볍게 건드렸다. 줄리엣이 눈을 뜨자 보는 고개를 틀어 뒷좌석을 살폈다.

"그쪽은 어때요, 록산느 씨?"

"난 괜찮아요."

보는 두 여자를 호텔 안으로 데려가 안전하게 계단을 오르는 모습을 지켜보고 핸드폰을 꺼냈다. 두 통의 전화를 걸어 기본적인 수배를 끝낸 다음 로비 의자에 널브러져 배꼽 시계의 울부짖음을 외면했다.

루크가 일착으로 나타났다. 그는 우선 파트너에게 빵 봉투부터 건네고 푸른색 더플백을 보의 발치에 내려놓았다. 하얀 봉투에선 굴튀김 냄새가 피어올랐다.

"진심이야, 보?"

"줄리엣의 안전을 지키려면 선택의 여지가 없잖아."

보는 샌드위치의 포장지를 찢고 빵을 한 입 크게 베어먹었다.

"고마워, 루크. 굶어 죽는 줄 알았어."

"무슨 호텔이 이따위지?"

루크는 화려한 호텔을 둘러보았다.

"레스토랑도 없는 호텔은 처음이야."

"아직 개업하지 않았어. 나 같은 손님을 위해 임시 영업할 리도 없고. 줄리엣이 내 계획을 안 다음에는 글쎄?"

심지어 이런 마당에도 보는 그의 계획에 따른 작은 만족감을 인정하지 않을 수 없었다.

"줄리엣은 좋아서 온몸이 발그레해질걸. 나에 대한 감사함을 주체하지 못할 거야."

그는 너스레를 떨며 익살맞은 표정을 지었다.

루크가 픽 웃었다.

"여자 마음에 대해서는 장담하지 마. 그 속을 누가 알겠어?"

"지상의 모든 형제들을 위하여 아멘."

보가 맞장구를 쳤다. 그때 순찰차가 호텔 진입로를 돌아 들어왔다. 그는 자리에서 벌떡 일어났다.

"썩을 자식이 등장하셨군."

호텔 밖으로 달려나간 보는 순찰차가 채 완전히 서기도 전에 운전석의 문을 열고 새내기 경찰을 끌어냈다.

"어디 갔다왔나?"

순찰대원이 눈만 깜박거렸다.

"코, 코드 원이 새크리드 하트에 바, 발동되었는데 제가 가장 근처에 있는 추, 출동 가능한 차량이어서요."

"출동 가능한 차량?"

보는 새내기 경찰에게 얼굴을 들이밀었다.

"자네의 임무가 뭐야?"

"감시……."

"새크리드 하트를 감시하는 게 자네 임무였어?"

보가 호통을 쳤다.

"아닙니다. 이곳을 감시하는 게 제 임무입니다. 하지만 아무 일도 벌어지지 않기에……."

루크는 보를 뒤로 잡아당기고 신참에게 말했다.

"자네가 원해서 새크리드 하트에 출동했던 건 아니겠지. 안 그래?"

"맞습니다. 그리고 형사님의 말씀도 맞습니다."

그는 어깨를 펴고 보의 시선을 정면으로 받았다.

"제가 잘못했습니다. 다시는 근무지를 이탈하지 않겠습니다."

"그래, 말 잘했다."

보는 루크를 옆으로 젖히고 새내기에게 또 얼굴을 들이밀었다.

"한 번만 더 근무지를 이탈했다간……."

"보."

루크의 목소리는 차분했지만 경고가 담겨 있었다.

보는 뒤로 물러섰다. 그는 숨을 깊이 쉬고 주먹을 털며 풀었다.

"자네 위치로 가봐."

"예!"

새내기 경찰은 눈썹을 휘날리며 사라졌다.

보는 얼굴을 문지르며 루크와 호텔 입구로 되돌아갔다.

"어이그 젠장. 우리한테도 저런 시절이 있었던가?"

"당근이지. 그리고 우리는 더 큰 실수를 덤벙대고 다녔어."

"그건 아니다. 우리는 근무중에 더 큰 자극을 쫓아다닌 적이 없었다구."

"에우테리페 가街의 참패를 기억하시게, 파트너."

보는 우뚝 섰다.

"아참."

그는 주머니에 손을 찔러 넣고 겸연쩍은 미소를 지었다.

"그런 일도 있었지. 까맣게 잊고 있었어."

"저 친구도 오늘 일을 하얗게 잊게 될 거야."

루크는 호텔 입구 앞에서 걸음을 멈추었다.

"더 필요한 게 없다면 난 이만 퇴근할게."

"어서 가봐. 진짜 고맙다, 루크 내 짐을 챙겨 와 준 것도 그렇고 저녁도 가져다주어서 두루 고마워."

보는 친구의 뒷모습을 지켜보며 배웅했다. 그리고 호텔의 웅장한 외관을 골똘히 살폈다. 설명할 수 없는 어떤 이유에서 그의 기분이 들뜨기 시작했다. 보는 정문의 문고리를 잡았다.

이제 줄리엣 로즈에게 좋은 소식을 터뜨리러 갈 시간이다.

# 13

감정의 지각변동을 통제하기 위해 줄리엣은 갖은 노력을 기울였지만 그녀를 죽이려 드는 존재에 대한 생각이 머릿속에서 떠나지 않았다. 줄리엣은 작은 소리에도 깜짝깜짝 놀랐다. 신경이 날카로워졌다. 진득하니 앉아 있지 못하고 이 방 저 방 돌아다녔다. 일을 붙잡았다간 금방 놔버리고 독서나 할까 하다가도 다음 순간에는 책을 던져버리길 되풀이했다. 록산느와 함께 있고 싶은 마음이 반, 혼자 있어서 다행이다 싶은 마음이 반이었다. 그렇게 갈팡질팡 못하고 서성거릴 때 문 두들기는 소리가 나자 그녀는 반색을 했다. 록산느일까? 제발 그랬으면. 줄리엣은 비단 기모노의 허리띠를 서둘러 졸라매며 맨발로 달려갔다.

문 밖에는 전혀 예상치 못한 사람이 서 있었다. 때문에 줄리엣은 망연자실한 눈으로 상대를 바라보기만 했다. 잠시 후 그녀는 고개를 털고, 흩어진 예의범절을 수습했다.

"당신은 퇴근한 줄 알았어요, 보르가드."

"처리할 일이 있어 놔서."

보가 한 걸음 내딛기에 줄리엣은 반사적으로 한 걸음 물러섰고 그 다음은 그가 벌써 방안으로 들어와 문을 닫는 장면으로 이어졌다. 줄리엣은 턱을 들어올렸다.

"나한테 뭐 바라는 거라도 있나요?"

"그 반대예요. 난 달링한테 뭘 베풀려고 온 거라구요."

보의 미소는 싱그러웠다. 하얀 이가 피부의 가무잡잡함과 강렬한 대조를 이루며 더욱 하얗게 빛났다.

"달링은 이제 운 트였어요, 이 몸이 호텔로 옮겨왔으니까."

잘됐다—그건 그녀도 바라는 바이다. 뭔가를 이토록 간절하게 바래 보긴 처음일 만큼 보가 옆에 있어 주길 원했고 그 갈망의 세기에 순간 두려움이 치솟았다.

*줄리엣 너, 미쳐도 단단히 미쳤구나.*

보르가드 듀프리가 여자들 꼬시는 모습을 두 눈으로 목격하지 않았던가. 이런 천하의 바람둥이를 의지해? 어림없다. 게다가 그는 빠르든 늦든 사건이 종결되면 사라질 남자이다. 그럼에도 평생을 걸쳐 쌓아 온 방어벽을 지금 낮춘다면 나중에 그녀는 얼마나 비참한 꼴로 남게 될까?

"절대로 안 돼요."

"에이, 까다롭게 굴긴."

보는 업소의 웨이트리스와 스트리퍼들을 무수하게 녹였던 그 죽여주는 미소를 줄리엣에게 던졌다. 그는 슬렁슬렁 다가와 그녀의 머리칼을 만지작거렸다.

"내가 필요하다고 그냥 인정해요, 천사표."

"내 입 모양을 똑똑히 보세요, 보디가드."

줄리엣은 뒤로 물러섰다. 그녀는 눈가로 흘러내린 머리칼을 후 불어 넘기고 자못 씩씩하게 선언했다.

"난 댁이 필요하지 않아요. 애스터 로웰은 언제나 혼자 서 왔고 그 사실에 자부심을 가져왔습니다."

"그러시겠죠. 달링의 대단한 아빠는 특히 더. 하지만 지금은 위기 상황인 만큼 자존심을 꿀꺽 삼킬 줄도 알아야 한다 이 말씀이에요. 좋든 싫든 당신에게는 내가 필요해요."

"이보세요, 나에게 필요한 존재는 이 사건을 당장 해결할 수 있는 유능한 경찰……."

줄리엣은 화들짝 정신을 차리고 그에게 사죄의 눈빛을 던졌다.

보르가드 멍청이 님의 미소는 한층 커졌다. 무례한 모욕을 가하기 직전까지 몰린 줄리엣의 상태가 마음에 드는지 입이 찢어져라 웃고 있었다. 그는 그녀를 둘러보았다. 흐트러진 머리에서 맨발까지 적어도 여섯 군데의 신체 부위에서 느긋하게 쉬어 가며 아래로 훑고 그 여정을 반복하며 시선을 위로 끌어올렸다. 줄리엣의 온몸이 달아오르는 동시에 가슴의 돌기는 단단해졌다.

다음 순간―바로 그녀의 눈앞에서―보가 완전히 돌변했다. 이제 그는 철두철미한 경찰의 얼굴을 하고 있었다. 줄리엣은 어안이 벙벙했다. 그의 뜨거웠던 눈빛과 팽팽했던 성적인 긴장감이 그녀의 상상이었을까? 정말 그렇다면 그녀는 남자에 굶주린 노처녀밖에 안 된다는 소리이다.

"경찰의 상주 보호가 갑작스런 조치라는 건 압니다, 로웰 씨."

보가 언제 실실거렸다는 듯이 정색을 했다.

"당신 입장에서는 불편하기도 하겠지요. 그래도 내 결정에 따라주십시오. 폭력의 수위가 높아지고 있는 지금, 무력한 당신을 이 넓은 곳에 방치해서야 되겠습니까 안 되겠습니까? 내가 호텔로 옮겨오는 것 이외에는 다른 해결책이 없어요. 우리가 함께 있으면 당신의 안전이 강화될 뿐더러, 범인을 잡을 기회 또한 많아질 겁니다."

옳은 지적이다. 대단히 논리적인 지적이다. 핵심을 찌르는 지적이기도 하다. 그러나 줄리엣은 이맛살을 찌푸렸다. 보를 옆에 두는 구실에 얼른 달려드는 자기 자신에게 넌더리가 난 것이다. 그녀는 소리 높여 반박했다.

"하지만 내 생각에는……."

"하지만이라니?"

보가 버럭 고함을 질렀다. 그녀가 그의 매력에 녹지도 않고 그의 경찰다운 논리에 즉각 무릎을 꿇지도 않자 무지하게 삐진 눈치였다.

"범인을 잡고 싶지 않다는 거요, 뭐요?"

"물론 잡고 싶죠!"

지금의 내 주요 관심사는 두렵게도 범인 잡기가 아닌 것 같아요.

보는 그녀에게 또 다가가며 을러댔다.

"범인을 잡고 싶으면 머리 좀 굴려 보라구, 이 여자야!"

"나한테 윽박지르지 말아요!"

줄리엣은 그의 가슴을 힘껏 밀어 버렸다. 보는 엉겁결에 한 발 물러나 무섭게 노려보았다. 그녀는 주눅들기는커녕 공중으로 코를 번쩍 치켜올렸다.

"좋아요."

싫지만 마지못해 허락한다는 투로 싸늘하게 입을 열었다.

"반대해 봤자 소용없을 테니 숨 낭비는 안 하겠어요. 댁의 제안에 따르기로 하지요."

그녀는 고마워할 줄 모르는 철부지 같은 태도를 취하는 한편 속으로는 낯간지러움을 느꼈다. 일이 돌아가는 형국에 반가운 속내를 감추려고 지나치게 술책을 부리고 있군. 그녀는 자의식에 휩싸여 더욱 거만하게 그의 더플백을 가리켰다.

"복도 건너편의 바퀴벌레 방을 쓰세요. 그 방이 싫으면 관둬요."

보는 그녀를 살핀 다음 더플백을 어깨에 둘러맸다.

"좋아, 바퀴벌레와 공존해 드리지."


루크는 집으로 직행해야 할 몸이었지만—본인도 그 사실을 모르는 바가 아니었지만—어느덧 바이워터의 작은 집으로 향하고 있는 자신을 발견했다. 최근에는 이런 일이 잦았다.

사실은 잦은 정도가 아니라 매일 이 모양이었다. 마치 조시 리가 있는 곳이 집이라는 자동인식기가 그의 차에 장착되어 있는 것 같았다. 보가 이 사실을 알면 죽음인데. 하지만 루크는 파트너의 어린 여동생과 거리를 둘 수 없었다. 이보다 더한 문제라면, 그녀와 시간을 보낼수록 조시 리가 얼라로 보이지 않았다. 조시 리는 재미있다. 주관도 확실하다. 그와 공통점도 많다. 그리고 몸매는…….

*아냐, 이런 형이하학적인 생각은 말아야지!*

루크는 손을 내려 그의 허리 아래 문제를 조절했다. 목적지에 도착해서는 한참을 차안에 앉아 심신을 가다듬었다. 흥분은 금물이다. 어디까지나 터프하게! 요즘 들어 찌그러지긴 했지만 좌우지간 터프의 범위에 머물러 온 루크 가드너가 아니더냐. 터프 하나에 승부를 걸어야 한다. 루크는 숨을 크게 들이쉬고 밖으로 나갔다.

잠시 후 문이 열리고 조시 리가 나왔다. 그녀는 그를 보고 놀란 표정을 지었지만 곧이어 활짝 웃었다. 순간적으로 루크의 심장이 멈추었다. 그녀의 미소는 '정말 반가워요' 미소, 머리털 한 오라기만 잡아당겨도 사내한테 냉큼 끌려가게 만드는 미소, 사내의 머릿속에 광기 어린 생각들을 불러일으키는 미소였다.

*오 주여! 어찌 저를 시험에 들게 하시나이까.*

조시 리가 부드럽게 반겼다.

"어서 와."

"안녕. 너도 아는지 모르겠지만 보가……."

"… 한동안 호텔에서 진을 치기로 했다는 거 이미 알고 있어."

그녀는 루크 대신 말을 맺었다.

"우리 오빠와 방금 통화했거든."

"그랬구나. 난 그저, 그저 너한테 뭐 필요한 게 없나 해서 들러 봤어."

"내 생각해 줘서 고마워. 안으로 들어와."

조시 리는 문에서 비켜섰다.

"저녁은 먹었어?"

"응, 조금 전에."

"딕시 한 병 할래? 아냐, 잠깐!"

그녀는 말을 끊고 다시 나긋나긋한 미소를 흩뿌렸다.

"오빠는 맥주보다 커피를 원할 거야. 맞지?"

요런 깜찍한 것.

"커피 좋지."

주머니에 손을 쑤셔넣고 루크는 그녀의 뒤를 따라가며 쭉쭉 뻗은 맨 다리에서 시선을 떼기 위해 무진장 노력했다.

"여기 앉아."

조시 리는 부엌의 식탁 의자를 빼주고 식기장에서 머그를 꺼냈다. 그녀는 잔을 그의 앞에 내려놓은 다음 맞은편 자리에 앉았다. 동그란 엉덩이를 의자에 살짝 걸치고 한 다리를 비스듬히 접은 모양새가 금방이라도 뛰어 일어날 태세였다.

"그렇지 않아도 커피 물을 새로 올려놓은 참이었어. 금방이면 될 거야."

"천천히 해도 돼, 난 급한 거 하나도 없어. 나 때문에 번거롭게 커피를 새로 뽑을 필요가 없다는 소리를 들으니 반갑다. 그런데 너, 괜찮니?"

루크는 그녀의 표정을 읽으려 했지만 조시 리는 여느 때와 똑같이 편안해 보였다.

"혼자 집을 지켜도 되겠어? 겉으로는 아무렇지도 않은 척하지만 네 속은 다를 거야. 그러니까 내 말은, 팬티범한테 당한 후유증이 있을 거라는 소리지."

그는 얼굴로 몰리는 열기를 의식했다.

"네가 그 이야기를 좀처럼 꺼내지 않아서 충격을 많이 받았다고 생각했어. 미안하게 됐다, 내 자리도 아닌데 끼어들어서. 주제넘은 간섭이었어."

조시 리는 그와 자연스럽게 시선을 맞추었다.

"오빠는 참 상냥하구나."

"상냥. 맞아, 난 상냥한 편이지."

상냥한 남자? 접시 물에 코 박고 죽을 노릇이군.

그녀는 보르가드를 닮은 그 죽여주는 미소를 던졌다.

"난 진심이야, 오빠는 참 상냥해. 그리고 신선해. 내가 강간당한 13살 짜리 아이인양 눈치 보며 이리 저리 말 돌리지 않잖아."

조시 리는 식탁에 팔꿈치를 괴고 턱을 얹은 채 루크를 말끄러미 응시했다.

"생판 모르는 남 앞에서 옷을 벗어야 했던 기분은 아주…… 더러웠어. 하지만 난 우리 오빠의 손에서 컸잖아. 보 오빠의 양육 방식은 인습적인 것과 거리가 멀었어. 또 오빠들이 <네 팬티 내놔> 사건에 대해 나누는 대화를 많이 들어서 팬티범이 어떻게 나올지도 알고 있었고. 난 다른 피해자들과 달리 강간당할까 봐 떨지 않았어. 그 변태 앞에 나체로 서서 느꼈던 감정은 주로 분노였어. 작은 기회만 생기길 기다렸지. 녀석에게 달려들어 어떻게 요리해 줄까 궁리하느라 바빴어."

루크는 그녀의 번쩍거리는 눈과 달아오른 뺨을 보며 저도 모르게 미소를 지었다.

"너라면 놈의 머리가죽을 벗겨 놓았을걸."

"맞아, 슈그."

슈그는 슈가의 속어이다. 남부 상류층이 '추마'라고 부르는 노동자 계층의 여자들이 사용하는 애칭이지만 그 단어에 정말 특별한 뜻이 담겨 있다고 받아들이면 안 된다. 그네들은 마주치는 모든 남자에게 그 말을 던지니까. 따라서 조시 리의 입에서도 무심결에 튀어나왔을 가능성이 높다.

그런데 왜 그의 심장이 주책 맞게 엎어졌다 뒤집어질까?

커피메이커에서 가글거림이 멈추었다. 그녀는 루크를 빙 돌아 조리대로 향했다. 잠시 후 루크는 뒤에서 다가오는 인기척을 느꼈고 곧이어 조시 리가 그의 어깨 너머로 몸을 기울여 커피를 따라 주었다. 바로 그때 일이 벌어졌다―젖가슴이 루크의 뒤통수에 스친 것이다. 루크는 앉은 자리에서 팔짝 뛰었다. 흠칫 고개를 뒤로 물리자 매끄럽게 면도된 머리의 뒷부분 전부가, 귀에서 귀에 이르기까지 전부가 따뜻하고 풍만한 가슴 계곡에 박히게 되었다. 루크는 얼어붙었다. 그는 잠긴 소리를 가까스로 뽑아냈다.

"마, 막둥아."

"내가 절대로 원하지 않는 게 있다면,"

조시 리의 목소리가 그의 머리 위에서 울려 왔다.

"오빠한테 막둥이로 남는 거야."

열기가 사라지며 그녀가 비켜섰다.

루크는 급하게 돌아앉았다. 조시 리는 등을 돌린 채 커피 주전자를 제자리에 놓고 있었다. 그녀는 곧 돌아서 그와 얼굴을 마주 대했다. 조시 리의 뺨은 달아오르고 눈은 죄악처럼 시꺼맸다. 루크는 비록 천재는 아니지만 그녀의 신호를 충분히 알아차릴 수 있었다.

"난 더 이상 게임하고 싶지 않아."

조시 리는 나지막하게 선언했다.

"아이 놀이는 관두고 단도직입적으로 말하겠어. 난 오빠를 원해."

그의 아랫도리에서 즉각적인 반응이 일어났지만 루크는 필사적으로 본능과 싸웠다. 표창장 받아 마땅한 노력을 경주했다. 그는 신체적인 고통을 무릅쓰고 자리에서 일어나 어기적거리며 뒷걸음질치기 시작했다.

"노, 농담하지 마. 난 이, 이만 가야겠다."

"가면 안 돼."

조시 리가 그에게 다가갔다.

"농담이 아냐."

"넌 나한테 너무 어려."

뒷걸음질치며 루크는 냉소란 냉소는 모조리 쥐어짜 그녀를 아래위로 훑어보았다.

"나는 어른만 상대해, 얼라가 아니라."

설령 자존심에 상처가 났다 해도 조시 리는 내색하지 않았다. 조시 리는 똑같이 냉소적으로 루크를 훑어보고 특정 부위에—삼각형 텐트를 치고 있는 바지 지퍼 부위에—시선을 못박았다.

"정말? 하지만 거기 대물 씨는 다른 말을 하고 있는 것 같다."

루크의 등이 부엌 문가의 벽에 부딪혔다.

"아, 그건 말이지, 애한테 시, 식별력이 없어서 그래. 내가 테이스터 도너츠 가게 앞을 지날 때마다 발딱 일어나 고개를 까딱거리는 녀석이 이 녀석이야."

조시 리는 길쭉한 손을 벽에 대고 루크를 가두었다. 그녀의 얼굴에 알겠다는 미소가 배시시 피어올랐다.

"그래애애?"

"이러지 마, 난 진심이야."

루크는 그를 벽에 고정시킨 유혹적인 체취와 체온의 감옥에서 탈출할 요량으로 그녀의 손목을 잡고 멀리 떼어냈다.

하지만 루크의 의도와는 일이 다르게 돌아갔다. 그는 엄청난 실수를 자행했다—체중을 기댔던 받침대를 잃자 조시 리가 그의 품으로 무너진 것이다. 그녀는 이내 뒤꿈치를 들어올리고 젖가슴을 밀어붙이며 루크의 아랫입술을 살짝 깨물었다.

루크는 어디까지나 터프함을 지키려 했다. 아버지 이름을 걸고 맹세코 정말이다. 그리고 터프하게 서 있기도 했지만 입술이 문제였다—그의 생각과 달리 입이 벌어지자 그 사이로 다른 혀가 미끄러져 들어왔다. 조시 리는 뜨거웠다, 달콤했다, 상상했던 그 전부였다.

다음 순간 루크는 터프함을 내동댕이쳤다. 그는 키스를 되돌리며 그녀를 뒤로 몰아가 한 번의 초조한 손짓으로 식탁을 정리했다. 와장창 깨지는 소음이 이는 가운데 루크는 그녀를 식탁에 올려놓고 그 위로 기어올라갔다. 조시 리가 갸르릉거리는 웃음소리를 흘렸다. 그녀는 그의 허리에 도전적으로 다리를 감았다.

그때부터 루크 가드너는 막 나갔다.


보는 싱숭생숭했다. 배도 고팠다. 그는 안절부절못하고 호텔 안을 서성거렸다. 아직 가보지 않았던 구역들을 탐사하던 중 어느 노부인과 마주치자 그는 그녀의 뒤를 정신없이 따라갔다. 쪼글쪼글한 노부인에게 반했기 때문이 아니다. 그녀의 뚜껑 덮인 쟁반에서 풍기는 음식 냄새에 취하여 쫓아간 거지. 하지만 이내 돌아섰다. 무엇보다 사내 대장부에게는 졸랑거리는 멍청이처럼 보이기 전에 보폭을 줄일 능력이 있는 것이다. 더불어, 노부인의 엉금엉금 기어가는 듯한 걸음에도 불구하고 그녀가 어디로 향하고 있는지는 오래지 않아 드러났다—헤인즈 부부의 거처. 보는 그 부부가 함께 먹자고 초대해 줄 가능성에 대해 상당히 회의적이었는지라 도로 계단으로 향했다.

제기랄. 배고파 미치겠다. 호화찬란한 호텔에서 기아에 시달린다는 건 도대체가 말도 안 되는 개뿔딱지 같은 소리이다. 보는 씩씩거리며 3층의 복도를 가로질러 어느 방문 앞에 섰다. 그는 주먹으로 꽝꽝 치기 시작했다.

아무 응답도 나오지 않자 그는 또 주먹질, 아니 노크를 했다. 그래도 침묵만이 흐르기에 다시 문을 치려는 찰나 방안에서 들릴랑 말랑한 인기척이 일었다.

"무슨 일이죠, 보르가드?"

닫힌 문 저쪽에서 줄리엣의 목소리가 들려 왔다.

"나인 줄 어떻게 알았습니까?"

보는 시비조로 다그쳤다. 방문에 눈구멍 따윈 나 있지 않았다. 그런 게 있다면 보가 당장 소매를 걷어붙이고 막아버릴 텐데.

문 저쪽에서는 '홍' 같기도 하고 '힝' 같기도 한 작은 소음이 들려 왔다. 방안에 있는 사람이 줄리엣이 아니었다면 보가 코웃음 소리라고 단정지을 만한 소음이었다.

"당신의 잔잔한 노크 방식으로 알았어요."

보는 해실해실 기분이 풀어졌다. 그는 슬그머니 미소를 지으며 고급스런 목재의 문 표면을 손가락으로 어루만졌다.

"문 열어요."

"싫어요."

"나한테 힘쓰게 하지 말아요, 장미."

이 마당에 그녀의 사유물까지 파괴했다는 불평이 밥통의 귀에 들어가는 날에는 뒤처리가 난감해지지만 보는 일단 큰소리를 쳤다.

그의 허풍은 먹혔다. 잠금장치 풀리는 소리와 함께 방문이 열린 것이다.

줄리엣은 고개만 빼꼼 내밀고 인상을 썼다. 하지만 찌푸린 얼굴과 대치되는 전체적인 분위기로 말미암아 별다른 효과를 거두지 못했다. 그녀는 안색이 창백하고 연약해 보였다. 여전히 갈색과 금색이 섞인 천을 두르고 있었는데 그 매끄러운 재질은 섬세한 쇄골을 제외하고 몸을 정숙하게 가려 주었지만 은근하게 관능적이었다. 아참, 발을 빼놓을 순 없지. 높은 발등에 흐린 핑크색으로 칠해진 앙증맞은 발가락의 그 섹시한 부위에는 아무것도 걸쳐지지 않은 터였다. 보는 가운 안은 어떨지―맨살일까?―궁리하지 않을 수 없었다.

다음에는 머리칼이 보의 관심을 사로잡았다. 올바른 님은 무슨 여자가 이 모양이지? 어떻게 볼 때마다, 아버지 이름을 걸고 맹세코, 머리숱이 늘어날 수 있느냔 말이다. 보는 저 머리칼에 손을 박고 그녀의 고개를 뒤로 젖히며 기다란 목에다가…….

그는 손을 주머니에 쑤셔 넣고 목소리를 가다듬었다.

"옷 걸치고 나와요, 천사표. 요기나 하러 갑시다."

빗물 같은 잿빛 눈에 반짝거림이 일었지만―보는 그 반짝임을 분명히 봤다―하지만 줄리엣은 작은 코를 번쩍 치켜올렸다.

"우리 호텔에는 완벽하게 설비된 주방이 있어요."

"그런데 왜 내 눈에는 안 보였지? 그 완벽하게 설비된 주방에 그리츠* 있어요?"

줄리엣은 이맛살을 찌푸렸다.

"그리츠 같은 건 없기를 바라는 바예요."

"그럼 나가요, 허니. 난 아침을 먹고 싶은데……."

"지금은 밤 11시예요!"

"… 그리츠나 허시퍼피** 없는 아침은 아침도 아니에요. 어서 옷 입고 와요. 10분의 여유를 드리죠. 10분에서 1초라도 넘기면 달링을 이대로 업고 갈 줄 알아요. 배고파서 환장하겠다구요."

"당신은 어떻게 된 사람이기에 노상 배고프다고 난리죠? 빈 자루 같은 다리라도 하나 더 달린 거예요?"

---

* Grits. 낱알 입자가 거칠게 분쇄된 곡류.
** Hush pupuies. 옥수수 가루로 동그랗게 빚어 튀긴 빵의 일종. 미국 남부의 전통요리.

줄리엣은 말을 뱉어놓고 경악했다. 남자에게 제3의 다리가 무엇인지 뒤늦게 깨달은 것이다. 보는 그녀의 자지러진 표정에 씨익 웃어 보였다.

"내 동생들의 주장에 의하면 그렇대요"

보는 시간을 확인했다.

"이제 9분 30초 남았습니다."

줄리엣이 섹시한 발의 뒤꿈치로 돌아 침실로 향했다. 보는 객실에 들어서서 등뒤로 문을 닫았다.

그녀는 10분을 간단히 넘기고도 나타나지 않았다. 하지만 보는 열받지 않았다. 여자들이란 원래 밍기적거리는 법. 그는 거실 공간을 돌아다니며 줄리엣의 물건을 집어 요리조리 살피다가 다른 물건이 눈에 띄면 내려놓는 식으로 시간을 죽였다. 북부의 올바른 님은 알고 보니 정리정돈을 잘하는 여자가 아니었다. 빈틈없는 매무새나 꽉꽉한 태도와는 대치되는 발견이지만, 나날이 야성적으로 되는 머리 모양과는 딱 맞아떨어진다.

줄리엣 로즈의 본색이 드러나는 걸까?

그녀가 평생 한 번이라도 남에게 본색을 드러낸 적이 있었는지 궁리하며 보는 초조하게 시계를 들여다보았다. 미적거리는 것도 유분수지. 진짜 너무한다. 더 이상은 안 참겠어. 보는 침실 문을 예의상 한 번 두들기고 곧장 들어갔다.

줄리엣은 여전히 그 망할 가운 차림으로 작은 의자에 앉아 있었다. 그는 버럭 고함을 질러 주려고 입을 열었다. 그때 그녀가 어깨 너머로 고개를 돌렸고 보는 큰 소리를 삼켰다.

"어…… 지금 우는…… 거예요?"

침대를 돌아가며 자세히 살펴보니 울고 있는 건 아니었다. 휴우. 다행이다. 하지만 그녀는 떨고 있었다. 이곳의 온도가 영상 17도가 아니라 영하 45도나 되는 양 부들부들 떨고 있었다. 줄리엣은 그의 시선을 의식하고 발판 의자에서 허리를 세우며 가느다란 발목을 모았지만 가슴을 감싸 안은 채 진저리를 쳤다.

보는 그녀의 앞에 웅크렸다. 그는 그녀에게 손대는 대신 의자의 가장

자리를 움켜쥐고 줄리엣을 올려다보았다.

"왜 그래요, 달링? 어디 아파요?"

그녀는 저쪽 벽에서 시선을 떼어 보와 맞추었다.

"누군가 오늘 나에게 총을 쐈어요, 보르가드."

겨우 설명하고 더 심하게 몸을 떨었다.

"쉿. 이제 됐어요."

보는 그녀를 번쩍 안아들고 주위를 두리번거렸다. 침대로 데려가면 줄리엣이 가만히 있지 않을 테고 이 작은 의자는 그의 관점에서 볼 때 멀쩡한 재료의 낭비였다. 보는 그녀를 데리고 거실로 나갔다. 그는 큼지막한 안락의자에 앉아 그녀를 무릎에 올려놓았다.

"내내 그 생각을 곱씹고 있었던 거예요?"

"잊어버리려 했지만 그 생각이 머리에서 떠나지 않았어요. 그러다 당신을 대하니 갑자기 힘이 빠지면서……."

줄리엣은 그의 어깨와 가슴 사이의 오목한 곳에, 마치 그녀를 위해 형성된 듯한 지점에 뺨을 기대며 두 발을 그의 엉덩이께 남은 의자 공간에 놓았다. 잠시 그렇게 쉰 다음 줄리엣은 보의 얼굴을 향해 고개를 기울였다.

"왜 나를 죽이고 싶어할까요, 보? 난 누구에게도 잘못한 기억이 없어요."

"너무 개인적으로 받아들이지 말아요, 달링. 녀석은 정신병자예요."

보는 그녀의 발을 감싸쥐고 손가락으로 발등을 살살 쓸어 주며 뒷말을 이었다.

"녀석에게는 이 호텔이 파괴되어 가는 역사의 상징으로 보인 모양이에요. 옛 저택들이 전부 호텔로 개조되는 것도 아니잖아요."

어깨를 들썩이자 그에게 기댄 그녀의 머리도 따라 움직였다.

"녀석은 당신을 악덕기업의 간판으로 삼고 공격한 거죠."

"끔찍하군요."

"내가 놈을 꼭 잡을게요."

보는 그녀의 발등을 따라가 발목을 쥐었다.

"내 말을 믿죠?"

가만히 앉아 그는 살피는 듯한 줄리엣의 시선을 정면으로 받았다.

줄리엣은 고개를 끄덕거렸다.

"믿어요."

"좋았어요."

보는 고개를 숙여 짧지만 다정하게 입을 맞추었다. 사람 보는 눈이 정확한 그녀에게 주는 일종의 상이요 오빠가 여동생에게 하는 종류의 키스였다.

하지만 그녀의 도톰한 입술과 맞닿는 순간, 오빠 같은 기분은 싹 달아났다. 서둘러 고개를 빼며 보는 잠긴 목소리를 냈다.

"아무것도 걱정하지 말아요."

"그건 약간 무리한 주문이에요."

줄리엣은 그를 진지하게 바라보며 보의 뒷목을 잡아당겼다.

"관심을 분산할 거리라도 있으면 또 모르겠지만."

이럼 곤란해, 곤란해, 곤란하다구! 마음 약해진 피해자와 근무중에 이런 쪽으로 망할 관심을 분산하면 안 돼…….

그녀가 입술을 붙여 왔다. 보는 그녀를 저지할 의도에서—참으로 건전한 의도에서—줄리엣의 머리칼 속에 손가락을 박았다.

"제발."

여린 속삭임과 함께 그녀가 촉촉하고 뜨거운 입술을 밀어붙였다.

그와 동시에, 보의 건전한 의도들은 죄다 날아갔다.

# 14

번개에 맞은 기분이었다. 좀더 정확하게 말하자면, 육체적인 접촉을 향한 그녀의 돌연한 열망에 저항하던 보가 게걸스럽게 맹공격을 해 온 순간, 줄리엣은 번개에 맞아 그 자리에서 잿더미가 된 기분이었다.

그녀의 입술을 파고든 혀는 공격적이고도 지배적이었다. 그의 목에서 흘러나온 신음은 야성적이었다. 폭등한 감각들이 그리고 열병과도 같은 화끈함이 줄리엣의 말초신경까지 짜릿하게 관통했다. 그녀는 그에게 정신없이 매달렸다. 여태껏 습득해 온 자제력과 모든 구속들이 혈관을 따라 흐르는 용암 속에 매몰되었다.

몇 분 뒤, 아니 몇 시간인지 몇 날인지 구분조차 할 수 없는 시간이 흐른 뒤에 보는 고개를 들었다. 그는 아랫입술을 핥으며 그녀의 맛을 음미했다.

"꿈꾸어 왔던 그대로야. 내 꿈속에서 그 입술이 뭘 했는지 알면 당신, 기절할걸."

줄리엣은 몽롱했다. 머릿속에 안개가 끼어 빠르게 반응할 수 없었다. 안개를 걷어내고 그의 꿈에 대해 구체적으로 물으려는 찰나 보가 그녀의 머리칼을 한 줌 움켜쥐고 다시 고개를 숙여 왔다. 그의 입술은 뜨거웠다. 힘찼다. 탐욕스러웠다.

그녀는 넋을 잃었다. 그렇다, 보르가드 듀프리는 키스가 뭔지 제대로 아는 남자였다. 그녀의 무릎이 후들거리고 귓전에선 종소리 같은 게 울려퍼졌다.

"무시해요."

그가 명령하고는 새로운 각도로 공격했다. 줄리엣은 귓불에 닿는 감촉에 날카로운 숨을 들이켰다. 살을 스치는 보의 머리칼, 촉촉한 용광로 같은 입술과 젖가슴을 움켜쥐는 손길……. 아, 그녀는 감각의 폭격을 당하는 듯했다.

"으으응?"

뭘 무시하라는 거지? 그때 두 번째 종소리가 방 저편에서 부드럽게 들려 왔고, 그녀는 자신의 착각을 깨달았다. 열띤 키스로 인한 종소리인 줄 알았던 소리가 실은 전화기에서 나는 소리였던 것이다. 그녀는 웃음 방울을 삼키며 일어나 앉으려 했다. 구제불능의 낭만주의자가 따로 없군.

보가 그녀의 귓불을 잘근거렸다.

"무시해, 장미."

"안 돼요, 잠깐만요, 제발."

하지만 줄리엣은 전화를 받고 싶지 않았다. 그래, 이번 한 번만은 예의범절 따윈 무시하자. 그녀가 막 결심했을 때 그의 손이 스르르 아래로 내려가 그녀를 잡고 살짝 밀어냈다.

"그럼 짧게 통화해요."

줄리엣은 비틀거리며 일어나 방을 가로질렀다. 보의 무릎에 어떤 마법이 걸려 있는 모양이다. 그렇지 않고서야 그의 무릎에 앉을 때마다 이렇게 정신을 잃을 리 없어. 하지만 기분 좋은 느낌의 의식불명이었고 그래서 무서웠다.

전화가 다시 울리자 줄리엣은 수화기를 낚아챘다.

"여보세요?"

"셀레스트예요. 기분이 어떤가 해서 전화했어요. 오후의 충격이 어느 정도 가라앉았나요?"

"오, 헤인즈 부인……. 예. 긁힌 손도 한결 좋아졌고 목욕을 하고 났더니 몸의 결림도 많이 풀렸어요."

줄리엣은 뒤에서 이는 부스럭거림을 듣고 어깨 너머를 돌아보았다. 보가 그녀에게 뜨거운 시선을 못박은 채 셔츠를 벗어던졌다.

수화기가 무감각해진 손에서 툭 떨어졌다.

셀레스트의 목소리가 계속 들려 오는 수화기를 줍기 위해 웅크려 앉으면서도 줄리엣은 보의 드러난 상반신에서 눈을 떼지 못했다. 어깨, 가슴, 양팔—그는 울퉁불퉁 징그럽게 발달되지 않은 근육질 체격이었으며 여름 햇빛에 그을린 줄 알았던 피부는 타고난 구릿빛이었다. 그녀의 시선이 넓은 가슴에 부챗살처럼 퍼진 거뭇한 체모를 따라 납작한 복부와 허리띠를 푸는 그의 손에 닿았다. 대형 텐트를 치고 있는 지점이 눈에 들어오자 줄리엣은 화들짝 고개를 바로했다. 그녀는 아찔한 가운데 가까스로 일어나 수화기를 귀에 댔다.

"죄송합니다, 헤인즈 부인. 수화기를 떨어뜨렸어요. 지금 뭐라고 하셨죠?"

"얼마 전에 복도를 배회하고 있는 듀프리 경사를 릴리가 봤다는 이야기였어요."

"아아, 예. 그는 갈수록 수위가 높아지는 폭력 양상에 위기감을 느끼고 한동안 호텔에서 지내기로 했어요."

수화기 저편에서 침묵이 이어지는 동안 줄리엣은 뒤를 돌아보지 않으려고 안간힘을 썼다. 보가 옷을 다 벗었을까? 곧이어 셀레스트의 목소리가 다시 들려 왔다.

"그게 현명한 조치라고 생각해요?"

보의 가슴이 등에 닿고 그의 따뜻한 손이 그녀의 허리를 감쌌다. 줄리엣은 눈을 내리떴다. 가운 허리띠를 푸는 길쭉한 손가락들.

"예?"

"그게 현명한 조치라고 생각하느냐고 물었어요."

"제 생각에는······."

"헤인즈 부인의 전화?"

보의 턱이 사포처럼 그녀의 관자놀이를 문지르며 훈훈한 입김을 내뱉자 그녀의 온몸에 소름이 끼쳤다.

줄리엣은 고개를 끄덕거렸다. 마른침을 삼키기도 어려웠다. 이 남자는 무릎뿐 아니라 전신이 관능적인 마법에 걸린 무기야.

보는 가운 자락을 열며 명령했다.

"그만 끊어요"

그녀는 가운 속에 호박색의 실크와 검정색 레이스 팬티밖에 걸치지 않은 터라 복부를 감싼 성마른 손길을 생생하게 느끼고 또 적나라하게 볼 수 있었다. 못박인 손의 감촉은 거칠지만 뜨거웠다. 흐릿한 금빛의 그녀 위에서 거무스름한 손이 한층 남성적으로 보였다. 수화기 저편에선 셀레스트가 뭐라고 이야기해대고 있었지만 줄리엣은 아프리카의 스와힐리어를 듣는 기분이었다.

"이만 끊어야겠어요."

한마디를 겨우 속삭이고 수화기를 내려놓았다.

보가 잘했다고 칭찬하듯 신음을 흘리며 그녀를 돌려 세웠다. 세찬 키스와 함께 그녀의 가운이 어깨에서 흘러내렸다. 그리고 가운이 바닥에 떨어지는 것과 동시에 그는 줄리엣을 안아 올렸고 잠시 후에는 침대에 내려놓았다.

그는 몸을 포갠 채 걸터앉아 그녀의 입술 주위를 부드럽게 쓸었다.

"면도를 해야 하는 건데."

유감에 찬 중얼거림에 줄리엣은 거뭇한 그의 턱을 응시했다. 그녀의 얼굴은 지금쯤 강철 솜으로 연마된 것 같겠구나. 하지만 아무래도 상관 없었다.

줄리엣은 양손으로 그의 가슴을 만져 보았다. 까실까실한 체모 아래의 따뜻한 살과 단단한 근육이 느껴졌다. 갈색의 유륜은 반질반질한 조약돌

만큼이나 매끄러웠다. 그녀가 손톱으로 살짝 긁자 작은 유두가 못대가리처럼 딱딱하게 일어섰다.

보의 시선이 그녀의 가슴으로 떨어지자 줄리엣은 몸을 가리고 싶은 충동에 사로잡혔다. 원더 브래지어를 걸쳐야 하는 건데. 그럼 가슴의 계곡 비슷한 건 생긴다. 줄리엣은 그에게서 손을 떼고 젖가슴을 가렸다.

"안 돼."

그는 자갈 구르는 듯한 소리를 뽑아냈다.

"가리지 말아요, 줄리엣. 나에게 보여줘."

"작아서 볼 것도 없는데요 뭐."

보는 그녀의 손목을 잡아 침대에 고정하고는 타는 눈빛으로 그녀를 살폈다.

"당신하고 똑같아―겸손한 가슴이에요. 그리고 가슴이 아닐 정도로 귀여워."

줄리엣의 가슴이 반응을 보이자 보는 가쁜 숨을 들이켰다.

"오 주여, 게다가 무지 민감하기까지."

그는 팔목을 놓았다. 대신 손에서 팔꿈치와 어깨, 다음에는 가슴을 어루만지고 침대 아래로 주르르 내려가 그녀의 다리 사이에 자리를 잡았다. 하얀 허벅지가 맞닿는 곳에 단단한 복부를 댄 채 보는 팔꿈치로 상체를 일으켰다.

팽팽해진 얼굴로 잡아먹을 것처럼 바라보는 그의 시선에 줄리엣은 본능적으로 경계심을 느꼈다. 꼼짝도 할 수 없었다.

보는 자제력을 찾으려 투쟁했다. 이토록 화끈 달아오른 적은 기억조차 없었다. 그는 마치 피 냄새를 맡은 흡혈귀가 된 기분이었다. 광폭한 굶주림을 못 참고 달려들어 그녀를 혼비백산하게 만들까 봐 의지의 전부를 기울여 천장에 매달려 있는 흡혈귀 말이다.

가능한 한 부드럽게 그는 봉긋한 가슴을 주물렀다. 미사일처럼 솟은 핑크색 유두하며 작디작은 가슴. 미칠 정도로 귀여웠다. 그는 완전히 홀렸다. 출렁거리는 풍만한 가슴을 좋아하는 그에게 이거야말로 놀라 자빠질 일이 아닐 수 없다. 하지만 출렁거리는 풍만한 가슴은 불현듯 촌스럽게 여겨졌다.

집게손가락으로 볼록한 젖꼭지를 눌러 보자 줄리엣의 등이 휘어졌다. 이번에는 부드럽게 잡아당기자 그녀의 허벅지가 벌어졌다. 보는 이성을 잃고 입술을 댔다. 진저리치는 반응이 느껴졌다. 그는 본격적으로 빨기 시작했고 그 박자에 따라 그녀의 몸이 들썩거려졌다.

"보?"

줄리엣은 까만 머리칼을 휘어잡아 그를 젖가슴에 눌러댔다. 보가 유두를 가볍게 문 채 잡아당기자 그녀의 입에서 희열에 찬 고양이 울음 같은 소리가 높게 흘러나왔다. 줄리엣은 얼른 아랫입술을 깨물어 그 가르릉거리는 소리를 막았다.

"제발."

그가 펄쩍 뛰어올랐다. 보는 그녀와 길게 몸을 포개고 입술을 살살 문질렀다. 완벽한 치아에서 힘이 빠지며 아랫입술이 풀려났다.

"좋으면 참지 마. 마음껏 즐겨."

몽롱한 눈으로 올려다보며 줄리엣은 그의 엄지손가락을 입안으로 빨아들였다.

포르노 스타 같은 입술이 그의 야한 환상들 중에서도 G-등급짜리 행위를 펼치는 광경에 보는 돌아가시는 줄 알았다. 그의 폐에서 산소가 일시에 빠져나갔다. 그는 손가락을 더 깊이 집어넣어 매끄러운 혀의 감촉과 짜릿한 흡입력을 경험했다. 그의 입에서 헐떡거리는 신음이 새어나오는 순간이었다. 보는 얼른 손가락을 빼고 입술로 대신하여 혀를 도발적으로 놀렸다.

그녀는 달콤하고 청초한 맛이었다. 게다가 그와 똑같이 열렬하게 키스를 되돌려주기도 했다. 목에 매달리는 그녀의 양팔, 허벅지에 감기는 날렵한 다리의 감촉은 아찔함 그 자체였다.

보는 고개를 들었다. 초점을 잃은 커다란 잿빛 눈을 대하자 그의 속이 조여 왔다. 그녀는 초조하게 뒤척거리며 무언으로 재촉하고 있었다. 하지만 그가 너무 앞서나가는 건 아닐까? 그녀가 얼마나 달아올랐는지 확인하고픈 욕망이, 아니 확인해야만 하는 필연성이 불기둥처럼 치솟았다.

"봐야 해."

침대 아래쪽으로 후퇴하는 그를 줄리엣은 어리둥절하게 응시했다. 뭘 보라는 거지? 그녀는 어쨌든 보르가드를 바라보았다. 회색의 박스형 팬티만 걸친 그는 원초적으로 보였다. 강렬한 눈빛과 오후 다섯 시의 턱과 널찍한 어깨만으로 이루어진 남자 같았다. 아, 금방이라도 터질 듯이 팽창한 팬티의 앞부분도 빼놓을 수 없지.

"난 당신을 봐야 해, 장미."

다시 중얼거리는 그의 목소리는 더 이상의 자극을 감당하기 어려운 신경을 또 한 번 문지르는 사포 같았다.

줄리엣은 창피했다. 몸매라고 해봤자 가슴이나 엉덩이는 아예 말할 거리조차 되지 못하고 홀쭉한 팔다리가 전부인걸. 그녀는 남성 전용 잡지의 모델들과 은하 광년쯤 차이난다.

하지만 보는 상관하지 않는 눈치였다. 그는 열띤 눈을 빛내며 가슴의 작은 융기를 속삭임처럼 가볍게 따라 그렸다.

"부드러워……."

그의 손이 복부로 내려와 가느다란 허리를 두 손 가득히 잡아 보고 레이스 팬티의 고무줄에 엄지손가락을 걸었다. 보는 뚫어지게 그녀를 응시하며 팬티와 함께 손가락을 천천히 아래로 내렸다. 그의 정지된 표정과 눈빛에 홀린 줄리엣이 하체를 살짝 들어올리자마자 팬티가 방 저쪽으로 날아갔다. 실로 눈 깜박할 사이의 일이었다. 그리고 이제 그는 배를 깔고 엎드려 있었다.

줄리엣은 다리를 모으려 했지만 그의 넓은 어깨에 가로막혀 자신을 감출 수 없었다. 온몸이 붉어지는 느낌이었다. 이런 경험은 처음이었다. 그녀가 부끄러움에 사로잡혀 몸을 뒤척일 때 그 부분, 그녀의 가장 은밀한 부분에 숨결이 닿았다.

순수한 공포와 기대감이 그녀의 속에서 총알처럼 발사되었다. 줄리엣은 한 발을 그의 어깨에 대고 밀어냈지만 보는 꼼짝도 않았다. 되레 그녀의 발을 입술로 가져갔다.

"나를 거부하지 마, 줄리엣 로즈. 내가 원하는 건 당신의 즐거움뿐이야."

그의 입술이 실룩거리며 가느다랗게 올라갔다.

"내 즐거움은 말할 나위도 없고."

격정적인 눈빛으로 그녀를 옭아맨 채 보는 발등, 뒤꿈치, 그리고 발가락에 하나씩 입을 맞추었다. 그와 동시에 탄탄한 허벅지 안쪽으로 손을 뻗어 촉촉하게 젖어 있는 줄리엣을 만졌다.

"보!"

비명 같은 높은 소리가 숨가쁘게 흘러나왔다. 세상에 이런 감각도 존재했다니. 그의 손가락이 위아래로 탐색하며 고문을 가하자 그녀의 다리가 자체적인 의지를 갖고 벌어지고 낯선 신음이 연신 흘러나왔다.

보는 그녀의 다리를 어깨에 단단히 걸쳤다. 세상에나. 그녀는 진짜 물건이다. 그는 처음부터 그녀의 머리칼과 입술에 끌렸으면서도 상류층 공주의 포스터 모델 같은 외양에만 집중해 왔다. 하지만 옷 벗은 북부의 올바른 님은 끝내 주게 민감한데다 죽여주게 관능적인 여자로 판명되었다.

그는 북쪽을 가리키는 나침반 바늘처럼 그녀의 중심으로 정처 없이 끌려갔다. 한마디로…… 그녀다웠다. 무질서를 용납하지 않는 애스터 로웰답게 갈색의 음모는 빽빽하고 가지런했으며 그 입술은 탄력적이며 부드럽고 도톰했다. 얼굴에 있는 입술과 똑같았다. 또한 솔직했다. 줄리엣의 억제된 다른 몸짓과 달리 그 입술은 그의 손길 아래에서 만져 달라고, 맛을 보라고, 가져 달라고 무언의 함성을 내질렀다. 그녀는 섹스 초보나 다름없구나. 그렇지 않고서야 그가 애무를 가할 때마다 깜짝깜짝 놀라거나 반응을 숨기려 할 리 없다.

줄리엣의 서투름은 보를 뼛속 깊이까지 흥분시켰다. 이거야말로 기절할 일이 아닐 수 없다. 왜냐하면 그는 언제나 한두 수 배울 수 있는 여자들을 찾아왔기 때문이다. 그 혼자 북 치고 장구 치며 처음부터 끝까지 알아서 해야 하는 상대는 딱 질색이었다. 하지만 보는 이제 개인교사가 되고 싶었다. 줄리엣을 착한 여자의 구속 너머까지 몰아세우고 싶었다.

보는 몸을 기울여 그 입술을 핥았다. 그녀의 체취는 백만 달러짜리였다—청결하고 따뜻하며 여자다운 체취였다. 그리고 맛은 백만 달러 이상이었다. 보는 그녀의 목에서 새어나오는 신음을, 그의 머리칼을 잡아당기는 손짓을, 작게 들썩거리는 그녀의 몸짓을 만끽했다. 완전히 달아오른 그는 그곳과 입술을 포갰다.

줄리엣은 팔싹 뛰어오르며 열망에 찬 소리를 내질렀다.

"보르가드, 제발."

제발이란 말은 불필요하다. 그 또한 원하는 바이니까. 그는 그녀를 끝까지 몰아갔다.

줄리엣은 비명을 지르며 그의 목에 다리를 감고 조였다. 이보다 더 화려한 감각은 느껴 보지 못했다. 온몸이 부들부들 떨려 왔다. 그녀의 다리에서 힘이 빠져나가자 보는 뒤로 물러났다. 그는 손가락으로 자극해 줄리엣의 여운을 지속시키며 그녀에게 돌진했다.

하지만 그녀는 믿을 수 없을 만큼 작았다. 그의 머리부분밖에 들어가지 않았건만 줄리엣은 벌써 다 찬 것 같았다. 그는 헐떡거리며 입을 뗐다.

"설마, 설마 처음은 아니지?"

"이런 식은 처음이에요."

그녀의 목소리에는 꿈꾸는 듯한 만족감이 배어 있었다.

보는 순식간에 얼어붙었다. 그럼 처녀라는 뜻? 오 주여, 이건 싫어요 싫어요 싫습니다! 처녀는 막대한 책임 더하기 엄청난 문제의 동의어이다. 그는…… 함정에 빠져 이용당하는 기분이었다. 여기가 TV 드라마 '스타 트렉'의 촬영장도 아니고 이게 도대체 뭔 소리란 말이냐. 그는 그녀와 결합된 부분을 내려다보며 좌절감에 휩싸여 우는소리를 냈다.

"신세계의 대담무쌍한 개척자가 되길 바라 본 적도 없는 나에게 우째 이런 일이?"

줄리엣의 돌연한 웃음소리에 보는 깜짝 놀랐다. 좀처럼 소리내어 웃지 않는 그녀가 까르르 웃어대니 무지하게 귀여웠다. 그는 넋을 잃고 멍하니 바라보았다. 줄리엣이 작은 미소를 지으며 말했다.

"안심해요, 보르가드. 완전 신세계는 아니니까."

그리고 그녀가 몸을 약간 비틀자 보를 옴짝달싹못하게 쥐고 있던 근육이 이완되었다. 그는 대담무쌍하게 돌진했다.

"허억!"

그녀의 눈에서 웃음기가 사라지고 대신 욕망의 장막이 무겁게 내려앉았다.

보는 진심으로 그녀에게 동의하는 신음을 흘렸다. 이 찬란한 축복이여. 그는 그녀의 깊은 곳까지 들어갔다. 용광로처럼 뜨거우며 용암처럼 그를 빡빡하게 죄어 오는 그곳에서 산 채로 타는 기분이었다. 그 열기를 못 참고 보는 약간 물러났다가 다시 들어갔다. 우와, 너무 좋다.

그녀와 입술을 포개 환희를 배가시켰다. 계속 키스를 하며 그는 양손에 체중을 싣고 거의 완전히 빠져나갔다가 더 깊이 들어갔다. 이건 더 좋았다. 보는 그 동작을 반복하기 시작했다.

"보?"

엉킨 혀가 풀어지자 줄리엣은 그의 얼굴을 올려다보았다. 저런 표정을 가리켜 정신일도 하사불성의 경지에 이르렀다고 하리라. 그는 완벽하게 몰입한 표정으로 하체를 더 빨리, 더 깊이 움직이는 데 집중한 터였다. 하지만 이것만으로는 충분하지 않았다. 줄리엣은 조금 전에 맛보았던 절정을 열망하며 산란하게 뒤척였다.

"제발……."

보가 무릎을 꿇고 일어나 앉았다. 그는 허리에 감긴 그녀의 다리를 풀어 양옆으로 활짝 벌렸다. 완전히 드러난 자세에 줄리엣이 부끄러워할 틈조차 주지 않고 그는 꽝 소리가 나도록 돌진했다. 그녀의 입에서 놀란 비명이 희미하게 터져나왔다. 처녀림으로 남아 있던 깊은 곳이 침입당한 느낌이었다. 그는 연이어 꽝꽝 박아대며 그녀에게 어떤 남자도 해보지 않았던 뜨거운 표현으로 재촉했다.

그리고 드디어 절정이 찾아왔다. 강철처럼 단단하게 뭉쳐 있던 그녀의 열기에 불씨가 당겨져 무섭게 타오른 것이다. 근육이 조였다 풀리고 다시 조였다가 풀렸다. 줄리엣은 육체 이탈을 경험했다. 방 어디선가 한 여자가 '오 이런 오 이런 오 이런' 하는 소리를 갈수록 긴박하게 갈수록 크게 되풀이하고 있었다. 그녀는 보의 등에 손톱을 박고 매달려 발작적으로 지각변동을 일으키는 세상으로 이행했다.

보는 줄리엣이 모든 구속에서 벗어나는 모습을 지켜보았다. 그녀의 절정이 열핵 장갑처럼 그를 쥐고 놓아주지 않았다. 그의 뱃속 깊은 곳에서 신음이 시작되어 가슴을 거쳐 승리의 함성이 되어 터져나왔다. 그는 뜨겁고 끝없이 고동치는 곳을 향해 파고들어 자신의 전부를 쏟아냈다. 곧이어 천상에 이른 기분으로 무너져 내렸다.

그는 그녀의 머리칼에 얼굴을 묻었다. 만족감이 펄떡거렸다. 황홀하기 그지없었다. 지구상 최고의 행운아가 된 기분이었다.

바로 그때였다, 섬뜩한 깨달음이 아릿한 의식의 저편에서 기어 나왔다. 럴수럴수 이럴 수가. 무방비하게 그냥 해버렸잖아!

# 15

셀레스트는 등받이 의자에 편히 앉아, 릴리가 가져온 정교한 모양의 패스트리를 조금씩 오물거리며 찻잔을 기울였다. 그리고 한결 같은 어조로 에드워드와 맥락 없는 대화를 나누었다. 요컨대 셀레스트는 외관상 평소와 조금도 다를 바가 없었다. 하지만 속에서는 불덩이가 이글거렸다.

오늘 오후 애스터 로웰 양을 놀라게 한 데 대하여 다소의 미안함을 느끼고 몸소 안부를 챙겨 주었건만 감히 전화를 끊다니! 그녀의 사려 깊은 배려에 대한 보답이 고작 시건방진 무례로 돌아오다니!

심지어 그 못된 것은 음흉하기가 살무사에 버금가는 듀프리를 그녀, 셀레스트의 집으로 끌어들였다. 거기에 덧붙여―다시 한 번 강조하건대―그녀, 셀레스트의 전화를 끊기까지 했다. 이런 수모를 당하고는 못 산다. 두고 보자. 다음 기회가 생기면 듀프리는 일단 젖혀두고 줄리엣을 겨냥해 주리라.

집 없는 거렁뱅이 같은 그자는 현재 줄리엣의 방에 있다. 셀레스트는 전화를 끊으라고 줄리엣에게 요구하던 그의 뻔뻔스런 음성을 똑똑히 들었다. 애스터 로웰 양은 겉보기와 달리 요조숙녀가 아닌 것으로 판명되었다. 하지만 양키에게 무엇을 기대하랴.

셀레스트는 누구나 알다시피 하룻밤 강아지가 아니다. 고로 듀프리의 목소리에 담긴 감정이 무엇인지 간파했다. 에드워드의 옛날 버릇을 교정해 주기 전에 남편의 그런 목소리를 얼마나 자주 들었는지는 하늘이 그녀의 증인이다.

그때 에드워드가 자리에서 일어났다. 아내의 머릿속에서 메아리친 자신의 이름을 듣기라도 한 사람 같았다. 에드워드는 나무랄 데 없이 주름 잡힌 바지를 깐깐하게 매만졌다.

"나갔다 오리다. 기다리지 말고 먼저 자요."

반대의 소리가 셀레스트의 머릿속에서 쩌렁쩌렁 울리고 심장은 목까지 뛰어 올라왔다.

"이 시간에?"

셀레스트는 숨을 되찾기가 무섭게 심히 못마땅하게 다그쳤다. 남편의 외출 계획을 꺾어 놓기에 충분하리만치 오만하고 고압적인 어조였다. 어떤 때는 적절한 어조가 먹혀들기도 한다.

"여보, 다 늦은 시간에 어딜 가시겠다는 거예요?"

그녀는 마음 한쪽에서 이는 속삭임을—'다 알면서'—무시했다. 아무리 부부라지만 남편의 행선지를 어찌 알겠는가. 그녀는 모른다, 정확하게는 모른다.

에드워드는 특유의 다정한 미소를 지었다.

"클럽에 다녀와야겠소. 이브 몽테규가 진귀한 가면을 입수했는데 나에게 보여주고 싶다는구려. 내 수집품에 더해질 만한 물건이랬소."

"하지만 시간이 너무 늦었어요, 에드워드. 내일 좀더 점잖은 시간에 만나도 되잖아요."

"되긴 되지. 그러나 이브 몽테규는 오늘밤 클럽에 늦게까지 있겠다고 했소."

그는 허리를 숙여 아내의 뺨에 스칠 듯 말 듯 키스했다.

"안달하지 말아요. 최대한 빨리 돌아오리다."

셀레스트는 남편의 뒷모습을 지켜봤고 에드워드가 사라진 다음에도 가만히 앉아 있었다. 눈 한 번만 잘못 깜박거려도 무너질까 봐 두려웠던 탓이다. 마침내 자신을 어느 정도 수습하자 자리에서 일어나 찻잔 세트를 쟁반에 정갈하게 모으기 시작했다.

그녀는 빵 부스러기가 남은 로열 듀튼 명품 도자기 접시를 뚫어져라 응시했다. 이 전부가 줄리엣의 잘못이다. 그녀와 그 계집의 집안 소유인 호텔 체인만 없었더라도. 그들 부부가 수십 년에 걸쳐 해왔던 대로 저택을 관리하게 놔두었던들…… 하지만 줄리엣은 돈의 힘으로 그녀, 셀레스트의 집에 밀고 들어왔을 뿐더러 듀프리 바퀴벌레까지 끌어들였다. 그리고는 세상에서 가장 중요한 하나마저—셀레스트와 에드워드의 사회적인 체면마저—위협하고 있다.

순간 셀레스트의 손이 자체적인 의지를 가지고 움직였다. 도자기 접시가 날아가 벽에 쨍그랑 부딪치며 산산조각이 났다.

*그 이중인격의 양키년이 전부를 망쳐놓고 있어.*

하지만 간과하지 않으리. 무엇보다 그녀는 버틀러 집안의 마지막 후손이요 작금의 현실에 대해 손쓸 권리를 하늘로부터 부여받은 몸이 아닌가. 셀레스트는 호흡을 조절하며 방구석으로 향했다. 그곳에 설치된 고풍스런 설렁줄을 잡아당기며 그녀는 넌더리나는 눈빛을 도자기 파편에 던졌다. 릴리에게 뒷정리를 시켜야겠다.

보는 기막힌 표정으로 줄리엣을 내려다보았다. 시력이 의심스러워지는 순간이었다.

*아니, 이 여자가 정말……!*

이렇게 자기 욕심만 채우고 잠드는 여자가 또 있으면 나와 보라고 그래. 일을 마쳤으면 도란도란 이야기도 나누고 정다운 애무도 주고받아야 하는 거 아냐? 썩을 남자도 아니고 여자가 이럴 수는 없다. 남녀의 입장이 바뀌어도 유분수지. 이건 잘못되어도 한참 잘못되었다. 줄리엣의 그 소중한 예의범절 교본에서 성교 사후 항목을 찾아보면 그냥 잠들어 버리라고 충고해 놓았을 턱이 없다—보는 그 점에 내기를 걸 용의도 있다.

*하지만 줄리엣은 힘겨운 하루를 보냈잖아.*

너그러운 속삭임이 머리 한 쪽에서 일자 그의 마음이 누그러졌다. 보는 모로 누워 팔을 괴고 줄리엣의 흐트러진 머리칼을 몇 가닥 넘겨주었다. 쯧쯧. 전기 사포 기계에 열 번쯤 밀린 얼굴이로다. 그가 사전에 면도를 했어야 했는데.

*얼라리요. 잘 돌아가는 판이다.*

보는 자신을 향해 코웃음을 쳤다. 비음 소리가 방안의 아늑하고 어두운 정적을 요란하게 깼다. 이게 대체 뭔 생각이람. 줄리엣의 얼굴에 수염 쓸린 자국이 좀 났기로서니 그가 무슨 올해의 미스터 예의범절이라도 되는 양 죄스러워하며 쩔쩔매는 꼴이란. 그녀에게 깔깔한 턱을 문질러댄 이상의 자국을 내놓은 주제에. 저것 좀 보라. 줄리엣의 생명을 구한답시고 땅바닥에 내동댕이쳐 턱에는 벌겋게 긁힌 상처를, 군데군데에는 멍까지 내놓지 않았던가.

수염 쓸린 자국은—'나, 방금 남자와 한 탕 뛰었어요' 표시는—조만간 없어질 것이다. 하지만 그의 행동은 연구 대상감이다. 오늘밤 보르가드 듀프리 님의 의식 흐름을 놓고 모某 대학에서는 능히 연구지원비를 따낼 수도 있으리. 보는 도무지 자신의 행동이 믿어지질 않았다. 콘돔 생각조차 못할 만치 화끈 달아오르다니?

그는 잠자리 상대를 보호하는 데 실패해 본 역사가 없었다. 안전한 섹스, 깔끔한 섹스의 필요성에 대해 십대 시절에는 아버지께 귀에 딱지가 앉도록 들어 왔으며 어른이 되어서는 어마어마한 책임을 강요하는 환경 탓에 신중해지지 않을 수 없었다. 준비 의식하면 보이스카우트라고들 하지만 아메리카 대륙을 통틀어 보 듀프리 님보다 더 준비의식이 철저한 보이스카우트 대원이 있으면 어디 나와 보라고 그래. 호르몬 덩어리에 노상 감정적인 십대 소녀들 세 명과 씨름하다 보면 듀프리 집안의 씨앗을 뿌리고 차세대를 영글 마음 따원 싹 가신다.

그런데 초소형 듀프리가 다른 여자도 아닌 올바른 님의 안에 벌써 자리를 잡았을지도 모른다니. 오 주여! 어찌하여 서에게 이런 시련을 주시나이까. 애초에 그녀와 침대로 뛰어든 것부터가 잘못이다. 하지만 이미 엎질러진 물. 그는 저항할 수 없었다, 빌어먹게도. 그리고…… 꽤 좋기도 했다.

*실은 무지하게 좋았지!*

보는 그녀를 찬찬히 살폈다. 키스로 부은 입술, 헝클어진 머리, 목과 어깨의 고운 살결을 훑어보는 사이에 두려움이 그의 배짱을 움켜쥐고 날카로운 발톱으로 후벼팠다.

그는 향후 계획을 몇 단계로 세분류하여 수립해 놓았고 거기에 줄리엣 로즈 애스터 로웰은 포함되어 있지 않다. 침 발라놓은 여자들이 널리고 쌓인 이 마당에 양키 공주한테 발목을 잡히느니 콱 죽고 말지. 제아무리 침대에서 끝내 준다 해도 한 여자에게 정착한다는 건 아니 될 말이다. 고로 그에게 이성이 반에 반쪽이라도 있다면 이 침대에서 딱한 엉덩이를 치우고 복도 건너편으로 줄행랑을 쳐야 마땅하다. 줄리엣과의 관계를 공적인 것으로 되돌려야 한다. 그것도 지금 당장. 보는 침대에서 상체를 일으켰다.

그때 줄리엣이 잠꼬대를 중얼거리며 이쪽으로 돌아누웠다. 그녀는 옆자리를 더듬다가 그의 팔과 가슴을 발견하자 떼구르르 굴러 왔다. 그리고 맥박이 한 번 뛸 동안 그의 옆구리에 달라붙었다. 보의 자부심이요 기쁨조인 신체 부위에 닿을랑 말랑 무릎을 올리고 그의 가슴에 코를 눌러 대고서. 그녀의 따뜻한 숨결이 그의 납작한 유두를 달구어 놓았다.

에고고……. 보가 힘없이 도로 눕자 그녀가 즉시 엉겨붙었다. 줄리엣은 한 손을 넓은 가슴에 걸치고 허벅지는 그의 다리 사이에 끼워 넣으며 뒤척거리더니 그의 어깨와 가슴 사이의 오목한 부위에 머리를 대고 만족에 찬 한숨을 터뜨렸다. 이어 따뜻하고 묵직한 체중을 전부 기울여 보를 자리에 고정시켰다.

그는 턱을 목에 붙이고 줄리엣을 내려다보았다. 이거 참 난처하게 됐다. 그녀의 엉덩이를 차버리고 나가버릴 수도 없고, 그녀를 살살 떼어낸 다음 슬그머니 도망가는 것도 내키지 않았다. 무엇보다 그건 성교 사후에 준수해야 할 바람직한 태도가 아니다. 거기에 덧붙여—다시 한 번 강조하건대—줄리엣은 굉장히 힘겨운 하루를 보냈다. 저것 좀 보라. 뜬눈으로 여러 날을 새운 사람처럼 눈 아래에 짙은 그림자가 앉은 여자의 단잠을 깨워서야 되겠는가 안 되겠는가?

*에이, 별 수 없군.*

보는 줄리엣을 만지지 않을 요량으로 신중하게 머리 뒤에서 깍지끼고 있던 손가락을 풀었다. 조심조심 그녀의 어깨를 감싸안고 다른 손은 엉덩이에 올려놓았다. 마지막으로 그녀의 정수리에 살짝 턱을 얹는 것으로 자세 정리를 끝냈다. 오늘밤은 그냥 넘어가자. 이건 그밖에 달리 선택의 여지가 없기 때문이다. 그의 본의가 아니다. 정말이다.

하지만 내일이 오면 이 관계를 제자리로, 공적인 것으로 꼭 되돌려놓고야 말련다.


줄리엣은 열기에 싸여 있었다. 쿵쿵거리는 북소리가 작지만 규칙적으로 그녀의 귓전을 때렸다. 그녀는 하품을 하며 눈을 떴다.

처음에는 시야가 온통 까맸다. 이 내리누르는 듯한 어둠이 머리칼 때문임을 깨닫는데는 그리 오래 걸리지 않았다. 흐트러진 머리를 걷어올리자 이번에는 눈이 부셨다. 선명한 달빛이 미늘살 창문으로 힘차게 쏟아져 들어와 침대에 복잡한 문양을 그리고 있었던 것이다.

다음에는 엉뚱한 광경이 망막을 가득 채웠다. 넓게 퍼진 까만 털과 1센트짜리 동전 크기의 유륜乳輪을 뚫어져라 응시하는 사이에 간밤의 기억이 밀물처럼 되돌아왔다. 그녀는 자신이 현재 보와 한 침대에 있음을 깨달았다.

그는 똑바로, 그녀 자신은 옆으로 누운 터였다. 단순히 그냥 누워 있는 게 아니었다—칭칭 감겨 있었다. 그들은 남-여-남-여 순서로 다리를 교차시키고 서로를 느슨하게 안은 자세였다.

줄리엣은 보의 품에서 꼼짝도 하지 않았다. 가만히 누워 속에서 이는

복합적인 감정을 분석해 보았다. 그녀는 기분이…… 좋았다. 만족감으로
뼈까지 녹아내리는 듯했다. 어젯밤 자신의 행동에 대한 경악도 없지 않
았지만 그보다는 섹스의 여신이라도 된 듯한 강한 자신감이 지배적이었
다. 보는 새로운 지평을 제시해 주었다. 그토록 엄청난 환희는 소설 속에
서나 존재하는 줄 알았는데. 그 환희의 전부가 그의 덕분이다. 보가 알아
서 다 하는 동안 그녀는 정신없이 매달려 신음만 흘렸다.

하지만 보는 그녀의 기교 부족을 못마땅해하는 것 같지 않았다. 사실,
무지하게 즐기는 눈치였다. 그녀도, 물론, 즐겼지만 일이 너무 빨리 진행
되는 바람에 야생마를 타고 질주하는 것마냥 정신이 하나도 없었다. 뭐
가 어떻게 돌아가고 있는 건지 파악하긴커녕 보를 제대로 볼 기회조차
못 가졌다.

침구는 대부분 바닥으로 떨어지고 이불 한 장만 남아 그들을 덮고 있
었다. 줄리엣은 이불을 슬슬 잡아당겼다. 보의 길쭉한 발과 털이 숭숭난
종아리가 드러났다. 그녀는 다시 이불을 확 당겼다. 이제 보가 덮은 것이
라곤 달빛뿐이었다.

"오."

그는 정교했다. 아니, 정교하다는 표현은 적당하지 않다. 그 말은 그다
지 남성적이지 않은데 반하여 보는 철저하게 남성적이니까. 이성을 제압
한 호기심에 사로잡혀 줄리엣은 시선을 아래로 떨구어 그의 편평한 복부
를 훑었다. 그리고 한 차례 건너뛰어 허벅지로 갔다가 결국은 '그 부분'
에 주목했다. 그녀는 보의 옆구리를 타고 스르르 내려가 좀더 자세히 관
찰했다.

이런 식으로 남자를 보기는 난생 처음이었다. 줄리엣은 몸을 웅크리고
그를 조사했다. 그녀의 머리칼이 손에서 빠져나가자 보가 잠에 취한 소
리를 꿍얼거리며 항의했다. 줄리엣은 얼른 그의 눈치를 살폈다. 보는 아
직 깊이 잠들어 있었다. 그녀는 마음놓고 탐사에 착수했다.

그건 길고 어두운 색조였다. 보의 허벅지 사이에 얌전히 누워 있는 모
양만 봐서는 어젯밤 그녀가 경험한 감촉이 믿어지질 않았다. 줄리엣은

그것 주위의 성긴 체모를 살짝 만져 보았다. 다음에는 손을 아래로 내려 그의 허벅지 안쪽에 잡힌 주름을 문지르다가 우연히, 정말 우연히 엄지 손가락이 그것에 스쳤다. 그녀는 몇 번 만질까 말까 망설였지만 막판에 손을 거두길 반복했다.

그때였다, 경이적인 광경이 펼쳐지기 시작했다. 보가 그녀의 눈앞에서 점점 발기한 것이다. 그 부분이 심장 고동에 맞추어 그의 허벅지에서 일어나더니 마치 사열받는 군인처럼 꼿꼿하게 섰다. 줄리엣은 보의 얼굴을 확인했다. 자는 척하는 건가? 하지만 아니었다—그는 정말 자고 있었다.

입술을 질끈 깨물고 줄리엣은 한 손가락을 내밀었다. 버섯 모양의 굵은 머리에서 매끄럽게 줄줄이 이랑이 파인 듯한 아랫부분을 따라 보의 배 아래쪽에 무성한 음모까지 주르르 만져 보았다. 보가 산란하게 뒤척이며 허벅지를 벌렸다. 줄리엣은 잘됐다 싶어 앉은 자리를 바꾸었다. 그녀는 보의 허벅지 사이에 무릎을 꿇고 허리까지 숙여 대단히 진지한 학구열을 기울였다.

아마 그녀의 숨결이 닿았기 때문인지 그게 위쪽으로 깐닥깐닥거렸다. 줄리엣은 진정시킬 의도에서 그걸 잡았지만 계속 깐닥거렸다. 그래서 이번에는 그걸 잡은 손에 가볍게 힘을 넣어 보았다. 촉감이 아주 미묘했다. 겉은 깜짝 놀랄 만큼 부드러운 피부인데 반하여 속은 굉장히 딱딱한 게 느껴졌다. 줄리엣은 손을 위아래로 움직여 그 촉감을 다시 확인했다. 보의 신음이 크게 일었다. 그녀는 고개를 들었다. 보가 잠에 취한 눈으로 그녀를 내려다보고 있었다. 그의 깬 모습에 깜짝 놀라 줄리엣은 화들짝 손을 뗐다.

"오, 줄리엣."

그의 목소리는 낮고 거칠었으며 까만 눈은 지옥처럼 뜨거웠다. 보는 그녀의 입술, 그 자신과 곧 맞닿을 것 같은 그녀의 입술에 시선을 고정했다.

"키스해 줘."

"뭐요?"

보가 성마르게 하체를 들썩거렸다.

"제발, 응?"

줄리엣은 다문 입술을 비죽 내밀어 그 끝에 뽀뽀했다. 보의 목 깊은 곳에서 숨넘어가는 소리가 진하게 흘러나왔다. 줄리엣은 그 소리가 굉장히 마음에 들었기 때문에 다시 키스했다—이번에는 조금 덜 새침하게. 보는 손을 내렸다. 그는 그녀의 머리칼 전부를 한쪽으로 넘겨 깨끗한 시야를 확보했다. 줄리엣은 얼굴을 붉혔다. 그럼에도 대담하게 입술을 사알짝 벌려 그것의 매끄러운 머리 부분을 쪼륵 빨았다.

보의 허벅지에 불끈 힘이 들어갔다. 보는 발바닥을 침대에 대고 몸을 휘어 그녀의 뜨거운 입 속으로 더 깊이 자신을 밀어넣었다. 줄리엣은 손과 입술을 동시에 그리고 다양하게 활용했다. 그녀의 기교는 형편없이 서툴렀지만—줄리엣도 그걸 모르는 바가 아니지만—보는 천국에 입성한 사람처럼 보였고 그녀는 그의 반응에 엄청난 용기를 얻었다.

*진짜 내 마음에 쏙 들어*

그녀의 마음에만 드는 게 아니었다. 보는 잠에서 깨어나 몽정의 중심에 풍덩 빠진 기분이었다. 천국의 한 조각이 지상에 펼쳐진 것만 같았다. 보는 천국의 전부를—눈에 보이는 광경, 몸으로 느껴지는 감촉, 커다란 잿빛 눈에 어린 표정 등등을—사랑했다. 줄리엣은 얼른 눈을 내리떴지만 거기에는 그를 지배하는 데 대한 기쁨의 빛이 충만했고 보는 그 눈빛을 똑똑히 봤다.

그의 숨이 자꾸 끊어졌다. 하체는 발작적이고도 강한 박자로 들썩거렸다. 더 이상 참지 못할 시점에 이르자 보는 그녀의 머리칼을 가볍게 잡아당겼다.

줄리엣은 항의의 소리를 내며 그의 전부를 삼킬 듯이 힘차게 빨았다. 보는 눈을 질끈 감았다. 아찔했다. 그는 이내 그녀의 머리칼을 세게 잡아당겼다.

"이, 이만 머, 멈추지 않으면……."

보는 가쁜 숨을 헐떡거렸다.

"… 지독하게 좋아서, 오 줄리엣, 끝까지 갈 거야……."

그는 억지로 하체를 침대에 댔다.

"이리 와. 나한테 키스해 줘요."

줄리엣은 그를 놓고 물러앉았다. 작은 가슴을 빠르게 오르내리며 그를 가만히 응시했다. 그리고는 무릎과 손에 체중을 기대고 날렵한 고양이처럼 그에게 다가가 입술을 핥았다.

"난 한창 즐기고 있던 참이라구요, 보르가드."

그는 숨막힌 웃음을 간헐적으로 토해냈다. 호흡을 하고 있는 것만으로도 기적이었다.

"나도, 나도!"

보는 그녀의 뒷목을 잡아당겼다.

그의 키스에는 자제력이 결여되어 있었지만 사내란 넘치는 힘을 주체하지 못할 때가 있는 법이다. 그는 젖가슴을 감싸쥐었다. 줄리엣이 내는 자극적인 소리를 들이키며 보는 하반신을 들어 그녀의 촉촉한 열기를 찾았다. 둘이 하나가 되려는 찰나, 따르릉 전화소리가 울렸다.

줄리엣은 끙 하는 신음을 내뱉었다. 침대 협탁 위에서 전화가 또 울리자 보는 그녀와 눈을 맞추었다.

"저 전화, 받고 싶어요?"

"아뇨."

솔직하게 대답해 놓고 그녀는 우유부단하게 덧붙였다.

"하지만 지금은 한밤중이에요. 이런 시간에 안 자고 전화할 사람은 할머님밖에 없어요."

"그리고 내 동생들도."

줄리엣은 숨을 가슴 깊숙이 들이쉬었다.

"비상전화가 틀림없어요."

"에이, 젠장."

보는 수화기를 집어 그녀에게 건넸다.

"여보세요?"

그녀의 목소리는 마치 지금이 대낮의 사무실인양 냉정하고 초연했다.

곧이어 그녀는 눈썹을 치켜올렸다.

"예, 여기 있어요. 잠깐 기다리세요."

줄리엣은 수화기를 보에게 건네주었다. 그녀는 이불을 끌어올려 몸을 가렸지만 그의 위에서 내려가지도 침대 밖으로 나가지도 않았다.

보는 수화기를 귀에 댔다.

"듀프리인데 그쪽은 누구야!"

"미안해, 보."

루크의 음성이었다.

"삐삐를 쳤지만 배터리가 다된 모양이야."

아니면 삐삐가 거실에 나뒹구는 바지의 허리띠에 달려 있거나.

"무슨 일이지?"

"베튼코트가 방금 나한테 삐삐를 쳐 왔어. 그의 구역에서 일어난 사건이 팬티범의 소행 같대. 우리에게 새로운 피해자가 생겼나 봐."

# 16

록산느는 문 두드리는 소리에 깨어났다. 그녀는 눈을 비비며 고개를 옆으로 돌렸다. 자명종 시계에서 빨간 숫자가 깜박거리고 있었다—4:15. 이 시간에 대체 누구지?

가운을 걸치고 문에 도달하기도 전에 그 의문은 풀렸다. 복도에서 들려 오는 목소리의 주인공은 깜찍이 경사였다.

"안 된다고 했잖아요."

딱 잘라 말하는 단호한 어조였다.

"여기와 셀레스트 헤인즈의 관대한 자비 가운데 선택해요. 그 외에는 절대 안 돼."

그는 문이 열리자마자 줄리엣을 안으로 밀어넣었다.

"안녕, 록산느 씨. 부탁 좀 하나 합시다."

"미안해."

줄리엣이 면목없는 낯빛으로 중얼거렸다.

"록산느의 수면을 방해하면 안 된다고 누구이 말했지만 통하질 않았어. 저렇게 고집불통인 남자는 처음이야."

"고집불통이라니?"

보가 즉각 반박했다.

"신중한 거라구요."

두 여자는 동시에 코웃음을 길게 쳤지만 보는 그 죽여주는 미소로 받아넘겼다.

"근사한데요."

보는 록산느의 겨자색 새틴 가운 겉으로 살짝 드러난 시뻘건 잠옷을 턱짓으로 가리켰다.

"난 색깔 있는 여자를 존경하죠."

이어서 그는 줄리엣의 뒷목을 잡아당겨 그녀에게 까치발로 서게 했다. 록산느는 키스 장면이 펼쳐지겠구나 하고 생각했지만 그녀의 기대는 빗나갔다. 보는 키스하는 대신 얼굴을 줄리엣에게 호전적으로 들이댔다.

"여기에 얌전히 있어요."

그는 거친 명령과 함께 줄리엣을 놔주었다. 손을 반쯤 주먹 쥐어 늘어뜨린 채 그녀를 바라보는 그의 얼굴에 언뜻 망설임이 스쳤지만 보는 뒷걸음질쳐 복도로 나갔다. 그리고 줄리엣에게서 시선을 잡아떼 록산느에게 고정했다.

"문을 잠그고 아무도 들이지 마십시오. 내가 돌아올 때까지 줄리엣은 여기 있어야 해요. 무슨 질문이라도 있습니까, 록산느 씨?"

"없어요."

"좋았어요. 경찰이 밖에서 지키고 있고 난 가능한 한 빨리 돌아오겠습니다. 하지만 적어도 두 시간은 걸릴 거예요."

그는 줄리엣에게 마지막 시선을 던지고 문을 닫았다.

록산느는 지시받았던 대로 문을 잠근 후 상사에게 돌아섰다.

"우와."

그녀는 줄리엣을 차근차근 살폈다. 엉망으로 헝클어진 머리하며 부어오른 입술과 입가 주위의 저 자국은? 록산느는 평을 했다.

"깜찍이 경사한테 면도를 자주 시켜야겠어요."

줄리엣은 보좌관의 예상을 뒤엎는 반응을 보였다. 예의 바르게 어물어물 넘어가는 대신 줄리엣은 입가의 쓸린 피부를 어루만지며 말했다.

"면도를 자주 시켜 봐야 소용없을 거야. 보의 수염은 자라는 속도가 보일 정도거든."

그녀는 달콤한 미소를 지었다.

"초등학교 6학년 때부터 오후 5시 수염이었다는 소문도 있어."

"그럼 탈지우유를 상비해 놓는 수밖에 없겠군요."

줄리엣이 의아하게 눈썹을 치켜세웠다.

록산느는 생긋 웃어 보였다.

"이 전문가의 말을 믿어 보세요. 탈지우유는 뱃살 예방에 좋을 뿐더러 수염 쓸린 자국을 진정시키는 데도 탁월한 효능을 지녔어요. 불행히도 지금은 탈지우유가 없으니 코티존 크림으로 대체하죠. 화장실로 가요. 그런데 깜찍이 경사가 왜 엉덩이에 불붙은 사람처럼 허둥거리는 거죠?"

록산느는 화장실로 향하는 줄리엣의 설명을 들으며 약간 뒤쳐져 상사의 뒷모습을 유심히 살폈다. 줄리엣의 걸음새는 느긋해 보였다. 평소의 빠릿빠릿한 군기가 상당히 빠져 있었다. 여자에게 이런 영향력을 끼칠 수 있는 건 오직 하나뿐이지. 록산느의 입술이 만족에 찬 작은 곡선을 그리며 위로 올라갔다.


보는 팬티범이 날뛰었다는 소식에 흥분의 전율을 느끼진 않았지만 적어도 녀석의 기막힌 시간 감각은 인정해야 했다.

줄리엣과의 관계를 공적인 것으로 되돌려놓겠다고 맹세하며 잠든 게 고작 몇 시간 전의 일이다. 그런데 정작 현실은 어떻게 돌아갔는가? 맹세를 지켰는가? 쳇. 그는 바위처럼 딴딴하게 흥분한 채 잠에서 깨어나 지구의 인구 폭발에 기여하려고 나섰다. 또다시 말이다. 에이그. 이거야말로 대 시민봉사용 무기를 관자놀이에 대고 러시안 룰렛을 하는 격이다.

좋다, 그건 이미 과거지사. 하지만 이 순간부터는 기필코 줄리엣 로즈에게 손대지 않으련다. 정말이다. 전방의 신호등이 붉은색으로 바뀌어 차의 기어를 바꾸자 GTO의 엔진이 부릉거리며 항의했다. 보는 결의를 다졌다—그는 망할 임무를 완수한다, 줄리엣의 안전을 지킨다, 다음에는 그녀와 바이바이한다.

*그럼 난 정상적인 인생을 되찾을 수 있어*

새로운 피해자의 주소지는 복합 건물이었다. 아래층은 게이 바이고 위층은 아파트들로, 어디서나 흔히 볼 수 있는 촘촘한 레이스 모양의 철제 창살이 그 건물에 우아함을 더해 주는 유일한 요소였다. 그리고 쿼터 지구에서 가장 번화한 거리와 면해 있었다.

보는 건물 계단을 오르기 시작했다. 피해자의 아파트를 찾아내는 건 일도 아니었다. 한 집의 대문이 활짝 열리고 환한 불빛과 여러 명의 섞인 목소리를 쏟아내고 있었기 때문이다.

높은 소음지수에 비해 사람 숫자는 고작 네 명이었다. 그 가운데 하나인 현장조사 요원은 낯선 얼굴인 점으로 미루어 신참이 틀림없다고 보는 결론 내렸다. 그밖에 이 구역 담당자인 베튼코트가 있었고 나머지 둘은 여자였다. 둘 중에 누가 피해자인지는 자명했다. 탈색한 금발에 가슴을 거의 드러낸 여자가 초라한 긴 의자를 차지한 채 강철 조각이라도 씹은 듯한 얼굴을 하고 있었다. 저 성난 표정으로 봐서 피해자가 틀림없다. 그녀의 옆에는 늙수그레한 흑인 여성이 앉아 피해자의 손을 다독거리는 중이었다.

현장조사 요원은 문고리에서 지문을 채취하다 말고 경찰 특유의 표정으로—'어째 수상쩍은 놈이군'—보를 훑어보았다. 하지만 보가 경찰 배지를 내보이자 요원은 문에서 옆으로 비켜서 본업에 전념했다. 보는 다른 사람들에게 다가갔다.

베튼코트가 고개를 들었다.

"왔군, 보."

"그래. 피해자 진술을 지켜봐도 될까?"

"물론이지. 내가 서로 소개시켜 줄게. 이쪽은 셔릴 쟁크와 그녀의 이웃인 어네스틴 베츠야. 쟁크 씨, 여기는 듀프리 경사입니다. 이와 유사한 다른 사건들을 맡고 있는 담당자예요."

금발머리가 보를 표독하게 노려보았다.

"오호라, 그 개자식이 아직도 거리를 활보하고 다니는 게 모두 네 책임이라 이거지? 놈을 빨리 잡는 게 좋을걸. 내 손에 걸리면 그 자식의 뼈도 못 추리게 될 테니까."

"흥분하지 마, 셔릴."

흑인 여성이 피해자를 진정시켰다.

"진정해."

"내가 지금 진정하게 생겼어요? 놈 앞에서 옷을 벗어야 했기 때문에 이러는 게 아니에요. 어차피 그 짓으로 밥 벌어먹는 마당에 한 번 벗든 두 번 벗든 무슨 차이가 있겠어요? 하지만 그 자식이 내 프레드릭 상표의 새 팬티를 가져갔다구요! 통신판매로 주문해서 월요일에 받았는데! 밑 뚫린 할리우드 팬티를 구하기가 쉬운 줄 알아요?"

그녀는 씩씩거리며 보와 베튼코트를 번갈아 쩨려보았다.

"사탄에게 맹세코, 그 좀팽이 같은 인간이 내 눈에 다시 띄면 경찰한테 신고하나 봐. 놈을 바이유*의 악어밥으로 만들어 놓고야 말겠어."

"왜 범인을 좀팽이 같다고 하는 겁니까?"

보는 의자 앞에 웅크리고 앉았다.

"그 자식의 말투가 영락없는 좀팽이였어. 내내 <아가씨, 이렇게 해주시겠소? 아가씨, 저렇게 해주시겠소?> 하고 깍듯하게 주문하더니 막판에는 <죄송하지만> 팬티를 건네 달라지 뭐야. 티파티하자는 것도 아니고 기가 차서."

그녀는 한숨을 폭 내리쉬고 보를 다시 노려보았다.

"난 경찰하고는 안 친하지만 놈이 좀팽이라는 건 첫눈에 알아봤어. 옷차림도 아주 깔끔한 녀석이었어. 그 이상하게 생긴 고물 권총만 없었어도 당장 엎어 치는 건데."

---

* Bayou. 미국 남부의 강이나 호수 후미의 늪지대.

"범인의 머리는 무슨 색이었습니까?"

"지금 농담하나? 놈의 머리가 무슨 색인지 내가 어떻게 알아! 녀석은 새 부리처럼 코가 튀어나온 카니발 가면을 뒤집어쓰고 저기 그늘에 서 있었다구."

그녀는 창가의 왼쪽, 조명기구 너머의 구석을 가리켰다.

"머리는커녕 눈이 무슨 색인지도 보이지 않았어. 빌어먹을 변태 자식 같으니."

보는 동료 형사와 피해자 진술을 더 받고 정보를 수집했다. 다시 베튼 코트의 소개를 통해 현장조사 요원과도 인사를 나누었다. 크리스 앤더슨 이라는 이름의 신참 요원은 현장조사를 마치고 떠날 준비를 하며 여러 개의 지문을 채취했지만 그건 전부 피해자나 피해자 친구들의 지문일 가능성이 높다고 밝혔다. 현장조사 요원의 소견은 검사실을 거치면 옳았는지 틀렸는지 드러날 문제이다.

한 시간 반 후 보는 별다른 소득 없이 자리를 떴다. 팬티범의 추정 신장과 체중, 그가 선호하는 유형의 가면은 이미 알고 있던 정보였다. 범인이 교양을 갖추었다는 단서는 새로운 소득이었지만, 피해자의 직업이나 사회적인 교제 범위를 고려할 때 그녀가 진술한 범인의 교양 수준은 애매했다. 조시 리에게 확인해 볼 필요가 있다.

이제 하늘은 새벽빛으로 서서히 밝아 오고 대기에는 강물 냄새가 진하게 배어 있었다. 보는 주머니에 손을 넣은 채 느슨하게 서 있었다. 간밤에 벌어진 일련의 사건들로 머리가 복잡한 나머지 다음에는 뭘 해야 할지 가늠조차 되지 않았다.

그는 마침내 차 열쇠를 꺼내들고 GTO로 향했다.


조시 리는 부엌으로 들어서서 루크의 허리에 팔을 감았다. 그녀는 벽처럼 단단한 맨살의 등에 젖가슴을 대고 두 개의 스푼을 포개놓은 듯이 그를 바짝 안았다.

"안녕, 대물 씨."

나른하게 인사하고 그녀는 늘어지게 하품을 했다.

루크가 목을 늘여 어깨 너머를 돌아보았다.

"충분한 수면을 취하지 못한 여자 목소리인걸."

"알아."

그녀는 그의 어깨에 턱을 얹고 방긋 웃어 보였다. 날아갈 듯한 기분이었다.

"오빠도 미남으로 가는 충분한 수면을 방해받았다고 나를 미워하거나 하진 않겠지?"

"당연히 미워하지."

루크는 시원시원하게 대답했다.

"미남이 되는 게 내 삶의 목표야."

그는 엉덩이까지 근육이 잡힌 탄탄한 몸을 그녀에게 밀어붙였지만 곧이어 프라이팬에 관심을 돌렸다. 그는 가스를 껐다.

"허시퍼피가 완성됐어. 네 접시 가져와."

"난 커피면 돼."

"그럼 못써!"

루크는 야단을 치며 돌아섰다.

"아침을 든든하게 먹어야 힘찬 하루를 열 수 있는 거야."

하지만 그녀와 얼굴을 마주 대한 순간 루크의 표정이 변했다. 그는 게슴츠레한 눈빛이 되어 허스키하게 중얼거렸다.

"넌 정말…… 정말 예뻐."

그는 조시 리를 번쩍 들어 조리대에 앉히고 리본 달린 헐렁한 탱크탑의 가슴팍에 얼굴을 묻었다.

바로 그때, 보가 들어왔다.

누가 제일 놀랬는지 여부는 동전 던지기로 결정해야 할 판이었다. 그들 셋은 얼어붙었다—조시 리는 조리대에서, 루크는 그녀를 향해 허리를 숙인 엉거주춤한 자세로 고개를 뒤로 돌린 채, 보는 부엌의 문간에서 동작 정지되었다. 드디어 조시 리의 심장이 다시 뛰기 시작했다. 그와 동시에 보가 쿵쾅거리며 거리를 좁혔고 루크는 허리를 폈다.

"자네가 무슨 생각을 하는지 알아."

루크는 양팔을 몸에서 넓게 벌려 보이며 말문을 열었다.

"하지만……."

보의 주먹이 파트너의 입에 꽂혔다.

조시 리는 목청이 터져라 비명을 지르고 그녀의 연인은 휘청휘청 뒷걸음질을 쳤다. 루크는 손에 묻은 피를 확인하자 복수해 줄 요량으로 험악하게 나섰다.

하지만 그에게는 주먹을 쓸 기회조차 없었다. 조시 리가 어느 틈에 벌써 조리대에서 내려와 프라이팬을 잡고 그 내용물을 쏟아버린 다음 오빠의 엉덩이를 향해 휘두른 것이다. 철썩, 하는 소리와 함께 달구어진 프라이팬이 보의 엉덩이에 닿았다.

"앗 뜨거워, 조시이이!"

엉덩이를 움켜쥐며 보가 돌아서자 조시 리는 기다렸다는 듯이 또 프라이팬을 휘둘러 이번에는 오빠의 배를 쳤다. 눈에서 별똥별이 튈 만큼 강한 타격이었다.

"감히 누구를 치는 거야!"

조시 리가 노발대발하며 소리쳤다.

"루크한테 그 더러운 손을 떼지 않으면 오빠에게 귀빠진 날을 후회하게 만들어 주겠어!"

그녀는 오빠의 머리를 후려치려고 프라이팬을 높이 들었지만 루크가 얼른 끼어들었다. 그는 조시 리를 뒤에서 번쩍 안아 파트너에게서 멀찌감치 떼어놓았다. 그녀는 연인에게 안긴 채 숨쉴 때마다 풍만한 가슴을 들썩거리며 오빠를 노려보았다.

"젠장 조시 리, 그 프라이팬이 얼마나 뜨거운지 알아?"

보는 셔츠를 걷어올리고 배에 흐리지만 둥그렇게 생긴 붉은 자국을 내려다보았다.

"오빠는 맞아도 싸! 루크를 때리고 나를 열두 살 아이처럼 대했잖아!

언제가 돼야 정신차릴래?"

조시 리는 문을 손가락질했다.

"당장 나가, 꼴도 보기 싫어!"

보의 입이 벌어졌다. 그는 곧 입을 다물고 루크에게 살기등등한 눈빛을 던졌다.

"이것으로 끝난 줄 알면 오산이야. 내 동생이 없을 때 다시 보자."

그리고 쿵쾅거리며 부엌에서 나갔다.

루크는 파트너가 완전히 사라진 다음에 조시 리를 내려놓았다. 그는 프라이팬에서 그녀의 손가락을 하나씩 떼어놓은 다음 무기를 조리대에 얹었다.

"대단한 지원 사격이었어, 막둥아."

루크는 그녀의 빨갛게 달아오른 볼을 어루만졌다.

"그리고 교훈적이기도 했어. 부엌에서는 절대로 네 성미를 건드리지 않으마."


보는 록산느의 방문을 걷어차고 싶었지만 자제력을 발휘하여 딱 한 번 두들긴 후 주머니에 손을 넣고 다리 길이보다 더 멀리 문에서 물러났다.

*아무리 세상에 믿을 놈 없다지만 루크 브루터스, 너마저!*

배신감이 부글부글 끓어올랐다. 분노를 참을 길이 없었다. 뒤통수를 얻어맞고 손쓸 수 없는 좌절감을 죽이기 위해 보는 집에서 아주 천천히 차를 몰아 온 터였다. 가든 지구에 도착해서는 호텔 입구를 지켰던 신참을 갈구는 데 족히 15분이나 들였으며 그 동안 침입자는 없었는지, 정문 이외의 다른 두 출입구는 여전히 잠겨 있는지 확인했다. 그러고 나서야 자신의 호텔 방으로 올라가 느릿느릿 샤워하고 면도하고 옷을 갈아입었다. 하지만 그 어떤 것도 처참한 기분을 덜어 주지 못했다.

이제 보는 숨을 길게 내쉬었다. 어깨를 돌려 뻣뻣하게 굳은 목 주위의 근육을 풀며 다짐에 다짐을 했다. 지금은 임무수행중—개인적인 문제들을 고민할 때가 아니다. 하지만 이다지도 재수에 옴 붙은 날은 처음이다.

어떻게 된 게 제대로 돌아가는 일이 하나도 없을 수가 있지? 아냐아냐, 이런 생각은 말아야지. 일에 집중하자. 어디까지나 경찰다운 경찰답게! 어디까지나 터프하게! 우선 줄리엣을 직업적으로 대하는 데 전념하고 동생 생각은 나중에…….

*하, 지, 만, 내 생명을 맡기고 있는 파트너조차 믿을 수 없다니! 듬직한 파트너이자 진정한 친구가 내 어린 동생을 건드리다니!*

분노에 찬 외침이 고장난 레코드처럼 머릿속에서 되풀이하여 울려왔다. 보는 뭔가를 때려부수고 싶었다. 대신 그는 방문을 다시 똑 두들겼고 잠시 후 록산느의 목소리가 들려 왔다.

"밖에 누구죠?"

"듀프리입니다. 문 여세요."

록산느는 졸린 얼굴로 문을 열었다.

"아, 미안해요……. 오래 기다렸나요? 잠드는 바람에 문 두들기는 소리를 못 들었어요."

"괜찮습니다. 줄리엣을 좀 불러 주시겠어요?"

"그럴게요. 안으로 들어와요."

문을 열어 놓은 채 록산느는 침실로 돌아갔다. 보가 거실에서 기다리며 침실의 인기척에 귀를 기울였다. 문 열리는 소리가 작게 나는 점으로 미루어 록산느가 침실에 딸린 화장실로 들어간 모양이다. 곧이어 록산느는 창백한 낯빛이 되어 뛰어나왔다. 콧등의 주근깨가 하얀 바탕에 뿌려 놓은 붉은 생강가루처럼 도드라졌다.

"줄리엣이 없어요!"

보는 험악한 욕설과 함께 후다닥 달리기 시작해 눈 깜박할 사이에 줄리엣의 방에 도착했다. 그는 문을 두들기며 뒤따라온 록산느를 돌아보았다.

"여기 열쇠 있어요?"

"아뇨."

"빌어먹을."

권총을 뽑아들며 그는 한 걸음 물러났다. 방문을 박차고 들어가는 수

밖에.

그때 문이 열리고 줄리엣이 나타났다. 그녀는 머리에 수건을 터번처럼 두르고 여러 군데 젖어 몸에 달라붙은 비단 가운 차림이었다. 목덜미에 서는 물방울이 흘러내렸다. 줄리엣은 권총과 보의 얼굴을 번갈아 보았다.

"보? 뭐 잘못되었어요?"

"일났군."

록산느는 관전평을 중얼거리고 총총히 사라졌다.

"잘못?"

보는 부드럽게 반문했다. 그는 권총을 도로 집어넣고 줄리엣에게 착착 다가갔다. 그의 표정이 심상치 않았던지 그녀는 객실 안으로 슬슬 뒷걸음질을 쳤다.

"잘못될 게 뭐가 있겠수?"

"당신, 화났군요."

"눈치도 빠르셔라. 부잣집 딸내미는 어디가 달라도 다르다니까."

그 빈정거림에 그녀의 척추가 꼿꼿해졌다. 줄리엣은 도도하게 턱을 세우고 특유의 표정—'넌 내 신발 바닥에 붙은 껌만도 못해'—을 지었지만 말은 한 마디도 하지 않았다. 쯧쯧, 차라리 호되게 쏘아붙여 주지. 그녀의 묵비권은 불난 집에 기름을 붓는 격이었다.

보는 자제력의 고삐를 잡아당겼다.

"록산느 씨의 방에 있으라고 내가 말했습니까 안 했습니까?"

그는 부득부득 이를 갈며 따져 물었다.

그녀는 눈썹을 슬쩍 세웠다—'그래, 네 말을 어겼다. 어쩔래?'

보의 눈앞이 시뻘개졌다. 하지만 그래도 참았다. 가히 초인적인 노력을 기울여 터프함을 견지했다.

"내가 내 딱딱거리는 목소리를 들으려고 지시를 내린 줄 압니까? 이봐요, 댁의 안전을 지키기 위해 우리 경찰은 많은 수고를 들이고 있다 이 말입니다. 내가 그쪽한테 어디에 있으라고 하면 거기에는 그럴 만한 타당한 이유가 있기 때문이에요."

"샤워하려고 내 방으로 돌아왔을 뿐이에요."

"록산느 씨의 샤워기는 고장났수?"

"내 샤워기를 쓰고 싶었어요."

"그 때문에 생명을 거셨다 이거로군. 그것도 순전히 다른 사람의 비누를 쓰면 안 된다는 할머니의 가르침을 지키기 위해서. 어때, 내 추리가?"

그녀의 표정을 보아하건대 그가 정곡을 찌른 게 틀림없었다. 그녀는 우아한 모양의 턱을 도전적으로 치켜올렸다.

"난 만전을 기했어요. 록산느의 방을 나올 때는 주위에 누가 있는지 두루 살폈고 내 방문의 잠금 장치도 채웠다구요."

보의 분노지수가 기하급수적으로 올라갔다. 그는 험악하게 그녀에게 다시 다가갔다.

"범인이 이 방에 침입했다면 어쩌실 계획이었는데? 꼬장꼬장하게 예의범절을 따져 놈을 얼려놓기라도?"

줄리엣은 비록 뒷걸음질쳤지만 턱은 계속 꿋꿋하게 세우고 있었다.

"나에게는 위기 상황을 처리할 능력이 있어요."

보는 또 다가갔다.

"어이구 용감도 하셔라. 터프걸 나셨네."

줄리엣에게 화풀이하면 안 된다는 속삭임이 머릿속에서 작게 일었지만 보는 들은 척도 하지 않고 그녀를 벽까지 몰아갔다.

"무장한 범인을 맨손으로 격퇴시킬 능력까지 있는 줄은 미처 몰랐는걸."

보는 그녀의 신경질적인 눈빛에서 냉혹한 만족감을 느꼈다. 그는 벽에 두 손을 대고 그녀를 가두며 바짝 다가섰다.

"하지만 이번에는 놈에게 무기가 없다고 가정해 볼까? 내가 그놈이라고 가정해 보자구."

그의 손가락이 벽을 타고 내려와 줄리엣의 목과 쇄골을 가볍게 쓸며 가운 앞섶으로 파고들었다.

"범인이 이러면 어떻게 할 거지? 이보다 더한 짓을 하면? 단 둘밖에 없는 방안에서 놈이 무슨 짓을 못하겠어?"

그녀의 젖가슴이 빠르게 오르내렸지만 줄리엣은 그와 맞춘 시선을 떼지 않았다.

"하지만 당신은 범인이 아니잖아요. 당신은 당신이고, 난 당신이 두렵지 않아요."

"두려워해야 해, 천사표."

보는 부드러운 경고와 함께 가운을 밀어 젖가슴을 노출시켰다.

"무지무지하게 두려워해야 해."

그리고는 가슴을 움켜쥐며 도톰한 입술을 찍어눌렀다.

다정함과는 거리가 먼 입맞춤이었다. 보는 이와 힘을 사용했다. 하지만 그녀는 맞서 싸우지 않았다. 줄리엣은 열렬하게 키스를 되돌려 그의 넋을 빼놓았다. 그는 입술에 닿는 야들야들한 감촉을, 혀에 닿는 그녀의 뜨겁고 달콤한 맛을 느꼈다. 다음에는 팍팍 터졌다 명멸하는 영상의 파편들이 이어졌다―젖가슴을 빠는 그 자신. 신음하며 등을 휘는 줄리엣. 머리칼을 움켜쥐었다가 바지 지퍼를 내리는 그녀의 손가락. 그의 허리에 감기는 한쪽 허벅지…….

보는 어느덧 그녀를 벽에 들어올린 채 필요한 만큼만 바지가 흘러 내려간 하체를 밀어대고 있었다.

"기, 기다려요."

줄리엣이 팔에 경기가 나도록 그의 어깨를 힘껏 떠밀며 속삭였다.

"이번에는 이성적으로 해요, 보. 우리에게는 콘돔이 필요해요."

보는 얼어붙었다. 그는 가슴을 들썩거려 산소를 폐까지 전달하기 위해 싸우며 울상을 지었다.

"하지만 없는걸. 제발, 달링, 내가 제때 빼서 밖에다……."

"난 있어요. 록산느가 자기보다 나한테 더 유용할 것 같다면서 한 움큼 주었어요."

"어디 있지?"

그녀가 대답해 주자 보는 몸을 풀었다. 그는 줄리엣을 바닥에 내려놓고 귀찮은 바지를 벗어버렸다.

"꼼짝도 하지 마."

이처럼 잽싸게 움직여 보긴 처음이 아닌가 싶다. 보가 적절한 준비를 갖추고 나는 듯이 돌아왔을 때 그녀는 여전히 벽에 기대어 있었다. 머리 수건은 바닥에 떨어져 있고 가운은 어깨에 간신히 걸린 채로. 보는 매끄러운 연속동작을—줄리엣을 들어올리며 줄리엣에게 들어가는 것과 동시에 줄리엣을 다시 벽에 고정하는—펼쳐 보였다. 그녀의 황홀한 감촉에 그는 꼼짝도 못하고 눈을 질끈 감아야 했다.

"오 마이 갓."

보는 가쁜 숨조차 겸허하게 죽였다.

"지랄 같은 세상에서, 줄리엣, 당신은 내 구세주야."

줄리엣은 열망에 사로잡혀 꼼지락거렸다.

"보?"

그는 꿈에 잠긴 듯이 천천히 나긋하게 움직이기 시작했다. 이 순간을 영원히 연장하고 싶었다. 줄리엣에게 속해 있는 지금 여기에는 어떤…… 종교적인 기운마저 존재하는 듯했다. 이건 광기였지만—그도 그 사실을 모르는 바가 아니었지만—그의 광기에 찬 분위기와 딱 맞아떨어졌다. 한편으로는 줄리엣과 하나가 되자 이전의 모든 좌절감이 쓸려나가기도 했다. 보는 그 전부를 음미하며 일 인치씩 그녀에게 미끄러져 들어갔고 거의 완전히 후퇴했다가 느릿하게 전진하기를 반복했다.

그녀의 입에서 나직한 신음이 끊임없이 흘러나왔다. 줄리엣은 그의 얼굴을 감싸고 진하게 키스한 후 입술을 떼고 헐떡거렸다. 그녀는 손을 내려 넓은 어깨를 잡고 보에게 더 가까이 다가가려 했지만 그와 벽 사이에 갇힌 자세가 활동을 제한했다.

"보, 좀더……?"

"좀더 뭘? 자세히 말해 봐, 응?"

그녀는 눈을 깜박거렸다. 들뜬 잿빛 눈에는 초점이 흐려져 있었다.

"뭐라고요?"

"직선적으로 말하면 내가 이렇게… (힘차게 허리를 돌리며)… 해줄게."

줄리엣은 경악했다.

"그런 말을 어떻게 해요!"

"알았어, 그럼."

보는 전진과 후퇴를 중단했다. 대신 끈끈한 당밀을 휘젓는 것처럼 가장 느리게 그리고 생각날 때 한 번씩 감질나게 깔짝거렸다. 그는 고개를 숙여 젖가슴을 찾았다.

그녀는 한참을 망설인 후 보의 귀에 대고 기어 들어가는 목소리로 명령을 내렸다. 그의 움직임에 속도가 조금 붙었다. 줄리엣은 입에 담아 본 적도 없는 앵글로색슨 계통어를 또 속삭였고…… 다시, 다시, 또다시 중얼거렸다. 말이 거듭될수록 보의 동작에 속력과 힘이 붙어 갔다. 급기야 줄리엣은 세상의 가장자리까지 몰렸고 만족에 찬 작은 비명과 함께 의식 너머의 망각으로 뛰어내렸다. 그는 발작적으로 몸을 떨며 그녀의 뒤를 따랐다.

둘 다 땀에 흠뻑 젖은 몸을 주체하지 못했다. 보는 흐느적거리며 그녀를 안은 채 무릎을 꿇고 앉았다. 뼈까지 녹고 모든 긴장에서 해방된 기분이었다.

줄리엣은 넓은 어깨에서 고개를 들었다. 머리칼은 반쯤 젖고 사방으로 뻗친 터였다. 그녀는 머리를 뒤로 넘기며 그를 내려다보았다.

"어쩜 나한테 그런 말을 시킬 수가."

믿어지지 않기는 그 역시 마찬가지였다. 시킨다고 올바른 님이 진짜 그런 말을 하다니? 암만 생각해도 꿈 같았다. 보는 방어적으로 중얼거렸다.

"좋아했으면서 뭐."

그녀는 비단 가운이 이슬아슬하게 걸린 어깨를 살짝 으쓱거렸다.

"그건 보는 관점에 따라 달라요. 반면 우리의 경험 차이는 분명하죠. 따라서, 그리고 당신이 무방비한 성관계를 선호하는 점을 특히 감안하면, 당신의 건강 기록을 살펴봐야겠어요."

# 17

보르가드의 입이 쩍 벌어졌다. 보는 휘둥그래진 눈으로 그녀를 응시하다 고개를 젖히고 웃기 시작했다.

줄리엣은 그의 요구에 빠르게 넘어가 낯뜨거운 말을 한 자신에게 이미 질려 있는데 비웃음마저 당하자 견딜 수 없었다. 그녀는 보의 허리에 감긴 다리를 풀었다. 그리고 그의 어깨를 밀며 일어서는 순간 얼굴을 붉혀야 했다. 차마 형용조차 할 수 없는 소리와 함께 결합이 풀리는 야릇한 감각이 일었던 것이다. 그는 얼른 줄리엣의 허리를 잡아당겼고 그녀는 휘청거리는 그의 허벅지에 비스듬히 주저앉았다.

"미안해."

보는 헐떡거렸다. 웃음을 참으려고 애쓰지만 잘되지 않는 기색이 완연했다.

"내 전적을 감안하면, 우하하…… 너무 재, 재미있어……."

"재미있다니 다행이군요"

줄리엣은 서릿발 같은 어조로 쏘아붙였다.

"나도 병원 가는 길 내내 웃어 드리죠. 당신 전적을 감안하면 입원하게 생겼어요."

"달링이 병원 갈 일은 없을걸."

보는 길쭉한 손가락으로 머리칼을 넘겼다.

"난 깨끗해요. 당신에게는 24시간 장전된 섹스무기쯤으로 계속 보여지고 싶지만 솔직히 동생들을 키우느라 지난 10년 간 조신하게 살아서리. 기회가 생기면, 음, 반드시 우비를 걸치고 샤워했고."

그는 그녀의 허벅지를 슬슬 쓰다듬었다.

"우비 걸치는 것도 잊게 할 만큼 나를 흥분시켰던 여자는 지금 내 앞의 누구뿐이랄까."

"내 이마에 <순진한 바보>라고 적혀 있나요?"

줄리엣은 분개했다. 사람을 어찌 보고 저따위 씨알도 안 먹히는 이야기를 늘어놓는담. 이거야말로 남자들 특유의 전형적인 수작—'날 믿어, 베이비, 오직 당신뿐이야'—이다. 너무 진부해서 하품도 안 나오는군.

"상대적인 경험 부족과 절대적인 지능 부족을 혼동하지 말아요."

"얼렁뚱땅 넘어가려는 수작이 아냐! 아버지 이름을 걸고 맹세코 사실이에요. 내 동생들한테 물어 봐, 루크한테 전화해 보면 되잖아요."

그의 얼굴이 갑자기 무표정해지자 줄리엣은 의혹에 찬 눈빛으로 그를 살폈다.

"무슨 일이죠?"

"루크하고는 통화가 어려울지도 모르겠군. 그 자식, 내 막내동생과 놀아나느라 한창 바쁠 테니까."

"예?"

줄리엣은 그의 씁쓸한 어조에 놀라 보를 좀더 자세히 살핀 후 화제를 돌리려는 작전이 아니라는 결론을 내렸다.

"팬티범에 대해 조시 리에게 물어 볼 게 있어서 아까 집을 들렀는데 동생과 루크가…… 의심할 여지가 없는 자세를 하고 있더라구."

보의 얼굴에는 꼭 집어 정의할 수 없는 묘한 표정이 스치고 지나갔다. 줄리엣은 그의 몸에 이는 긴장을 느꼈다.

"둘은 그러면 안 되는 거군요."

"조시 리는 내 막내동생이야!"

"하지만 그녀는 아이가 아니잖아요. 이십대 초반으로 보였어요. 내가 잘못 본 건가요?"

보는 부루퉁하니 어깨를 으쓱거렸다.

"스물둘이긴 하지만."

줄리엣의 심장이 쿵 내려앉았다. 저 냉정한 분노 아래에서 펄럭거리는 표정은 아무래도…… 상처받은 빛 같았기 때문이다. 얼추 드러난 그의 연약함은 줄리엣의 가슴에 직통으로 와서 박히며 야릇한 기분과 불안한 예감을 동시에 일으켰다. 이 기분이 '사' 자로 시작되는 그 감정의 시작 이라면 그녀는 진짜 큰일나는 거다.

"루크가 당신 동생을 강제로 어떻게 했을 거라고 생각해요?"

보의 허벅지 근육이 꿈틀거린다 싶은 순간, 그가 그녀를 한 팔로 안고 자리에서 일어났다. 줄리엣은 생쥐에게 놀란 소녀나 낼 법한 체신머리없 는 비명을 자그마하게 내질렀다. 그녀는 엉겁결에 보를 잡으며 그의 허리 에 다리를 감았다. 보는 저편의 안락의자에 주저앉았다. 그리고 그녀를 그 자신에게 편히 걸터앉는 자세로 정리해 준 다음 고개를 가로저었다.

"오히려 조시 리가 루크를 강제로 어떻게 했을걸―거기에 한달 월급 을 걸죠. 하지만 그보다 더한 문제는 따로 있어요. 내가 루크에게 한 대 먹이자 조시가 프라이팬으로 나를 공격했다구요."

"당신이 루크를 때렸어요?"

"내 말을 전혀 안 듣고 있었군."

보는 그녀를 백치 대하듯이 바라보았다.

"어린 여동생한테 집적거리는 녀석을 가만 놔둘 오라비도 있남? 박살 을 내주는 게 당연하지. 루크의 얼굴을 뭉개놓고 싶었지만 시작도 못했 어요."

그는 셔츠 자락을 걷어올렸다.

"이거 보이죠? 봤죠? 조시 리가 나한테 이래 놓은 거예요. 크으, 마음

쓰고 힘쓰고 매 맞는 남자의 일생이여. 이러고도 살아야 하나."

그의 단단한 복부에는 벌건 자국이 나 있었지만 줄리엣이 시선을 준 부위는 그곳이 아니었다. 보의 허리 아래는 나체였고—콘돔을 제외하고—그녀는 가운 앞섶을 풀어헤친 채 그의 무릎에 걸터앉은 터였다. 화끈거리는 얼굴로 줄리엣은 가운의 허리띠를 묶었다.

보는 줄리엣의 시선을 따라갔다. 그는 콘돔을 빼 가까운 쓰레기통에 던져버리고 그녀의 가운 자락으로 자신의 사타구니를 가렸다.

"이제 됐는지요?"

그는 눈썹을 올려 보였다.

"예의범절 양의 성교 사후 에티켓에 보 듀프리가 수준 미달이라는 소리일랑 아예 하지도 마소서."

"그 여자가 그런 책도 썼단 말이에요? 할머니가 내 필독도서 목록에 올릴 책은 아니군요."

보의 입가에 비뚜름한 미소가 어렸지만 금방 사라졌다.

"조시 리를 어쩌면 좋죠, 줄리엣? 아주 미치겠어."

"당신의 답답한 심정은 겉으로 보이니까 알겠는데 왜 속을 끓이는지는 정확히 잘 모르겠어요."

줄리엣은 조심스럽게 말을 이었다.

"당신 동생와 당신 파트너는 성인이잖아요. 둘이 사랑을 나누면 절대로 안 될 이유가 있는 것도 아니고요."

그녀는 막내여동생의 연애 문제에 대해 그다지 이성적이지 못한 보의 태도를 이미 간파한지라 펄펄 뛰는 반응에 대비해 마음을 굳게 먹었다.

하지만 보는 그녀를 놀라게 했다.

"나도 머리로는 당신의 지적에 동의해요. 하지만 가슴이 문제예요. 지금 내 마음 같아서는 루크를 땅속에 박아버리고 조시 리는 서른이 될 때까지 방에 가두어 두고 싶으니까."

그는 두통을 제압하려는 듯 미간 근처를 적잖이 세게 쳐댄 다음 한숨을 몰아쉬었다. 그는 줄리엣의 허벅지에 손을 떨구고 그녀와 시선을 맞추었다.

"부모님이 돌아가셨을 때 조시 리가 열두 살이었기 때문에 이런 기분이 드는 거겠죠. 우리 넷 중에서 조시가 가장 큰 타격을 받았거든요. 그 나이 또래의 소녀에게는 누구보다 엄마가 필요하잖아요. 그런데 우리 막내는 이십대 초반의 오빠를 의지해야 했으니……. 난 다른 동생들에게도 그렇지만 특히 막내한테 내 부족함을 뼈저리게 느껴 왔고 그런 기분은 영원히 바뀔 것 같지 않아요. 심지어 5, 6주 전에는 그 망할 팬티범에게서 지켜주지도 못했다구요. 조시는 사건의 후유증 따윈 없다고 박박 우겨대지만 그럴 턱이 있나요."

보의 눈썹이 중앙으로 모이며 천둥벼락처럼 험악한 인상이 되었다.

"그리고 지금은 루크가 똥파리처럼 조시에게 달라붙었으니 원."

"다른 좋은 표현도 많은데 하필이면."

"미안해요."

그는 입술을 비죽거렸다.

"하지만 내 집에서 쫓겨난 마당에 좋은 표현이 나오게 생겼나 뭐. 조시 리 고것이 나를 쫓아냈다 이거예요. 내가 자기의 소중한 루크한테 신체접촉을 가했다고 팔팔 뛰면서. 루크, 그 배신자 유다놈 같으니. 그리고 피가 물보다 진하다는 소리는 죄다 거짓부렁이야."

"아, 이제 당신의 증상이 뭔지 알겠어요."

"증상이라니?"

"당신은 어미 새예요. 아기 새가 커서 둥지를 떠나 짝을 맺으면 어미 새는 당신처럼 상처도 받고 아쉬워하는 등 심경이 복잡해지죠."

그녀는 그의 턱을 쓰다듬었다. 줄리엣은 일순 정색을 하며 다시 쓸어보고 어루만지고 문질러 보았다.

"당신 턱도 이렇게 될 수 있군요! 매끄러워라. 당신은 부드럽고 아주…… 달콤한 남자예요."

줄리엣은 미소를 담뿍 지었다.

"꿀맛이죠."

실은 지나치게 달콤해서 탈이다. 보에게 저항해 온 그녀의 마지막 요새마저 녹아 내리게 생겼다.

"새 같은 소리만 하시네."

보는 남성다움을 모욕당한 남자의 얼굴을 하고 있었다.

"조시 리가 독립해서 나가는 날을 학수고대해 온 내가 어미 새? 그리고 또 달콤한 남자라니? 지나가던 개가 웃겠군."

의식적으로 섹시한 표정을 지으며 그는 가운의 허리띠를 잡아당겨 자신과 그녀를 훤하게 노출시켰다.

"콘돔보고 나오라고 해요. 내가 꿀맛의 진수를 보여드리죠."

보는 발길질로 화장실 문을 닫아 침대를, 정확히 말하면 줄리엣이 누워 있는 침대를 시야에서 차단했다. 그는 거울 앞에 섰다. 거기에는 안전한 고지인 줄 알았지만 실은 또다시 악어떼가 우글거리는 늪지로 들어선 남자의 얼굴이 비추어져 있었다.

우째 이런 비극이! 불행 끝, 행복 시작은 그에게 정녕 머나먼 꿈이란 말인가. 여자 문제와는 드디어 안녕이라고 생각했건만. 앞으로 여자 때문에 골치 썩는 일이라면 오늘밤에는 누구와 데이트할까 고민하는 정도라고 확신해 왔다. 그런데 정작 현실은 어떻게 돌아갔는가? 행복한 고민이 시작되었는가? 쳇. 그는 자꾸 손이 가는 양키 공주한테 코가 꿰였으며 다음 번에는 프라이팬으로 그의 머리통을 갈겨 주려고 여동생이 잔뜩 벼르고 있다.

*아 젠장, 엿 같군.*

보는 세면대의 냉수 꼭지를 꽉 내리눌렀다. 지난날의 경험을 통해 배운 바가 있다면 오직 하나뿐이다. 주위에 여자들이 디글거리고 그에 따른 문제들이 사내의 일분일초까지 잡아먹기 시작할 때의 해결책은 직무에 전념하는 것 이외에 없다.

그는 찬물로 얼굴을 씻고 수건을 찾았다. 거울에 치아 상태를 확인해 본 다음 줄리엣의 치약을 손가락에 묻혀 이를 닦기 시작했다.

좋다, 솔직히 인정하마. 그는 지난 주 또는 그 전부터 진지하게 일했다고 할 수 없다. 철저하게 경찰다운 경찰답지 못했다. 하지만 이제는 그의 자리로 돌아가련다. 베이비 시터 노릇은 집어치우겠다 이 말씀이다. 제아무리 아기가 예뻐도 더 이상은 어림없다. 그는 어디까지나 경찰이란 말이다, 망할. 이제는 경찰다운 경찰처럼 행동할 때가 되었다.

결의를 다지며 그는 화장실에서 나갔다. 줄리엣의 호리호리한 등이 눈에 확 들어왔다. 그녀는 침대 가장자리에 앉아 있었다. 허리를 숙이자 척추의 윤곽이 금빛 피부 위로 섬세하게 도드라졌다. 그녀는 뭔가를 찾는 것처럼 바닥을 더듬고 상체를 일으켜 어깨 너머를 돌아보았다. 그와 눈이 마주치자 줄리엣은 후다닥 이불로 몸을 가리며 벌떡 일어났다. 얼굴이 발그스름해졌다.

보는 그녀를 공적으로 대하겠다던 결심을 벌써 망각하고 실실거리며 은근하게 말했다.

"우리 사이에 숨기고 자시고 할 게 뭐 있남?"

그녀의 턱이 당당한 각도로 올라갔다.

"우리 모두가 당신처럼 자신의 나체에 익숙한 건 아니랍니다."

보는 아래를 내려다보았다. 그의 자부심이자 기쁨조가 세상을 향해 제 존재를 과시하듯 반기를 휘날리고, 아니 덜렁거리고 있었다. 그는 씨익 웃었다.

"소인의 역겨운 나신을 가려 드릴깝쇼?"

"일하며 보람찬 하루를 보내고 싶다면."

그의 결의를 일깨우는 지적이로다. 보는 거실에서 한참을 배회한 끝에 찾던 물건—바지—을 찾았다. 옷을 걸치고 아주 조심스럽게 지퍼를 올릴 때 줄리엣이 침실 문가에서 두리번거리는 모습이 눈에 띄었다.

"뭘 그렇게 열심히 찾아요?"

"내 팬티요."

보는 흐뭇한 미소를 흘렸다.

"난 그런 거 벗긴 기억이 없는데. 슈가가 그거 걸치고 있었던 거 확실해요?"

"그렇군요. 이제야 기억이 나네요."

*아흐, 저 새침 떼는 맛에 경비견 노릇을 한다니깐.*

그는 미치광이 같은 광기에 시달렸다. 그녀의 몸에 두른 이불을 빼앗고 그녀의 척추에서 풀기가 전부 빠질 때까지 마구 뒤엉키고 싶었다. 하지만, 물론, 참았다. 보르가드 듀프리 님은 무엇보다 현재 근무중인 경찰인 것이다. 그는 어깨를 쫙 폈다.

"옷 입고 나와요, 줄리엣 로즈 제안할 게 있어요."

줄리엣은 잘 손질된 눈썹을 치켜올렸다. 그의 입에서 나올 제안이 어떤 종류인지 미루어 짐작이 간다는 식이었다. 하지만 반론을 제시하진 않았다. 그녀는 조용히 침실로 사라졌다.

십 분도 채 되지 않아 침실에서 나온 여자는 북부의 그 올바른 님이었다. 머리칼은 한 올 흐트러짐 없이 올려졌고 몸매는 허투루 맨살을 허용치 않는 하늘하늘한 꽃무늬 드레스에 가려졌다. 하지만 페티큐어가 되어 있는 섹시한 맨발와 유혹적인 색조의 립스틱이 더해진 도톰한 입술, 턱의 긁힌 상처는 애스터 로웰 양의 반듯한 이미지와 대치되었다.

보는 그녀에게 의자를 가리켜 보였다. 저 단정하고 세련된 외관 뒤에 도사리고 있는 관능적인 여자를 끌어내고 싶은 본능에 무릎을 꿇기 전에 얼른.

"생각해 봤는데 말이죠,"

그는 그녀의 앞에 쪼그리고 앉아 천천히 뒷말을 이었다.

"내가 그간 본 사건에 완전히 마음을 비우고 달려든 건 아니었던 것 같아요. 뭐랄까, 반감 같은 게 조금이지만 아주 없지 않았어요."

"첫날부터 나를 끌고 프렌치 쿼터 지구를 휩쓸었던 사람이 누구죠? 당신은 <반감 같은 것> 정도를 품었던 게 아니에요. 그 이상이었어요."

"프렌치 쿼터 방문 건은 본 사건과 연결시키지 말아야 해요."

보는 소리 높여 주장했다.

"그건 <네 팬티 내놔> 사건 때문이었잖아요. 그리고 본 사건에도 고무기가 사용된 만큼 클라이드 리뎃을 찾아 쿼터 지구를 돌아다녔던 시간과 노력은 결코 헛된 게 아니었구요."

그는 머리를 털었다.

"내가 하려던 말은 이게 아닌데. 좌우지간, 달링, 이제는 내가 가장 뛰어난 능력을 발휘하는 영역으로 돌아갈 때가 되었다 이 말씀이에요."

줄리엣의 시선이 침실 쪽으로 향했다.

보는 웃음을 터뜨렸다.

"그 영역 말고 형사 일."

"오."

그녀는 얼굴을 붉히며 웃었는데 그 웃음소리는 놀랄 만치 외설적이었고 보는 적잖이 놀라 눈을 깜박거렸다.

"그럼 당신은 형사 일을 보통 잘하는 게 아니겠군요."

그는 그녀의 의자 팔걸이를 움켜쥐었다.

"자꾸 이렇게 나오면 내 두 번째로 뛰어난 능력을 다시 증명하는 수가 있어요. 침실에서."

보는 단호하게 자리에서 일어났다.

"하지만 내가 참아 드리죠―난 공무수행중이니까. 혹시 경찰 놀이하고 싶지 않아요?"

"경찰 놀이?"

"내가 가장 잘하는 일을 하는 동안 그림자처럼 따라다니는 게 당신의 역할이에요."

"보, 난 호텔 일을 해야 해요. 개관 사전 칵테일 파티가 겨우 며칠 뒤이고……."

"알아요, 장미. 알기 때문에 경찰 놀이를 제안한 겁니다. 당신 주변의 기류가 최근 들어 급격하게 불온해졌는데 범인의 공격 목표인 당신을 놔두고 사건 단서를 찾으러 다니기가 꺼림칙하거든요. 그러니까 이러면 어떨까요? 오전은 당신 일에 할애하고, 오후에는 고무기와 관련된 범죄 자료들을 컴퓨터와 서류를 통해 조사하는 데 쓰고, 밤에는 리뎃의 행방을 수소문하는 거예요."

"빡빡한 일정이군요"

"하지만 생산적이죠. 어때요?"

"좋아요"

"아주 좋았어!"

보는 그녀에게 짧지만 힘찬 키스를 했다. 떼고 싶지 않은 입술을 억지로 떼며 그는 섬뜩한 예감에 사로잡혔다. 이 기분이 혹시 '사' 자로 시작되는 감정의 전초전? 에이, 설마. 보는 가슴을 조이게 하는 불길한 예감과 싸우며 자신을 합리화했다. 줄리엣의 뉴올리언스 체류는 한시적이다—언젠가 떠날 여자이다. 그녀가 이곳에 있고 또 그를 원하는 한 이 관계를 즐기지 말아야 할 이유가 전혀 없다. 그가 십 년에 걸쳐 세워 왔던 계획 A안은 나중에, 줄리엣이 추운 북쪽 지방으로 돌아간 다음에 실행해도 충분하다.

그런데 이상하군. 그녀가 보스턴의 콧대 높은 가족들 곁으로 돌아갈 거라는 생각에 왜 멀쩡한 심장께가 찢어지듯 아플까. 심장 부근뿐 아니라 배 전체가 다 아픈 것도 같고……. 아마 허기 때문인가 보다. 아침 먹을 때가 훨씬 지났잖아?


"나를 피하는 거니, 막둥아?"

조시 리는 컴퓨터에서 고개를 들었다. 문간에 루크가 서 있었다. 그녀는 상사의 눈치를 살피고 쌀쌀맞게 말문을 뗐다.

"가드너 경사님, 지금은 사담을 나눌 때도 장소도 아니……."

루크는 대뜸 거리를 좁혀 그녀의 팔뚝을 움켜잡았다. 그는 행정부 보조에게 고개를 돌렸다.

"실례해도 되겠죠?"

요청이라기보다 강압적인 요구에 가까운 어조였다.

콘스탄스 워너는 어정쩡하게 웃어 보였다.

"물론이지. 머리를 식히고 와, 조시. 점심 먹자마자 내리 일만 했잖아."

조시 리는 우거지상이 되었다.

"배려해 주셔서 고마워요. 곧 돌아올게요."

그녀는 순순히 루크에게 끌려갔지만 경찰서 문을 나서자 매정하게 팔을 뿌리쳤다. 그녀는 냉정한 분노의 기세로 따졌다.

"내 상사 앞에서 꼭 그럴 필요가 있었어?"

"필요까진 없었을 테지."

루크는 좌절감에 사로잡혀 매끄럽게 면도된 머리통을 문지르며 그녀를 응시했다.

"네가 나를 피한다는 인상을 받고 돌아버렸어."

조시 리는 아무 말도 하지 않았다. 그녀는 뒷목에 손을 깍지 끼고 서 있는 루크를 바라보며 심장이 알싸하게 죄어드는 느낌이었다. 그 순간 그녀의 우선 순위가 제자리를 되찾았다.

"미안해."

그녀는 그의 삼두박근을 가볍게 쓸어내리며 사과했다. 그는 팔을 툭 떨구고 긴장된 시선을 조시 리에게 못박았다.

"내가 오빠를 피했던 거 맞아. 제대로 설명조차 못할 이유에서 말이야. 이런 내 말이 어처구니없게 들릴 거야."

조시 리는 어렵게 설명을 이어나갔다.

"오늘 아침 일의 잘잘못을 따지자면 우리 오빠가 분명히 잘못했어. 하지만 내가 나가라고 했을 때의 오빠 표정이 머릿속에서 떠나질 않고 기분이……."

그녀는 넌더리를 내며 한숨을 푹 내쉬었다.

"엉망이야, 정말."

"죄책감을 느낀다는 소리구나."

"내 말이 바로 그거야! 오빠도 그래?"

"당근이지."

루크는 그녀의 시선을 붙잡고 놔주지 않았다.

"하지만 너를 포기할 만큼은 아냐."

"나를 포기하지 않는 게 신상에 좋을걸. 그건 내가 원하는 일이 아냐."

조시 리는 웃음기 없는 웃음을 짧게 토해냈다.

"내가 원하는 건 전부를 다 갖는 거야. 그것도 손쉽게. 하지만 그 방법을 모르겠어. 어떻게 하면 전부를 손쉽게 다 가질 수 있을까?"

그녀는 루크에게 한 발 다가갔다.

"선택해야 할 상황이 닥치면 난 오빠를 선택할 거야. 진심이야. 오늘 오후에는 잠시 흔들렸어."

"나와 보 가운데 누구를 선택해야 하지 않아도 돼. 그런 상황 자체가 벌어지지 않을 테니까. 보는 생각을 돌릴 거야—내가 약속해."

루크는 경찰서 밖의 대리석 기둥 뒤에 숨어 그녀를 껴안았다.

"너도 나한테 약속해야 할 게 있어. 어떤 문제가 생겨도 숨기지 마. 난 그럼 미쳐."

그는 포옹에 힘을 넣으며 그녀의 정수리에 턱을 얹었다.

"네가 어떻게 이토록 빨리 나한테 소중한 사람이 되어버렸는지 모르겠다."

"이 정도가 빠르다구? 난 평생 오빠를 기다려 온 기분이야."

조시 리도 힘껏 포옹을 되돌렸다.

"그리고 오빠는 이제 공식적으로 내 거야. 오빠 자신이 콘스탄스 앞에서 그렇게 선언했잖아."

고개를 뒤로 젖히고 그녀는 루크에게 활짝 웃었다.

"퇴근 시간 즈음에는 우리 소문을 모르는 사람이 없을걸."

# 18

성가신 소음이 시작되었을 때 줄리엣은 곤히 잠들어 있었다. 그 소음은 그치는가 싶으면 끈질기게 다시 시작되었지만 불행 중 다행으로 음량이 낮았다. 그녀는 소음을 무시했다. 피곤함이 어두운 바다의 역류처럼 의식의 경계를 철썩거리며 그녀를 망각의 심연 속으로 끌어들이는 찰나 보가 깨어났다. 줄리엣은 그의 나직한 욕설을 들었다. 그는 그녀를 떼어낸 다음 침대 가장자리로 몸을 굴렸고 그 소음이 갑자기 그쳤다. 그녀는 비몽사몽을 헤매며 소음의 진원지를 짐작했다―보의 삐삐소리였구나.

보가 전화기의 숫자판을 눌러대기 시작할 때 그녀는 다시 의식의 끈을 놓고 수면의 세계로 흘러가고 있었다. 하지만 그의 입에서 첫마디가 나오자, 줄리엣은 확 깼다.

"아나벨? 밤 1시에 대체 뭔 일이냐?"

보는 잠시 듣기만 하다가 불신에 찬 소리로 물었다.

"침실에 뭐가 있다구? 맙소사. 안 돼, 난 이곳에서 일하는 중이야. 못 간다니까. 글쎄, 안 된다고 했잖니. 너 혼자 해결해. 아냐, 넌 할 수 있어. 그럼 방문을 닫고 거실 의자에서 자…… 그래…… 그래, 알았다! 숨 크게 쉬고 진정해. 내가 갈 때까지 문이나 닫고 있어. 지금 출발할게."

통화하며 그가 침대 가장자리에 앉은 시점에서 줄리엣도 한쪽 팔꿈치에 체중을 받치고 몸을 일으켰다. 그의 말투에는 장기적인 관계에서 형성된 친근함이 배어 있었다. 어떤 끔찍한 생각이 난데없이 그녀의 뇌리를 스쳤다.

"보르가드 당신, 설마…… 유부남?"

개구리 같은 소리가 튀어나오자 줄리엣은 목청을 가다듬었다. 그녀는 이불을 겨드랑이 아래에 끼고 침대 머리맡에 기대어 앉았다.

보는 무례한 비음과 함께 몸을 돌렸다.

"유부남은 무슨! 난 총각이고, 가까운 미래에도 유부남 대열에 낄 생각은 전혀 없수다. 여자들 문제에 겨드랑이까지 빠져 허우적대다 가까스로 탈출했는데 그 수렁에 또 뛰어들라구?"

그는 자리에서 일어나 바지를 찾았다.

"차라리 콱 죽고 말지."

"상당히 모욕적이군요. 우리가 몇 번 같이 잤다고 해서 내가 당신의 총각 시절에 종지부를 찍을 꿍꿍이라고 단정짓지 말아요."

노기를 찾을 수 없는 목소리였다. 그녀는 너무 피곤한 나머지 기분이 나쁘고 자시고 할 여력조차 없었다.

"어련하시겠수. 헹, 내가 정신이 나갔지. 댁 같은 부잣집 딸내미가 나 같은 놈하고 장기적인 관계를 맺으려 할 턱이 있나."

보는 왠지 모르지만 무지무지하게 속상했다. 그는 인상을 팍 쓰고 그녀를 째려보았다.

"옷 입어요. 새끼악어 잡으러 어느 침실로 출동해야 한다구요."

줄리엣은 어리둥절함을 금치 못했다.

보는 비비꼬아 덧붙였다.

"내 세계로 온 걸 환영하우."

십 분 후 보가 자동차의 시동을 거는 옆에서 줄리엣은 안전띠를 매고 좌석의 등받이에 기대며 하품했다. 물론 예의 바르게 손으로 입을 가리고 그들은 지난 며칠 동안 새벽부터 자정까지 일해 왔기 때문에 줄리엣은 현재 의문사항들이 있긴 했지만—어디로 가는 거죠 등등—그 질문을 머릿속에서 문장으로 배열하기도 전에 잠들었다. GTO의 친근한 부르릉거림, 넓은 좌석과 부드럽게 낡은 가죽시트의 감촉을 마지막으로 수면에 빠져든 그녀의 다음 의식은 목과 어깨를 문지르는 감각이었다. 보가 차 밖에서 허리를 숙여 그녀를 부드럽게 주물러 주고 있었다.

"일어나요, 줄리엣 로즈."

보가 중얼거렸다.

"다 왔어요."

"어디가 어디예요?"

줄리엣은 안전띠를 풀었다. 하품이 터져나오자 이번에는 입을 가리는 시늉조차 하지 않았을 뿐더러 늘어지게 기지개까지 켰다. 그녀는 차에서 내려 흐느적거리며 보의 어깨에 기댔다.

"이 시간에 악어를 잡아 달라고 한 사람이 누구예요?"

"아나벨이라고 내 둘째동생이에요."

보는 보조석 문을 닫고 한적한 주택가의 어느 집으로 그녀를 이끌었다.

"응석받이죠. 내가 자기 인생의 아주 사소한 장애까지 제거해 주는 사명을 띠고 이 땅에 태어난 줄 알아요."

"악어의 침실 방문은 아주 사소한 장애라고 할 순 없죠."

보는 어깨를 으쓱거렸다.

"어쨌거나."

초인종을 누르기가 무섭게 푸른색 대문이 열리고 흑발의 아담한 여자가 나왔다.

"드디어 왔구나, 오빠!"

그녀는 줄리엣의 존재에 놀라 눈을 깜박거렸다.

"어…… 안녕하세요."

"안녕하세요."

"줄리엣, 얘가 내 동생 아나벨이에요. 아나벨, 이쪽은 줄리엣 로즈 애스터 로웰이야."

"응?"

아나벨은 이 예상치 못한 손님이 오빠의 인생에서 어느 자리를 차지하고 있는지 궁리하는 것마냥 까만 눈썹을 치켜올렸지만 이내 눈을 동그랗게 떴다.

"아! 오빠가 신변보호를 맡은 그분이구나!"

보는 줄리엣을 집안으로 떠밀고 등뒤로 문을 닫았다.

"내가 일하는 중이라고 말했잖아. 넌 나뿐 아니라 줄리엣의 수면까지 방해한 거야. 우리한테 적어도 프랄린은 내놓는 게 좋을걸."

그는 볼멘소리로 툴툴거렸지만 줄리엣은 이 상황 전체에 매료당했다. 그녀는 아버지가 딸을 구하려고 한밤중에 일어나 자동차를 모는 모습을 상상해 보았다…… 아니, 상상하려 했지만 상상이 되지 않았다. 아버지라면 사람을 고용해 딸의 문제를 맡길 것이다.

"베갯잇 가져와."

보의 명령에 아나벨이 서둘러 베갯잇을 대령하자 그는 다시 지시했다.

"내가 악어를 처리하는 동안 둘은 부엌에서 기다려."

이어 그는 고개를 숙여 동생과 눈높이를 맞추었다.

"괜찮니, 아나벨? 그런데 악어가 어쩌다 네 침실에 있냐?"

"나도 모르겠어. 화장실의 수도관을 타고 온 모양이야. 아니면 내가 아까 현관문을 열어 놓았을 때 들어왔거나."

아나벨은 진저리를 쳤다. 그녀는 오빠의 까실까실한 턱을 가볍게 쓰다듬었다.

"와줘서 고마워, 오빠. 자는데 끌어내서 미안해. 하지만 컴컴한 침실에서 내 쪽으로 엉금엉금 다가오는 악어를 봤을 때 기절하시는 줄 알았어."

"그래, 그래, 그랬겠지."

보는 투덜거리면서도 동생을 보듬어 안아 주고 침실 안으로 들어가 문을 닫았다.

아나벨은 줄리엣에게 돌아섰다.

"수면을 방해해서 죄송해요. 나를 정신나간 여자라고 생각하겠죠?"

"행운아라고 생각해요. 한밤중에 달려와 줄 사람이 있다니 부러워요."

"보 오빠는 우리 자매들의 기사예요. 비록 성질머리는 고약하고 갑옷은 녹슬었지만서두."

아나벨의 미소에는 애정이 담뿍 담겨 있었다.

"부엌으로 가요, 차를 끓여 줄게요."

그녀들이 차와 함께 집에서 만든 프랄린을 즐기며 이런저런 대화를 이어나가는 동안 침실에서는 간헐적으로 쿵 또는 팍 하는 소음과 보의 줄기찬 욕설이 나직하게 들려 왔다. 잠시 후 보가 밖으로 나왔다. 그의 손에 들린 베갯잇은 처음과 달리 아래가 묵직하게 쳐져 있었다. 보는 어깨에 힘주고 거들먹거리며 짧은 복도를 가로질렀다. 가무잡잡하고, 사내답고, 자신만만한 모습으로.

줄리엣의 얼굴에 열기가 몰렸다. 발가락들이 샌들에서 구부러졌다. 그가 시원시원하고 신속하게 임무를 달성한 모습을 대하자 그의 또 다른 탁월한 능력이 떠오른 것이다.

보는 의기양양하게 베갯잇을 공중으로 치켜올리며 주먹으로 가슴을 꽝꽝 쳐댔다. 아나벨이 까르르 웃으며 뛰어 일어나 그의 승리를 축하했다. 반면 줄리엣은 가만히 앉아 있었다. 그녀의 속에서 불쑥 치솟아오른 압도적인 소유욕에 충격을 먹고 손가락 하나 까딱하지 못했다.

어떤 남자를 향해서도 소유욕을 느껴 보지 못했던 줄리엣이었다. 하지만 지금은 보 듀프리를 갖고 싶었다. 그뿐만이 아니었다. 그녀도 그에게 속하고 싶었다. 보의 특별한 사람, 소중한 사람, 그가 한밤중에 일어나 달려오게 만드는 사람이 되고 싶었다. 줄리엣은 이런 기분을 원하지 않았다. 보에게 단지 성적으로 강하게 끌리는 거라고 믿고 싶었고 또 그렇게 믿어 왔다. 지난 며칠 동안 그렇게 믿으려고 안간힘을 써 왔다.

그러나 이건 성적인 끌림 이상이었다. 줄리엣은 어느덧 보르가드 듀프리에게 흠뻑 반한 것이다. 여동생들을 대하는 그의 부성애적인 태도가 그녀의 마음을 녹였다. 사랑을 나눌 때 자신의 전부를 쏟아 붓는 그 강렬한 집중력도, 직업에 대한 그의 사랑과 헌신도, 유머감각도 좋았다. 보의 전부가 너무나 좋았다.

*오 이런 난 그와 사랑에 빠져버린 거야.*

보는 식탁에서 의자를 뺐다. 그는 의자의 등받이를 앞으로 해서 걸터앉으며 베갯잇을 바닥에 털썩 내려놓았다. 베갯잇 속에서 성질 난 악어가 사납게 꿈틀거렸다. 아나벨이 까악 비명과 함께 뒤로 물러나자 보는 구부정한 미소를 지었다.

"걱정하지 마. 베갯잇의 주둥이를 묶어 놨어."

그는 손바닥으로 식탁을 탁 내리쳤다.

"이 용사에게 상을 달라."

아나벨이 프랄린 접시를 오빠에게 밀어 주었다.

"커피하고 같이 먹을래, 아니면 우유를 줄까?"

"우유."

보는 줄리엣에게 시선을 던졌다.

"왜 그대는 잠자코 있느뇨?"

그는 오만하게 손가락을 까딱거리며 재촉했다.

"어서 찬양가를 부르도록 하여라."

줄리엣은 갑자기 깨달은 보에 대한 사랑 때문에 혼비백산한 터였다. 아찔한 정신을 수습할 요량으로 올린 머리에서 빠진 머리칼을 속절없이 만지작거릴 뿐이었다. 그녀는 평정을 긁어모아 그와 가까스로 눈을 맞추었다.

"오 보르가드 님, 어쩜 그리도 세고 크신가요."

"죽여주게 직설적이구만. 악어와 한 판 더 뛰어야겠는걸."

그의 얼굴에서 비스듬한 미소가 싹 가시고 긴박한 빛이 어렸다. 보는 어둡고 강렬한 표정으로 그녀의 목덜미를 잡아먹을 듯이 응시했다.

"왜요?"

줄리엣은 그의 시선이 꽂힌 목으로 손을 내렸다.

하지만 아나벨의 동작이 더 빨랐다. 보의 둘째여동생은 몸을 내밀어 줄리엣의 흘러내린 머리칼을 목에서 걷어냈다. 그녀는 드러난 맨살을 유심히 들여다보더니 오빠를 향해 고개를 휙 돌렸다. 아나벨의 눈빛은 불신과 의혹에 찬 그것이었다.

줄리엣은 목덜미를 만져 보았지만 별다른 감각을 느끼지 못했다.

"왜 그래요?"

그녀는 고개를 갸우뚱거렸다.

"둘 다 뭘 보고 있는 거예요?"

보는 가슴에 팔짱을 꼈다. 그는 차갑고 방어적인 표정으로 동생을 대했다. 아나벨은 자식의 비행을 적발한 어머니처럼 오빠를 향해 손가락질했다. 줄리엣은 손거울을 찾아 지갑을 뒤졌다.

"보르가드 버틀러 듀프리!"

아나벨이 와락 소리를 질렀다.

"내가 오빠만이 아니라 줄리엣도 깨웠다는 말을 들었을 때는 각자 다른 방에서 자고 있는 줄 알았어."

그녀는 오빠의 코 아래에 대고 손가락을 흔들며 다그쳤다.

"하지만 저 목에 난 자국들, 오빠가 내놓은 거 맞지?"

줄리엣은 거울을 확인하고 손으로 목덜미를 탁 가렸다. 그녀는 경악한 채 듀프리 남매를 응시했다.

"이 무슨!"


셀레스트는 줄리엣의 사무실 안으로 고개를 들이밀었다.

"안녕하세요, 로웰 양?"

그녀는 사무실 한 구석을 점거하고 있는 형사를 본척만척했지만 이쪽으로 날아오는 그의 시선은 의식했다. 듀프리 경사는 그녀에게 짧고 예리한 눈빛을 던지고는 이내 손안의 컴퓨터 출력지에 관심을 돌렸다.

셀레스트는 흠칫거렸다. 처음 대하는 줄리엣의 머리 풀어헤친 모습에 놀란 것이다. 애스터 로웰 양은 상당히…… 야성적이었다. 천박해 보였다. 줄리엣이 고개를 들자 셀레스트는 야성적으로 물결치는 굵은 웨이브에서 시선을 잡아떼 젊은 아가씨의 잿빛 눈에, 온당한 색의 눈에 맞추었다.

"금요일 칵테일 파티 때문에 들렀어요."

노부인은 말문을 뗐다.

"파티의 진행 순서를 알면 내가 도움을 줄 수 있을까 싶어서요."

줄리엣은 따뜻하게 미소를 지었다.

"감사합니다. 록산느가 정리한 계획서를 찾아볼게요."

그녀는 책상의 서류 뭉치들을 뒤지기 시작했다.

셀레스트는 사무실을 가로질렀다.

"파티의 참석자 명단을 보고 기쁨을 금치 못했어요. 초특급 명사들이 명단에 대거 끼어 있더군요. 그 보스턴 클럽의 회원들을 다른 손님께 소개하는 일에 우리의 노력이 중복되는 경우를 피하는 게 좋지 않겠어요?"

"감사 연설을 할 때만 제외하고는 파티 순서가 딱히 정해져 있는 건 아니지만 계획서를 보며 이야기하기로 해요."

줄리엣은 서류를 찾았다.

"여기 있군요. 보?"

그가 고개를 들자 줄리엣은 책상 너머의 의자를 가리켰다.

"헤인즈 부인을 위해 저 의자를 내 옆으로 옮겨 주겠어요?"

보는 자리에서 일어나 책상으로 다가왔다. 그는 한 손으로 의자를 옮겨놓고 셀레스트에게 앉으라는 몸짓을 해보인 다음 제자리로 돌아갔다.

셀레스트는 저토록 시건방진 청년이 그녀와 남편의 몰락을 초래할 수도 있다는 가능성에 치를 떨었다. 하지만 그녀는 품위 있게 감정을 숨기고 의자에 앉았다.

이야기가 거의 끝나갈 무렵 셀레스트는 우연히 줄리엣의 목을 주목했다. 애스터 로웰 양의 머리칼이 잠깐 앞으로 떨어져 울긋불긋한 목덜미가 드러난 것이다. 셀레스트의 전신이 분노로 굳어졌다. 그녀는 누구나 알다시피 하룻밤 강아지가 아니다. 고로 눈에 보이는 것이 무엇인지 간파했다. 저런 깨물린 자국을 가리켜 '러브 바이트'라고 한다. 요즘의 저속한 젊은것들은 더러 '히키'라고도 부른다. 요컨대 애스터 로웰 양은 남부의 쓰레기 백인에게 휩쓸려 정도를 이탈하고 나무랄 데 없는 집안에 먹칠을 한 것이다. 이 무슨! 양키인 것도 모자라 양키 창녀가 그녀, 셀레스트의 집을 차지하게 되다니!

셀레스트 헤인즈는 치를 떨었다. 하지만 그 누구와 달리 자신의 사회적인 위치와 의무를 명심하고 있는 몸답게 끝까지 싸늘한 예의를 지켰다. 그녀는 격조 있게 사무실에서 벗어나 씩씩거리며 걸음을 옮겼다. 남편과 쓰고 있는 거처에 들어서자 설렁줄을 과감하게 잡아당겼다.

뭘 해야 하는지는 자명해졌다. 그 방법론까지 분명해졌다. 줄리엣이 본인의 파멸 시기와 방법을 직접 귀띔해 준 것이나 마찬가지다. 이런 모순적인 상황도 발생하다니 역시 세상에는 정의가 존재한다. 이제는 수단만 확보하면 된다.

수단 이야기가 나왔으니 말인데 릴리는 어디 갔지? 릴리는 요즘 들어 짜증나리만치 행동이 느려졌다. 시간이 한정되어 있는 이 마당에 릴리가 지금처럼 꾸물거린다면 어찌 일을 도모할 수 있겠는가. 그 늙은 하녀가 나타나는 즉시 정원의 광으로 보내리라. 톱이 속히 필요하다.


이틀 후 보는 여전히 산란한 심신을 주체하지 못했다. 원인은 줄리엣의 러브 바이트 자국이었다. 그녀의 울긋불긋한 목덜미를 볼 때마다 저 자국을 자신이 내놓았다는 사실이 그렇게 흐뭇할 수 없었다. 또한 줄리엣과 몸을 포갠 채 그녀의 양손을 머리 위로 고정시키고 기다란 목을 입술로 탐했던 감촉도 매번 생생하게 떠올랐다. 십대 소년도 아니면서 이토록 유치한 반응을 보이는 자신이 좀…… 창피하고 낯간지럽지만 어마어마한 만족감과 뜨거웠던 기억을 누르기란 불가능했다.

이 문제에 관해서만큼은 누구의 의견도 그를 괴롭히지 못했다. 심지어는 동생들의 의견마저도. 이건 보르가드 듀프리의 역사상 유례없는 일이다. 사실 아나벨이 그를 비행 청소년처럼 닦아세울 때 보는 상관하지 말라고 길길이 날뛸 뻔했지만—꼬리를 잡힌 비행 청소년의 전형적인 반응을 보일 뻔했지만—자제력을 발휘해 그저 점잖은 눈빛만으로 동생을 제압했다.

*제압? 꿈도 야무져라.*

보는 코웃음을 쳤다. 동생이 초점 풀린 동태눈에 제압될 정도면 그의 인생은 한결 순탄하게 풀렸을 것이다. 모르긴 몰라도 지금쯤 뉴올리언스의 절반이 줄리엣의 힉키 자국에 대해 알고 있을걸.

하지만 신경 쓰지 말자. 그딴 일을 걱정할 시간이 없다. 그보다 훨씬 중요한 일, 예를 들자면 줄리엣의 서릿발 같은 태도를 누그러뜨리는 데 할애할 시간조차 부족한 마당이 아니더냐. 줄리엣은 그의 여동생들처럼 고래고래 소리를 질러대거나 문을 꽝꽝 닫아대진 않았지만 목소리조차 높이지 않고 불쾌한 심기를 적나라하게 전달하는 재주가 뛰어나다.

보는 냉수통 쪽을 향해 눈동자를 또르르 굴렸다. 줄리엣이 그곳 책상에 앉아 열심히 일하는 중이었다. 세상에서 가장 안전한 곳을 꼽으라면 경찰 휴게실이 으뜸이고, 따라서 보는 그녀를 달고 경찰서에 출퇴근하다시피 했다. 줄리엣은 그가 고무기와 관련된 범죄 자료들을 컴퓨터에서 찾는 동안 호텔 일을 보려고 오늘은 록산느까지 끌고 온 터였다. 하지만 록산느는 일을 젖혀두고 베튼코트 형사와 눈맞추느라 바빠 보였다. 줄리엣은 보좌관의 태도에 아랑곳하지 않고 핸드폰을 거의 귀에 붙인 채 일하는 데 여념이 없었다.

러브 바이트 자국은 다시 머리를 올려도 될 만치 흐려졌지만 그녀는 아직 머리를 내려 목을 감추고 있었다. 보는 눈동자를 바로했다. 그리고 컴퓨터 화면을 노려보았다. 그의 낙인을 줄리엣의 전신에 찍어 놓아야 할 것 같은 이 절박함이 도대체 어디에서 비롯되었는지는 정말이지 모를 노릇이다.

"나와 동생을 영원히 피할 생각이야, 듀프리?"

보는 고개를 들었다. 루크가 그의 책상 옆에 호전적으로 서 있었다. 보는 왕년의 친구이자 현재의 원수를 시덥지 않은 눈길로 훑어보았다.

"난 누구도 피한 적 없어."

"그렇다면 왜 집에 들르지 않지? 벌써 사흘째 전화 한 통 하지 않았잖

아. 그리고 이곳에 수시로 드나들면서 나를 철저하게 외면하거나 조시 리한테 인사하러 가지 않았던 이유가 뭐야?"

루크는 눈을 가늘게 좁혀 떴다.

"난 아무래도 상관없어. 하지만 조시 리는 자네를 그리워하고 있어."

"과연 그럴까?"

보의 얼굴이 경찰 특유의 무표정한 것으로―'나는 귀신도 못 속이는 경찰'―굳어졌지만 그 역시 동생이 그립기는 마찬가지였다. 그러나 조시 리와 루크가 붙어 있던 장면이 머릿속에서 지워지질 않았다.

"내가 마지막으로 봤을 때 걔는 자네 때문에 눈코 뜰 새 없이 바빠 보이던데."

"하려는 이야기가 대체 뭐야? 침실 이야기? 조시 리와 나의 그런 문제는 자네가 상관할 바가 아냐. 그녀는 더 이상 열세 살이 아니라구!"

보는 자리에서 퉁겨 일어났다. 이제 그들은 서로 맞닿도록 각자 턱을 내밀고 맞선 채 눈싸움을 벌였다. 하지만 언성은 높이지 않았다.

"내 동생이 몇 살인지는 알고 있다."

보는 잇새로 내뱉었다.

"하지만 조시 리는 경험 면에서 아직 어려. 경험 많은 누구에게 이용당할 수 있어."

"동생을 몰라도 한참 모르는군. 조시 리는 누구에게 이용당할 만큼 만만한 여자가 아냐."

루크는 파트너에게 얼굴을 더 들이밀었다.

"내가 그녀의 경험 부족을 이용해 먹는 거라면 자네는?"

그는 줄리엣을 향해 고갯짓을 했다.

"자네는 저쪽에게 옹골찬 포부를 밝혔어? 뉴올리언스의 법적으로 자유로운 여자들 절반과 놀아날 계획이라고 밝힌 다음에 저쪽의 목에 피 빤 자국을 내놓은 거야? 그럴 리 있나. 맘껏 즐기고 그녀가 이곳에서 일을 마치면 보스턴 행 비행기에 태워 보내실 생각이겠지."

루크는 깨끗하게 면도된 머리통을 쓰다듬으며 한 발 물러섰다.

"후우. 이러지 않으려고 했는데. 그래, 관두자 관둬. 자네처럼 일단 마음먹으면 요지부동인 친구에게 말해 봐야 무슨 소용이 있겠어."

그리고 돌아서서 가버렸다.

보는 자리에 앉았지만 아무것도 뵈는 게 없었다. 컴퓨터 화면의 글자들이 온통 뒤엉켜 보였다. 그는 지나치게 빠른 호흡을 늦추려고 애썼다. 숨을 폐 속에 몇 분 담아 두었다가 내뱉기를 반복했다. 격분한 심장이 밖으로 튀어나오려고 가슴의 벽을 쳐댈 때는 이성적인 생각이 불가능했다.

아나벨이 역시 입을 놀리고 다녔군. 우라질. 연애 경력이 백지나 다름없는 오빠가 어느 여자와, 그것도 직업적으로 거리를 두어야 할 여자와 얽혔다는 사실은 듀프리 집안의 통신망을 뜨겁게 달구어 놓았겠지. 루크마저 그 소식을 듣고 달려와 저 교활한 혀를 놀려대는 것 좀 보라.

하지만 그 따위 수작에 넘어갈 보르가드 듀프리 님이 아니다. 루크가 조시 리의 단물을 빨아먹는 식으로 그가 줄리엣을 이용하고 있다는 주장은 천부당만부당하다. 줄리엣은 서른둘이나 먹은 어엿한 성인이다, 대학을 갓 졸업한 풋풋한 사회인이 아니라. 그가 줄리엣을 붙잡아 앉혀 놓고 우리의 관계는 이 선까지라고 한계를 그어 준 건 아니지만 상류사회의 양키 공주님이 남부의 중산층 경찰에게 영원한 사랑을 바랄 리 없지 않은가. 그 남부의 중산층 경찰이 빚더미에 올라앉은 가난뱅이일 때는 더욱더. 줄리엣은 일을 마치고 고향으로 돌아갈 계획일 테고, 그는 그 사실에 흥분의 전율을 금치 못해야 마땅하다. 훗날 가뿐하게 그의 옹골찬 환상을 추구해도 거리낄 게 없는 상황이다.

가증스런 루크의 말에 흔들리지 말자. 보 듀프리는 루크 유다 같은 위선자가 아니다. 그는 단지 현실주의자일 뿐이다.

# 19

　가든 크라운 호텔은 불야성을 이룬 가운데 입추의 여지없이 붐볐다. 줄리엣은 지금까지 그녀를 놔주지 않았던 셀레스트의 손에서 겨우 벗어나 숨을 돌렸다. 보스턴 클럽의 회원들은 대단히 좋은 사람들이긴 했지만 그녀가 평생 속해 온 사교계 지인들과 별 다른 점이 없었기에 셀레스트의 흥분을 나누어 갖기 어려웠다. 줄리엣은 오히려 호텔의 개관 사전 칵테일 파티가 열렸다는 것 자체에서 기쁨과 흥분을 맛보았다. 이 파티는 그간 기울여 왔던 모든 노력의 결실이 처음으로 표면화되었다는 점에 의의가 있다.

　칵테일 파티는 성공리에 진행되고 있었다. 아름답게 차려입은 손님들이 속속 도착하고 웨이터들은 바삐 오가며 샴페인과 오르되브르를 원활하게 공급했다. 줄리엣은 팽팽한 긴장을 잠시 늦추었다. 여자 화장실의 바닥 타일이 아슬아슬하게 때를 맞추어 완공된 터였다. 막판까지 각종 기술자들은 연회업체, 화훼업체, 주류 선정 담당자와 경쟁이나 하듯 임시 무도회장을 들락거리며 줄리엣의 관심을 요구했다. 록산느가 곁에 있으니 망정이지 그렇지 않았더라면 몸이 열 개가 있어도 모자랐을 것이다.

줄리엣이 보스턴 클럽의 회원들을 접대하느라 옴짝달싹못하는 동안 그녀의 보좌관은 파티 시작을 앞두고 산적한 문제들을 척척 해결해 주었다.

"멋진 파티요, 로웰 양."

줄리엣은 돌아섰다.

"페이퍼 서장님."

그녀는 까맣게 잊고 그에게 약속했던 초대장을 보내지 않았지만 몸에 붙은 예의상 자동적으로 손을 내밀어 악수를 청했다.

"와주셔서 감사합니다. 옆에 계신 분은 사모님이신가요?"

"그렇다오. 나의 더 나은 반쪽이지."

서장대리는 두 여자를 서로 인사시켰다.

그때 줄리엣은 등뒤로 바짝 다가온 존재를 느끼고 보르가드임을 직감했다. 그녀는 고개를 돌려 자신의 직감이 옳았음을 확인하고 그를 앞으로 가볍게 밀었다.

"서장님과는 당연히 아는 사이일 테고, 페이퍼 부인과도 안면이 있나요?"

보르가드의 턱시도 차림은 눈부셨다. 아버지에게 물려받았다는 말이 무색하리만치 턱시도는 보에게 장갑처럼 딱 맞았다. 셔츠의 흰색은 가무잡잡한 피부를 제외하고 머리, 눈, 의상 일체가 검정인 보를 돋보이게 해주었다. 그는 파티 전에 면도를 다시 했는지 갸름한 뺨이 새틴처럼 부드러웠다.

보는 아낌없이 매력을 흩뿌려 페이퍼 부인에게 말을 더듬게 만들어 놓았다. 하지만 그녀의 남편에게는 차디찬 눈빛을 던졌다.

"인력 충원 요청을 거절해 놓고 이곳에 얼굴을 내밀다니 누구는 배짱도 좋아."

곧이어 그는 목소리를 낮추었지만 여전히 페이퍼 부인까지 알아듣기에 어려움이 없는 음량이었다.

"그 누구 덕분에 다른 누구들은 이곳의 출입자들을 쫓아다니며 신분을 확인하느라 악몽 같은 며칠을 보내야 했지."

페이퍼 서장대리는 부하의 빈정거림을 깡그리 무시했다. 그는 줄리엣에게 고개를 돌리고 기름을 발라놓은 듯한 매끄러운 언변을 과시했다.

"아가씨의 아버어어님과 마침내 만나는 영광을 갖게 되어 기쁘기 그지없소이다."

줄리엣은 갑자기 굳어진 몸에서 의식적으로 힘을 뺐다.

"아버지께선 현재 다른 프로젝트 때문에 바쁘신 터라 시간을 내지 못하셨습니다."

보가 그녀의 등에 따뜻한 손을 얹었다.

"춤출까, 달링?"

"그럴까요?"

줄리엣은 페이퍼 부부에게 미소를 지었다.

"저는 아직 우리 악단의 수준을 가늠해 볼 기회를 못 가졌어요. 실례해도 될까요?"

"더러운 밥통 같으니."

보는 무도장에서 그녀를 품에 안으며 중얼거렸다.

"저런 머저리들 때문에 뉴올리언스 경찰국이 무능하다고 욕을 얻어먹는 거야."

줄리엣의 고개가 번쩍 들렸다.

"당신, 지금 뉴올리언스라고 한 거 알아요?"

"뉴올리언스를 뉴올리언스라고 하지, 루이지애나라고 해야 하나?"

"<ㄴㅠㅇㅗㄹ ㄹㅣㅇ ㅓㄴ 스>요."

보는 코 아래로 그녀를 내려다보았다.

"관광객이나 <ㄴㅠㅇㅗㄹ 리ㅇ ㅓㄴ 스>라고 하는 거예요, 장미."

"하지만 당신은 계속……."

줄리엣은 그의 까만 눈썹이 들리는 것과 거의 동시에 알아서 뒷말을 잘랐다.

"그 모두가 장난이었군요. 순진한 양키를 골탕먹이는 장난."

"아니, 전술의 일부였지. 달링한테 경비견 교체를 요구하게 만들 수 있

252  수잔 앤더슨

다고 생각할 만큼 내가 멍청했던 시절의 전술."

보는 그녀의 허리를 슬슬 더듬었다.

"하지만 그 시절은 물 건너간 지 오래죠. 난 과연 똑똑한 놈답게 진실을 곧 꿰뚫어보았으니까. 당신에게는 내 보호가 절대적으로 필요해."

그는 줄리엣과 시선을 맞춘 채 퉁명스레 화제를 바꾸었다.

"잘난 아빠는 다른 프로젝트에 묶여 있다구요?"

"아, 예."

"그 프로젝트만 아니었으면 이 자리에 와서 달링의 밤을 축하해 주었을 텐데. 딱하게 됐는걸."

줄리엣의 입에서 말릴 사이도 없이 씁쓸한 웃음이 터져나왔다.

보는 6인조 악단의 연주에 맞추어 스텝을 밟으며 그녀를 더 가까이 안았다.

"내 말이 틀렸군."

"아버지는 내 첫번째 피아노 발표회에도 오지 않으셨어요. 고등학교와 대학교 졸업식 때도."

그녀는 담담하게 표정을 관리했다는 확신이 들었을 때야 보를 향해 고개를 들었다.

"주변 여건과 상관없이 아버지는 이곳에 안 오셨을 거예요."

"밥통보다 더하잖아."

보는 그녀의 몫까지 분개하는 눈치였다. 굳어진 턱의 성난 모습은 왠지 줄리엣의 마음을 가볍게 해주었다. 보는 미간에 잡힌 주름을 곧 풀었다. 그는 쥐고 있던 그녀의 오른손을 자신의 넓은 어깨에 얹게 하고 줄리엣을 양팔로 부둥켜안아 왈츠의 정식 자세를 무너뜨렸다.

"오늘밤 진짜, 진짜 예쁘다는 소리를 했던가요?"

"고마워요."

"그 드레스, 맨살도 좀 드러나는 것이 아주 딱인걸."

줄리엣은 고개를 절레절레 흔들며 눈동자를 굴렸다.

"달링도 오늘밤 드레스가 평소의 옷보다 훨씬 섹시하다고 인정하시지요. 이제 달링에게 다리가 있는지 의아해할 사람이 없을 것으로 **아뢰오.**"

보는 그녀의 어깨 너머로 목을 쑥 뽑아 아래를 내려다본 다음 **하얀** 웃음을 번쩍거렸다.

"끝내 주는 각선미야."

"내 평소의 옷차림이 어디가 어때서 꼬투리예요?"

"꼬투리는 무슨. 좋은 소녀처럼 보이게 하는 옷들이다, 뭐 그런 **이야기**일 뿐이지."

줄리엣은 모욕당한 기분이었다. 그녀는 도도하게 눈썹을 세웠다.

"난 나답게 옷을 입는 것뿐이에요."

"당신이 좋은, 아주 좋은, 아주아주 좋은 여자라는 걸 난 알지."

불화살이 줄리엣의 혈관을 타고 돌았다. 여자에게 섹시해진 기분이 들게 해주는 보르가드 듀프리야말로 좋은, 아주 좋은, 아주아주 좋은 **남자**이다. 줄리엣은 충동적으로 그의 목덜미에 키스했다. 입술을 떼자 **그에게** 찍힌 립스틱 자국이 눈에 들어왔다. 줄리엣은 엄지손가락으로 **화장품 흔**적을 지워 주며 묘한 미소를 흘렸다.

"그 웃음의 정체가 뭐지?"

보는 고개를 뒤로 **빼고** 그녀를 유심히 살폈다. 그의 얼굴에는 **이제 경**계의 빛이 가득했다.

그녀의 입끝이 미미하게 더 올라갔다.

"글쎄요?"

"어라, 점점 더. 아무래도 내가 큰일을 당하게 생겼군. 여자의 **저런 미**소는 남자에게 엄청난 시련의 도래를 예고하는 서막인데."

줄리엣은 웃음을 터뜨렸다.

"상상력도 참."

"소인에게는 <상상력도 원……>이라는 품평이 어울리나이다. 무슨 꿍꿍이인지 자수하소서."

"꿍꿍이 같은 건 없어요."

하지만 자수해야 할 건 있다―'내 거라는 낙인을 찍어 놔야 할 **긴박감**

에 대해 이해하게 되었어요.' 자신의 흔적을 뒤에 남겨 놓아야 할 강박적인 욕구는 캠핑족에게만 국한되지 않는 모양이다. 줄리엣은 만족에 찬 한숨을 쉬며 그의 목덜미에 이마를 댔다.

"떨려요, 장미?"

"아뇨. 왜요?"

"감사 연설을 해야 하는 것 때문에 긴장한 나머지 이상하게 구는 건가 싶어서."

"연설은 내가 받아 온 훈련의 일부였는 걸요."

보는 반에 반 박자쯤 스텝을 놓친 것 같았지만 아마 그녀의 착각이었으리라. 왜냐하면 그는 다음 순간 그녀를 안고 멋들어지게 회전했기 때문이다.

"훈련이라면 정확하게 어떤 훈련?"

"적절한 호흡법부터 시작하여 삶의 모든 부분에 관한 훈련이죠. 난 타지의 대학으로 떠날 때까지 하루에 두 시간씩 할머니와 차를 마시며 화술, 태도, 예의범절 등을 교정받았어요."

"몇 살 때부터?"

"아마 걸음마를 떼었을 때부터."

보는 인상을 찌푸렸다.

"어렸을 때부터 <애스터 로웰 여사> 놀이에 매일 2시간이나 들이셨다?"

그의 어조에 불신이 팽배했기 때문에 줄리엣은 덧붙여 설명했다.

"좋아서 그런 놀이를 한 게 아니에요. 난 언제나 정원사의 자식들이 부러웠어요. 그 아이들은 나와 달리 밖에서 뛰어놀았는데 아주 재미있어 보였거든요."

보는 숨죽여 중얼거렸다. 그 말을 알아듣지 못한 줄리엣이 다시 한 번 반복해 달라고 요청하자, 보는 죽여주는 미소를 던지며 중요한 말이 아니었다고 얼버무렸다.

그 후에는 마술에 걸린 듯한 시간이 이어졌다. 줄리엣은 어느 때보다 예쁘고 섹시하고 재기발랄해진 기분에 사로잡혔다. 그리고 그녀는 **사랑**에 빠져 있었다―대책 없는 사랑, 절대적인 사랑, 행복한 사랑에. 보에게 고백하려 했지만 지금은 적당한 **때가** 아닌 것 같았고 그건 또 그 **나름대**로 괜찮았다. 지금은 보를 끌고 다니며 사람들에게 소개시켜 주고 웃음과 농담과 춤을 즐기는 것만으로도 즐거웠다.

11시에 줄리엣은 그림자처럼 뒤따르는 보와 함께 주계단을 오르기 **시**작했다. 아래층 로비가 한눈에 들어오는 회랑에는 소형 탁자가 **마련되어** 있었다. 줄리엣은 그 탁자에서 작은 종을 들고 흔들었다.

딸랑딸랑, 하는 맑은 종소리가 울려퍼지자 모두가 회랑 쪽으로 고개를 들어올렸다. 삽시간에 정적이 내리깔렸다. 줄리엣은 종을 내려놓고 **마이**크를 잡았다.

"여러분의 시간을 몇 분만 빌릴까 합니다."

그녀는 사람들을 향해 미소를 지으며 입을 뗐다.

"짧게 말을 마칠 생각이지만 이 자리에 와주셔서 감사하다는 **인사를** 생략하는 실책은 범할 수 없지요. 크라운 사의 임직원 일동은 여러분의 아름다운 도시에 진출하게 된 점에 대해 긍지를 느끼고 있으며 이를 계기로 많은 분들과 새로이 친목을 다지는 행운을 누렸습니다. 오늘 여러분을 이 자리에 모시기까지는 에드워드와 셀레스트 헤인즈 씨의 도움이 컸습니다."

줄리엣은 이어 그녀를 각종 모임에 초대, 뉴올리언스 사교계에 **따뜻하**게 맞이해 주었던 몇몇 개인을 열거하며 일일이 인사하고 가장 **고맙게** 생각하는 사람의 이름을 거론했다.

"호텔 개관의 견인차 역할을 했던 한 여성을 소개하고 싶습니다. 록산느, 이리 나와 주겠어?"

그녀는 아래의 사람들 사이에서 깜짝 놀란 보좌관의 얼굴을 찾아내고 환한 미소와 함께 앞으로 나오라는 몸짓을 했다. 록산느가 인파를 가르며 계단을 오르는 동안 줄리엣은 마이크에 대고 뒷말을 이었다.

"호텔 개관의 실무 과정에서는 아수라장을 피할 길이 없답니다."

공석에서 총알받이가 되었던 사건까지 감안하면 아수라장이라는 표현은 상당히 부족하지.

"돌발적인 상황이 끊이지 않고 지속적인 관심을 요구하는 일들이 연잇는 이런 작업에 선뜻 발을 들여놓아 문제를 처리할 수 있는 사람은 찾기 어렵지요."

보가 록산느에게 길을 내주자 줄리엣은 보좌관의 어깨를 감싸안으며 앞으로 이끌었다.

"여기 이 여성은 복잡한 문제를 우아하고도 효율적으로 처리하는 뛰어난 능력과 아울러 책임감을 보여주었습니다. 여러분, 록산느 데이비스를 소개합니다."

줄리엣은 보좌관이 관심의 스포트라이트를 받을 수 있도록 뒤로 물러나 사람들과 함께 박수를 쳤다. 그녀는 목소리를 낮추어 록산느에게 소곤거렸다.

"고마워. 록산느는 하늘이 보내신 선물이야."

그리고 마이크를 내밀었다.

"사람들에게 한마디해."

록산느의 얼굴은 어찌나 붉어졌는지 생강가루를 뿌려놓은 듯한 주근깨마저 보이지 않았다. 줄리엣은 뒤늦게 자신의 실수를 깨달았다. 손마디가 하얗게 되도록 회랑의 난간을 부여잡고 있는 저 태도로 미루어 록산느는 만인의 시선을 한 몸에 받자 비참하리만치 자의식에 사로잡힌 게 틀림없었다.

박수소리가 죽자 줄리엣은 마이크를 입에 댔다.

"와주셔서 다시 한 번 감사드려요. 아무쪼록 즐거운 시간이 되시길 바랍니다."

마이크를 탁자에 내려놓고 줄리엣은 고개를 돌렸다. 그녀의 보좌관은 안도의 한숨을 내쉬며 난간에 모든 체중을 기대고 있었다.

"미안해, 록산느를 사람들 앞에서 창피 주려던 게 아니었어. 내가 생각이 모자랐어."

"미안해하지 마세요."

여전히 빨개진 얼굴의 록산느가 수줍어하는 미소를 지었다.

"평상시의 내 태도로는 아무도 모르겠지만 나는 사람들 앞에 서면 얼어붙어요. 난 지금 기쁘고 자랑스러워요."

록산느는 몸을 똑바로 하다 말고 이맛살을 찌푸렸다. 그녀는 난간을 다시 잡고 힘껏 흔들었다.

"이상하다. 건들거리는 것 같아……."

우지끈 소리와 함께 난간이 록산느의 손 아래에서 부러졌다. 몇 초 전만 해도 안전한 받침대였던 난간에 3피트 길이의 빈 공간이 생긴 것이다. 록산느는 휘청거렸다. 그녀의 한 발이 그 공간 너머로 미끄러지자 줄리엣은 몸을 던졌다. 줄리엣은 보좌관의 팔뚝을 잡았지만, 록산느는 남은 발의 중심마저 잃고 떨어지며 줄리엣까지 끌고 갔다.

"안 돼!"

보의 고함이 아래 로비에서 이는 비명들을 제압하고 쩌렁쩌렁 울린 순간, 줄리엣은 허리에 감기는 근육질의 팔을 의식했다. 그녀의 몸이 뒤로 당겨졌다.

록산느는 하얗게 질린 낯빛으로 공중에 대롱대롱 매달려 있었다. 줄리엣은 보좌관의 팔뚝을 잡고 놓아주지 않았다. 록산느가 로비의 대리석 바닥과 충돌하느냐 마느냐는 오직 줄리엣의 가느다란 양팔에 달린 것이다. 갖가지 소름 끼치는 영상들이 그녀의 머릿속에서 줄달음질쳤다. 두 팔은 떨어져나갈 듯이 아팠다. 손바닥에서는 땀이 났다. 록산느를 잡은 손이 줄줄 미끄러졌다.

"오, 이런!"

좌절감과 두려움의 눈물이 치솟아 록산느의 질린 얼굴이 부옇게 흐려졌다. 줄리엣의 손에서는 시시각각 힘이 빠져나갔다. 록산느가 다시 일 인치쯤 미끄러져 내렸다.

그때였다, 보가 그녀의 어깨 너머에서 손을 뻗어 록산느의 팔뚝을 잡았다. 줄리엣은 두 여자의 체중을 지탱한 채 굳건히 자리를 지키는 그의 불끈거리는 허벅지 감촉을 등뒤로 느꼈다.

"손을 떼……."

"안 돼요!"

"줄리엣, 시키는 대로 해."

보의 명령은 간결했지만 반대를 용서하지 않는 어조였다.

"나에게 맡기고 옆으로 물러나. 그녀를 들어올리고 싶어도 당신이 중간에 있으면 힘을 쓸 수 없어."

그녀는 보좌관의 팔뚝에서 손가락을 하나씩 떼었다. 줄리엣의 일생일대에 이보다 더 힘겨운 순간은 없었다. 손을 완전히 뗐는데도 록산느가 대리석 바닥으로 추락하지 않자 줄리엣은 엉금엉금 물러나 거친 숨을 몰아쉬었다.

"록산느 씨, 내 말 들립니까?"

보는 줄리엣의 자리를 차지하고 무릎을 꿇었다.

"내 얼굴을 봐요, 슈가……. 좋아요. 이제 다른 팔도 들어올려요. 아래는 보지 말고! 나에게 손을 내미는 데만 집중해요"

록산느는 죽어라고 쥐고 있던 부러진 난간을 마지못해 놓았다. 난간의 일부가 곧장 떨어져 대리석 바닥과 충돌하며 요란한 소음을 일으켰다.

"밑은 내려다보지 말고 나만 봐요."

보가 재차 명령했다.

"손을 이리 줘요―옳지, 옳지, 바로 그렇게―조금만 더……. 잡았다!"

힘이 들어간 그의 어깨와 등과 팔뚝 근육이 턱시도 재킷 위로 울퉁불퉁하게 불거진 것과 동시에 보는 록산느를 가뿐하게 끌어올려 줄리엣의 옆에 내려놓았다.

두 여자는 무릎을 꿇은 채 서로를 얼싸안았다. 줄리엣은 끊어진 난간에 임시방편으로 줄을 감아놓으라고 누군가에게 지시하는 보의 음성을 어렴풋이 알아들었다. 그녀는 포옹을 살짝 풀고 보좌관의 머리칼을 쓸어넘겼다.

"괜찮아? 기분은 어때?"

줄리엣은 록산느의 어깨를 가볍게 밀어내며 보좌관을 훑어보았다.

"일어설 수 있겠어?"

서로를 부축해 가까스로 일어난 후 줄리엣은 록산느의 드레스를 매만져 주었다.

"우리에게 가장 필요한 게 뭔지 알아?"

"진정제 한 병씩."

"진정제 대신 샴페인으로 해. 제일 큰 잔으로."

"병나발을 불기로 해요."

록산느는 동의했다. 그녀는 흥분한 웅성거림으로 들썩거리는 로비를 내려다보고 줄리엣에게 시선을 돌렸다.

"한 가지는 분명하네요."

그녀는 건조하게 논평했다.

"가든 크라운 호텔은 발사된 로켓처럼 여론의 집중을 받게 될 거예요, 틀림없어요. 오늘밤의 이 작은 일화 덕분에 우리는 돈주고도 살 수 없는 홍보 효과를 누리게 되었어요. 지난주의 총격 사건까지 보태어지면 더욱더."

# 20

타오르는 분노가 보의 혈관을 타고 돌았다. 그는 멀쩡하던 난간이 그냥 끊어졌을 가능성 따윈 고려조차 하지 않았다. 설령 그런 가능성을 염두에 두었던들 현장을 쓰윽 살펴보는 것만으로도 우연한 사고설을 접어두기에 충분했다. 난간에는 톱질된 흔적이 역력했다. 이건 살인미수 사건이다. 누군가 줄리엣이 감사 연설을 하는 도중 난간에 기댔었다가 추락사하길 바라고 고의적으로 일을 꾸민 것이다.

누가 그리고 왜 그랬는지는 죽었다 깨어나도 알 길이 묘연하지만, 젠장, 보는 기필코 범인을 영창에 처넣으리라 결심했다.

하지만 범인을 잡기란 공원 산책처럼 쉽게 풀릴 성싶지 않았다. 엄청난 숫자의 사람들이 지난 주 호텔을 드나들었기 때문이다. 칵테일 파티 일정이 로비의 게시판에 붙여져 공고된 건 아니지만 호텔의 모든 직원이 칵테일 파티에 대해 알고 있었고 뉴올리언스의 시민들은 말하길 좋아한다. 누구든 마음만 먹으면 다른 집의 포크 숫자까지 알아낼 수 있는 대도시가 뉴올리언스이다.

보는 록산느를 안전하게 구해내고 곧바로 수사에 착수했다. 그는 우선 밥통과의 사전 조율 작업에 들어갔다. 페이퍼 서장대리는 민간인들과 똑같이 과열된 분위기에 휩쓸려 전형적인 사교계 사람과 신나게 대화에 열중해 있었다. 으이그, 일생에 도움이 안 되는 인간이로다. 보는 밥통의 팔꿈치를 잡고 거칠게 돌려세웠다.

"루크 가드너를 이 사건에 붙여 주십시오."

보는 이를 갈며 요구했다.

"지금 당장."

페이퍼는 반론을 제기하지 않았다. 오늘밤과 같은 사건이 벌어질까 우려하여 인력 충원을 수차례 요청했던 보의 건의를 가볍게 묵살한 뒤라 여기에서 더 실책을 저지르면 꼼짝없이 비판의 도마에 오르게 되리란 사실을 예측한 것이다. 페이퍼는 턱시도 재킷의 안주머니에서 얄팍한 핸드폰을 꺼냈다. 3분 후 서장대리는 통화를 마치고 핸드폰을 도로 넣었다.

"루크가 10분 내로 도착할 거야."

보는 감사 인사를 생략했다. 매정하게 돌아선 그는 가장 체격이 건장한 두 명의 웨이터를 차출해 호텔의 출구를 봉쇄했다. 그와 루크가 이 자리의 모두를 상대로 수사를 벌이기 전에 누구도 빠져나가지 못하게 하기 위한 조치였다.

그건 불필요한 조치로 판명되었다. 아무도 빠져나가려 하지 않았기 때문이다. 샴페인이 빠른 속도로 소비되었으며 들뜬 웅성거림의 수위가 하늘을 찔렀다. 살인 미수 사건 덕분에 칵테일 파티는 뉴올리언스 사교계에서 초대권 받아내기 경쟁이 가장 치열한 커뮤스 카니발 무도회* 못지않게 분위기가 화끈 달아올랐다.

보는 그럼에도 얼마 후 루크와 세 명의 정복 경찰들이 도착할 때까지 긴장의 끈을 늦추지 않았다. 보는 정복 경찰들 가운데 둘에게는 웨이터들 대신 호텔의 출입 봉쇄를 맡기고 나머지 한 명은 줄리엣과 록산느에

---

* Comus carnival ball. 1857년 조직된 뉴올리언스에서 가장 오래된 조직 위원회가 여는 무도회. 마르디 그라의 밤에 개최되고 TV로도 생중계됨. 왕과 여왕 및 기사들을 뽑는 방식은 1882년 확립되어 오늘날까지 이어져 내려온다.

게 배치했다. 그런 다음 루크에게 사건의 개요를 간략하게 설명했다.

"갈수록 태산이군."

루크가 고개를 설레설레 흔들며 소감을 밝혔다.

"내 말이 그 말이야."

보는 맞장구를 쳤다.

"범인이 유서 깊은 건물 보존에 목숨을 건 미치광이라면 범행 목적은 간단해—호텔을 망하게 하는 것. 그러나 일이 놈의 뜻과는 반대로 돌아가고 있어. 놈은 호텔의 대외 홍보비를 어마어마하게 절약해 주고 있다구. 뭐, 가든 크라운이라는 이름이 호텔 관계자의 소망처럼 일간지의 사교계난이나 경제면을 장식하진 않겠지만 사람들이 줄리엣을 보기 위해 구름떼처럼 모여들걸. 어떤 여자이기에 광적인 살의를 불러일으켰나 구경하려고. 한편, 범인이 역사적인 건물 보존주의자가 아니라면……. 줄리엣의 가족 관계를 내일 당장 점검해 보는 게 좋겠어."

"그녀의 대단한 아빠가 자금난에 부딪혔다고 생각해?"

"이 시점에서는 뭐라고 단정지을 수 없어. 모든 각도에서 철저하게 파헤쳐 범행 동기를 찾아내야지. 줄리엣의 유산 상속인이 누구인지 확인해 보면 재미있는 결과가 나올지도 몰라. 그녀에게 거액의 신탁이 설정되어 있고 토마스 로웰이 투자에 실패해 자금 압박을 받고 있을지 누가 알겠어? 그치는 딸 사랑이 극진한 아버지 같진 않더라구. 줄리엣의 할머니도 손자손녀라면 사족을 못 쓰는 전형적인 할머니 유형은 아냐."

보는 생각에 잠겨 의문점을 차근차근 열거해 나갔다.

"하지만 사건의 열쇠는, 확신컨대, 고무기야. <네 팬티 내놔> 사건과 우연히 때를 맞추어 고무기가 다른 범행에 사용되었다고는 보기 어려워. 두 사건 사이에 어떤 연결고리가 존재할 거야."

"내 감도 그래."

"자네하고는 손발이 맞을 줄 알았다니까."

보는 잠시 망설이다 마지못해하며 뒷말을 이었다.

"조시 리 문제 말인데, 내가 자네와 그 아이의 관계에 대해 약간 지나친 반응을 보였던 것 같아."

"약간?"

루크가 코웃음을 쳤다.

"자네는 엄청 지나친 반응을 보였어."

보는 인상을 구기고 파트너를 노려보았다.

"좋아, 내가 평정을 좀 잃었다고 해두자."

"자네는 평정을 완전히 잃었었어."

보는 루크에게 얼굴을 들이댔다.

"사과하는 사람한테 이렇게 나오기야?"

"사과하려면 똑바로 해. <그랬던 것 같다>느니 <저랬다고 해두자>는 식으로 스리슬쩍 넘어가지 말고."

루크도 보에게 턱을 밀어붙였다.

"그녀가 자네 때문에 울었다는 거 알아? 난 조시 리를 위해서라면 달이라도 따다 바칠 만큼 미쳐 있어. 따라서 그녀의 눈에서 물 떨어지게 만든 자네가 아주 마음에 안 들어."

"조시 리가 잘도 울었겠다."

보는 속이 뻔한 거짓말을 늘어놓는 친구에게 마구 빈정거렸다.

"내 지성을 모욕하지 마, 가드너. 조시 리는 뜨거운 프라이팬을 들고 나를 쫓아다닌 애야."

"자네 요즘 왜 이래? 평소에는 스스로 알아서 깨닫던 친구가 어쩌다 이렇게까지 둔해빠진 먹통이 되어버린 거야? 조시 리는 자네가 밟고 지나간 땅바닥까지 숭배해. 하지만 나와 사랑에 빠졌어. 우리 사랑은 상대의 결점까지 수용하는 성숙한 사랑이야. 감정만 앞서는 아이들의 풋사랑이 아니라구. 조시 리는, 더 이상, 아이가, 아냐."

루크는 잇새로 따박따박 끊어 강조했다.

"알아들었나?"

"조시 리가 아이가 아니라는 건 벌써 알고 있었다 뭐."

보는 꿍얼꿍얼 토를 달았지만 막내동생이 어른임을—왠지 가슴 아픈 그 사실을―진정으로 알기 시작했다.

"그럼 이것도 알아둬."

루크가 내친 김에 강경하게 말을 이었다.

"조시 리는 자네를 사랑하고 나와의 관계에 허락 도장을 받고 싶어해. 그 때문에 힘들어하고 있어. 하지만 자네가 동생의 성인 선언을 끝끝내 받아들이지 않아도 나와 조시 리는 서로를 포기하지 않아. 내가 호시탐탐 기회를 노리다 자네 여동생에게 달려들었다고 생각해? 천만의 말씀. 난 평생 영계를 쫓아 다녀본 적도 없고 원조교제에 나서 본 적도 없어. 사내로서의 내 자존심은 멀쩡하다구. 난 어리고 순진한 것을 지배하며 흐뭇해하는 졸렬한 남자가 아냐."

보는 코웃음을 쳤다.

"내 동생을 지배할 수 있는 놈이 있으면 나와 보라고 그래. 도시락 싸들고 다니면서 조시 리가 지배당하는 꼴 좀 구경하게."

루크가 히죽거렸다.

"내 도시락도 싸와."

보는 어색하게 어깨를 들썩거렸다.

"내일 시간을 내서 조시 리와 이야기를 나누어 볼게."

다음 말이 좀처럼 입에서 떨어지지 않았지만 그는 루크도, 동생도 잘 알고 있기 때문에 숨을 크게 들이쉬고 뒷말을 뱉었다.

"둘의 관계에 허락 도장도 찍어 주지."

"잘 생각했어."

보는 파트너를 째려보며 을러댔다.

"하지만 내 동생에게 상처 주면, 가드너, 자네는 끝이야 끝!"

"말하면 입 아프지, 듀프리."

"알면 됐어."

그는 혼잡한 로비를 둘러보았다. 기분이 찜찜했다. 요즘에는 만사가 그의 통제에서 벗어나는 것 같다.

"일이나 하자. 사건을 어서 해결해 버리고 내 인생을 정상으로 되돌려야겠어."

루크의 표정이 묘하게 변했는데 저 표정은 암만 해도 연민 같다는 의혹이 보의 뇌리를 스쳤다. 그가 놓쳐버린 중요한 뭔가를 파트너는 알고 있는 듯했다. 보는 어깨를 펴고 방어적으로 말했다.

"난 정상적인 삶을 되찾을 거야."

"편할 대로 생각해, 친구. 생각은 자유랬어."

셀레스트는 못마땅했다, 실은 대단히 못마땅했다. 그녀는 출세한 비서의 주위에서 맴도는 줄리엣을 곱지 않은 눈초리로 살폈다.

하늘도 무심하시지. 생명이 9개나 된다는 고양이 중에서 벼룩 투성이의 들고양이들은 잘도 죽어 나가자빠지던데 저 양키 걸레는 어떻게 그런 고양이들보다 더 목숨이 질기단 말인가. 그녀의 타이피스트는 또 어떻고. 허락도 없이 건방지게 난간에 기대어 일을 망쳐버린 잡종 같은 년이다. 죽을 것은 죽지 않고, 구석에 박혀 있을 것은 나와 설치니 무슨 일이 성사되랴. 아아, 주제도 모르는 것들에게 둘러싸인 이 고달픔이여.

그것들의 꼴사나운 광경에 듀프리까지 가세하여 가위질당해 마땅한 볼거리를 연출한 다음 그 백인 쓰레기 경찰이 크리스털 전문점에 난입한 미친 황소처럼 중요인사들 사이를 헤집고 다니는 이 판국의 만족거리라면 오직 하나뿐—손님 전부가 학을 떼고 파티장을 떠나고 차후에는 가든 크라운 호텔의 이름만 들어도 넌더리 치게 될 모습이다. 무엇보다, 셀레스트 그녀가 오늘밤 이곳에 유인한 이들은 섬세한 감성과 엄격한 기준을 함양한 사교계의 노른자위인 것이다. 하지만 그들의 반응은 엉뚱했다. 모두 희희낙락해하며 오늘밤의 불상사를 순전히 자신들의 즐거움을 도모하고자 준비된 일종의 오락거리로 여기는 눈치였다. 보스턴 클럽의 회원들이 이렇게 나올 줄은 정녕 몰랐다. 그들의 수준에 대해 높은 기대치를 품고 있었건만 사람을 실망시켜도 유분수지.

이보다 기막힌 노릇은 따로 있다. 셀레스트는 사회적인 체면을 잃을 각오와 더불어 두려움을 무릅쓰고 일을 벌였다. 헌데 상당수의 지인들이 오늘밤의 초대 명단에 끼게 해준 그녀에게 고마움을 전하며 호텔 개관 무도회에도 초대받도록 손을 써준다면 그 보답으로 내년 커뮤스 카니발 무도회 때 그녀의 자리를 확보해 주겠노라 단단히 언질을 주었다. 그 무도회의 초청장은 그녀가 사교계에 데뷔한 이래 전력을 다해 매진해 온 목표였다. 요컨대, 그녀와 에드워드는 지긋지긋한 오늘밤 신분 상승의 사다리를 한 계단 더 오르는 쾌거를 이룬 셈이다. 이는 보통 경사가 아니다. 기쁘디 기쁜 일이다. 하지만…….

높이 나는 새가 더 많이 추락한다던데.


영원히 끝날 것 같지 않던 파티가 갑자기 끝나버렸다. 마지막 손님의 등뒤로 문이 닫히자 줄리엣은 안락의자에 주저앉았다. 등줄기에서 풀기가 빠지고 온몸이 흐느적거렸다.

"마침내야."

"청교도적인 엄격한 노동관 좀 버리세요."

록산느도 의자에 앉으며 꾸짖었다.

"그럼 당신은 파티를 내버려두고 일찌감치 침실로 올라가 쉴 수 있었을 거예요."

"남의 말 하기는."

줄리엣은 보좌관을 살폈다. 스트레스와 피로 때문에 록산느의 피부는 잿빛을 띠고 있었다.

"미안해, 록산느를 오늘밤 사고에 끌어들여서."

"당신 잘못도 아닌데요 뭐."

"내 잘못이야. 그 사고는 나를 겨냥하고 꾸며진 거야. 내가 연설하다 난간에 기댈 거라고 생각한 자의 소행이야."

"그자가 누군지 몰라도 진짜 돌대가리예요."

록산느의 입술이 비스듬히 말려 올라갔다.

"애스터 로웰이라면 그런 식으로 떨어져 죽어 할머니를 망신시킬 가능성 따윈 없다는 것쯤은 미리 알았어야죠."

히스테릭한 웃음이 줄리엣의 입에서 새어나왔다.

"떨어져 죽다니. 오, 정말 미안해, 록산느."

"그만하세요."

록산느는 엄한 표정을 지어 보였다.

"당신네들은 로웰 집안이 주님의 다음 자리를 차지했다고 믿고 있겠지만 오늘밤의 이런 일을 미리 아셨던 분은 오직 주님밖에 없다구요."

"알았어. 더 이상 오만이나 자책에 빠지지 않을게. 하지만 록산느가 첫 비행기를 잡아타고 보스턴으로 돌아간다 해도 난 할말이 없어."

"내가 이 모든 짜릿한 흥분을 남겨 두고 떠날 것 같아요?"

그녀는 의자 너머로 팔을 뻗어 줄리엣의 손을 잡았다.

"이건 마치 남부를 배경으로 한 고딕 연극에 출연하고 있는 기분인 걸요. 무서운 한편 오싹한 전율과 재미가 삼삼해요. 게다가……."

그녀는 희극적인 미소를 던졌다. 아니, 뼛속까지 지친 낯빛만 아니었어도 희극적이었을 미소였다.

"난 귀여운 베튼코트 형사와 내일 밤 데이트하기로 했어요. 이곳에 출장 와 처음으로 남성 호르몬 덩어리인 고기 케이크를 맛볼 참인데 그런 기회를 놓칠 순 없죠."

줄리엣은 보좌관과 맞잡은 손에 힘을 넣었다.

"자기는 최고야. 직업적인 면으로도 그렇고 인간적으로도 그래. 재미있고 영리하고 통찰력이 뛰어나. 록산느와 친구가 될 수 있다면 영광이겠어."

록산느는 상사를 응시하다 돌연 울음을 터뜨렸다.

줄리엣의 심장이 쿵 떨어졌다. 그녀는 서둘러 보좌관의 어깨에 팔을 두르고 어설프지만 진심이 담긴 포옹을 해주었다.

"내 말을 오해하지 말아 줘. 나를 친구로 받아들이지 않아도 돼. 개인적인 문제 때문에 록산느가 일자리를 잃거나 하는 경우는 없어."

"그런 게 아니에요!"

"아냐?"

감사합니다, 하느님.

"당연히 아니죠."

록산느는 줄리엣의 포옹에서 벗어나 눈물을 닦았다.

"난 거친 상황에서는 얼마든지 당차질 수 있어요. 발코니에서 떨어져도 끄떡하지 않는다구요. 신경이 쇠심줄이죠. 하지만 멋진 말을 들으면 산산조각이 나요."

그녀는 상사를, 의자 가장자리에 허리를 꼿꼿하게 세우고 앉은 줄리엣을 바라보며 다정하게 덧붙였다.

"나도 당신과 친구가 되고 싶어요. 그보다 더 바라는 일은 떠올릴 수도 없어요……. 새 천년을 맞이하며 이루어야 할 기념비적인 일들만 빼고."

줄리엣은 활짝 웃었다.

"우와."

록산느는 눈을 깜박거렸다.

"눈부시도록 찬란한 미소네요. 몸둘 바를 모르겠는걸. 친구가 얼마 없으신가 봐요, 그렇죠?"

"그래."

솔직하게 고백했다.

"알고 지내는 사람들은 많지만 진정한 친구는 별로 없어. 내 지인의 대부분은 할머니께서 골라 주셨고 다들 완벽한 모범생이야. 난 그녀들과 톱니가 맞물리지 않는 듯한 거리감을 느껴 왔어."

줄리엣은 가슴을 톡톡 두들겼다.

"여기가 본질적으로 다른 기분."

"배 한 척을 채우고도 남을 정열을 억누르느라 힘들있다는 소리네요. 당신이 부르주아 아씨들에게 이질감을 느껴 왔던 것도 당연해요. 그런 아씨들은 차가운 푸른 피가 흐르는 엉덩이를 정열에 깨물려도 뭐에 깨물렸는지 모를 걸요."

"나 자신을 특별히 정열적이라고 생각해 본 적은 없지만 어쩌면 그녀들……."

줄리엣은 말을 멈추고 피식거렸다.

"부르주아 아씨들의 평균치보다는 정열적일지도 모르지."

"확실해요."

"그럼 나는 뭐지? 차가운 푸른 피의 부르주아 아씨가 아니라면?"

"베이비."

록산느는 딱 잘라 말했다. 그녀는 친구의 고급 드레스와 흐트러진 올린 머리 그리고 달아오른 얼굴을 살핀 후 극도로 진지하게 뒷말을 이었다.

"당신은 단정하긴 하지만 뜨거운 피의 화끈한 <베이비>예요."

줄리엣은 폭소를 터뜨렸다. 자의식에서 나온 쑥스러움과 자연스런 기쁨이 섞인 웃음이었다. 하지만 그녀는 이내 웃음을 거두었다.

"내가 이렇게 웃고 즐길 때가 아냐."

그녀는 죄책감에서 중얼거렸다.

"나를 죽이고 싶어할 만큼 미워하는 사람이 있는 마당에."

"그 기분은 상상이 가요."

"맞아, 난 굉장히 창피해."

줄리엣은 고개를 끄덕거렸다.

"뭔가 중요한 사교적인 관행을 어기고 실례를 저지른 기분이야."

"하!"

록산느는 어이가 없어 눈동자를 굴렸다.

"이거야말로 묘비명에 <여기 줄리엣이 잠들다. 살해당해서 미안하다고 사과하노라>고 적힐 노릇이네. 마음가짐부터 고쳐먹으세요."

"절대로 살해당하지 않겠다는 마음가짐이면 될까?"

"그렇게 나오셔야죠. 죄스러움을 느끼는 대신 화를 내라구요."

록산느는 단호하게 대못을 박았다.

"이 사태는, 당신 잘못이, 아니에요."

고개를 든 그녀는 이쪽으로 다가오는 보를 발견했다. 그는 험악하고 결의에 찬 얼굴을 하고 있었다.

"저기 우리의 해결사가 오네요. 세상 끝까지 추적해서라도 범인을 잡아낼 사람을 고르라면 난 깜찍이 경사에게 돈을 걸겠어요."

늦은 시간이 되어서야 보는 위층으로 올라갔다. 그는 두 여자의 객실 중간 지점의 복도에서 보초를 서고 있던 경찰을 록산느의 방문 앞으로 보내고 줄리엣의 방으로 들어갔다.

이미 잠든 줄 알았던 줄리엣은 그가 들어서자 침대에서 일어났다. 보는 걸음을 옮기며 턱시도 재킷을 벗고 신발을 차버리고 나비넥타이를 잡아당겼다. 줄리엣은 무릎을 꿇고 앉아 그와 함께 셔츠단추를 풀었다. 몇 초 뒤에 셔츠는 바닥으로 떨어지고 줄리엣이 그의 목에 매달렸다.

"안아 주세요, 힘껏 안아 주세요."

보는 그 요구에 따랐지만 포옹이 그녀가 원하는 전부가 아님을 곧 깨달았다. 그녀는 그의 목덜미와 가슴에 닥치는 대로 입술을 눌러댔다. 얼마 지나지 않아 보는 줄리엣과 똑같이 달콤한 망각을 희구하며 그녀를 침대에 쓰러뜨렸다.

전희는 최소에 그쳤다. 그녀와 거칠게, 뜨겁게, 빠르게 사랑을 나누며 그의 목과 어깨에 단단하게 뭉쳐 있던 긴장이 마침내—마침내야!—풀리기 시작하는 것을 느낄 때 보는 줄리엣의 거듭되는 속삭임을 어렴풋이 포착했다. 그는 자유로이 황홀경을 날아다니는 의식을 거두어 들여 그녀의 말에 집중했다.

"사랑해요, 보르가드."

줄리엣은 그의 살에 대고 중얼거렸다.

"사랑해요, 사랑해요, 사랑해요."

그 순간 보의 풀렸던 긴장이 되돌아왔다.

# 21

"좋은 오후, 숙녀님들."

줄리엣과 록산느는 얼굴을 들고 문간의 보에게 인사를 되돌렸다. 숙녀
님들은 줄리엣의 사무실에서 고개를 맞대고 일하던 참이었다. 빨라지는
맥박을 느끼며 줄리엣은 남몰래 보의 눈치를 살폈다.

*나에게 사람의 마음을 읽는 능력이 있었으면*

오늘 아침의 보는 어딘지 달랐다. 어젯밤에 그녀를 환희와 수면의 나
락으로 떨어뜨렸던 격정적인 연인도, 평소의 적극적인 남자도 아니었다.
보는 몸을 사리고 있는 듯한 느낌을 주었다. 줄리엣은 그 이유를 묻고 싶
었지만 그보다 더욱 우둔한 질문은 없으리라 일찌감치 꿰뚫어보고 아예
입을 다물었다. 왜 그러냐고 물어 봤자 보는 의심할 여지없이 코웃음을
치며 아무 문제도 없다는 식으로 나오리라. 아무 문제도 없다니? 요즘 들
어 그녀의 인생이 '키스톤 콥스'* 코미디를 능가하는구나. 보에게는 분명
히 어떤 문제가 생겼다. 지금도 그는 경찰 가면을 쓰고 있지만 뭔가……

---

* Keystone Kops. 코미디의 왕이라 불리는 마크 세넷이 1912-1917년 사이 키스톤 스튜디오에
서 제조해 낸 일련의 작품들. 권위의식에 팽배하고 무능한 경찰을 우스꽝스럽게 풍자.

아냐, 이런 망상에 뚜껑을 덮어두자. 그에게 생각할 거리가 많기 때문이겠지.

"슬슬 나갈 준비해요."

보는 사무실 안으로 들어섰다.

"오늘은 시경의 기록실로 출동하자구요. 난 컴퓨터 화면을 들여다보면서 고무기 자료 찾는 데 지쳤어요."

그는 줄리엣의 보좌관에게 시선을 던졌다.

"록산느 씨도 동행하는 게 어때요?"

"난 안 돼요. 이곳에서 처리해야 할 일이 있어요."

"알았습니다."

양손을 주머니에 넣은 채 보는 어깨를 으쓱거렸다.

"사무실 밖에 경찰을 배치시켜 놨어요. 어떤 문제가 생길 것 같아서가 아니라 단순한 예방조치죠. 나에게 쓸 만한 인재들이 드디어 보충되었거든요. 그러니 혼자 남는다고 불안해하지 말아요."

"고마워요. 경사님이 최고예요."

줄리엣은 망설이며 말문을 뗐다.

"이곳에 다른 경찰들이 배치되었다면 나도 남을게요."

보의 옆에 있고 싶은 마음이 굴뚝 같지만 그래도…….

"호텔 개관식 준비 때문에 눈코 뜰 새 없이 바쁘고 할 일이 태산처럼 쌓여 있어요."

보는 안 된다고 버럭 소리를 질러 일침을 놓으려 했지만 그 본능적인 반응을 아슬아슬하게 자제했다. 찰나적으로 이성이 째깍째깍 돌아간 것이다. 그는 어젯밤 속이 철렁 내려앉는 듯했다. 좀더 정확히 말하자면, 그의 등뒤에서 철문이 꽝 닫히고 빗장까지 찔러져 퇴로가 막힌 채 자신이 오매불망 소원해 왔던 모든 환상들과 영원히 바이바이하게 되느냐 마느냐의 갈림길에 서 있다는 무서운 현실과 맞부딪친 기분이었다. 보는 저도 모르게 한 발 물러섰다. 손바닥으로 허벅지를 문질러 대면서.

"그, 그럼 남아요."

귀찮게 딸린 사람 없이 경찰다운 경찰 업무를 수행할 수 있는 자유야 말로 이쪽에서 바라던 바이다. 북부의 올바른 님 열병 때문에 의사를 찾아갔던들 이보다 더한 명처방은 나오지 않았을걸.

*그래, 그녀와 거리를 두는 거야.*

"하지만 새로운 신변 경호 담당자의 눈 밖에서 벗어나지 말아요, 줄리엣. 잠깐 록산느 씨와 나와 봐요. 새 담당자와 인사시켜 줄게요."

잠시 후 상견례가 끝나자 록산느는 사무실로 곧장 돌아간 것과 달리 줄리엣은 호텔 로비의 정문까지 보를 배웅했다.

"에에, 저 말이죠."

보는 문 쪽으로 슬금슬금 뒷걸음질치며 말을 헤맸다.

"그러니까……. 그렇지, 그럼 나중에 봐요……."

"부탁 하나만 들어주겠어요?"

그는 깜짝 놀라 문의 손잡이를 놓쳤다. 줄리엣 로즈 애스터 로웰 씨가 남의 말을 중간에서 가로채다니? 보는 그녀를 향해 눈을 끔벅거렸다.

"물론이죠. 무슨 부탁인데요?"

"당신 동생들을 호텔의 개관 무도회에 초대하고 싶……."

"어잉?"

두려움이 왕쥐처럼 보의 자부심이자 기쁨조인 신체 부위를 갉아먹기 시작했다. 아이고. 이 여자가 본격적으로 그의 발목을 잡으려고 나섰구나. 가족들까지 끌어들여서 말이다.

*도망가! 도망가! 빨리 도망가야 해!*

"아니, 아니, 달링, 그럴 필요 없어요 진짜예요."

"나를 대신해서 동생들을 초대해 주세요 부탁이에요. 좀더 일찍 생각해 냈어야 하는데 때를 놓쳤고 이제는 정식 초대장을 발부하긴 늦었어요. 당신이 바쁘다면 나에게 전화번호를 가르쳐 주세요. 내가 직접 연락할게요."

"돼, 돼, 됐어요."

보는 그녀의 진지한 잿빛 눈망울을 비스듬히 피하며 어깨를 움츠러뜨렸다.

"내가 동생들에게 연락할게요. 저, 나는 조금 급해서 이만 가야 될 것 같은데……."

"그러세요."

"먼저 돌아서요, 슈가. 당신이 경비견의 보호 범위에 들어설 때까지 난 이곳에서 한 발도 떼지 않을 겁니다."

"그에게도 이름이 있어요."

"그 친구의 이름이 벤튼이라는 거 나도 알아요. 어서 벤튼의 곁으로 돌아가요, 천사표. 그래야 나도 일하러 갈 수 있죠."

줄리엣이 작별 인사 키스를 하려고 몸을 내밀자 보는 화들짝 물러났다. 키스를 피하는 편이 그녀와 거리를 두는 데 한결 도움이 되겠지.

"이따 밤에 봐요."

그녀는 턱을 세우고 준엄한 눈빛을 던졌다. 보는 자신이 지렁이가 된 느낌에 사로잡혔다. 하지만 그녀는 아무 말도 하지 않은 채 돌아섰다. 휴우, 살았다. 가슴을 쓸어내리며 그는 여왕처럼 당당하게 벤튼의 옆을 지나쳐 사무실로 들어가는 줄리엣을 지켜보았다. 그녀의 꼬챙이 같은 등뒤로 문이 닫혔을 때야 그도 돌아섰다.

GTO를 몰고 시내를 가로지르면서 보는 그녀 걱정을 할 필요가 없다고 거듭하여 되뇌었다. 줄리엣은 안전하리라, 그녀와 록산느 둘 다. 무엇보다 그가 손수 벤튼을 뽑지 않았는가. 게다가 그에게는 숨쉴 공간이 절실하다.

하지만 그의 초조한 성마름은 좀처럼 가라앉지 않았다. 그는 찜찜한 기분인 채로 시경의 기록실에 틀어박혀 헤아릴 수도 없이 많은 필름을 영사기에 계속 바꾸어 걸었다. 판독하기 어려운 필체들의 모호한 미궁 속으로 빠져드는 짓은 기분전환에 결코 바람직하지 않다. 그럼에도 보는 영사막 위에 되살아난 과거의 사건 보고서들을 눈이 아프도록 훑고 또 훑었다.

그 결과, 허탕만 쳤다.

보는 퇴근 시간이 되자 영사기에서 물러났다. 피곤한 눈 두덩이를 문지르는 그의 입에서 넌더리나는 한숨이 절로 새어나왔다. 그는 확인이 끝난 자료를 수첩에 기록해 놓은 뒤 필름을 반환했다.

호텔로 돌아가는 마음은 어수선하기만 했다. 그는 충동적으로 운전대를 꺾어 집으로 향하기 시작했다. 막내동생과 이야기를 나누어 보겠다고 루크에게 약속한데다 그의 진짜 삶을 확인하고 기반을 확실히 해두어야 할 필요가 절박하게 치솟았다.

집은 텅 비어 있었다. 그리고 지옥의 대기실보다 더 후텁지근했다. 보는 당장 냉장고에서 하나 남은 맥주를 꺼낸 다음 천장의 선풍기를 켜고 티-본 워커의 CD를 플레이어에 넣었다. 그는 의자에 널브러져 커피 테이블에 발을 올려놓은 채 우편물을 뒤적거렸다.

띠리링 하며 기타 뜯는 소리에 이어 테너 섹스폰이 굵직하게 가세하고 드럼의 현란한 박자가 스피커에서 흘러나오자 보는 청구서에서 고개를 들었다. 이런 블루스 락은 언제나 그의 분위기를 놀이 문화로 조율했고 놀이 문화 하면 스트립주점이고 스트립주점은 다시 줄리엣을 떠올리게 했다. 그는 거실을 둘러보았다. 그녀가 이곳을 어떻게 생각할까? 궁전 같은 환경에서 자란 양키 공주의 눈에는 그의 집이 오두막처럼 보이겠지. 큰일이군…….

보의 발이 커피 테이블에서 탕 떨어졌다. 그는 앉은 자세를 불편하게 뒤척거렸다. 제기랄. 왜 이따위 어리석은 고민을 하는 거지? 줄리엣이 이곳에 와볼 가능성도 없는데. 그렇다고 그가 그녀를 집으로 데려오고 싶은 것도 아니잖은가. 그럴 마음은 전혀 없다, 정말이다. 보는 맥주병을 기울여 마지막 한 모금까지 들이켰다.

그때 문이 열리고 조시 리와 루크가 나란히 들어섰다. 오빠를 발견하자마자 조시 리의 눈에 어리는 경계심을 보며 보는 이맛살을 찌푸렸다.

하지만 조시 리는 그녀답게 재빨리 순발력을 회복했다.

"보르가드 님께서 어쩐 일이셔? 내 정조대에 채운 자물쇠가 여전한지 확인하러 왔나 보지?"

"조시."

루크가 나무라는 어조로 입을 열었지만 보는 파트너에게 고개를 저어 보이고 자리에서 일어났다.

조시 리는 즉각 호전적인 전투 자세를 취했다.

보는 조심스럽게 동생에게 다가갔다.

"정조대를 확인하러 온 거 아냐. 그러기에는 부엌이 너무 가까워. 남자란 부엌에서 최후를 맞을 수도 있는 법이거든."

양손을 주머니에 넣은 채 그는 동생 앞에 서서 고개를 비딱하게 기울였다.

"내 식대로 하자면 넌 아흔다섯 살까지 숫처녀로 늙게 될 거야. 그게 나의 솔직한 심정이야. 하지만 이성적으로 굴지 않았다가는 너와 끝장날 거라고 루크가 충고하더라. 그래서 사과하러 왔어."

그는 어리벙벙한 조시 리의 팔을 팔꿈치로 쿡 찔렀다.

"동생아, 우리 화해의 뽀뽀나 하고 지난 일은 잊어버리자. 어때?"

조시 리는 제 귀를 의심하는 표정이었다.

"지금 나한테 사과했어? 내가 잘못 들은 거지?"

"맞게 들었어."

"나한테 정말 사과했단 말이야?"

보는 슬슬 성질이 났다.

"내 입에서 미안하다는 소리를 처음 들어 본 것처럼 계속 이렇게 나올래?"

조시 리의 입이 떡 벌어졌다.

"미안하다구?"

보의 심사가 심각하게 뒤틀리기 시작했다. 그가 불벼락을 쳐주려고 입을 연 찰나 조시 리가 깔깔거리며 오빠의 가슴에 몸을 던졌다. 비틀거리며 보는 주머니에서 손을 빼 그녀를 안아 주었다. 그는 동생의 정수리를 턱으로 톡 건드리고 중얼거렸다.

"내가 지나쳤어. 미안해."

"맞아, 오빠는 쪼다야."

"그 이야기는 루크한테 이미 들었어."

조시 리는 고개를 뒤로 젖히고 오빠와 시선을 맞추었다. 심각해진 표정이었다.

"난 아주 오래 전부터 루크를 사랑해 왔어."

"그랬니? 하긴 형편없는 놈팡이한테 반한 것보다는 낫겠지. 그래도 루크는 중간은 가니까."

"중간이라니!"

그녀는 오빠를 한 대 쳤다.

"루크는 최고야!"

"뭐, 괜찮은 놈이지."

"오누이가 붕 띄워 주니 어지럽군."

루크가 건조하게 한마디했다.

"내가 상 받아 마땅한 놈이라고 접수해 주지. 잠깐 실례해, 난 상으로 맥주나 마셔야겠어."

"상은 포기하시게, 친구. 내가 마셔버렸거든."

"자네가 내 마지막 맥주를 마셨다구?"

보는 눈을 가느다랗게 떴다.

"지금 따지자는 거야? 그 맥주는 내 맥주야. 조시 리는 아이스티 중독증이라 이 집에서 맥주 마시는 사람은 나밖에 없었고 내가 상류생활을 하러 호텔로 들어가기 전에 분명히 맥주를 사다 놨었다구. 원통하거든 맥주에 이름표를 붙여 놔."

"아참!"

조시 리가 냉큼 끼어들었다.

"호텔 이야기를 들으니까 생각났는데, 오빠 연애는 어때?"

보는 머릿속에서 울리는 줄리엣의 목소리를—'사랑해요'—차단하고 동생과 포옹을 풀었다.

"내 일에는 제발 간섭하지 마."

"너무해! 내 연애에는 온갖 참견을 다 놓고 이러기야?"

"어이쿠, 시간이 벌써 이렇게 되었네. 빨리 가봐야겠다. 일만 아니었어도 너와 무릎을 맞대고 앉아 미주알고주알 털어놓았을 텐데 참 안타깝다."

그는 청구서 뭉치를 주섬주섬 챙기며 동생에게 시선을 던졌다.

"너한테 해줄 이야기가 있긴 있어. 줄리엣이 너희들을 다음 주의 호텔 개관 무도회에 초대한다더라. 그때 와서 줄리엣하고 연애 이야기를 잘해 봐."

*행운을 빈다, 동생아.*

보는 속으로 덧붙였다. 동생들이 무슨 수작을 동원한들 줄리엣에게서 연애처럼 사적인 정보를 빼내진 못할걸. 줄리엣이라면 특유의 빈틈없는 예의범절과 준엄한 눈초리로 무례한 질문들을 초전박살내리라. 그의 줄리엣은 정말이지 듬직한 여자지.

어쨌거나 조시 리에 관해서는 그의 포석이 맞아떨어졌다―막내동생이 다른 길로 샌 것이다.

"우리가 호텔의 개관 무도회에 초대받았다고? 그 무도회, 정식 무도회지? 그렇지?"

"그래, 너희들이 으까번쩍하게 차려입을 수 있는 황금 기회야. 내 대신 아나벨과 카밀라에게도 줄리엣의 초대 의사를 전해 줘."

"당장 전화할게."

조시 리는 까치발로 서서 오빠의 뺨에 뽀뽀한 다음 전화기로 달려갔다. 루크의 입가에 감탄 어린 미소가 걸쳐졌다.

"솜씨 좋은데. 어디에서 배웠어?"

"나처럼 여자들이 북적거리는 집에서 오래 살다 보면 한두 가지 재주를 익히게 되지."

보는 문을 열고 나갔다.

"조시에게 잘 있으라고 해. 난 일 때문에 한동안은 집에 못 들를 거야. 자네한테는 나중에 연락할게."

그를 보는 순간 줄리엣은 듣고 싶지 않은 말이 보의 입에서 나오리란 사실을 눈치챘다. 그녀의 속이 졸아붙었다. 하지만 그녀는 이런 순간을 예감하고 있었다. 보르가드 듀프리가 누구인가? 여자와 친밀한 신체 접촉을 할 수 있는 기회를 한 번이라도 놓친 적이 있었을지 의심스러운 남자가 아니더냐. 그런 남자가 작별 인사 키스를 피했다는 건 엄청나게 심각한 문제를 예고한다.

"이야기 좀 해요."

보가 말문을 뗐다.

줄리엣은 방문 너머로 고개를 빼고 복도를 둘러보았다.

"벤튼은 어디 갔죠?"

그녀가 얼마 전 록산느와 하루 일을 대충 마감하고 올라왔을 때 벤튼도 객실 밖에서 보초를 서기 위해 충실하게 따라온 터였다.

"저녁 먹으라고 보냈어요."

"아."

줄리엣은 뒤로 물러섰다.

"들어와요."

그는 객실로 들어왔지만 손을 주머니에 넣고 양발에 번갈아 체중을 실으며 어쩔 줄 몰라했다. 그런 보의 모습을 대하며 줄리엣의 심장이 불안하게 두근거렸다.

"시경에서 찾던 정보를 발견하기라도 했어요?"

그녀는 보의 입에서 나올 이야기가 일 문제가 아님을 알고 있으면서도 자신의 직감이 틀렸기를 간절하게 소망했다. 이 시점에서 확실한 것이 있다면 그녀 자신이 그의 분위기에 영향을 받기 시작했다는 사실뿐이다.

"아뇨. 일 문제가 아니라 단지…… 에, 오늘 깨달은 건데 말이죠, 줄리엣 당신하고 나는 우리 관계에 대해 진지하게 이야기를 나누어 본 적이 없잖아요. 그래서, 음, 한 번쯤 짚고 넘어가는 게 좋지 않을까 하는 생각이 들더라구요."

"우리 관계에 대한 이야기라면서 왜 애완견이 방금 차에 치어 죽은 사람 얼굴을 하고 있죠?"

사실 그는 깊이를 잴 수 없는 심오한 눈으로 그녀를 대하고 있었다.

"당신이 우리 관계에 어떤 착각을 품지 않도록 분명히 해두어야 할 필요가 있다고 생각해요."

줄리엣은 루이지애나 주에 발을 들여놓은 후 처음으로 추위를 탔다. 뼛속까지 얼어붙는 느낌이었다. 가슴을 감싸안고픈 충동에 저항하며 그녀는 냉정하게 물었다.

"내가 어떤 착각을 품을 수 있을까요? 난 당신이 나에게 호감을 품고 있다고 생각해요. 그게 착각인가요, 보르가드?"

"당연히 착각이 아니죠! 단지……."

"그 소리 좀 그만해요!"

"에?"

"<단지>라는 그 소리는 빼요. 당신은 계속 그 소리만 되풀이하고 있잖아요. 우리의 관계를 짚어 봐야 할 생각이 <단지> 들었다는 둥, 나에게 호감을 품었지만 <단지> 또 뭐죠?"

"쳇. 버벅거리는 걸 양해하슈. 워낙 댁처럼 고상한 환경에서 성장하지를 못해 놔서. 나한테는 매일 티파티를 열어 주고 태도를 바로잡아 줄 할머니가 없었거든."

잔인한 남자 같으니. 그녀가 건네준 정보를 어쩜 이토록 빨리 무기로 삼아 그녀를 공격할 수 있단 말인가. 하지만 상처받고 피 흘리는 모습을 보여주나 봐라. 줄리엣은 턱을 치켜올렸다.

"하고 싶은 이야기가 있으면 그냥 해요. 빙빙 돌리지 말고."

보는 머리를 긁어 올린 다음 손을 힘없이 떨구었다.

"난, 나는……."

또 말을 잇지 못하고 난처하게 이리저리 둘러보았다. 그는 줄리엣만 빼고 온데다 시선을 주더니 갑자기 숨을 크게 쉬며 그녀를 정면으로 응시했다.

"내가 동생들을 맡은 건 스물네 살 때였어요. 난 보호자 역할을 잘해내고 싶었고, 그럴 수 있는 길은 내 사생활을 포기하는 것뿐이었죠. 어린 동생들이 있는 집에 애인을 끌어들일 순 없잖아요."

"높이 평가받아 마땅한 태도예요."

줄리엣은 진심으로 칭찬했다.

"하지만 그 일과 우리 관계가 무슨 상관이 있는지 모르겠군요."

다시 하지만, 그녀는 이미 알 것 같았다.

보는 설명을 늘어놓기 시작했다.

"그러니까 난 피치 못하게 금욕 생활을 할 수밖에 없었던 이십대의 혈기왕성한 사내였다 이거죠. 난 자유를 되찾을 날만 손꼽아 기다려 왔어요. 좋습니다, 솔직하게 털어놓죠. 그날에 대한 계획을 세우는 것만이 벅찬 현실 속에서 나를 지탱해 준 유일한 기둥이었어요."

"그 계획이라는 게 당신이 여자들의 전화번호를 적어놓던 작은 수첩과 관련되어 있겠군요."

"… 뭐, 그런 셈이죠. 난 조시 리가 집에서 독립하는 날을 기점으로 밤마다 여자를 바꾸어 매일 화끈한 데이트를 즐기며 놓친 시간을 만회할 계획이었으니까."

기막힌 노릇이다. 사랑하는 남자한테 바람둥이로 나서겠다는 선언을 듣는 여자가 세상에 몇이나 될까. 하지만 이보다 더 기막힌 노릇은 줄리엣에게 있었다—그녀가 보를 이해해버린 것이다. 그에게는 어떤 남자들보다 자유롭게, 신나게 놀아 젖힐 자격이 있다. 하지만 그의 꿈이 정당하다고 인정한다 해서 그녀의 가슴앓이가 사라지는 건 아니었다.

"알았어요. 당신 말은 잘 들었어요. 그래도 그게 우리와 무슨 상관이 있는 건지 잘 모르겠군요. 우리 관계는 당신한테 이상적이잖아요. 어떤 구속도 없이 규칙적으로 섹스를 즐길 수 있는 관계이고 당신의 꿈에 들어맞는…… 오, 이런!"

줄리엣은 경악에 사로잡혀 그를 다시 보았다.

"당신, 질렸다는 소리군요."

"아냐!"

보는 그녀에게 성큼 다가갔지만 이내 정신을 차리고 더 이상은 접근하지 않았다.

"아닙니다, 절대로 아니에요. 이보다 더 좋은 수는 없어요. 최고라구요."

"그럼 왜 나한테 이런 이야기를 하는 거죠? 내가 보스턴으로 돌아갈 때까지 잠자코 기다렸다 당신의 꿈을 이루면 그만일 텐데 왜 지금 이런 이야기를 하나요?"

"그건, 그건……. 당신이 나한테 사랑한다고 했으니까!"

줄리엣은 얼어붙었다.

"뭐라구요?"

도대체 언제 보에게 사랑을 고백했다는 거지? 그녀에게는 그런 기억이 없었다.

"난 그런 말한 적 없어요."

"말했어요. 어젯밤 사랑을 나눌 때 내가 똑똑히 들었다구요. 당신은 분명히 나를 사랑한다고 했어요."

"그랬군요."

그녀는 냉정하게 받아넘겼다.

"당신은 잠자리에서 나온 말을 전부 믿나요?"

보는 저도 모르게 한 걸음 더 다가갔다.

"당신 입에서 나온 소리는 전부 믿어요."

"진심이 아니에요."

"허튼 소리!"

"어제는 스트레스가 심한 밤이었어요."

"그건 그렇지만 당신은 진심이었어요. 어서 인정해요!"

"당신은 나에게 정상적인 상황이라면 절대 하지 않을 소리까지 하게 만드는 섹스의 세계를 소개해 준 장본인이잖아요. 그러면서 어떻게 내 사랑 고백은 진심이었다고 확신하는 거죠? 그 분야의 전문가라도 돼요?"

불현듯 줄리엣은 전부가 지긋지긋해졌다. 피곤했다. 무슨 인생이 이 모양이람. 아버지와 할머니를 필두로 그녀가 속한 사회 전체의 인정을 받기 위해 평생을 보낸 끝에 이번 딱 한 번만은 아무것도—그녀의 삶에 실질적으로 보탬이 될 만한 건 아무것도—바라지 않았건만 그마저도 이런 결과를 맞다니.

"보, 내 말을 들어 봐요. 난 당신의 발목을 잡고 싶지 않아요. 그러니 새처럼 자유롭게 날개를 펼치세요."

줄리엣은 그의 팔을 잡고 문 쪽으로 이끌었다.

"그간 즐거웠어요. 좋은 경험, 고마워요."

문을 열고 그를 밖으로 밀어냈다.

"행복하게 사세요."

그녀는 그의 얼굴에 대고 문을 닫았다.

아아. 이제 또 혼자가 되었구나, 언제나 그래 왔듯이 다시. 줄리엣은 문에 등을 대고 스르르 주저앉아 무릎에 얼굴을 묻었다. 눈물이 소리 없이 그녀의 뺨을 따라 흘러내렸다.

# 22

연속 사흘째 보는 시경의 기록실에서 영사기를 벗삼아 보냈다. 지난 경찰 보고서들과 낑낑거리며 얻은 소득이라곤 좌절감뿐이었다. 유익한 정보라고는 하나도 건지지 못한 채 지루함과 싸우며 헛된 노력만 들이다 보니 걸핏하면 다른 생각에 빠지기 일쑤였고, 그 생각의 대상은 불행히도 매번 줄리엣이었다.

사실 그는 행운아다. 그보다 쉽게 여자의 손아귀에서 빠져나온 남자가 있으면 나와 보란 말이다. 이거야말로 일생의 경사인지고. 만세! 만세! 만만세! 줄리엣은 천사표답게 그를 선선히 놔주었고……. 아니, 놔줬다는 표현은 실상과 적잖게 괴리감이 있다. 그녀는 그를 방밖으로 끌어내 얼굴에 대고 문을 닫았지 않은가. 암만 생각해도 심하군. 그리고 말 나오기가 무섭게 그들의 관계를 냉큼 포기해 버렸다. 정말 너무하다. 그를 사랑한다고 고백해 놓고 이래도 되는 거야?

우라질. 보는 얼굴을 문지르고 다른 필름을 영사기에 걸었다. 줄리엣 생각은 말자. 이러다 미쳐버리겠다. 그녀는 그를 차버렸다. 반면 그는 차이기를 바랐다, 정말이다. 차고 차였으면 이야기 땡이지 뭐.

그는 그럼에도 같은 생각을 물리지도 않고 되씹느라 필름의 거의 마지막 부분에 담긴 고무기 도난 사건 보고서를 지나칠 뻔했다. 그는 영사기를 조작해 가며 보고서를 거꾸로 읽기 시작했다.

보고서의 작성일자는 몇 년 전이고 도난 신고된 물품은 두 자루의 1849년 콜트, 그것도 31구경의 총알 다섯 개를 탄창에 넣은 다음 각각 뚜껑을 닫게 되어 있는 포켓형 리볼버였다. 가든파티에서 줄리엣을 빗나가 나무에 박힌 그 총알의 추정 무기와 정확하게 일치하는 모델이다. 보는 필름을 조금 더 감아 사건 담당자를 확인했다. 담당자는 낯선 이름이었지만 도난 신고처가 가든 지구로 기록된 터였다. 운이 따른다면 이 담당자가 아직 경찰에 몸담고 있을 뿐더러 해당 사건에 대해 뭔가 기억하고 있을지도 모른다.

하지만 기억력에 의존할라치면 담당자보다 피해자를 찾아가는 편이 생산적이지. 보는 필름을 빠르게 되감아 피해자의 이름을 찾았다.

그 이름이 눈에 들어온 순간 보의 입에서 욕설이 튀어나왔다. 왜냐하면 두 자루의 고무기를 도난당했다고 신고한 사람은 의외의 인물이었기 때문이다. 피해자는 에드워드 헤인즈―보가 마음으로부터 알고 있는 주소지에 거주하는 그 노신사였다.


내선 전화가 울렸다. 줄리엣은 서류에서 고개를 들지 않고 전화기의 단추만 눌렀다.

"무슨 일이지?"

"2번에 아버님 전화가 와 있어요."

록산느의 목소리가 알렸다.

"이런."

줄리엣은 나직하게 속삭였다. 그녀는 낭패한 기분을 가라앉히기 위해 깊이 호흡을 가다듬어 보았다. 다음에는 펜을 송장送狀들 옆에 가지런히 내려놓았다.

록산느가 직업적인 어조에 동정을 듬뿍 담아 제의했다.

"전화를 따돌릴까요?"

"아냐. 제의는 고맙지만 연결해 줘, 록스."

"괜찮으시겠어요?"

"그럼."

보좌관의 걱정에 마음이 훈훈해지는 것을 느끼며 줄리엣은 전화기의 2번 단추를 눌렀다.

"안녕하세요, 아버지. 어인 일로 전화까지 다 주셨는지요?"

"지금 빈정거리는 거냐?"

아버지의 싸늘한 목소리는 불쾌한 심기를 고스란히 전달했다.

줄리엣은 앉은 자세를 고치려다 말았다. 아버지와 한 방에 있는 것도 아닌데 자동적으로 완벽한 몸가짐을 취하려던 자신이 한심했다. 세상의 모든 자식들이 그녀처럼 부모님을 상대할 때면 비위를 맞추기 위해 안달복달해대는 어린아이로 돌아갈까?

"빈정거리는 게 아니에요."

한숨을 삼키며 줄리엣은 차분하게 말을 이었다.

"그러나 용건만 간단하게 말씀해 주셨으면 해요. 개관을 앞두고 점검해야 할 세부사항들이 목까지 차 있어요."

"내 앞에는 현재 신문기사가 놓여 있다, 줄리엣. 어떤 기사인지 아느냐?"

줄리엣은 초조함을 억눌렀다.

"죄송하지만 <보스턴 글로브> 지까지 훑어볼 시간이 없었습니다."

"이건 <뉴올리언스 타임스-피카윤> 지에 실렸던 기사다. 가든 크라운 호텔의 칵테일 파티를 호의적으로 다루어 놓았구나."

"아…… 잘됐네요."

"잘됐지. 기사의 내용은 아주 마음에 든다. 하지만 사진이 신경에 거슬려."

"저런! 록산느가 공중에 매달려 있는 사진이 실렸나 보군요."

그녀는 한숨을 내리쉬었다.

"그런 종류의 홍보는 우리가 바랐던 게 아니지만 록산느의 잘못이라고 할 수 없지요"

"이 사진은 그 버르장머리없는 보좌관과 무관하다. 네 사진이야. 바로 너, 줄리엣 로즈 애스터 로웰이 경찰과 지나치게 사이 좋은 자세를 취하고 있는 장면이 저명한 사진기자에게 잡혔어."

"저와 듀프리 경사의 사진이?"

맙소사. 이런 경우를 가리켜 상처에 소금을 뿌린다고 한다. 그녀는 지난 이틀 동안 보에 대한 생각을 가능한 한 적게 하기 위해 혼신의 힘을 기울여 온 터였다. 들인 노력에 비해 결과는 형편없었지만.

"그래. 듀프리라는 그자가 네 보디가드 역할의 경찰이 아니라 애인처럼 보이는 사진이다. 페이퍼 서장의 말을 미루어 볼 때 듀프리는 우리 세계에 속한 자가 아냐. 그 이상은 굳이 말하지 않아도 내 뜻을 알아차리리라 믿는다."

"아버지께서 서장대리와 듀프리 경사 이야기를 나누셨단 말씀이세요? 그 무능한 밥통과 제 이야기를 하셨다구요?"

쓴물이 울컥 치밀어 올랐지만 줄리엣은 분개한 빛을 목소리에 내비치지 않으려고 최선을 다했다.

"그 기사를 누구에게 받으셨죠? 페이퍼 서장대리인가요, 아니면 저에게 다른 스파이를 심어 놓으셨나요?"

"기사의 제공자는 중요하지 않아. 그리고 네 어조가 심히 마음에 들지 않는구나."

"저 역시 일거일동이 아버지께 보고된다는 사실이 심히 마음에 들지 않습니다. 저는 부모의 판단에 따라 조종되는 아이가 아니에요."

"아이는 아닐지 몰라도 바보야. 빚에 쪼들리는 노동자 계급의 경찰에게 뭘 바랄 게 있다고 이보란 듯이 어울리는 게냐? 듀프리라는 그자는 네 돈을 노리는 게 틀림없다."

줄리엣은 이미 보와의 관계를 끊었다고 털어놓아 아버지의 마음을 편하게 해드릴 수도 있었지만 역심이 났다.

"감사합니다, 저에게 볼 것이라곤 돈밖에 없다는 사실을 새삼 일깨워

주셔서요. 하지만 아버지는 듀프리 경사를 만나 본 적도 없는 상태에서 서장대리의 인물평을 복음처럼 믿고 섣부른 판단을 내리신 만큼 저로서는 죄송하지만 아버지의 예리한 통찰력에 압도당하기 어렵군요. 덧붙여, 따끈따끈한 정보를 제공해 드리죠. 아버지의 딸은 서른두 살이나 먹었어요. 그러니 딸의 연애 문제에서 빠져 주세요."

그녀는 수화기를 쾅 내려놓고 내선 단추를 눌렀다. 록산느의 목소리가 흘러나오자 줄리엣은 서릿발 같은 어조로 지시했다.

"아버지의 전화가 오면 따돌려도 좋아."

"쯧쯧, 꽤나 시달리신 모양이군요."

"*생리증후군에 영원히 시달리게 될 것 같은 느낌이야*"


"이런 경우를 가리켜 등잔 밑이 어둡다고 하는 거야."

보는 고무기 도난 사건 보고서의 복사본을 루크의 책상에 탁 소리나게 내려놓으며 말했다.

"도무지 믿어지질 않아. 내가 왜 이렇게 명백한 단서를 놓치고 있었지?"

루크는 작성하던 보고서에서 고개를 들며 투덜거렸다.

"이미 놀란 자네를 또 놀라게 해주고 싶진 않지만, 친구, 난 일감에 엉덩이까지 빠져 있어. 누구를 도와줄 형편이 못 된다구."

그는 보가 물러갈 생각조차 하지 않고 빤히 응시하기만 하자 결국 복사본을 읽었다.

"나보고 어떤 부분에 주목하라는 건지 단서 좀 주겠어?"

"미치광이 에드워드 헤인즈."

"그자가 누군데?"

"질문 잘했어, 가드너 학생. 6만 달러짜리 질문이야."

보의 웃음은 짧고 험악했다.

"내가 파헤친 정보를 알려주지. 에드워드 헤인즈는 삼십 년이 넘도록 현재의 가든 크라운 호텔인 저택에서 살아 왔어. 그 저택은 혈통상 그의

엄청나게 콧대 높은 부인이 물려받아야 하지만 여자이기 때문에 상속대
상에서 제외되고 관리권만 인정받아 남편과 공짜로 살아왔지. 그런데 크
라운 사가 난데없이 튀어나와 저택을 호텔로 개조해 버린 거야."

보는 루크의 책상에 양손을 짚고 몸을 기울였다.

"이만하면 범행 동기가 지평선 너머에서 반짝거리지 않아?"

"협박 편지의 작성 배경은 보이는군."

"줄리엣의 생명을 노린 <사고>가 발생할 때마다 헤인즈 부부도 같은
장소에 있었다는 점까지 더해지면 의심할 여지가 없어져."

"고무기에 대해서는?"

보는 의자에 주저앉아 발목을 무릎에 얹고 다리를 달달 떨기 시작했다.

"그 도난신고는 허위야. 보험금을 노리고 고무기를 도난당했다고 신고
한 거야."

"수긍이 가는 추리지만 증거가 불충분해."

"알아. 하지만 두 시간 후에는 달라질걸. 에드워드 헤인즈와 저택 관계
를 샅샅이 파헤쳐 증거를 확보하고야 말겠어."

"힘들여 파헤칠 게 뭐 있어? 줄리엣한테 물어 보면 되잖아. 그녀라면
알고 있을 거야."

보의 신바람에 약간 김이 빠졌다. 그는 자세를 고쳐 앉았다.

"우리는 서로 이야기하지 않고 지낸 지 며칠 됐어."

"또 사고쳤군."

루크가 호기심 가득한 표정이 되었다.

"이번에는 그녀에게 무슨 짓을 저지른 거야?"

"대뜸 내가 잘못했을 거라고 단정짓는 근거가 뭐야? 난 아무 짓도 하
지 않았어."

그는 단호하게 잡아뗐다. 하지만 루크가 말끄러미 바라보자 어색하게
어깨 근육을 풀며 말을 돌렸다.

"어이, 사건에 집중하자구."

"치사하게 나오는군. 내 연애는 빠삭하게 꿰고 있으면서 이렇게 나오

면 페어플레이 정신에 위배되지."

보는 내리뜬 눈꺼풀 아래로 루크를 노려보았다.

"잠자는 사자의 코털을 건드리지 마."

위협조의 험악한 경고였다.

"난 자네의 연애 상대가 누군지 잊어버리려고 애쓰는 사람이라구."

"잊어버린다기보다 익숙해지려고 애쓰는 거겠지. 조시 리를 대하던 모습을 보면 알아. 자네가 얼마나 대견했는지 모른다네, 친구."

"고맙다, 고마워."

보는 툴툴거렸다.

"이제 두 다리 쭉 뻗고 자게 생겼군. 내가 조시의 원한을 피하려고 이빨 간다는 생각은 안 드나 보지?"

"응, 안 들었어. 나와 그녀가 한 쌍이라는 생각이 자네의 머릿속에 뿌리를 내리기 시작한 것처럼 보이던데. 내가 잘 봤지?"

"전보다 구역질나는 횟수가 줄어들긴 했어."

"거 봐. 자네도 할 수 있잖아. 이대로 나가면 그녀를 데리고 신부 입장시키는 자신을 발견하고 나한테 아빠 소리를 듣게 될 거야."

"아빠라고 부르기만 해봐, 가드너. 내 동생을 당장 과부로 만들어 버릴 테다."

루크의 치아가 까만 염소수염과 대비되어 하얗게 빛났다.

"자네는 역시 재미있는 친구라니까."

"걸어다니는 웃음보따리가 바로 나잖아."

보는 루크의 책상에 놓인 보고서를 톡톡 쳤다.

"흰소리만 하며 앉아 있을 거야, 아니면 나를 도와줄래?"

루크는 뒤통수에서 손가락을 깍지 끼고 의자의 등받이에 느긋하게 기대어 앉았다.

"분부만 내리소서. 소인은 전하의 충복이외다."


지난 며칠간 줄리엣은 수단과 방법을 총동원하여 보를 피해 왔기 때문에 그와 정통으로 마주치자 기쁨의 전율 따윈 느끼지 못했다.

보는 기대었던 대리석 기둥에서 몸을 세웠다. 그녀가 토요일 밤에 잡힌 호텔의 개관 무도회 메뉴를 놓고 레스토랑 지배인 및 요리사와 회의를 마치길 오랫동안 기다린 터였다.

"상의할 게 있어요."

줄리엣의 마음 같아서는 어떤 구실이든 둘러대고 이 자리를 빠져나가고 싶었다. 하지만 애스터 로웰다움이 원칙적인 정공법 이외의 방식을 허락하지 않는데다, 그는 대화가 아니라 '상의'를 청해 왔고 그건 보의 쪽에서도 그녀만큼이나 둘만의 오붓한 밀담을 원하지 않는다는 소리로 들렸다. 그렇다면 피할 이유가 없다. 개인적인 문제만 제외하고 처리하지 못할 것이 없는 줄리엣 아니더냐.

"블루룸의 준비 상태를 점검하러 가는 길이에요. 괜찮다면 그곳에서 <상의>하는 게 어떨까요?"

"괜찮고 말고요."

주머니에 손을 찔러넣고 보는 그녀를 따라붙었다.

그는 완벽하게 편해 보였다. 건조하고 무표정한 경찰 얼굴만 아니라면 여동생과 산책 나온 오빠처럼 보일 정도였다. 그래서 줄리엣은 마음이 쓰라렸다. 평소와 똑같은 모습에 평소와 똑같이 움직이는 그를 대하자 모든 추억이 거세게 되돌아와 아픔을 일으켰다. 그들이 함께 나누었던 일들, 하지만 다시는 함께 나누지 못할 일들에 바보같이 집착하는 누구와 달리 보는 일말의 아쉬움조차 느끼지 않는 눈치였다.

줄리엣은 속으로 각오를 다졌다. 좋아, 그녀도 깨끗하게 미련을 잘라버리마. 조 단위의 작은 파편으로 갈가리 찢어진 속을 그에게 내보이느니 바퀴벌레를 핥아 주겠어.

사실 보는 겉보기의 반에 반에 반만큼도 태평한 게 아니었다. 줄리엣과 가까이 있고 그녀의 감질나는 체취를 맡자 손바닥이 미치도록 근질거렸다. 자신이 원하는 정보가 줄리엣의 사무실에 있으리란 사실을 잘 알면서도 블루룸으로 흔쾌히 따라나선 그였다. 왜 그랬는지는 오직 하늘만

이 아시리라.

그는 걸음을 옮기며 눈가로 그녀를 슬금슬금 훔쳐보았다. 빌어먹도록 초연하시군. 꼬챙이처럼 꼿꼿한 저 자세는 또 어떻고. 그래서 보는 울화가 터졌다. 올바른 몸가짐을 상류층의 절대 갑옷처럼 두르고 있는 그녀를 대하자 그들 사이의 격차가 뼈아프게 실감되어 분노를 일으켰다. 줄리엣에게 엉겨붙어 그녀의 할머니라면 백만 년이 가도 승인해 주지 않을 종류의 반응을 이끌어내고 싶었다. 그를 너무도 쉽게 포기해 버린 그녀에 대한 원망이 폭등했다.

보는 속으로 각오를 다졌다. 좋아, 전부 잊어 주마. 주머니 속에서 주먹을 불끈 쥐고 입을 꾸욱 다물어 보았다. 그녀에게 상처받은 자존심을 내비추는 쪼다 같은 말이나 행동을 하느니 꽉 죽고 말겠어.

그럼에도 그의 신경은 침묵이 길어질수록 아슬아슬하리만치 팽팽하게 잡아늘여졌다.

블루룸에 들어서기가 무섭게 그는 줄리엣에게서 떨어졌다. 그녀와, 그리고 그녀의 체취와 거리를 두자 마음이 절로 놓였다. 그는 마르디 그라 가면들이 걸린 벽 앞에 비딱하니 섰다. 이 수집품은 에드워드 헤인즈의 범행설을 뒷받침하는 또 다른 증거가 될 만하군. 보는 어깨 너머로 줄리엣에게 시선을 던졌다.

"장관이군요."

"예."

줄리엣은 담담하게 동의했다. 그녀는 고개조차 돌리지 않고 방안을 돌아다니며 집게 달린 필기판에 대고 열심히 펜을 놀리는 중이었다.

"헤인즈 부부가 이사할 때까지 그걸 임대하여 사용하는 중이라 우리는 대체품 마련에 박차를 가하고 있어요. 에드워드 헤인즈 씨의 수집품에 필적하는 희귀 가면들을 당장 구하기란 어렵겠지만, 뉴올리언스 분위기를 단적으로 대변하는 마르디 그라 가면 장식을 완전히 포기하는 것보다는 낫겠지요."

"이사를 가다니? 헤인즈 부부는 호텔을 위해 일하고 있잖아요."

"그 부부와의 계약은 한시적이에요."

그녀는 이어 헤인즈 부부와 크라운 사의 관계를 간략하게, 하지만 좀 더 일찍 밝혔더라면 보의 두통을 상당히 덜어 주었을 정보들을 가득 담아 설명했다. 그녀의 태도는 어디까지나 무심하고 정중했다.

"고로 헤인즈 부부의 이곳 체류 기간은 얼마 남지 않았어요."

결론을 짓는 그녀의 시선이 마침내 그에게 던져졌다. 쏘는 듯한 빈틈 없는 눈빛이었다.

"<상의>하자던 문제가 그거였나요, 경사?"

보는 그녀 쪽으로 성큼 다가갔다. 지금 그에게 '경사'라고 불렀어? 딱딱한 직명으로 부르는 사이로 되돌아가자 이거지? 반듯하게 예의 차리는 그녀의 싸늘한 태도는 보가 감히 자세히 들여다볼 엄두조차 내지 못했던 그의 뭔가를 건드렸다.

"아니. 난 칵테일 파티의 전담 사진사가 누구였는지 확인하러 왔수다."

"그런 정보라면 내 사무실에 있어요. 록산느에게 직접 물어 보는 게 어떠실지……?"

줄리엣은 여전히 메모 작성을 중단하지 않았다.

"젠장, 장미!"

"그만!"

엉겁결에 날카롭게 외치고 그녀는 눈에 보이도록 안쓰러운 노력을 들여 침착한 어조로 덧붙였다.

"애칭은 삼가 주세요."

보는 다시 그녀에게 다가갔다. 혈관에서 피가 뜨겁게 요동쳤다.

"그럼 뭐라고 불러 드릴까? 애스터 로웰 씨라고?"

"그래 주시면 좋겠습니다."

"개코 같은 소리!"

보는 마지막 거리까지 좁히고 윽박질렀다.

"우리 사이에 그런 호칭은 좀 형식적이라고 생각하지 않아? 특히 나처럼 당신의 알몸을 많이 본 사람에게는?"

"우리는 좀 형식적인 호칭을 써야 하는 사이예요."

줄리엣은 냉랭한 평정을 잃지 않았다. 빗물처럼 차가운 잿빛 눈이 그의 시선을 똑바로 받아넘겼다.

"당신처럼 내 알몸을 두 번 다시 보지 못할 사람은 특히."

그는 그녀를 와락 잡아당겨 얼굴을 들이댔다.

"진짜 잘났군."

분노가 포갠 다리를 확 펴고 일어나 성난 곰처럼 포효했다. 그는 잇새로 내뱉었다. 격앙된 목소리가 으르렁거리며 흘러나왔다.

"그래, 어련하시겠어. 애스터 로웰 씨가 우리 같은 저속한 범인들처럼 감정에 휘둘릴 리 없지. 깔끔하게 정리된 세상에 사는 기분이 어때서?"

이러면 안 된다는 걸 모르는 바가 아니었다. 이런 짓은 반칙이라는 것도 알고 있었다. 하지만 보는 상관하지 않았다. '두 번 다시'라는 말이 머릿속에서 거듭하여 울리는 지금은 그 무엇도 상관할 수 없었다. 그는 '두 번 다시'라는 표현을 머릿속에서, 그리고 영어 사전에서 삭제해 버리고 싶었다.

"쓸쓸하지 않아? 나 같으면 아빠의 착한 딸 노릇이 지겹겠다. 쳇, 청초하기만 하면 뭐 해? 원하는 걸 가질 배짱도 없는데."

"청초?"

레이저 등급으로 하얗게 작열하는 분노가 줄리엣의 속에서 폭발했다. 못된 자식, 어떻게 감히 이럴 수가! 그녀는 있는 힘껏 그의 가슴을 밀어 버렸다. 보가 그녀의 팔뚝을 놓치고 비틀거리자 줄리엣은 쓰디쓴 고소함과 만족감을 맛보았다.

"지금 나에게 청초하다고 불평하는 거예요?"

그녀는 이를 갈며 따졌다.

"나를 차버리고 뉴올리언스의 가슴 빵빵한 여자들과 섹스하는 길에 나섰으면 됐지, 그게 내가 당신의 저속하고 지저분한 기준에 모자랐기 때문이라고 덮어씌워?"

줄리엣은 주먹 쥐고 그를 퍽 소리나도록 때렸다.

보는 뒷걸음질쳤다. 하지만 주먹질을 피하려들긴커녕 속이 풀릴 때까지 때려 보라는 식으로 두 팔을 활짝 벌리고 있었다.

"아냐…… 줄리엣 달링…… 그런 말이 아니라……."

"내가 감정적이지 않다고 감히 비난해?"

그녀는 그를 벽으로 몰아갔다.

"이 위선자! 내 감정 따윈 원하지도 않았으면서! 사랑한다는 한 마디에 신발 벗고 줄행랑쳐 놓고서!"

비통한 웃음이 그녀의 입에서 흘러나왔다.

"일부일처의 관계는 생각만 해도 오금을 저리는 주제에!"

그가 벽까지 몰리자 줄리엣은 손가락으로 그의 가슴을 찔러댔다.

"도대체 불만이 뭐예요? 점잖게 물러난 나에게 더 이상 뭘 바라죠? 극적인 반응을 원했어요?"

그녀는 예의범절을 벗어던지고 그에게 가장 무례하게 얼굴을 들이밀었다.

"아하, 내가 바지 가랑이를 잡고 매달리지 않아서 불만이셨군요. 눈물을 펑펑 쏟으며 나를 버리지 말아 달라고 애원하길 바라셨다? 웃기지 마, 듀프리."

보는 다짜고짜 그녀의 얼굴을 붙잡고 입술을 덮쳤다.

이건, 오 하느님, 너무 좋았다. 줄리엣은 그의 키스를 되돌리면서도 자신의 전부를 다 주지 않으려고 필사적으로 싸웠다. 보가 고개를 들었을 때는 비명을 지르는 호르몬을 억누르며 그를 그저 바라보기만 했다.

그는 그녀의 아랫입술을 어루만졌다.

"미안해, 장미, 내가 잘못했어. 난 단지……."

"됐어요."

줄리엣은 그의 손을 탁 치고 물러섰다.

"내 뜻이 제대로 전달되지 않은 것 같군요. 다시 말씀드리죠."

또박또박 끊어 천천히 내뱉기 시작했다.

"난, 누구의 발목도, 잡고 싶지, 않아요. 그리고 나도 발목 잡히고 싶지 않아요. 평생을 쩔쩔매며 배상하게 만드는 그런 사랑에 발목 잡히지 않겠어요. 당신은 죽도록 원해 왔던 짓을 마음껏 하며 살아요. 젖가슴의 들판을 맨발로 달리든 뭘 하든 좋으니 나를 공연히 건드리지만 말아요."

"제발 내 말을 좀……."

"싫어요."

줄리엣은 한 손을 들어올려 그의 말문을 막은 채 한 걸음, 또 한 걸음 뒤로 물러났다.

"난 가장 소중한 사람들에게 늘 세 번째 자리를 차지해 왔어요. 그런 관계는 이제 사양하겠어요. 난 그보다 나은 대접을 받을 자격이 있어요. 그 사실을 깨닫기까지는 오래 걸렸지만 결국 해냈죠. 그러니 당신은 내 인생에서 빠져 주세요. 한 가지 덧붙이자면, 이미 당신과의 교제를 반대한 <아빠>에게도 빠져 달라고 말씀드렸어요."

필기판을 주워 그녀는 할머니께서 박수 치실 만큼 당당하게 퇴장했다. 비록 옮기는 걸음마다 심장이 깨지는 듯했지만.

# 23

보르가드는 엉망의 정점에 이른 기분으로 그곳에 들어섰다. 처음 마주친 탁자에서 의자를 빼 엉덩이를 걸치고 서류 봉투를 아무렇게나 던져놓는 태도부터 심상치 않았다.

이보다 심상찮은 노릇은 따로 있다. 그는 이런 곳에 일감을 들고 일하러 온 것이다. 조명은 침침하고 음악소리는 요란했으며 무대 주위의 사내들은 법 무서운 줄 모르는 채 스트리퍼에게 불법적인 제안을 큰 소리로 외쳐대는 이런 곳으로. 보의 일터 선정을 그나마 정당화시켜 주는 요소라면 이곳이 범행 장소였다는 사실뿐이다. 이 스트립주점에서 조시 리를 포함하여 세 명의 피해자들이 팬티범에게 당했다. 뭐, 아무리 그렇다 해도 에드워드 헤인즈의 범행설을 꿰어 맞추는 그 심각하디 심각한 작업을 꼭 스트립주점에서 해야 되는지는 의문이지만서두.

하지만 보는 열나고, 땀나고, 좌절감에 사무친 마당이었다. 아무 생각 없이 GTO를 몰다 보니 어느덧 이곳이었고 그는 자포자기한 심정으로 들어갔다. 무엇보다 지난 며칠간 경찰다운 경찰에게 어울리는 경건한 장소에서 사건을 해결하고자 몸부림쳐 왔지만 그 결과는 눈물나도록 형편없었지 않은가. 경건? 엿이나 먹으라고 해. 반면 이곳은 시궁창이지만 적어도 그의 현재 기분에는 딱 맞는단 말이다.

그때 쟁반이 그의 테이블에 놓이고 달착지근한 음성이 들려 왔다.

"자기가 원하는 걸 말해 봐."

보는 고개를 들었다. 하이힐에 반짝이 끈팬티를 걸친 여자가 그의 옆에 서 있었다. 그녀는 금발이었다. 풍만한 몸매였다. 얼굴에는 그 표정을—'난 보이는 그대로의 여자야'—짓고 있었다. 그리고…… 아, 장황하게 설명하지 말자. 한마디로 그녀는 보가 십 년 간 오매불망 꿈꾸어 왔던 환상의 결정체였다. 헌데 그에게 놀라 까무러칠 일이 벌어졌다. 몽정에나 등장함직한 여자를 앞두고 그가—다른 남자도 아닌 보르가드 듀프리 님이—조금도 마음이 동하지 않은 것이다.

"딕시 한 병 부탁해, 슈가."

그는 웨이트리스에게 최고 등급의 죽여주는 미소를 던졌다. 자신의 이해 못할 상태를 예민하게 의식한 데에서 나온 과장된 반응이었다.

그녀가 숨을 크게 들이쉬자 천을 극도로 아낀 상의의 팽창력을 넘어 가슴이 한없이 부풀어올랐다. 노골적으로 드러난 풍요로움의 진수를 그에게 들이대며 그녀는 암컷 맹수의 미소를 만면에 지었다.

"자기 물건 좀 들어 줄 테야? 그럼 내가 끈끈한 걸 닦아줄게."

보는 순순히 대봉투를 들어올렸다. 웨이트리스는 테이블을 훔치기 시작했고 팔이 움직일 때마다 한쪽 젖가슴이 그의 얼굴에 찰싹찰싹 유혹적으로 닿았다. 하지만 보는 여전히 마음이 동하지 않았다. 그의 어디가 크게 잘못된 게 틀림없다. 그렇지 않고서야 인류의 태동과 그 역사를 함께 해 온 남자의 원초적인 욕망이 싱싱한 새 파트너와 뜨겁게 한 판 뜰 수 있는 절호의 기회를 앞두고 이렇게 옴짝달싹하지 않을 순 없다. 그의 머릿속에는 갖가지 짜릿한 영상들이 오락가락하긴커녕 줄리엣의 표정과 목소리만이 가득했다.

*난 가장 소중한 사람들에게 늘 세 번째 자리를 차지해 왔어요*

보는 앉은 자세를 바로했다. 망할 여자 같으니. 봐도 문제, 안 봐도 문제로군. 보는 눈을 깜박거려 줄리엣의 영상을 지워버리려 했지만 그녀는 그에게 씌워진 유령처럼 떨어질 줄 몰랐다. 별 수 없군, 최후의 수단을 동원해야지. 그는 웨이트리스의 농염한 엉덩이가 시작되는 허리께에 손을 얹었다.

"이 일은 기본이고 춤도 추는 것 같은데?"

"당근이지. 자기가 원하면 이 테이블에서 지금 당장 내 전부를 보여줄게."

갑자기 그는 전부가 지긋지긋해졌다. 피곤했다.

"지금 당장은 곤란해."

보는 여자에게 손을 떼고 서류 봉투를 가리켰다.

"자기의 전부를 보고 싶은 마음은 굴뚝 같지만 일거리부터 훑어봐야 하거든."

웨이트리스의 얼굴에는 '이 녀석, 혹시 동성애자?'라는 의구심이 떠올랐다. 이성애 취향의 남자라면 맨살을 과감하게 드러낸 풍만한 그녀를 젖혀두고 아직 속 알맹이조차 드러내지 않은 얄팍한 대봉투를 선택할 리 있나. 하지만 그녀는 그저 어깨를 으쓱거리고 말았다.

"생각해 봐, 슈그. 맥주를 갖고 곧 돌아올게."

노련한 프로답게 그녀는 그에게 빠져나갈 구멍을 만들어 준 다음 살랑살랑 사라졌다. 보는 서류 봉투에서 내용물을 꺼냈다. 외우다시피한 도난 사건 보고서는 옆으로 밀어 두고 사진 뭉치를 손에 들었다. 사건 현장이 담긴 사진들을 훑어보면 뭔가 소득이 있을까 싶어 반 시간 전에 사진사에게 찾아온 흑백 사진들이었다.

보는 가든파티 때의 사진을 우선적으로 살폈다. 에드워드 헤인즈의 모습이 담긴 사진은 두 장이었다. 하지만 사진 하단부에 박힌 촬영 일자 및 시간이 총격 사건의 발생 시점과 일치하지 않았으며 그 남부 신사가 올리브 나무들을 배경으로 찍힌 것들도 아니었다. 보는 칵테일 파티 사진들로 넘어갔다.

그는 깨끗하게 찍힌 헤인즈 부부의 사진을 따로 빼놓고 나머지를 살펴기 시작했다. 그 자신과 줄리엣 사진도 있었다. 보는 넋을 잃은 채 그녀의 흑백 얼굴을 손으로 따라 그리다가 움찔 정신을 차리고 초조하게 치워버렸다. 다른 사진들도 전부 훑어보자 그는 에드워드의 것만 석 장 남기고 남은 사진 뭉치를 봉투에 도로 넣었다.

"딕시 가져왔어."

웨이트리스는 술병을 내려놓으며 테이블에 펼쳐진 사진들을 향해 힐끗 일별을 던졌다.

"맥주 값은……."

뒷말을 흐리며 그녀는 몸을 기울여 사진을 자세히 들여다보았다.

"어머, 깔끔이 신사잖아."

그녀는 보에게 고개를 돌렸다.

"이 사람의 사진을 가지고 뭐 하는 거야? 자기, 사진사야?"

보의 혈액이 쿵쿵거리며 혈관을 타고 흐르기 시작했다.

"아는 사람이야?"

"정식으로 아는 사이는 아냐. 이곳에 가끔 들르는 사람이지."

그녀는 허리를 폈다.

"맥주 값은 사 달러 오십 센트 되겠어."

보는 바지 뒷주머니의 지갑을 재빨리 꺼냈다. 그는 지갑에서 이십 달러짜리 지폐를 뽑아 그녀에게 건넸다.

"이 치가 깔끔이 신사라고?"

"우리가 붙여 준 별명이야. 이것 좀 봐."

웨이트리스는 핏빛의 긴 손톱으로 사진 한 장을 가리켰다. 칵테일 파티에서 찍힌 턱시도 차림의 에드워드 헤인즈 사진이었다.

"옷차림이 깔끔하잖아. 태도는 또 얼마나 깔끔한지 몰라. 교양이 철철 넘쳐."

그녀는 쟁반의 금속 상자에 지폐를 넣고 잔돈을 세어 주었다.

보는 입이 찢어져라 활짝 웃어 보였다. 그녀에게 키스라도 해주고 싶었다. 역시 믿을 건 본능밖에 없다니까. 경찰다운 경찰의 본능이 아니었다면 그가 어떻게 지금 이 장소에 올 수 있었으랴.

에드워드가 변태 팬티범이었어.

"잔돈은 자기 가져."

"고마워, 슈그."

웨이트리스는 돈상자 안쪽에 따로 넣어둔 봉투에다 잔돈을 넣었다.

"고맙긴. 자기가 일해서 번 돈인데 뭐."

보는 옆자리의 의자를 뺐다.

"여기 좀 앉아 봐. 자기한테 물어 볼 게 몇 가지 있어."

록산느는 한기가 뚝뚝 흐르는 눈빛으로 그를 꼬아 보았다. 그녀의 입이 열렸을 때는 적의로 똘똘 뭉친 어조가 흘러나왔다. 문화인인 척하려는 노력조차 가미되지 않은 목소리였다.

"왜 왔어요, 듀프리?"

백만 달러짜리 질문이로군. 다른 곳에서 정보를 얻을 수 있다면 이곳의 십 마일 이내에도 들어서지 않았을 텐데.

"일 때문에 왔습니다. 줄리엣, 안에 있죠?"

"댁한테는 없는 사람이에요."

보는 슬그머니 약이 올랐다. 무슨 대역죄를 지었기에 이런 푸대접을 받아야 하는지 괘씸하고 분했다. 그는 독선적으로 전화기의 내선 단추를 척 가리켰다.

"그녀에게 내 방문을 알려요. 난 공무수행중입니다."

록산느는 윗입술을 말아 올려 그에게 이를 내보였지만 수화기를 들고 내선 단추를 눌렀다.

"줄리엣? 듀프리 경사가 와 있어요. <공무> 때문에 만나고 싶대요."

그녀는 수화기를 귀에 댄 채 잠시 입을 다물고 있다가 무채색의 목소리를 냈다.

"알았습니다."

수화기를 내려놓고 록산느는 보를 노려보아 그의 손바닥에 땀이 나게 만들었다. 맥박이 몇 번 뛸 정도의 시간이 흐른 다음, 그녀가 마침내 말문을 뗐다.

"들어가 봐요."

보의 심장이 놀랍게도 기대감으로 거세게 쿵쾅거렸다. 그는 대기실을 가로질러 줄리엣의 사무실 앞에 서자 슬쩍 뒤를 돌아보았다. 록산느의 눈빛은 살상 무기나 다름없었다. 그가 당장 고꾸라져 죽어도 이상할 게 없을 테지만 현실적으로 그런 일은 벌어지지 않았기에 보는 여전히 멀쩡한 채로 씩씩하게 사무실 문을 열어 젖혔다.

줄리엣이 고개를 들었다. 그녀는 자리에서 일어나는 대신 책상의 서류 위에 양손을 포개고 예의 바른 정중함을 다하여 보를 바라보았다. 엉뚱한 사무실에 들어선 낯선 사람을 대하듯이.

보는 그녀의 무심한 시선에 마음이 싱숭생숭해졌다. 그녀가 차라리 록산느처럼 적대감이라도 드러내 주는 편이 한결 나을 것 같았다. 그는 왠지 입이 마르는 느낌에 사로잡혀 아랫입술을 축였다.

"어, 좋아 보이네요."

공치사가 아니었다. 그녀는 그의 눈에 정말 좋아 보였다. 본연의 올바른 애스터 로웰 씨로 되돌아가기 위해 노력한 흔적이 역력했지만 비협조적인 뉴올리언스의 무더위 때문에 촉촉하게 젖고, 흐트러지고, 헝클어진 줄리엣은 손댈 수 있는 여자처럼 보였다.

"고마워요."

그녀는 냉정하게 입을 열었다.

"그 이야기를 하러 온 건 아니라고 생각합니다만."

"물론 그건 아니죠."

보는 주머니에 손을 쑤셔 넣었다. 사무적인 자세를 원하신다? 좋다 이거야.

"수사에 진전을 보았습니다."

"축하해요."

"어, 예, 고맙습니다. 하지만 당신의 협조가 필요합니다."

금갈색의 눈썹이 치켜 올라갔다.

"내가 어떻게 협조해 드리면 될까요?"

"정보를 제공해 주십시오. 에드워드 헤인즈가 이곳에서 가장 좋아하는 장소나 또는 시간을 가장 많이 보내는 장소가 어디입니까?"

순간 줄리엣은 반석 같은 평정을 잃고 그의 정신 상태를 의심하는 표정이 되었다.

"뭐라구요?"

"내 말을 이미 들었을 텐데요."

"당신이 왜 에드워드가 즐겨 찾는 장소를 알고 싶다는 거죠?"

"그 이유는 밝힐 수 없습니다."

아직 증거를 확보하지 못한 상태에서 에드워드 헤인즈가 범죄자라는 심증을 발설했다간 일을 망칠 공산이 크다. 혐의 사실을 안 줄리엣이 평소와 다른 태도를 보이면 그 남부 신사는 낌새를 눈치채고 모든 증거를 철저하게 말살해 버릴 것이다.

"이유를 묻지 말고 무조건 협조하라는 건가요?"

그녀의 등이 저보다 더 꼿꼿해질 수 없으리라 생각했지만 그건 보의 오판이었다.

"문은 저쪽입니다, 경사."

"제기랄, 줄리엣!"

"욕설은 듣기 거북하군요."

줄리엣은 벌떡 일어나, 평생토록 자신을 갈고 닦아 온 사람만이 지닐 수 있는 후광을 머리에서 발끝까지 내뿜었다.

"나에게 정보를 원한다면 그 이유를 밝히세요. 그게 싫다면 내 시간을 더 이상 빼앗지 말아 주십시오. 난 바쁜 사람이에요."

보는 권위에 대한 도전을 용납해 본 적이 없었다. 정상적인 상황이라면 민간인이 알아서 길 것이요, 경찰 내부에서 그의 담당 사건에 대해 이래라저래라하는 시시콜콜한 잔소리가 나온다면 손톱이 모조리 빠질 때까지 그자를 너덜거리게 만들어 놓을 사람이 보르가드 듀프리다.

하지만 지금은 정상적인 상황이 아니었다. 그는 줄리엣의 협조가 절실하게 필요했다. 그녀의 도움 없이는 눈뜨고 에드워드 헤인즈를 놓칠 판이다. 더 나아가 줄리엣이라면…….

그녀라면 믿을 수 있어.

그는 자신의 생각에 소스라치게 놀라는 한편 줄리엣에 대한 절대적인 신뢰를 스스로 인정했다. 이건 그도 모르는 사이에 뿌리를 박고 무성하게 잎을 틔운 신뢰감이었다. 그녀에 대한 믿음이 없었다면 머저리처럼 그녀에게 십년 환상을 고백하지 않았을 것이다. 뉴올리언스의 모든 가능한 여성들과 잠자리를 하고 싶다는 그의 옹골찬 야심을 아는 사람은 지금까지 루크뿐이었다. 그리고 줄리엣의 진중한 면은 알아준다. 저것 좀 보라. 그를 코 아래로 내려다보는 저 여자가 실은 그의 품에서 헐떡거리며 그의 귀에 야한 말을 속삭였을 거라고 누가 상상이나 하겠는가. 코웃음칠 노릇이다. 그래, 줄리엣이 속내를 비추어 에드워드의 경계심을 살 가능성은 아예 없다.

"좋아요, 이유를 밝히죠."

보는 말하기 시작했다.

"에드워드가 당신의 생명을 노린 장본인이자 팬티범이라는 단서를 찾아냈어요."

줄리엣의 발가락까지 충격의 화살이 뚫고 지나갔다. 상냥하고 다정한 그 노신사가? 그녀는 고개를 저었다.

"그럴 리 없어요."

"그는 가든파티의 총격 사건에 사용된 모델과 정확하게 일치하는 한 쌍의 고무기와 연루되어 있습니다. 그리고 내 동생이 그런 종류의 총기에 위협당했노라고 진술했어요."

"에드워드는 수집가예요. 그가 <연루>되었다는 고무기와 범행에 사용된 무기가 동일하다는 단정은 섣부른 판단이에요."

"팬티범이 세 번이나 범행을 저지른 술집의 웨이트리스가 에드워드의 사진을 알아보았다구요."

"목을 축이러 술집에 들르면 전부 범죄자란 소리예요?"

"그럼 내가 심심풀이 파자破字삼아 엄한 사람을 범죄자로 모는 어벙한 경찰로 보이슈?"

보는 한 걸음에 거리를 바짝 좁혀 번뜩거리는 까만 눈으로 그녀를 내려다보았다.

"난 경찰 생활을 오래했다구! 내 본능을 좀 믿어 봐!"

분노가 그녀의 속에서 끓어올랐다.

"난 댁의 본능이라면 겪을 만큼 겪고,"

줄리엣은 앙칼지게 쏘아붙였다.

"댁의 본능은 썩 믿을 게 못 된다는 결론에 이르렀다구욧!"

그의 얼굴이 확 들이밀어져 그녀에게 뜨거운 숨결을 내뿜어댔다.

"내가 말하는 본능은 그 본능이 아니라 직업적인……."

중간에 말을 끊고 뒤로 물러섰다. 그는 뒷목을 주무르며 숨을 길게 내쉬더니 차분하게 설득하기 시작했다.

"팬티범에게 당했던 피해자가 일하거나 놀러갔던 업소들을 돌면서 에드워드의 사진을 확인했습니다. 종업원들이 그를 알아본 총 4군데의 업소는 그냥 술집이 아닙니다. 스트립주점이에요. 에드워드 역시 인간인만큼 기분 내러 그런 곳에 갔었을 수도 있겠죠. 하지만 그의 기본적인 인품과 어울리지도 않는 스트립주점을 한 곳도 아니라 네 군데나 들락거리고, 그가 얼굴을 팔았던 곳마다 동일한 범죄가 일어났다는 건 우연의 일치로 보기 어렵습니다."

그녀를 향한 좌절감과 싸우며 직업적인 무표정을 지으려는 보의 일그러진 얼굴은 무섭도록 설득력이 있었다.

"또한 줄리엣 당신네 회사 때문에 헤인즈 부부가 근 30년 간 살아 온 집에서 쫓겨나게 생겼다는 점도 감안해요."

그녀는 망설이며 입을 열었다. 그리고 이내 이맛살을 찌푸려야 했다. 그녀의 어조는 제발 실수라고 말해 달라고 그에게 간청하는 애원조였기 때문이다.

"이른바 그 단서들은 전부 상황 증거를 바탕으로 하고 있잖아요."

"그 때문에 에드워드만의 사적인 공간을 알려 달라는 겁니다. 그런 곳에 범행 증거품이 은닉되었을 가능성이 높아요."

"당신의 수사 방향은 근본적으로 잘못되었어요."

"그럼 내가 틀렸다는 걸 증명해 봐요."

"정신 나갔군요."

"내가 정신 나갔다는 걸 증명해 보라니까요."

"예, 증명해 드리지요."

줄리엣은 도전적으로 그와 시선을 맞추었다.

"에드워드가 대부분의 시간을 보내는 곳은 두 군데예요―정원의 광과 블루룸."

보는 생각을 가다듬었다.

"팬티범은 피해자의 속옷을 기념품으로 가져가요."

드디어 그가 천천히 말을 이었다.

"그런 수집가적인 면모는 에드워드와 맞아떨어져요. 그렇다면 속옷들도 마르디 그라 가면들처럼 좋은 환경에 보관해 두었겠죠. 블루룸으로 출동하자구요."

줄리엣은 앞장서서 사무실 밖의 록산느에게 향했다.

"블루룸의 내부 열쇠를 가지고 있어?"

"찾아볼게요."

록산느는 상사와 경사의 기류를 은밀하게 살피며 몸을 숙여 책상의 아래 서랍을 열었다.

"이곳에 도착한 날 셀레스트에게 한 아름의 열쇠 뭉치를 받긴 했는데……. 아, 여기 있네요."

허리를 편 록산느는 두 개의 고풍스런 열쇠를 고리에서 빼주었다.

블루룸으로 향하는 그들 사이에는 침묵이 흘렀다. 줄리엣은 걸음을 옮길 때마다 옆의 보를 민감하게 의식했다. 그는 긴장감과 더불어 강도 높은 기대감을 발산하고 있었다. 그녀의 위장이 점점 심하게 꼬였다. 보와의 관계가 뒤틀려 버린 마당에 억지로 그와 행동을 함께 할 것을 요구하는 이런 상황은 고문이었다.

보는 텅 빈 블루룸에 들어서자 걸음을 멈추었다.

"집주인으로서 수색을 허락했다고 받아들여도 됩니까?"

줄리엣은 마른침을 삼켰다. 그녀가 무조건적인 정보 제공을 거절했을 때 보는 그 거절 뒤에는 자신을 향한 분노도 도사리고 있음을 알면서 줄리엣의 명분을 심각하게 받아들였을 뿐 아니라, 그녀를 전적으로 믿고 민감한 사안을 공개했다. 그런 신뢰를 받기란 흔치 않다. 그녀 쪽에서도 보에게 동량의 믿음을 보여주어야 한다. 줄리엣은 에드워드의 무죄를 다시 주장하고 싶은 마음을 꾹 참고 열쇠를 내밀었다.

"예."

두 개의 열쇠 가운데 하나는 늘어선 책장들의 양쪽 캐비닛 열쇠로 판명되었는데 그 어느 쪽에서도 '범행 증거물'은 나오지 않았다. 보는 남은 열쇠로 소형 책상의 서랍 자물쇠를 땄다. 줄리엣은 숨을 참고 서랍이 열리는 순간을 기다렸다.

"젠장."

그녀는 숨을 길게 내쉬었다.

"에드워드는 범죄자가 아니라고 했잖아요."

"범죄자예요, 내 육감은 확실해요."

"당신 육감도 지금처럼 틀리는 때가 있어요."

보는 툴툴거리며 책장을 뒤지기 시작했다. 마루바닥에 금세 책들이 수북하게 쌓이고 책장에는 빈 선반들이 늘어갔다. 그는 허탈함을 감추지 못하고 욕설을 퍼지게 늘어놓으며 책장에 놓인 조각 장식품을 손바닥으로 때렸다.

그러자 목재로 마감된 벽의 한 면이 스르르 열렸다.

줄리엣과 보는 아연실색했다. 하지만 보가 곧 정신을 수습했다. 그는 불신과 기쁨의 웃음을 터뜨리며 멍한 줄리엣의 얼굴을 움켜쥐고 짧지만 세게 입을 맞추었다.

"정신나간 경찰의 실력도 쓸 만하죠?"

보는 마구 뽐내는 미소를 벙긋거렸다.

"자, 이제 불을 밝힐 차례예요."

그는 근처의 작은 램프를 가져왔다. 램프는 다행히 전깃줄이 길었기 때문에 벽 뒤의 비밀공간까지 무난하게 연결되었다. 줄리엣은 환하게 밝혀진 비밀공간을 보의 어깨 너머로 들여다보았다. 그녀의 심장이 발등으로 떨어졌다.

예스러운 권총 한 자루가 차곡차곡 쌓인 여자 팬티들 위에 누워 있었다.

# 24

셀레스트는 화장을 마치고 거울을 확인했다. 버틀러 집안에서 대대로 물려 내려온 진주 목걸이를 달며 거처 밖의 복도에서 뒤섞여 이는 발소리와 말소리를 정신적으로 차단했다.

오후 4시부터 그녀와 같은 층의 다른 객실들이 차면서 저런 소음이 시작되어 호텔 개관 무도회를 한 시간 남겨놓은 지금까지 꾸준하게 높아졌다. 오늘밤의 객실 예약률이 80퍼센트에 이른다는 줄리엣의 말을 듣고 셀레스트는 몸소 예약 장부를 확인했다. 예약 장부는 마치 루이지애나 사교계에서 내로라하는 거물들의 목록을 방불케 했다. 그뿐이 아니었다. 뉴올리언스 시내에 버젓한 저택을 소유한 보스턴 클럽의 회원들 이름마저 눈에 띄었다.

이 사태를 어떻게 받아들여야 할지 그녀는 머리가 복잡했다. 칵테일 파티가 끝난 지 얼마 되지도 않아 사교계의 위대한 별들이 또 그녀의 집에 납신다니 기쁘디 기쁘지만 이곳은 더 이상 그녀의 집이 아닌 만큼 그저 좋아할 순 없는 노릇이다. 그럼에도……

셀레스트는 가히 병적인 행복을 금할 수 없었다.

무엇보다 줄리엣이 곧 떠나리라. 정확한 출발 날짜는 모르겠으나 양키 아가씨의 일은 오늘밤 무도회를 기점으로 완료되는 셈이다. 어쩌면 내일 떠날지도 모른다, 하느님이 정말 하늘에 계신다면. 그보다 더욱 중요한 사실은 따로 있다―경찰이란 직업의 그 무례한 백인 쓰레기 청년이 근자에는 코빼기도 안 보인다. 이곳에서 잠을 잘 때도 자기 객실을 이용한다는 소문이 호텔 직원들 사이에 파다하다고 릴리가 귀띔했다. 다각도로 종합해 볼 때 그녀가 아무 일도 아닌 것을 가지고 공연히 위장이 당길 정도로 걱정했다는 결론이 나온다.

　그녀와 에드워드는 월말까지 호텔을 비워 주어야 한다. 내일부터 새 집을 찾아봐야겠다. 아담하지만 우아한 곳으로. 그리고 물론, 수준 있는 동네로. 오늘밤은 중요 인사들에게 그런 동네를 추천해 달라고 부탁하기 안성맞춤이다. 가격은 문제가 되지 않는다. 이 집에서 나가는 대신 크라운 호텔 체인으로부터 쏠쏠한 위로금을 받은데다, 줄리엣이 뉴올리언스에서 연줄을 맺도록 도와주고 챙긴 소개료도 두둑하다. 여기에 덧붙여 에드워드를 설득해 가면 수집품의 전부 또는 일부를 팔아치우면 앞으로 돈 걱정하지 않고 살 수 있다.

　셀레스트는 셰리주를 마시고 섬세한 술잔을 화장대에 올려놓은 후 진주 귀걸이를 달았다. 마지막으로 거울을 확인하며 흡족하게 고개를 끄덕거렸다. 그래, 향후의 변화를 일종의 모험으로 생각하자. 버틀러 집안의 저택을 잃는 건 가슴 쓰라리지만 인생이란 잃고 얻는 과정의 연속인 법. 그녀와 남편은 출신 배경이며 저택이며 간판만 번듯했지 돈은 없었지 않은가. 하지만 이제는 다르다. 세상을 살맛나게 해주는 고급스런 도락을 감당할 여유도 생겼고 뉴올리언스 사교계에서 그들의 입지도 공고하게 다져졌다. 그게 가장 중요하다. 인생이란 역시 섣불리 논한 것이 못된다. 복福이 화禍가 되고 화禍가 결국은 복福이 되니 말이다. 아아, 오묘하여라.

　다각도로 종합해 볼 때 그녀의 현실은 밝다.

　줄리엣은 마스카라를 내려놓았다. 그녀는 마지막으로 머리를 매만지고 립스틱을 고친 다음 옷매무새를 가다듬었다. 이 청동색의 이브닝 드레스는 가느다란 어깨끈을 목 뒤에서 묶고 여섯 줄의 호박琥珀 구슬들이 V자로 깊이 파진 등에 각각 그 길이를 달리하여 늘어진 형태였다. 그녀는 손거울을 써서 뒷장식을 확인했다.

실은 이렇게 여유 부릴 때가 아니었다. 호텔의 개관 무도회까지 한 시간도 채 남지 않았고 막판까지 신경 써야 할 일이 수십 가지다. 당연히 서둘러야 할 이때 그녀는 근자에 새로 들인 버릇—넋 놓고 보르가드 생각하기—에 심취해 있었다.

아, 그 남자를 어찌하면 좋을까? 생각 같아서는 내일 첫 비행기를 타고 보스턴으로 돌아갈 일이다. 보스턴이라면 그곳의 사회적인 규칙을 모조리 꿰뚫고 있는 만큼 마음 편하게 살 수 있다. 그럼에도 왜 아직까지 비행기표 예약도 하지 않았는지는 정녕 모를 노릇이다.

이 사태를 어떻게 생각해야 할지 그녀는 머리가 복잡했다. 무엇보다 망설일 이유가 없었다. 보는 자유로운 독신 생활을 꿈꾸어 왔고 그의 미래에는 그녀의 자리가 없다고 단도직입적으로 말하지 않았던가. 이런데도 뉴올리언스에서 미적거릴 생각을 하다니 상사병에 걸린 바보가 따로 없다. 어쩌다 이렇게까지 자존심이 없어졌는지. 예전에는 안 그랬는데. 그러나……

줄리엣은 가히 병적인 이 사랑을 금할 수 없었다.

그리고 보의 태도가 걸렸다. 그는 혼재된 신호들을 보내 왔다. 입으로는 이별을 고해 놓고 왜 같은 입으로 자꾸 키스할까? 혹시 기회가 있을지도 모르는 지금, 꼬리를 말고 도망친다면 나중에 두고두고 후회하리라. 마음 같아서는 보를 온전히 이해하는 난제 따위 때려치우고 미련 없이 돌아서고 싶었다. 하지만 아무리 노력해도 그게 되야 말이지.

비단 그녀에 대하여뿐 아니라, 보는 에드워드 헤인즈의 처리 방안에 대해서도 확실한 태도를 취해 주지 않았다. 그는 어제 그녀에게 통사정해 에드워드의 지문 채취용으로 원예 가위를 가져간 이후 코빼기도 안 보였다. 직장에 두 번이나 전화하여 메시지를 남겨놓았건만 감감무소식에, 그의 퇴근을 눈 빠지게 기다리다 결국 포기하고 잠들게 만들었다. 심지어는 오늘 무도회의 참석 여부도 확실치 않았다. 경찰들이 언제 수색 및 체포 영장을 갖고 들이닥칠지 모르는 채 가슴을 조여야 하는 건 알프레드 히치콕 감독의 흘러간 영화에서 구두 한 짝이 떨어지기만을 기다리는 격이었다.

줄리엣은 등을 곧게 폈다. 정신 차리자. 상념에 빠져 허송세월할 때가 아니다. 그녀에게는 개관을 기다리는 호텔이 있고 오늘밤은 직업적인 경력의 절정이라 할 수 있다. 일에 매진하는 게 최고이다.

연애 고민은 내일 해도 늦지 않으리.


무도회가 순조롭게 돌아가고 줄리엣의 '할 일' 목록에서 할 일이 거의 없어졌을 때 여자 목소리가 뒤에서 들려 왔다.

"줄리엣, 안녕하세요? 나를 기억하겠어요?"

보좌관에게 마지막 지시를 내리고 돌아선 줄리엣은 보의 여동생을 발견했다. 아담한 그녀는 조시 리와 루크 그리고 낯선 남녀와 이쪽으로 다가오는 중이었다.

"아나벨! 물론 기억하죠. 어떻게 지냈어요? 파충류의 침실 재방문은 없었기 바래요. 그리고 오랜만이에요, 루크. 조시 리도 반가워요."

줄리엣은 그들 너머를 기웃거리며 보를 찾았지만 그는 없었다.

"우리 큰언니는 오늘이 처음이죠?"

아나벨이 소개했다.

"카밀라 언니와 우리 형부인 네드 포트네이예요."

카밀라가 미소와 함께 악수를 청했다.

"드디어 만났군요. 우리를 초대해 주어서 고마워요. 근사한 무도회예요."

줄리엣은 전신에 퍼지는 온기를 느꼈다. 그녀는 오늘 들어 드물었던 진심 어린 미소를 보의 큰동생에게 던졌다.

"괜찮다니 다행이에요. 나와 내 보좌관은 소소한 실무에 치중하느라 전체적인 분위기를 조망할 짬도 없었어요."

"괜찮은 것 이상이죠. 최고예요."

조시 리가 힘주어 말했다. 그녀는 지나가는 웨이터의 쟁반에서 샴페인 잔을 낚아채 줄리엣을 위해 건배했다.

"음식 좋고, 음악은 뉴올리언스 기준에 비추어 봐도 상급에, 눈요기감으로 멋진 드레스들이 풍성한 무도회예요."

"당신 드레스도 멋진데요."

보의 막내동생은 어깨끈 없이 바닥까지 길게 내려오는 토마토 계열의 붉은 드레스를 걸친 터였다. 줄리엣은 오랜 자기 수양과 달리 생각한 바를 솔직하게 덧붙였다.

"나도 그런 드레스를 입을 수 있는 몸매였으면 좋겠어요."

"이하동문이에요."

아나벨이 투덜거리며 동의했다.

"집안의 쭉쭉빵빵 유전자는 내 동생과 언니에게 몰렸어요. 너무 불공평하죠? 그런데 우리 오빠는 어디 있어요?"

줄리엣은 세 쌍이나 되는 까만 눈동자의 집중세례를 받자 찔끔했지만 다행히 루크가 구원수로 나섰다.

"보는 근무중이야."

카밀라가 고개를 갸웃거렸다.

"오빠의 근무지는 호텔이고 오빠의 임무는 줄리엣의 신변보호가 아니었어?"

"오늘밤은 아냐. 다른 일이 터졌어."

"하지만 누가 또 그녀를 노리면……."

조시 리는 남의 잔치에서 흉사를 들먹인 자신의 지각없음을 뒤늦게 깨닫고 얼른 입을 다물었다.

"미안해요, 줄리엣. 내 입이 가끔 방정이에요."

"아무도 그녀를 노리지 못할 거야. 주위를 좀 둘러 봐, 막둥아. 네 오빠가 이곳에 경찰을 쫙 풀어 놨다구. 다들 턱시도 위장근무중이라 첫눈에는 식별이 안 될 뿐이지."

루크는 우스꽝스럽게 남성적인 자세를 취하며 덧붙였다.

"게다가 이 몸이 여기 있잖아. 그런데 말이야……."

그는 조시 리의 팔을 위아래로 쓰다듬었다.

"내가 우리의 여주인께 춤을 청해도 되지?"

"당연히 안 돼."

루크는 조시 리의 반대를 못 들은 척하고 줄리엣에게 돌아섰다.

"저에게 춤출 기회를 주시겠습니까?"

"영광이에요."

줄리엣은 이어 보의 동생들에게 양해를 구했다. 그녀는 안도감을 느끼며 루크와 자리를 떴다.

"괜찮습니까?"

루크가 멀찌감치 떨어져 줄리엣을 안고 춤을 추다 난데없이 물었다. 줄리엣은 고개를 들어 그와 시선을 맞추었다.

"오, 이런……. 다 알고 있군요?"

"자세히는 모릅니다. 당신이 말도 안 건다고 보에게 들었어요."

그녀는 쓸쓸한 웃음을 참느라 질식할 것 같았다.

"예. 일이 그렇게 되어버렸어요. 뉴올리언스의 모든 여성들과 잠자리 하는 게 꿈인 남자와는 그다지 할말이 없어서."

루크가 댄스 플로어의 한복판에서 우뚝 섰다.

"보가 그 이야기를 당신에게 했단 말입니까?"

사람들이 노련하고 능숙하게 루크와 줄리엣을 피해 선회하자 루크는 다시 스텝을 밟기 시작했다. 그는 얼떨떨한 표정으로 고개를 털었다.

"믿어지지 않는군요. 보는 나 말고 누구에게도 그 이야기는 하지 않았는데."

"그런 비밀을 나눌 동지로 선택된 걸 행운으로 여겨야 할지 불행으로 여겨야 할지 모르겠어요."

"미안합니다."

루크는 쩔쩔매며 사과했다.

"내가 일을 더 꼬아놓고 있군요."

"미안한 사람은 이쪽이에요. 당신 덕분에 보의 가족들 앞에서 난처함을 모면해 놓고 내가 우리를 걱정해 주는 당신에게 못되게 굴고 있는 거죠."

"우리 둘 다 잘못한 게 없어요."

루크가 넌더리를 치며 단정적으로 말했다.

"모든 잘못은 쪼다 듀프리에게 있죠."

줄리엣은 미소를 지었다.

"조시 리가 부럽네요."

그들 주위에서 미세한 동요가 일었다. 줄리엣은 주위를 둘러보아 그 원인을 찾아냈을 때 그만 스텝을 놓쳤다. 보가 댄스 플로어의 사람들을 헤치고 다가온 것이다.

보의 눈은 벌겋게 충혈되어 있었다. 턱은 평소보다 더욱 거뭇한데다 표정도 험상궂었다. 낡고 바랜 청바지에 소매를 접어 올린 차이니스 칼라의 데님 셔츠를 걸친 그는 우아한 무도회와 너무도 어울리지 않았다. 그의 입에서 나온 첫마디는 그런 사납고 성난 분위기를 덜어 주지 못했다.

"자네가 무슨 볼일이 있어서 줄리엣 로즈와 망할 춤을 추고 있는 거야, 가드너? 내 동생에게 달이라도 따다 바칠 만큼 미쳐 있는 거 아니었어?"

사실 보는 이렇게 여유 부릴 때가 아니었다. 시간과 분초를 다투는 급박한 임무를 띠고 총기까지 휴대한 몸이었다. 하지만 줄리엣이 그의 가장 친한 친구에게 미소짓는 장면을 포착하자 질투심이 아가리를 벌리고 그를 덮쳤다. 맙소사, 질투심이라니? 그런 감정은 보에게 미지의 존재였다. 그는 힘겹게 질투심을 떨쳐버렸다.

"미안해, 루크. 그런 말을 하려던 게 아니었어. 실은 자네를 봐서 천만다행이야—밥통이 심각한 문제를 일으켰어."

보는 줄리엣의 매끄러운 어깨 곡선을 살며시 쓰다듬었다. 섹시한 드레스 차림의 그녀는 죽여줬다. 느긋하게 감상할 시간이 없는 게 유감일 따름이었다. 뭐, 따지고 보면 유감인 게 하나둘이 아니지만.

"밥통이 이곳에서 한판 정치쇼를 벌이기로 작정했어요, 장미."

"그게 무슨 소리야, 듀프리?"

루크는 그들을 몰고 한적한 곳을 찾아가며 다그쳤다.

보는 빠르게 설명하기 시작했다.

"10분 정도밖에 시간이 없어. 밥통이 내 수사 결과를 가로챘어. 그걸 이용해 공개적으로 블루룸을 수색하고 에드워드 헤인즈를 체포할 꿍꿍이야. 그것도 오늘밤, 이곳에서 말이야. 11시 뉴스에 얼굴을 비추려고 내 장미의 무도회를 망쳐놓을 거라고."

그는 얼굴을 문지르고 힘없이 손을 떨구었다.

"밥통 페이퍼가 지역 방송사에 연락하고 있다는 걸 우연히 알아냈어. 8번 채널에서 온 그의 전화를 따돌리긴 했지만, 내가 이곳을 향해 경찰서 문을 나서자마자 밥통이 또 그쪽으로 전화했을 게 뻔해. 필시 4번과 6번 채널에도."

"에드워드가 오늘밤 체포될 거라구요?"

줄리엣의 얼굴에서 급속도로 핏기가 빠져나갔다.

"내 호텔의 개관 무도회에서?"

"그래요."

"왜?"

"밥통은 정치적인 야심이 원대한 책상물림이니까."

"하지만…… 그는 우리 아버지의 추종자잖아요."

"그건 어제 이야기죠, 천사표. 오늘의 관건은, 당신 아빠가 뉴올리언스의 유권자가 아니라는 데 있어요."

그녀의 표정에 보는 총 맞은 느낌이 들었다.

"미안해요. 난 어제 조용히 수색 및 체포 작업을 진행하려 했지만 범행 장소에서 떠온 에드워드의 지문과 원예가위의 것을 확인하는 과정이 지연되는 바람에 이제야 체포영장을 받아냈어요. 지금은 이럴 때가 아니에요. 에드워드는 어디에 있습니까? 서두르면 밥통보다 앞서서 일을 처리할 수 있어요."

"그럼 당신의 경력은 어떻게 되는 거죠?"

"모가지가 달아나진 않아요."

아니, 모가지가 달아나지 않기를 바란다고 해야 정확하다. 보는 어떻게 되든 상관없었다. 줄리엣의 무도회를 살리는 게 중요하다. 그녀가 뉴올리언스에 온 순간부터 그는 그녀의 삶을 뒤집어놓았지 않은가. 적어도 이번만은 제대로 해주고 싶었다.

"에드워드 헤인즈를 빨리 찾아야 해요."

그러나 한발 늦었다.

보가 식당 입구에서 아내와 나란히 서 있는 에드워드를 발견한 찰나, 연회실 문이 꽈당 열리고 페이퍼 서장대리가 여러 대의 카메라 조명과 소음을 동반한 채 나타났다. 서장대리는 주위를 둘러보고 에드워드에게 곧장 다가갔다. 그의 뒤를 언론사 무리가 벌떼처럼 뒤따랐다.

"저 개자식이!"

보는 걸음을 멈추고 줄리엣에게 돌아섰다. 그 순간이었다. 위장을 태워놓고 손발은 꽁꽁 얼어붙게 하는 돌발적인 깨달음이 그의 뇌리를 강타했다.

*이럴 수가…… 난 줄리엣을 사랑하고 있어.*

모든 가능성을 손수 날려버린 지금에야 그녀에 대한 사랑을 깨닫다니. 줄리엣은 창백하고 무표정한 얼굴로 평정을 지키고 있지만 속은 그렇지 않다는 걸 보는 알고 있었다. 또한 자신이 그녀를 위해서라면 무슨 일이든 하고 무엇이든 주리라는 것도 알았다. 왜 이렇게 오래 걸려서야 깨달았을까? 자유로운 독신 생활은 현실이 아니라 환상 속에서만 재미있다. 그는 무지몽매한 꿈에 사로잡혀 정말 특별한 뭔가를 가질 수 있는 기회를 놓쳐버린 것이다.

보는 다정하게 그녀의 얼굴을 들어올렸다.

"밥통을 대신해서 사과해요, 줄리엣 로즈. 내가 최선을 다해 손실을 줄여 볼게요."

그녀는 아무 말도 하지 않았다. 그를 올려다보며 그 커다란 잿빛 눈을 한 번 깜박거리는 게 전부였다.

보는 긴박감에 휩싸였다.

"내 말을 좀 들어 봐요, 달링. 절대로 뉴올리언스를 떠나면 안 돼요, 그냥 보스턴으로 돌아가지 않겠다고 약속해요, 제발."

"에드워드 헤인즈."

서장대리의 목소리가 쩌렁쩌렁하게 울려퍼졌다.

"일급 범죄로 체포하겠다. 당신에게는 묵비권과 그밖에……."

보는 거칠게 욕설을 내뱉고는 줄리엣에게 마음을 다해 키스했다. 입술을 떼며 그는 명령했다.

"나를 남겨 두고 떠나지 마."

그리고 돌아서서 사람들 사이를 가로질렀다.


한편, 줄리엣은 얼마 동안 꼼짝도 하지 못했다. 마침내 그녀는 심호흡을 한 다음 행동에 나섰다. 주위의 흥분에 찬 이야기 소리를 귓전으로 흘려들으며 그녀는 악단에게 다가가 연주를 재개해 달라고 부탁했다. 다음에는, 이곳의 모두처럼 입 벌리고 서 있는 웨이터에게 샴페인을 돌리는 그의 임무를 상기시켰다.

록산느가 다가왔다.

"이 일을 어쩌면 좋죠?"

"웨이터들을 계속 돌려. 가능한 한 분위기를 수습해야지."

"하긴 스캔들보다 더 효과적인 홍보는 없다고 했어요."

"나도 그렇게 믿으려고 노력하는 중이야."

줄리엣은 친구의 손을 잡았다.

"보가 블루룸으로 들어갔어. 난 그곳의 일 돌아가는 상황을 확인하고 경찰들이 언제 떠날지 추정해 봐야겠어."

"어서 가보세요. 이곳은 내가 맡을게요."

"고마워, 록스."

그녀는 에드워드의 옆을 지나갔다. 그 남부 노신사는 경찰들에게 포위된 반면 셀레스트는 턱시도 차림의 경찰 포위선 밖에서 하얗게 질린 얼굴을 하고 있었다. 대형 및 소형 카메라들이 신나게 돌아가고 조명이 대낮처럼 주위를 밝혔다. 줄리엣이 카메라 앞에서 포즈를 취한 서장대리를 돌아가기도 전에 보가 블루룸 밖의 응집한 구경꾼들을 뚫고 나타났다. 그는 투명한 비닐봉지를 들고 있었다. 거기에는 어제 줄리엣과 찾아낸 권총과 팬티들이 담긴 터였다.

언론이 그에게 주목하자 보는 증거물을 셔츠 속에 감추고 언론을 따돌렸다. 서장대리를 무시한 채 보는 포위선을 뚫고 에드워드에게 곧장 향했다.

"헤인즈 씨, 제가 시경으로 모시겠습니다."

에드워드는 잠시 보를 바라본 다음 고개를 짧게 끄덕거렸다.

"수갑은 호텔 밖에 나갈 때까지 유보하겠습니다."

보는 노신사의 팔꿈치를 부드럽게 잡고 문으로 이끌었다.

줄리엣은 즉각 서장대리에게 돌아섰다.

"고된 수사 끝에 우리 경찰은 시민의 안전을 다시금 확보하게 이르렀소"

서장대리는 으스대며 방송국 카메라 앞에서 떠벌리는 중이었다.

"에드워드 헤인즈는 최근 몇 달에 걸쳐 벌어진 일련의 추악한 범죄 행각을 저지른 장본인이고……."

줄리엣은 페이퍼 서장대리와 카메라들 사이에 끼어들었다. 그 고된 수사에 이 밥통은 전혀 기여한 바가 없다고 외치고 싶은 마음이 굴뚝 같았지만, 물론, 참았다.

"손님, 저희 호텔에서 그만 나가 주십시오."

서장대리의 얼굴이 노기로 벌겋게 달아올랐다.

"우리는 이곳에서 수사를 진행하는 중이오, 아가씨."

"이미 증거물이 압수되고 용의자가 이송되었으니 손님께서 수사할 여지가 남아 있지 않다고 생각됩니다만. 이제 가주십시오."

"이곳은 대중에게 열린 장소라고 알고 있소만."

"바로 알고 계신 겁니다. 하지만 저희는 그 수준을 감당하기 어려운 고객에게 봉사를 거부할 권리를 지녔습니다. 손님은 그런 고객에 해당됩니다."

그녀는 언론을 향해 돌아섰다.

"카메라를 끄세요. 여러분도 모두 나가 주십시오."

줄리엣은 별 수 없이 발길을 돌린 그들 뒤로 문이 닫힐 때까지 파수를 보듯 엄격하게 제자리를 지켰다. 모두 떠나자 그녀는 한숨을 억누르며 무도회를 살리기 위해 나섰다.

# 25

듀프리 가족은 한 곳에 모여 있었다. 아나벨과 카밀라는 막내동생을 양옆에서 감싸고 네드는 처제의 뒤를 지켰다. 루크는 이제 조시 리 앞에서 걸음을 멈추었다.

"괜찮니?"

"응."

조시 리가 그의 품으로 뛰어들었다.

"그 신사가 진짜 팬티범이야?"

루크는 조시 리의 등을 다독거렸다.

"그래."

"믿어지질 않아."

그녀가 진저리를 치자 루크는 팔에 힘을 주어 껴안았다.

"너에게 체포 장면을 보여주게 되어서 유감이야, 막둥아. 끔찍했지? 오늘밤에 일이 이렇게 될 줄은 몰랐어."

"난 범인과 만나면 맨손으로 놈의 얼굴을 짓이겨 주고 싶은 기분이 들 줄 알았어. 하지만 그는 어리둥절한 노인처럼 보였어."

"<기습 체포가 최고>라는 말이 달리 나왔겠니?"

"줄리엣도 불쌍해. 밥통 때문에 그녀의 개관 무도회가 엉망진창이 되었잖아. 밥통은 진짜 밥통이야. 왜 오늘밤에 일을 벌여서 민폐를 끼친담. 내일 체포하면 어디 덧나나."

"맞아, 보 오빠가 한바탕 들고일어날걸."

아나벨이 맞장구를 쳤다.

"애인이 그런 꼴을 당했는데 가만히 있을 우리 오빠가 아니지."

루크는 보와 줄리엣이 깨졌다는 사실을 가슴에 묻어 두었다.

"보의 기분이 썩 좋은 것 같진 않더라."

"서장대리가 언론에 대고 떠들어대는 거 다들 봤지?"

카밀라가 침을 튀겨가며 흥분했다.

"자기 혼자 사건을 해결했다는 식이었어. 흥, 소가 웃겠다."

그녀의 남편이 카밀라의 팔을 다독거리며 말없이 진정시켰다.

아나벨이 루크에게 다그쳤다.

"그 서장대리라는 인간은 일을 왜 이따위로 처리하는 거야? 꼭 이렇게 일을 크게 벌일 필요가 있었어?"

"일종의 정치적인 쇼야. 서장대리라는 직함은 월말까지거든."

"우리 뉴올리언스는 복도 많아."

조시 리가 투덜거렸다.

"1인자 자리를 노리는 정치가가 더 늘어난다니."

그녀는 씁쓸함을 털어 버리고 기분을 환기했다.

"이런 일 때문에 오늘밤을 망치면 밥통의 농간에 놀아나는 꼴밖에 안 돼. 언니들 생각은 어때?"

"말 잘했다, 동생아."

아나벨이 동의했다.

"우리가 이렇게 차려입을 수 있는 기회가 몇 번이나 되겠니? 오늘밤을 맘껏 즐기자."

"지당하신 말씀. 그럼 줄리엣을 찾으러 출동하자. 그녀의 무도회를 살리는데 우리 듀프리 집안이 거들어야 해."

관구 경찰서는 자체적인 구치소를 더 이상 두고 있지 않기 때문에 보는 에드워드를 시경으로 이송해 증거물을 넘겼다. 그는 등뒤로 취조실 문을 닫고 실내 중앙의 작은 탁자에서 의자를 뺐다.

"여기 앉으십시오, 헤인즈 씨."

에드워드는 자리에 앉아 멍한 눈으로 주위를 두리번거렸다. 보는 수갑을 풀어 준 다음 맞은편 의자에 걸터앉았다.

"커피나 다른 음료수를 갖다드릴까요?"

에드워드의 시선이 보에게 꽂혔다.

"고맙지만 사양하겠네."

"왜 여자들의 집에 침입해 총기를 겨누고 옷을 벗게 했는지 말씀해 주시겠습니까?"

"여자들의 나신을 좋아하기 때문이지."

그게 지극히 타당한 이유나 된다는 듯이 에드워드는 천연덕스럽게 대답했다.

"실은 굉장히 좋아한다네. 하지만 셀레스트는 나에게 벗은 몸을 보여주지 않아. 여자들은 참 아름다워. 안 그런가? 난 그네들의 고운 살결이 좋아. 그리고 체취도."

하늘에 계신 성모 마리아여.

"그러나 여자들은 낯선 남자 앞에서 옷을 벗고 싶어하지 않아요. 그 생각은 미처 안 해보셨습니까?"

"왜 벗고 싶어하지 않는다는 거지?"

에드워드는 어리둥절하여 눈을 깜박거렸다.

"그녀들은 전부 스트립클럽에서 일하거나 그곳에 자주 들르는 아가씨들이지 않은가. 그래서 남에게 보여지는 것을 좋아한다고 알았지. 난 누구에게도 피해를 입히지 않았네, 경사. 그저 주점보다 좀더 사적인 공간에서 아가씨들을 관찰하고 싶었을 뿐이야."

그의 얼굴에 감미로운 미소가 어렸다.

"관찰 이상의 행위도 즐길 수 있었지만, 그건 부적절한 짓이라 자제했다네."

"여자의 나신을 관찰하는 것만이 목적이었다면,"

보는 건조하게 말했다.

"도색 잡지를 구입하셨어야죠."

에드워드는 고개를 설레설레 흔들었다. 그는 안타까운 염원이 가득한 목소리를 냈다.

"그런 물건을 집안으로 끌어들이는 걸 셀레스트가 허락하지 않아."

톡톡 하고 문 반대편의 벽에서 작은 소리가 났다. 보는 양방향 거울을 향해 시선을 던졌다. 그 거울 너머의 공간에서 보조검사가 취조를 지켜보는 중이다. 보는 에드워드에게 종이와 펜을 내밀었다.

"선생님께서 옷을 벗어 달라고 <요청>했던 모든 아가씨들에 대해 기억나는 대로 기록해 주십시오. 그녀들의 집에 침입한 방법과 경로 그리고 침입한 후의 일에 대하여 자세히 써주세요."

보는 노신사가 펜을 잡고 쓰기 시작하는 모습을 잠시 지켜보았다.

"곧 돌아오겠습니다."

취조실 밖으로 나가자 보조검사가 복도에 나타났다. 그는 보에게 대뜸 물었다.

"자네 생각은 어때?"

"정신감정을 받게 해야겠어."

보가 말했다.

"헤인즈는 변호사를 불러 달라고 요청하지도 않았어. 지금은 선선히 자술서를 쓰고 있고. 이 전부가 나중에 정신착란을 주장하며 법망을 빠져나가려는 포석일 수도 있겠지만 헤인즈의 상태는 진짜 정상이 아닌 것 같아."

"내 생각도 그래."

보조검사는 고개를 내저었다.

"이 건은 조용히 넘어가긴 틀렸군. 체포극을 지나치게 거창하게 벌여 놔서 여론의 대대적인 집중을 피할 길이 없게 생겼어."

"누가 아니래. 테일러 서장님이 그리울 뿐이야. 월말이 되길 기다릴 수 없을 정도야."

보는 한숨을 내리쉬었다.

"헤인즈는 심지어 고용주에 대한 살인미수 혐의로도 걸려 있다구."

젊은 보조검사는 손 안의 서류철을 훑어보았다.

"그런 죄목에 대해서는 기재된 내용이 없는데."

"뚜렷한 증거를 확보하지 못했기 때문에 영장발부 신청서에는 올리지 않았어."

사실 보는 석연치 않은 느낌이었다. <네 팬티 내놔> 사건에서 일관되게 드러난 에드워드 헤인즈의 범행 특징은 비폭력적이라는데 반하여, 줄리엣의 목숨을 노린 일련의 사고들은 적극적이고 폭력적인 성향을 띠고 있기 때문이다. 하지만 고무기가 두 사건의 연결고리로 존재하는 만큼 헤인즈의 살인미수 혐의를 젖혀 둘 수 없고, 한편 그를 줄리엣 사건의 범인이라 단정짓고 몰아붙이기에는 미심쩍은 구석이 있다. 그리고 보의 본능도 어딘지 잘못되었다고 속삭여댔다.

"취조실로 돌아가야겠어. 헤인즈를 흔들어 봐야지. 맛이 완전히 간 눈치니까 일이 의외로 술술 풀릴지도 몰라."

"괜찮은 계획처럼 들리는걸."

보조검사는 서류철을 닫았다.

"난 그럼 검찰측 정신과 의사에게 연락할게. 내일 당장 헤인즈를 진단해 보라고 약속을 잡아 놓지."

"그녀가 일요일 근무에 쾌재를 부르겠군."

보가 건조한 어조로 예상하자 보조검사는 씨익 웃었다.

"우리만 주말을 망치고 쾌재를 불러서야 되겠어? 그녀에게도 기쁨을 함께 나눌 기회를 주어야지."

보조검사는 휘파람을 불어대며 복도를 가로질렀다.

보는 취조실에 들어섰다.

"얼마나 쓰셨습니까, 헤인즈 씨?"

에드워드는 그에게 시선을 던지고 다시 쓰는 일로 돌아갔다.

"끝나 가네."

"천천히 하십시오."

더 이상의 대화는 오가지 않았다. 사각사각, 펜 달리는 소리만이 규칙적으로 정적을 갈랐다. 드디어 에드워드가 허리를 폈다. 그는 펜을 내려놓고 주먹을 쥐었다 폈다 하며 손가락을 풀었다.

보는 진술서를 향해 탁자 너머로 팔을 뻗었다.

"다 됐습니까?"

에드워드는 고개를 끄덕거렸다.

"선생님 이름을 이 종이의 하단부에 적어 주십시오."

서명까지 완료되자 보는 진술서를 읽기 시작했다. 조시 리의 가슴이 높이 평가되어 있는 부분에서는 안면근육이 실룩거렸지만 가까스로 분노를 억눌렀다. 잠시 후 그는 진술서를 내려놓았다.

"이제 줄리엣 로즈 애스터 로웰에 관한 이야기로 넘어가죠."

에드워드가 부드러운 미소를 지었다.

"사랑스런 아가씨이지."

"그런데 왜 협박 편지를 보냈습니까?"

노신사는 시선을 떨구었다.

"아. 그건 우리가 너무 심했어. 하지만 셀레스트가 버틀러 가문의 저택을 비워 주어야 한다는 사실에 아주 격분했다네. 또 진짜 협박이 담긴 편지도 아니었고."

그는 다시 보와 시선을 맞추며 턱시도의 소매를 세심하게 바로잡았다.

"역사의 또 다른 조각이 상업주의에 밀려 사라지는 조류를 가볍게 항의한 편지였지. 우리는 애스터 로웰 양이 그토록 상냥한 아가씨인지 미처 모르고 있었다네."

우리? 보는 불길한 예감에 사로잡히기 시작했다.

"선생님께서 자동차의 브레이크 선을 절단했다고는 여겨지지 않습니다. 가든파티의 총격 사건도, 칵테일 파티의 추락 유도 사건도 선생님의 범행이 아닌 거 맞습니까?"

에드워드의 자세가 곧아졌다. 인격모독과 직결된 무고한 혐의에 격분한 기색이었다.

"당연히 아니고 말고."

"그럼, 누가 그랬습니까?"


"헤인즈 부인의 행방을 알고 있어, 록산느? 난 다른 일에 신경을 쓰느라 그 불쌍한 부인이 슬그머니 사라진 것도 알아차리지 못했어."

록산느는 눈썹을 바짝 세우고 코방귀를 뀌었다.

"셀레스트 헤인즈가 불쌍하다구요? 불쌍한 사람이 다 얼어죽었군요. 그들 부부 중에서 동정받아야 할 쪽은 에드워드예요. 그가 오늘에 이른 건 아내라는 이름의 그 드래곤 여사 때문이 틀림없어요."

줄리엣은 미소를 억눌러야 했다. 록산느의 솔직함은 알아주어야 한다. 그녀의 지적처럼 셀레스트 헤인즈는 피곤한 사람이긴 하지만, 오늘밤 같은 공개적인 창피를 당해 마땅할 악인은 아니다.

"헤인즈 부인이 그간 록산느한테 잘한 거 없다는 건 알아."

줄리엣은 보좌관의 손을 잡고 다독거렸다.

"하지만 사회적인 체면을 소중히 여기는 그런 노부인에게 남편의 체포는 치명타야. 그것도 하필이면 오늘밤에."

그녀는 주위를 둘러보았다. 넘쳐나는 포도주에 춤추는 사람들, 꾸준하게 높은 데시벨 수준을 기록하는 웃음과 이야기소리.

"손님들이 썰물처럼 빠져나가리란 걱정은 기우였어."

그녀는 고개를 절레절레 흔들었다.

"호텔의 총지배인이 안됐어. 우리가 터뜨린 지난 두 건 수준의 선풍적인 추문을 계속 일으켜 인기유지를 하려면 고심 꽤나 해야 할 거야."

그녀와 록산느의 시선이 마주쳤고 둘은 누가 먼저라고 할 것도 없이 돌발적인 웃음을 터뜨렸다. 줄리엣은 자신을 제어하려고 애썼지만 자꾸 헤실거리며 올라가는 입가를 막을 길이 없었다.

"아, 난 이 도시를 사랑해."

그녀는 고백했다.

"뉴올리언스는 자체적인 법칙에 의해 돌아가는 하나의 완벽한 세상이야."

"그럼 우리, 이곳에 남는 게 어때요?"

줄리엣은 순간 얼어붙었다. 온몸의 원자가 일생일대의 대변화를 예감하고 동작을 정지한 채 숨죽이는 듯했다.

"우리끼리 사업을 시작하자는 뜻이야? 아버지와 경쟁하자고?"

"못할 것도 없잖아요. 뭐, 난 별다른 도움도 되지 않겠지만."

"커다란 도움이 될 거야."

"그러나……."

"경제적으로는 도움이 안 될지 몰라도 록산느는 누구보다 뛰어난 조직력의 소유자야. 사소한 것 하나까지 빠뜨리지 않고 꼼꼼히 챙기잖아. 록산느의 그런 능력에 내 인맥과 신탁금을 합치면……."

줄리엣은 주체할 수 없는 흥분의 끈을 잡아당겼다. 그녀는 친구에게 다시 확인했다.

"지금 진심인 거지?"

작은 미소가 록산느의 입가에 어렸다.

"당신만 진심이라면."

"오, 난 진심이 확실해."

그녀는 밝은 웃음을 터뜨렸다. 창업이라. 그 생각은 아귀가 정확하게 맞아떨어지는 느낌이었다.

"자세한 이야기는 나중에 나누도록 해. 지금은 헤인즈 부인이 괜찮은지 확인부터 해야겠어."

줄리엣은 하지만 창업 생각을 떨쳐버리지 못한 채 흥청거리는 손님들 사이를 가르고 계단을 오르기 시작했다. 그녀는 뉴올리언스에 체류하는 동안 그녀의 마음에 드는 여자로 진화되었다. 할머니에게 주입받아 온 원칙과 그녀가 습득해 온 규칙에는 나름대로의 이점이 많지만 줄리엣은 동년배의 대다수가 사춘기 시절에 깨달았음직한 교훈을 드디어 터득한 것이다—'성장 환경에서 최고만을 취하라. 그리고 나머지는 버려라.'

보가 뉴올리언스에 남겠다는 그녀의 결정에 어떻게 나올까? 그를 사랑하는 건 사실이지만 자신의 전부를 내주지 않는 남자는 그녀 쪽에서 사양하련다. 이 도시는 그들 둘이 각자의 삶을 펼쳐나갈 만큼 넓다. 그게 그의 마음에 들지 않는다면 싫은 사람이 떠나라지.


파멸.

셀레스트는 화장대 거울을 뚫어지게 응시했다. 그녀는 신세를 망친 몸이다. 그 끔찍한 남자가 언론에 대고 에드워드의 작은 취미를 비정상적인 것으로 윤색해 버리는 동안 셀레스트는 뉴올리언스의 모든 대문들이 그녀의 얼굴 앞에서 굳게 닫히는 소리를 들었다. 이제는 사교계에 발붙일 구석이 없어졌다.

그녀는 셰리주를 끝까지 마시고 화장대 서랍을 열었다. 거기에서 권총과 총탄을 꺼냈다. 비록 한 방이면 끝날 테지만 탄창을 완전히 채운 후 총구를 결연하게 그녀의 관자놀이에 댔다.

아니, 이대로 조용히 죽어 갈 순 없지. 셀레스트는 생각을 바꾸었다. 권총을 화장대의 대리석 표면에 내려놓고 대신 술잔을 채웠다. 그녀는 다른 서랍에서 편지지와 펜을 꺼냈다. 그리고 쓰기 시작했다.

### 관계자 여러분께


첫머리에 이어 작금의 사태가 줄리엣 때문이라는 주지의 사실을 구구절절 밝히다 말고 셀레스트는 종이를 구겨버렸다. 신세한탄은 동정을 이끌어내지 못하는 법. 그녀는 사교계의 중요인사들이 그녀의 죽음에 대해 양심의 가책과 회한을 느끼도록 하는데 글쓰기의 목표를 두어야 한다.

셀레스트는 셰리주를 마시며 생각을 가다듬었다. 술잔이 비자 다시 채웠다. 그녀에게 가장 적대적인 지인들마저 후회의 눈물을 글썽거리게 하려면 강한 표현을 구사해야 해. 그녀는 다시 펜을 들었다.

### 애드워드의 불명예는 저에게 감당하기 어려운 명예입니다

그런 논지로 쭉 이어가자 아까보다 한결 나아졌지만, 여전히 감정에 호소하는 요소가 부족했다. 읽는 이의 관심을 확 잡아끌어 들끓는 감동을 일으키는 뭔가 극적인 표현이 없을까……. 올커니!

### 잔인한 세상이여!

그 문장을 도입부에 두고 그녀의 눈에마저 눈물나게 만드는 명문장을 몇 줄 덧붙였다. 마침내 서명까지 끝내고 종이를 반으로 접어놓은 다음 권총을 관자놀이에 댔을 때, 문 두들기는 소리가 났다.

셀레스트는 한숨을 내쉬었다. 아아. 이토록 중요한 순간에 방해를 받다니. 그녀는 권총 든 손을 내렸다.

"누구세요?"

"줄리엣이에요. 들어가도 될까요?"

그와 동시에 셀레스트의 계획이 변경되었다. 그녀는 권총을 의자에 내려놓고 치맛자락으로 그 위를 덮었다. 그리고는 발목과 손목을 가지런히 모았다.

"어서 들어와요."

셀레스트는 닫힌 문을 향해 살벌하게 말했다.

"대환영이에요."

"다시 한 번 묻겠습니다, 헤인즈 씨. 선생님께서 줄리엣의 목숨을 노리지 않았다면 누가 그랬습니까?"

"난 모르네."

보는 노신사의 눈을 들여다보고 거짓이 아니라는 결론을 내렸다.

"협박편지는 선생님의 생각이셨습니까?"

"그 무슨! 내가 아니라 셀레스트의 생각이었어. 아내는 여성이기 때문에 저택을 상속받을 수 없는 현실을 받아들이지 못……."

"다른 총은 어디에 있습니까?"

에드워드는 눈을 깜박거렸다.

"다른…… 뭐?"

"권총 말입니다. 선생님이 비밀장소에 숨겨놓은 그 총은 한 세트잖습니까. 나머지 한 자루는 어떻게 하셨습니까?"

"모르겠네. 아마 어딘가에 있겠지."

보는 벌떡 일어나 취조실 한쪽의 전화기로 다가갔다. 서둘러 숫자판을 누른 그는 전화선 저편에서 신호음이 한 번, 두 번, 세 번 떨어지는 소리를 초조하게 들었다.

"제8관구의 듀프리 형사예요."

그는 전화가 연결되자마자 말했다.

"아까 고무기를 포함하여 증거물을 넘겼는데 검사해 봤어요? 그 권총이 최근에 발포된 적 있어요?"

통화 상대가 관료주의 특유의 불평을 늘어놓자 보의 눈동자 홍채가 커졌다.

"알아요, 젠장, 안다구요. 지금은 분명히 늦은 시간이고 당신네들은 바쁘기도 하겠죠. 하지만 그 총이 최근에 발포되었느냐 말았느냐 여부에 한 여성의 생명이 달려 있단 말입니다……. 제기랄, 계속 이렇게 나오면 나랑 얼굴 맞대게 될 줄 아슈. 좋아요. 내 핸드폰 전화번호를 적어 놔요. 반 시간 후에 검사 결과를 듣게 되는 걸로 알고 있죠."

수화기를 내동댕이치고 싶은 충동에 저항해 살살 내려놓고 그는 에드워드에게 돌아섰다.

"선생님은 이제 저를 따라오십시오."

구속 절차를 밟기 시작한 지 정확하게 25분 후 에드워드 헤인즈는 철창 뒤에 갇히게 되었다. 일을 마쳤는데도 보는 선뜻 돌아서지 못했다. 헤인즈가 변태이고 조시 리를 포함한 다수의 여자들에게 못할 짓을 했다는 건 알지만 노인의 황폐한 표정은 보기 딱했다.

"잠깐 기다리세요."

보는 시경의 텅 빈 사무실에서 아직 보고서를 작성하고 있는 형사를 발견했다.

"눈요기할 만한 잡지 있어?"

그 형사가 고개를 들었다.

"뭐?"

"도색 잡지 말이야."

보는 쪼다가 된 기분이었다. 그리고 이 상황에서는 곧이곧대로 설명해 봤자 말이 되는 소리처럼 들릴 것 같지도 않았기 때문에 대충 둘러댔다.

"내가 입건한 범인한테 주려고 그래. 그 녀석의 관심을 분산시키지 않으면 밤새도록 난동을 피울 눈치야."

"고래고래 떠들어대는 욕쟁이가 들어왔군?"

형사는 보의 으쓱거리는 몸짓을 질문에 대한 긍정으로 받아들였다.

"플레이델의 책상을 뒤져 봐. 첫째 줄의 네 번째 책상이야."

그 책상의 왼쪽 아래 서랍은 그런 잡지들의 전용 보관 공간이나 다름없었다. 보는 그나마 얌전한 등급의 잡지 두 권을 골랐다.

그는 영락없는 쪼다다. 변태 범인에게 도색 잡지를 챙겨 주는 경찰이 쪼다 듀프리 님 이외에 또 있으려고. 그럼에도 그는 철창 사이로 잡지를 받은 에드워드의 기쁨에 찬 미소를 대하자 마음이 한결 가벼워지는 자신을 깨달았다.

구치소에서 계단을 뛰어내려갈 때 핸드폰이 울렸다.

"듀프리입니다."

"여기는 검사실의 맥스웰이야. 문제의 무기를 검사해 봤어, 자네 요청에 따라. 오랫동안 발포된 적이 없더군."

"빌어먹을!"

보는 당장 뛰기 시작했다. 그는 주차장과 가장 가까운 출입구를 향해 달리며 루크의 핸드폰 번호를 눌렀다.

잠시 후 전화가 연결되었다.

"여보세요?"

루크의 목소리가 웃음과 음악소리를 배경음으로 하여 유유자적하게 들려 왔다.

"이봐, 난리 났어."

보는 간략하게 상황을 설명했다.

"지금 그쪽으로 가는 길이야."

그는 GTO의 문을 열고 차에 올랐다.

"내가 도착할 때까지 줄리엣을 셀레스트 헤인즈와 멀찌감치 떼어 놔 줘."

# 26

줄리엣은 문을 열고 방안으로 들어섰다.

"에드워드 일은 유감이에요."

조심스럽게 말문을 떼며 그녀는 가보들이 빼곡하게 들어찬 공간을 가로질러 셀레스트에게 다가갔다. 노부인은 마치 부군을 여읜 여왕인양 당당하게 화장대 앞에 앉아 굳은 침묵을 지켰다. 어색해진 줄리엣은 주저주저 뒷말을 이었다.

"이 마당에 괜찮으시냐는 질문은 생략할게요. 부인께 힘이 되어 드릴 만한 지인을 불러 드릴까요?"

그녀는 셀레스트의 얼굴에 스친 표정에 움찔 걸음을 멈추었지만 충동적으로 위로의 손을 내밀며 계속 다가갔다.

"아가씨는 이곳에 오지 말았어야 했어요."

셀레스트가 단정적으로 내뱉었다.

줄리엣의 손이 옆구리로 떨어졌다.

"죄송해요."

그녀는 퇴짜맞고 자존심 상한 기분이 드는 자신을 꾸짖었다. 지금은 정상적인 상황이 아니지 않은가. 저 부인을 이해해 드려야 해.

"부인을 혼자 계시게 할 수 없었어요. 오늘밤 피터 페이퍼의 일처리는 너무도 고약했어요. 변호사와 연락은 취해 보셨나요?"

"내가 버터처럼 아가씨의 입안에서 녹지 않는다 해도 양해해요. 위선은 달갑지 않군요."

줄리엣은 충격을 받았다.

"예?"

"마음에 없는 걱정은 관두라는 뜻이에요."

"저는 진심으로 걱정하고 있어요."

셀레스트는 그다지 품위 있다고 할 수 없는 소리를 냈다.

"이런 경우를 가리켜 병 주고 약 준다고 하지. 아가씨와 아가씨네 회사가 이곳에 와서 일을 이 지경으로 만들어 놓고 가증스럽게 나를 걱정하는 척하지 말아요."

줄리엣의 동정심은 루이지애나 태양 아래의 새벽 안개보다 더 빨리 증발했다.

"저와 저희 회사는 에드워드에게 젊은 아가씨들의 옷을 벗기라고 부추긴 적이 없습니다. 그는 우리가 이곳에 도착하기 전부터 범행을 저질러왔어요."

그녀는 무의식적으로 할머니처럼 턱을 치켜올렸다.

"제가 불청객인 듯하니 이만 물러가겠습니다."

그리고 돌아섰다.

"앉아."

줄리엣은 귀를 의심하며 뒤를 돌아보았다.

"지금 뭐라고 하셨죠?"

셀레스트의 손이 치맛자락 사이로 미끄러져 들어가 권총을 잡았다. 그녀는 줄리엣에게 총을 겨누었다.

"앉으라고 했어."

줄리엣은 앉았다. 아니, 무릎이 체중을 지탱하지 못했다는 편이 정확하다. 망연자실한 채 줄리엣은 권총을 응시했다. 거짓말 하나 안 보태고 그 총구는 대포 구멍만 했다. 그녀의 입안이 마르는 순간이었다. 입술을 몇 번 축여 보았지만 혀 자체에 수분이 부족했다.

셀레스트는 웃음기 없는 미소를 지었다.

"포도주를 제의하고 싶지만 아쉽게도 술잔이 하나뿐이야."

"그럼, 술병째 주세요."

술잔 따윈 엿먹으라지. 바짝 마른 입술을 잇몸에서 떼어낼 수도 없는데 어떻게 세치 혀를 놀려 이 난국에서 빠져나가랴.

노부인의 입꼬리가 처져 요즘 젊은것들에 대한 못마땅함을 드러냈지만 셀레스트는 계속 총을 겨눈 채 술병을 내밀었다.

줄리엣은 얼른 술병을 입으로 가져갔다. 게걸스럽게 한 모금 들이키자 축복의 불덩어리가 위장에서 폭발하고 온몸이 달아오르며 긴장이 다소 풀렸다. 그녀는 술병을 가슴에 꼭 껴안았다.

셀레스트는 경멸의 시선을 던졌다.

"하층계급과 어울리더니 나쁜 물이 들었군."

남에게 총구를 겨누는 짓은 상류계급이 할 짓인가요 하는 질문이 줄리엣의 혀까지 올라왔지만 그녀는 백치도, 자살특공대도 아니기에 꾹 참았다.

셀레스트는 입술을 팽팽하게 잡아 늘여 가며 말했다.

"난 이럴 계획이 아니었어. 우리가 여기까지 오게 된 건 전부 아가씨 잘못이야."

이거야말로 강간 피해자에게 미니스커트를 걸쳤기 때문에 강간당한 거라고 나무라는 격이다. 줄리엣은 분개했다. 그녀는 포도주를 다시 들이키고 신중하게 노기를 지운 목소리를 냈다.

"이게 왜 내 잘못이죠?"

"보스턴으로 떠나지 않았잖아! 아가씨는 내 집을 저질 여관으로 바꾸어 놓았을 뿐더러……."

이 어처구니없는 수사학적인 과장은 차치해 두고 줄리엣은 노부인의 논리 자체에 황당함을 금치 못했다.

"하지만 이곳은 우리가 아니더라도 매각되었을 거예요. 버틀러 재단은 적극적으로 매입자를 찾고 있었어요."

셀레스트는 항변을 무시하고 뒷말을 이었다.

"바퀴벌레를 저어할 만치의 감성도 보여주지 않았고……."

줄리엣이 버럭 외쳤다.

"당신이 내 침실에 그걸 갖다놓았군요!"

"사람을 어찌 보고!"

셀레스트가 파르르 떨었다.

"내가 그 역겨운 벌레에 손댈 사람처럼 보여? 당연히 릴리를 시켰지."

줄리엣이 기막힌 심정에서 술병을 다시 입에 대자 노부인은 입술을 일그러뜨리며 노려보았다.

"저 꼴하고는! 역시 우리 계층의 망신인 아가씨였어. 그럼에도 난 아가씨에게 평화적으로 물러날 기회를 주어 왔지. 심지어 협박 편지까지 보냈으니 내 노력이 부족했다고 탓할 사람은 아무도 없을 거야."

줄리엣의 눈앞이 빙빙 돌기 시작했다. 그녀는 이 현기증이 공복에 마신 알코올 때문이 아님을 확신하면서도 조심스럽게 술병을 의자 옆의 바닥에 내려놓았다.

"그 선에서 순순히 물러나긴커녕,"

셀레스트는 준엄하게 비난했다.

"아가씨는 그 저질 경찰까지 내 집에 끌어들여 우리 삶을 엉망으로 만들어 놓았어."

"한 가지 지적하지 않을 수 없군요."

줄리엣은 톡 쏘아붙였다.

"그 저질 경찰을 <당신> 집에 끌어들인 장본인은, 재미있게도, 바로 <당신>과 <당신>의 협박 편지였어요."

셀레스트의 얼굴이 분노로 일그러졌다. 줄리엣은 간담이 서늘해지는 가운데 문득 진실을 깨달았다.

"맙소사."

그녀는 코로 천천히 공기를 들이킨 다음 울렁거리는 속이 진정될 때까지 호흡을 중단했다.

"나를 죽이려 했던 사람도 당신이었군요. 자동차 사건과 총격 사건과……."

"허무맹랑한 소리는 그만해."

셀레스트가 단호하게 잘라 말했다. 줄리엣이 무고한 노부인을 흉악한 범죄자로 몰아세운데 대한 죄책감과 어리석음에 휩싸인 한편 이루 형용할 수 없는 안도감에서 숨을 내뱉은 찰나, 셀레스트가 신랄하게 뒷말을 이었다.

"내가 제거하려던 쪽은 그 시건방진 듀프리 경사였어. 아가씨는 우연히 휘말린 것에 불과해."

"보를 죽이려 했다구요?"

셀레스트는 위엄도 당당하게 고개를 한 번 까딱거렸다.

"하지만 왜?"

줄리엣의 머릿속에서 불이 반짝 켜졌다.

"에드워드 때문이었군요."

"그의 작은 취미가 중요인사들에게 알려지면 내 체면이 뭐가 되겠어?"

그렇다고 사람을 죽여서까지 체면을 지키려 하다니. 게다가 남편에 대한 걱정 한마디 없는 저 여자도 인간인가.

줄리엣은 들끓는 분노에 사로잡혔다. 억지로 냉정을 지키며 이제 노부인의 무릎께에서 자신을 겨냥하고 있는 권총에 초점을 맞추었다. 저 고물 권총은 매번 장전해야 하는 방식일까? 아니, 그런 것 같지는 않다. 저건 불행히도 탄창이 큰 것이 연발식 권총처럼 보이는데다 총알이 몇 발이나 장전되어 있는지 가늠하기 어려웠다.

그녀는 권총에 완전히 집중했기 때문에 갑자기 문 두들기는 소리가 나자 순간적으로 권총이 발포된 줄 알았다. 꺄악 비명을 지르며 줄리엣은 두근거리는 심장 위에 본능적으로 손을 갖다댔다.

셀레스트는 반면에 눈 한 번 깜박거리지 않았다.

"누구세요?"

"가드너 경사입니다, 헤인즈 부인. 줄리엣을 봤으면 합니다만."

백마 탄 기사가 등장했구나! 줄리엣의 속에서 희망이 치솟은 다음 순간 셀레스트가 오만하게 입을 뗐다.

"물러가시오."

"죄송하지만 그럴 수 없습니다. 줄리엣, 괜찮습니까?"

"꼭 괜찮다고는 못해요."

"내가 들어가겠습니다."

셀레스트가 문을 향해 총을 쏘았다.

"세상에!"

줄리엣은 뛰어 일어났다.

"루크! 어디 다친 데 없어요?"

그녀는 문 너머에서 쫄쫄 흐르는 시냇물처럼 이어지는 욕설을 듣고 마음을 놓았다. 루크가 죽진 않았구나. 하지만 중상을 입었을지도 몰라.

그때 루크의 목소리가 들려 왔다.

"난 괜찮아요, 다친 데 없어요."

그는 음성을 높여 덧붙였다.

"부인, 이러시면 곤란합니다. 뉴올리언스 경찰을 화나게 하면 아무도 뒷일을 감당하지 못합니다."

셀레스트는 화가 머리끝까지 솟은 눈치였다. 금방이라도 다시 방아쇠를 당길까 봐 줄리엣은 두려웠다. 뒷짐지고 앉아 구경할 순 없어. 그녀는 술병을 집어들고 살금살금 다가갔다.

하지만 몇 발자국 떼기도 전에 멈추어야 했다. 루크에게 한눈을 팔고 있는 줄 알았던 셀레스트가 갑자기 고개를 돌렸기 때문이다. 아마 눈가로 줄리엣의 움직임을 포착한 모양이다. 노부인의 시선이 술병에 고정되자 줄리엣은 심장이 멈출 듯 놀라 제자리에서 얼어붙었다. 방밖에서 우당탕 들려 오는 발소리조차 어렴풋이 의식하며 줄리엣은 권총의 공이를 넘기는 노부인의 엄지손가락에 온전히 정신을 집중했다.

"어서 해봐, 이 걸레 같은 것아."

셀레스트가 싸늘하게 도전했다.

"나에게 방아쇠를 당길 명분을 줘."

"장미!"

미쳐 날뛰는 고함이 쩌렁쩌렁하게 울려퍼졌다.

"보?"

줄리엣은 빙그르르 문 쪽으로 돌아섰다. 그가 여기 왔구나, 그가 왔어, 그가!

셀레스트도 문으로 몸을 돌렸다. 노부인의 얼굴은 분노의 가면이었다. 그녀는 권총을 들어올렸다. 방아쇠에 걸린 집게손가락이 미세하게 당겨지고…….

"안 돼!"

줄리엣은 포도주 병을 냅다 휘둘렀다. 술병이 셀레스트의 정교하게 가다듬어진 흰머리에 오싹한 소음과 함께 맞닿은데 이어 권총이 바닥으로 떨어졌다. 다음에는 셀레스트가 털썩 쓰러졌다.

"오, 이런, 오오오오오 이런이런."

허둥거리며 줄리엣은 노부인의 몸을 넘어가 권총부터 회수했다. 그녀는 엄지와 검지로 권총을 들고 팔을 앞으로 쭉 뻗은 채 문으로 달려갔다. 튼튼한 문을 쪼개놓을 듯이 거세게 두들기는 소리가 어찌나 요란한지 진저리가 쳐졌다.

"줄리엣 로즈!"

보가 울부짖었다.

"말 좀 해봐! 거기에서 무슨 일이 벌어진 거야?"

벌컥 문을 열어 젖힌 줄리엣은 하마터면 보의 주먹에 얻어맞을 뻔했다. 보는 적시에 손을 멈추었다. 그는 휘둥그래진 눈으로 그녀를 다급하게 훑어보았다.

"핏자국은 없군."

보의 입에서 꺽꺽거리는 목소리가 힘겹게 흘러나왔다.

"감사합니다, 하느님."

그는 권총을 빼앗아 루크에게 넘긴 것과 동시에 줄리엣을 와락 당겨 안았다.

찌그러뜨릴 듯이 세게 조여드는 그의 팔 안에서 줄리엣은 숨이 막히는 기분이었지만 결코 불평하지 않았다. 줄리엣은 보의 목덜미에 얼굴을 묻고 그의 체취를 가슴 깊이 들이켰다. 그의 뜨거운 체온이 온몸으로 전해졌다. 두근거리는 심장 고동이 생생하게 느껴졌다.

"헤인즈 부인의 짓이었어요, 보. 전부 그녀가 저질렀어요."

줄리엣은 그의 쇄골에 대고 중얼거렸다.

보는 부들부들 떠는 그녀의 등을 쓰다듬었다. 드레스의 뒷장식이 거추장스럽게 손길을 가로막았다. 그는 구슬 장식들 아래로 손을 집어넣어 그녀의 맨살을 느끼며 눈을 감았다.

"괜찮아, 다 끝났어, 이제는 정말 끝이야."

그는 그녀를 위로하면서도 정말 줄리엣을 달래는 건지 아니면 자신을 달래는 건지 분간이 가지 않았다. 그 악랄한 노마님이 줄리엣에게 권총을 들이대는 장면은 상상만 해도 다리가 후들거렸다. 그는 거뭇한 턱을 그녀의 관자놀이에 대고 문질렀다.

"사랑해, 달링. 당신은 이제 혼자가 아냐—당신을 사랑하는 내가 여기 있어."

그녀가 갑자기 확 미는 통에 보는 드레스의 구슬 장식에 손이 걸려 그것들을 잡아뗄 뻔했다. 그는 다시 줄리엣을 단단히 부둥켜안고 내려다보았다. 그녀의 잿빛 눈이 이글거리며 타오르고 있었다.

"선심 쓰지 말아요, 보."

줄리엣이 야무지게 쏘아붙였다.

"난 지금 그럴 기분이 아니에요."

"엉?"

보는 이게 대체 무슨 소리인지 알아듣지 못했지만 어쨌든 그녀를 다독거리며 달랬다.

"진정해, 천사표. 당신이 횡설수설하는 거 전부 이해해. 무지하게 충격 많이 먹었구나."

그녀는 찻주전자에서 증기 빠지는 소음을 냈다.

"아량도 넓으셔라. 하지만 난 굶주린 강아지가 아니에요. 고깃덩어리를 던져 주는 것 같은 그런 사랑 선언은 아껴 두시죠."

보의 입술이 비스듬히 올라갔다.

"그건 불가능해. 내가 양키 공주에게 빠질 줄은 나 자신도 하늘도 몰랐고 또 당신 아빠한테 소송당할 노릇이지만, 슈가, 내 사랑 선언은 진짜라구."

"흥."

비죽거리는 귀여운 입술만 봐도 그의 말이 먹혀들지 않았다는 게 자명했다. 하지만 보는 다른 사실도 알아차렸다―줄리엣이 더 이상 그의 포옹에 저항하지 않는다는 사실.

그는 고개를 숙여 기다란 목줄기에 키스했고 그녀가 진저리를 치며 조금 더 다가오자 이거다 싶어 키스의 비를 뿌렸다.

하지만 줄리엣은 선선히 넘어가지 않았다. 그녀는 다시 뒤로 물러났다.

"당신은 오늘밤 감정이 격해져서 제정신이 아니에요. 나중에 후회할 소리는 하지 말아……."

"젠장, 알았어."

보는 한숨을 내리쉬었다.

그래, 그가 지금까지 한 소행이 있는데 왈츠 스텝을 밟듯이 사뿐사뿐 그녀의 삶으로 되돌아갈 수 있으리란 기대는 금물이지. 그는 여동생이 한 명도 아니고 셋이나 있는지라 여자에 대해 알 만큼 안다. 지금 줄리엣처럼 마음이 틀어진 여자에게는 무조건 납작 엎드려 싹싹 비는 게 최상이다.

무슨 수를 써서든 줄리엣의 마음을 돌려놓고야 말겠어. 산 넘고 물 건너, 심지어는 지옥까지 가는 한이 있더라도 기필코. 보는 그녀를 한 팔로 껴안아 자신의 옆구리에 단단히 붙이고 방안으로 고개를 들이밀었다.

"루크, 거기는 별 문제 없지?"

"문제 투성이라네, 친구."

"잘됐군. 난 다른 일이 있어서……."

"헤인즈 부인은 괜찮아요?"

줄리엣이 목을 늘여 방안을 들여다보았다.

"내가 그녀를 죽인 건 아니겠죠?"

셀레스트는 머리에 손을 댄 채 바닥에 앉아 있었다. 줄리엣이 안도감으로 축 늘어지는 감촉이 오자 보는 루크에게 말했다.

"난 줄리엣의 방에 있을게. 필요하면 불러."

"필요해도 오늘밤은 안 부를게, 친구."

루크가 시선을 맞추며 씨익 웃었다.

보는 남자들끼리의 그 씨익 웃음을 되돌렸다.

"좋았어."

그는 줄리엣을 돌려세워 그녀의 방을 향해 진군해 갔다.

"열쇠 있어요?"

줄리엣이 드레스 가슴팍의 숨김 주머니에서 열쇠를 꺼냈다.

보의 맥박이 급상승했다.

"무기를 은닉해 놨는지 몸수색을 해야 할 것 같은데."

그녀는 작은 코를 번쩍 치켜올렸다.

"내 빈약한 무기는 대형무기를 선호하는 누구 씨의 눈에 무기로 보이지도 않을 텐데요 뭐."

"다알링, 내가 죽을 죄를 졌어요. 정말정말 미안해요. 나에게 설명할 기회를 줘요."

줄리엣은 어깨를 슬쩍 으쓱거렸다. 그녀는 객실로 들어가자 그에게서 멀리 떨어졌다.

보는 그녀를 삼킬 듯이 지켜보았다. 황금빛 피부에 날렵하고 쬐그만 드레스를 걸친 줄리엣은 서릿발 도는 초연함 그 자체인 채로 그에게 뼛속까지 시큰거리는 갈망을 일으켰다. 보는 그녀의 눈을 똑바로 바라보았다. 그리고 단도직입적으로 말했다.

"난 당신을 사랑해요. 거기에서부터 이야기를 시작하죠."

"오늘밤은 나를 사랑한다고 느끼겠죠."

그녀의 어깨가 다시 올라갔다 내려왔다.

"죄책감 때문에."

보는 어디까지나 다정하게, 어디까지나 겸허하게 그녀를 설득할 계획이었다. 하지만 그는 그의 감정에 대한 다른 사람의 분석이라면 딱 질색인 남자인지라 다정 더하기 겸허한 작전을 순간적으로 까맣게 잊고 버럭소리쳤다.

"내가 무슨 죄책감을 느낀다는 거야?"

"내 무도회를 망쳐놓았잖아요."

그는 무례한 비음을 흘렸다.

"난 당신 무도회를 망쳐놓은 적 없어. 그건 밥통의 잘못이지. 게다가…
(득달같이 다가가 그녀를 주춤 뒷걸음질치게 만들고)… 난 진짜 이기적인 망할놈이라 죄책감 따윈 안 느낀다구."

"맞아요, 당신은 진짜 이기적인 망할 놈이에요."

줄리엣은 벽까지 후퇴했지만 척추에 풀기를 되살리고 턱을 오만하게들어올렸다.

"하지만 일말의 책임감은 지닌 이기적인 망할 놈이죠. 그렇지 않다면동생들을 예전에 내팽개쳤을 거예요."

그녀는 저도 모르게 그의 까칠까칠한 턱을 살짝 쓸어 보고 화들짝 손을 떼며 냉정하게 결론을 지었다.

"이제 동생들에 대한 책임감에서 풀려났으니 당신 꿈을 좇도록 하세요."

"얼씨구."

벽에 손을 대고 그는 그녀를 가두었다.

"나에게 여자들이랑 놀아나다 복상사해도 좋다고 허락하는 거야, 지금?"

줄리엣은 그의 정신상태를 심각하게 의심하는 표정이 되었다.

"물론 아니죠. 내가 그런 역겨운 짓을 허락할 리 없잖아요."

"내 생각에 그건 <역겨운 짓>이 아니지만, 내가 하고 싶은 짓도 아니라는 걸 오늘밤에 깨달았어."

"내 말이 바로 그 말이에요."

그녀는 마치 그들이 토론이나 하고 있다는 식으로 고개를 주억거리며 동의했다.

"당신은 <오늘밤> 정상적인 감정이 아니에요."

"으이그, 속 터져."

보는 한숨을 푹푹 내리쉬었다.

"내가 정말 동네방네 여자들의 꽁무니를 쫓아다니고 싶었다면 벌써 하고도 남았다, 젠장."

"여동생들이……."

"남자가 놀아나기로 작정하면 하늘도 못 말리는 법이라구."

"전에 한 말과 상당히 다르군요."

"그때는 쪼다였으니까. 하지만 지금은 아냐. 내가 마음만 먹었다면 어떻게든 시간을 내서 동생들 모르게 수천 명의 여자들과 감쪽같이 놀아났을 거야."

"그럼 당신이 지금까지 금욕해 온 이유가……."

"잠깐! 난 금욕한 게 아니라 단지……. 그래, 조신하게 살아왔을 뿐이야. 여자에게 굶주린 나머지 당신에게 덥석 달려들었다고 오해하면 곤란해."

보는 그녀의 관자놀이에 입을 맞추었다.

"그리고 슈가, 당신 무기는 절대로 빈약하지 않아."

그의 손이 아래로 내려가 그녀의 가슴을 움켜잡았다.

"치명적인 살상 무기야."

줄리엣은 휘청거렸지만 얼른 자세를 바로잡고 방어막을 재구축했다. 그녀는 빗물 같은 잿빛 눈으로 그를 빤히 노려보았다.

"더 이상은 빵빵한 가슴에 관심 없다는 소리예요?"

"그건 아니지."

보는 비뚜름한 미소를 던졌다.

"난 죽는 날까지 그 관심은 떼지 못할 거야. 빵빵하든 납작하든 가슴이라면 무조건 침 흘릴 거라구. 그건 내 죄가 아냐, Y염색체의 잘못이지. 하지만 당신 말고 다른 가슴에는 손가락 하나 대지 않을게. 하느님 아버지 이름을 걸고 맹세해."

그는 그녀의 귀에 뜨거운 입김을 불어넣으며 살살 달랬다.

"이제 나한테 사랑한다고 말해. 응?"

"싫어요."

벅찬 소리를 내면서도 그녀는 끝까지 저항했다.

"빨랑 말하지 못해, 줄리엣 로즈!"

그는 이번에는 무섭게 을러댔다.

그녀는 입을 꼭 다물고 고개를 휙 돌렸다.

"못 말리는 고집쟁이로군. 좋아, 그럼 내가 말하지."

보는 그녀와 시선을 맞추며 진지하게 말했다.

"난 당신을 사랑해. 아까 밥통이 에드워드를 체포할 때 당신을 사랑하고 있다는 사실이 벽돌처럼 내 뒤통수를 강타했어. 하지만 그때는 고백할 수 없었어. 그럴 만한 상황이 아니었잖아. 그 말을 하기도 전에 당신이 떠나버릴까 봐 잔뜩 졸았다구."

"그래서 나에게 뭘 어쩌라는 거예요?"

줄리엣은 우는소리를 냈다. 그에게 마음을 주기가 두려웠다. 지금 전부를 주었다가 다시 상처받으면 영원히 일어서지 못하리란 위기의식이 지배적이었다.

"난 정말 모르겠어요."

"나를 다시 한 번만 믿어 줘. 나한테 사랑한다고 말해 줘. 그리고 지금의 특권적인 생활을 좀 포기하고 내 여자가, 내 아내가 되겠다고 약속해 줘. 내 아이를 가지는 것도 고려해 보고."

"난 당신의 무거운 책임이 되고 싶지 않아요. 당신의 발목을 잡고 싶지 않아요. 당신은 지금까지 가족을 위해 희생해 왔잖아요. 두 여자와 동시에 잠자리를 하고 싶어하잖아요."

"이런, 다아아알링."

보는 그녀의 이마에 이마를 기댔다.

"내가 쪼다였다는 것 좀 제발 잊어 줄래? 난 동생들을 맡을 때 겁에 질려 있었어. 보호자 노릇을 제대로 못하고 질퍽거릴까 봐 무서웠단 말이야. 막중한 책임에 짓눌려 고민하며 잠을 이루지 못할 때마다 환상을 도피처로 삼아 왔어. 하지만 그런 환상은 내가 진정으로 원하는 게 아냐."

그는 그녀의 올린 머리에서 핀을 뽑고는 자신이 만들어 놓은 금갈색의 헝클어진 물결에 만족했다.

"환상은 밤에 나를 따뜻하게 해주지 못해. 나에게 웃음을 주지도, 심장을 두근거리게 하지도 못해. 한 여자를 죽여버리고 싶다가도 다음 순간에는 옷 벗고 뛰어들게 만들지도 않아. 그럴 수 있는 힘은 당신에게밖에 없어."

"사랑해요, 보."

줄리엣은 가느다랗게 속삭였다. 그녀는 가슴 졸이며 그의 반응을 지켜보았다. 까만 눈에 생기가 돌며 반짝거리고 오후 다섯 시의 수염 속에서 하얀 이가 활짝 드러났다.

"정말이지?"

보는 헤벌쭉 벌어져 싱글벙글거리는 입을 다물지 못하며 다시 확인했다.

"정말이에요."

줄리엣은 그의 목에 팔을 감았다.

"왈칵 두려워질 만큼 당신을 사랑해요."

"오, 베이비, 두려워하지 마. 우리는 아주 오래, 오랫동안 행복한 시간을 보내게 될 텐데 뭘."

그는 금갈색의 물결 속에 손가락을 파묻고 그녀에게 열렬하게 키스하고는 또 다그쳤다.

"그럼 나하고 결혼도 해줄 거지?"

줄리엣은 마른침을 어렵게 삼켰지만 마음에 솔직하기로 했다.

"좋아요."

"야호!"

보는 고개를 젖히고 기쁨의 웃음을 터뜨렸다.

"최후의 무기까지 동원할 필요가 없어졌구나."

"최후의……?"

"그런 무기가 있어. 당신이 끝내 저항할 경우를 대비해서 숨겨 두었던 성공률 100퍼센트의 비밀병기야."

"아."

그녀는 딱딱한 그의 하체에 살짝 몸을 붙였다.

"나중에 쓸 기회를 많이 줄게요."

"고마워, 천사표."

보는 실실 웃어대며 눈을 불경스런 빛으로 반짝거렸다.

"하지만 내가 말한 비밀병기는 그게 아냐. 당신에게 아직 보여주지 못했던 쿼터 지구의 온갖 너절한 업소였지."

줄리엣의 입이 떡 벌어졌다.

"그런 방법으로 나를 설득하려 했단 말이에요?"

"시침떼지 마. 당신이 그런 곳을 좋아하는 거 다 알아."

그녀는 코를 공중으로 치켜올렸다.

"난 보편적인 흥미밖에는 안 느꼈어요."

"그 섹시한 발가락까지 구부러질 만큼 자극을 받았으면서."

"어휴, 눈치도 빠르긴."

줄리엣은 달아오른 얼굴을 그의 목덜미에 감추며 웃음을 터뜨렸다.

"약삭빠른 당신에게 특전을 드리죠. 우리 아버지께 결혼 소식을 터뜨리는 영광을 양보할게요."

"성은이 하해와 같으시나이다. 좋아, 나만 믿어. 하지만 당신 아빠의 허락을 받아 온다는 약속은 못해."

아버지가 노발대발하셔도 보는 눈썹 하나 까딱하지 않으리라.

줄리엣은 그 어느 때도 맛보지 못한 행복과 안전함에 사로잡혀 활짝 미소지었다.

"당신 말이 절대적으로 옳아요. 우리는 아주 오래, 오랫동안 행복한 시간을 갖게 될 거예요."

"당근이지, 허니."

보는 뜨겁게 키스하고 그 죽여주는 미소를 지었다.

"말하면 입 아프다구."

# 에필로그

바이워터의 작은 집에서는 레드빈 앤 라이스의 밤을 맞이하여 협소한
부엌이 미어터지도록 북적거렸다.

아나벨과 록산느는 가스대 앞의 공간을 조금이라도 더 많이 차지하기
위해 은근한 몸싸움을 벌였으며, 조시 리와 카밀라는 부엌 한쪽의 탁자
를 점유한 채 맛있는 샐러드를 만드는 데 필요한 재료가 무엇인지 맹렬
하게 설전을 벌이는 옆에서 루크는 냉장고에 코를 박고 이것 꺼냈다 저
것 도로 넣었다 하며 변덕스런 두 여자의 성공적인 임무완수를 보필했다.
한편 줄리엣은 조리대에서 바게트에 마늘 버터를 꼼꼼하게 바르고 있었
다. 그녀가 버터 바른 바게트를 넘기자 보는 그 프렌치 빵을 잘라 매제에
게 건네고 네드는 다시 빵조각들을 하나로 모아 은박지로 쌌다. 아론 네
빌이 거실의 CD 플레이어에서 린다 론스타드와 사랑을 찬미하는 가운데
9월 말의 미풍은 창문을 흔들어댔다.

줄리엣은 손등으로 이마의 땀방울을 찍어내고 접시와 포크를 챙기며
입을 열었다.

"하는 김에 드레싱 소스도 찾아요, 루크."

루크는 양파를 찾아 냉장고를 뒤지는 참이었다.

"조시, 냅킨 좀 건네주겠어?"

줄리엣은 시누이에게 냅킨을 받아 거실의 식탁을 차렸다.

"아참, 줄리엣!"

루크가 부엌과 거실의 문간에서 불렀다.

"오늘 접수한 소식에 의하면 셀레스트 헤인즈의 재판 날짜가 결정되었대요. 그녀의 정신착란 청원이 기각된 거죠."

줄리엣은 부엌으로 되돌아갔지만 안으로 들어가진 못했다. 어느새 쪼르르 달려온 보가 그녀의 허리를 껴안고 바짝 엉겨붙었기 때문이다. 그는 셀레스트 이야기만 나왔다 하면 늘 이렇게 줄리엣에 대한 보호심을 드러낸다.

"잘됐군."

보는 나지막하게 으르렁거렸다.

"에드워드는 정신병원으로 가야 하지만 셀레스트는 어림없어. 에드워드가 저렇게 된 것도 모두 그 전투용 도끼 부인 때문이야."

"옳으신 말씀."

록산느가 냉큼 동의했다.

"둘은 편견이 너무 심해."

줄리엣이 고개를 내저었다.

"록스, 자기는 처음부터 헤인즈 부인의 열렬한 팬은 아니었지. 보는 성적인 거부를 법의 심판을 받아 마땅한 중죄로 간주하고."

보는 아내를 힘껏 안으며 거뭇한 턱을 그녀의 관자놀이에 마구 문질러 머리를 헝클어뜨렸다.

"당신이 우리의 결혼 첫날밤부터 사실상 나를 거부했다면 나도 에드워드처럼 미쳐버릴걸. 그리고 셀레스트는 그 소중한 사회적인 지표 때문에 우리를 죽이려 했을 때 자신이 뭘 하고 있는지 정확하게 알고 있었어. 그녀에게는 오렌지 죄수복이 딱이야. 세상에 정의가 존재한다면 우람한 감방 친구가 감옥행 버스에서 그녀를 기다리고 있어야 해."

그들은 잠시 후 식탁에 몸을 포개다시피 둘러앉았다. 줄리엣은 이 협소한 주거 공간에 가끔은 답답함을 느끼지만 보의 정 많고 말 많은 가족의 일원이 된 것에 비하면 이건 약소한 대가였다.

"나, 할말 있어."

카밀라는 모두의 허기가 어느 정도 달래졌다고 판단되자 얼른 선언했다. 그녀는 옆의 여동생에게서 약간 비켜 앉았다.

"조시 리, 내 옆구리에서 팔꿈치 좀 치워 줄래?"

"나보고 아예 외팔이가 되라고 하지 그래? 어디에 팔을 놓으라는 건지 모르겠네 정말."

투덜거리고 조시 리는 싱긋 웃었다.

"언니도 모를 테니 대답하지 않아도 돼."

"내 집이 그렇게 불만이면 다음 번에는 네 집에서 모이자."

보가 한마디하며 밥그릇을 향해 줄리엣 너머로 손을 뻗었다.

"좋아, 여기보다 더 비좁긴 하지만. 차라리 줄리엣과 록스의 새 호텔에서 뭉치는 게 어때?"

"주방이 완공되지 않았어. 호텔이 아니라 지금은 공사판이야."

줄리엣이 식탁 맞은편의 첫째 시누이에게 시선을 던졌다.

"그 할말이라는 게 뭔데?"

"네드와 나에게 아이가 생겼어."

흥분한 아나벨과 조시 리는 비명을 지른 것과 달리 줄리엣은 웃음을 터뜨리고 루크는 네드의 등짝을 탁 쳤다. 보는 열렬하게 기도를 올리기 시작했다.

"하늘에 계신 우리 아버지, 제발 고추로 해주세요. 조개에 눌려 사는 건 이제 지긋지긋하옵니다."

"관둬, 오빠."

아나벨이 쏘아붙였다.

"그런다고 누가 동정할 줄 알아? 게다가 이제는 남녀의 비율이 거진 맞기 시작했잖아."

줄리엣은 그때부터 말수가 적어졌다. 보는 그 사실을 민감하게 알아차리고 그 이유를 머릿속으로 궁리하기 시작했다. 가족 모임이 파하고 현관문이 닫히기가 무섭게 보는 숨가쁘게 물었다.

"무슨 일이야, 달링?"

줄리엣은 눈을 깜박거리며 시치미를 뗐다.

"아무 일도 아니에요."

"난 여자들이 그런 말할 때가 제일 싫더라. 아무튼지 여자들이란 오리발 내미는 데 선수야. 집 때문이야? 이 집이 갑갑하게 느껴지기 시작했구나?"

대궐 같은 그녀의 친정과 비교하면 여기는 과자상자지.

"아뇨. 처음 2주 정도는 가벼운 폐쇄공포증에 걸렸지만 그건 옛말이에요. 난 이 집이 좋아요. 여기에는 당신이 있잖아요."

"집 때문이 아니라면 내가 문제군? 나한테 싫증났어?"

"맙소사!"

줄리엣은 그를 긴 의자에 밀어 앉히고 남편의 무릎에 올라탔다.

"우리는 아직 신혼이에요, 보르가드. 어디에서 그런 이상한 생각을 갖게 된 거예요?"

"뚱하니 말을 안 하니까 그렇지. 오늘 할머니하고 통화한 거야?"

그 늙은 박쥐는 보가 만났던 중에서 가장 사근사근한 사람은 아니었고 그건 줄리엣의 아버지도 마찬가지였다. 하지만 줄리엣이 아니라고 고개를 젓고 말자 보는 을러대기 시작했다.

"내가 불을 대낮처럼 켜놓고 고문용 고무 호스를 가져와야 정신을 차리겠어? 빨랑 불어, 천사표."

"누가 경찰 아니랄까 봐 의심도 많긴."

줄리엣은 그의 이두박근을 꼬집었다.

"보, 정말 아무 일도 없어요. 그저 아기 생각을 했을 뿐이에요."

보의 눈이 휘둥그래졌다.

"뭐야?"

그는 그녀의 납작한 복부로 시선을 떨구었다.

"그, 그렇다면……."

"아니에요!"

줄리엣은 깔깔거리며 웃었다.

"카밀라의 선언을 듣고 내가 어떤 엄마가 될지 생각해 보았어요"

"좋은 엄마가 되겠지."

"그렇게 생각해요? 당신은 좋은 아빠가 될 게 틀림없지만 난 어린아이들과 접촉해 본 경험이 별로 없어요. 형편없는 엄마가 될까 봐 무서워요"

"아냐, 그럴 리 없어. 당신은 누구든 있는 그대로 받아들이고 또 존중해 주잖아. 무지하게 좋은 엄마가 될 거야. 아이를 원해? 그럼 내가 아이를 줄게. 말만 하라구."

줄리엣이 원하면 달인들 못 따다 줄까.

"아직 아이를 가질 마음의 준비가 안 됐어요. 지금은 당신과 둘인 것만으로도 너무너무 행복해요."

"그럼……."

보는 그녀를 껴안고 굴러 줄리엣의 위에 길게 누웠다.

"아이 만드는 연습을 하면 어때?"

두 손을 노련하고도 신속하게 놀려 그녀의 옷을 벗기기 시작했다.

"그래야 당신이 마음의 준비가 되면 우리 둘이 뭘 해야 할지 정확하게 알 수 있지."

"하긴, 뭘 해야 할지 정확하게 아는 건 누구에게나 굉장히 중요한 일이죠."

줄리엣은 엄숙하게 동의하며 그의 셔츠 단추를 풀었다.

"내 말이 바로 그 말이야, 베이비."

< 끝 >

# BABY, DON'T GO

9년 전.

데이지는 기쁨의 한숨을 토해냈다. 그의 묵직한 체중이 그녀를 침대에 짓이기고 누구의 땀인지 가늠조차 안 될 만큼 서로에게 얽혀 있음에도 여전히 부족하다는 듯이 근육질의 탄탄한 두 팔은 계속 조여 들어왔다. 그녀는 더 이상 처녀가 아니다, 방금 전 닉 콜트랜에게 순결을 바쳤으니까. 그것도 아주 열광적으로. 닉이 그녀의 목에 입술을 찍어누르며 키스를 퍼붓자 깊은 만족감에 사로잡혀 있던 육체가 다시 콧노래를 부르는 듯했다. 데이지는 행복에 겨워 그에게 매달렸다.

모렌의 결혼 피로연에 빠졌다면 어떻게 되었을까? 오늘밤 닉과 역사를 이루게 된 건 이 호텔의 십 층 아래에서 여전히 진행되고 있을 그 피로연에 내키지 않지만 참석한 덕분이다. 2년 전 데이지는 콜트랜 집안과 모든 인연을 끊으려 했다. 그녀의 어머니를 떼어내기 위해 닉과 모렌의 아버지는 아내를 저질 언론에 팔아 넘겼고 그 더러운 이혼 전략에 데이지는 콜트랜 집안의 족속이라면 정나미가 떨어졌다. 그토록 치사한 인간들과 연락하고 지내야 할 이유가 없었다.

하지만 모렌이 편지를 자주 보내 피 한 방울 섞이지 않은 자매인 데이지를 챙겼다. 정이 듬뿍 담긴 그 서신들을 무시하기란 안면 몰수한 무뢰한이 아니고서야 불가능한데, 모렌에게는 나쁜 감정도 없고 해서 데이지는 답장을 썼다. 그게 시작이 되어 점심이나 저녁을 함께 해왔던 터라 모렌의 결혼식 초대에 응하지 않을 수 없었다.

그레이스 대성당에서 거행된 결혼식은 19살 데이지의 눈에는 동화의 한 장면이었으며 잘생긴 신랑신부는 행복에 겨운 천생배필처럼 보였다. 그러나 결혼 피로연에 참석했을 때는 괜히 왔다는 후회가 새록새록 솟아올랐다.

피로연이 열린 마크 홉킨스 호텔의 피코크 코트는 가히 샌프란시스코 엘리트의 집합소라 해도 무방했다. 여기에서 문제라면, 데이지 파커는 샌프란시스코뿐 아니라 어느 곳의 특권층도 아니라는 데 있다. 과거에도 현재에도 그녀는 엘리트 집단의 일원으로 받아들여진 적이 없었다. 언제나 국외자임을 상기시키는 환경에 다시 처하자 데이지는 신랑신부에게 축하 인사만 전하고 피로연장을 떠나기로 마음먹었다.

그런데 닉이 나타나 그녀의 모든 이성을 날려버렸다.

지금 돌이켜 보아도 오늘밤 닉 콜트랜의 태도는 꿈만 같다. 그는 데이지가 마치 오랫동안 소식이 끊어졌던 죽마고우인 것처럼 반색을 하지 뭔가. 그를 의례적으로 대하기가 미안하리만치 반가워했다. 데이지를 완벽하게 무시하던 의붓오빠가 갑자기 관심을 쏟아붓자 짜릿한 한편 무섭기도 했으며 엄청나게 얼떨떨했다.

닉도 그녀와 같은 어지러운 감정인 듯했다. 데이지가 한창 전기가 통하는 전선의 끝을 잡은 기분이었다면, 그의 눈빛은 어떤 변화에 대한 돌연한 깨달음 내지는 될 대로 되라는 식의 무모함이었다. 그는 사근사근한 말솜씨로 그녀를 녹여놓았다. 그리고 가벼운 접촉으로 데이지의 평형 감각을 무너뜨렸지만, 방향을 지시할 때 등에 닿거나 어깨의 맨살에 스치는 손길과 팔뚝을 잡는 따뜻한 감촉이 전혀 싫지 않았기 때문에 그녀는 허물어지는 이성을 복구하려 하지도 않았다. 닉 콜트랜은 구릿빛 피부의 신이었다. 하얀 이를 반짝거리고 태양의 키스 자국이 선명한 갈색머리의 황금 신이 주위를 맴돌며 목에 걸린 카메라로 연신 사진을 찍어대는데 이성을 지킬 수 있는 여자가 몇이나 될까? 데이지는 황홀해서 숨이 막혔다.

댄스 타임이 되자 그녀의 감정은 또 다른 단계에 진입했다.

은은해진 조명과 느리고도 감상적인 음악 속에서 그와 함께 흔들리며 데이지는 급속도로 맛이 갔다. 둘 사이에 종이 한 장 비집고 들어올 틈조차 없었으니 그녀로서는 당연히 닉의 가슴부터 무릎까지 적나라하게 느낄 수 있었다. 오, 그는 따뜻하고 단단하고 행복해했다. 데이지와 재회하게 되어 굉장히 행복해했다.

다음에 이어지는 기억은 단편적이다. 호텔 승강기…… 닉의 열띤 입맞춤이 시작되고…… 이 방에 그리고 이 침대에 들어…… 펄떡, 펄떡, 펄떡거리는 그녀의 심장과 상상조차 못했던 여러 신체 부위에서 거칠게 뛰는 맥박…… 처녀막이 파열될 때의 경미한 아픔…… 거듭되는 닉의 느릿한 손길, 급박한 몸놀림이 빚어낸 환희의 비명과 해방.

사랑에 대한 엄마의 흰소리는 근거무근의 흰소리가 아니었다.

이제 닉이 천천히 상체를 일으켜 그의 체취를 만끽하고 있는 데이지와 시선을 맞추었다.

"괜찮니?"

"응."

괜찮다마다. 천국에 오른 기분인걸.

닉은 몸을 굴려 침대에서 일어났다.

"다행이다."

데이지는 팔꿈치를 세워 머리를 받치고 램프의 희미한 불빛 속에 떠오른 그의 나신을 감상했다. 진짜 아름다운 남자야.

'아름답다'는 그다지 남성적인 형용사가 아닐 테지만 닉 콜트랜에게 딱 들어맞는 표현이었다. 그리고 제정신을 지닌 사람이라면 누가 감히 닉의 남성다움을 의심하랴. 그는 완벽하게 사내다운 남자, 비교를 불허하는 남자인 것을. 떡 벌어진 어깨하며 잘 발달된 이두박근에 가슴은 군살없이 날렵한 근육의 조각 작품이라 해도 손색이 없다. 비단 같은 체모는 생명의 나무 형태를 이루고 있었다. 가슴팍에서 넓게 무성한 가지를 드리우고 복부를 따라 길게 나무의 몸통을 그리며 그가 막 끌어올린 턱시도 바지의 허리춤 아래까지 이어졌다.

어라, 잠깐만! 바지라니? 데이지는 언뜻 정신을 차리고 눈을 깜박거렸다.

"지금 뭐하는 거야?"

"보다시피 옷 입고 있어. 집에 가야지."

몇 초 전만 해도 데이지는 그녀의 나체에 부끄러움 따윈 느끼지 못했지만 지금은 사정이 달라졌다. 그녀는 옷을 찾아 두리번거리다 얼굴을 붉혔다. 드레스가 침대 옆의 전등갓에 한쪽 어깨끈이 걸린 채 대롱거리고 있었던 것이다. 서둘러 협탁의 휴지통에서 휴지 두어 장을 뽑아 허벅지 안쪽의 핏자국을 닦는 척하며 데이지는 닉에게 시선을 던졌다.

"왜 집에 가야 하는데?"

닉은 셔츠와 재킷을 차례대로 걸쳤다. 하지만 장식 단추들을 채우는 대신 그냥 그러모아 챙기고 나비 넥타이도 묶으려 하지 않고 양손을 바지 주머니에 깊숙하게 쑤셔넣었다. 그녀를 바라보는 눈에는 부드러운 빛이, 입가에는 구부정한 미소가 감돌았다.

침대의 그녀 곁으로 되돌아올 듯했지만 그는 이내 멈칫거리더니 어깨를 쫙 폈다.

"아침에 누구를 만나기로 했어."

닉의 어조는 가벼웠다.

"너와 멋진 시간을 보내긴 했지만 날밤을 새울 순 없잖니. 청춘남자도 잠도 자두어야 산단다."

"하지만…… 하지만 아까 한 말은……?"

*나를 사랑한다는 말은 다 어떻게 된 거야?*

그는 그저 그녀를 바라보기만 했는데 그의 푸른 눈에 스친 감정은 다정함과 갈망과 그리고 맹세코…… 후회였다. 닉은 어깨를 으쓱거려 그런 감정을 떨쳐버렸다.

"젖내나게 굴지 마, 브론디. 설마 게임의 규칙조차 모를 만큼 어리진 않겠지? 순간의 열기에 휩싸이면 못할 말이 없다는 거 너도 알잖아."

아니, 데이지는 그런 줄 몰랐다. 심지어는 이게 게임인지도 깨닫지 못하고 있었다. 이 상황에서 그녀가 할 수 있는 일이라곤 닉 콜트랜을 멍하니 응시하는 것뿐이었다. 그는 엄청난 수치심과 비참함의 나락에 빠진 데이지의 뺨에 우정의 뽀뽀와 잘 있으란 인사를 중얼거린 후 가버렸다.

그리고 데이지는 마크 홉킨스 호텔의 최상층 객실에 홀로 남아 어른이 된다는 것에 대해 깊은 생각에 잠겼다.

**To be continued⋯.**

〈키에누 리브스 꼬시기〉의 작가, 이현수 님

# 복수는 달콤해

**귀여운 여자의 바람둥이 꼬시기, 잘생긴 남자의 말괄량이 길들이기!**

연수 — 천하의 나 이연수의 첫키스를 그런 식으로 뺏다니……. 그리고 남자가
쪼잔하게 뒷소리나 하고. 하이고, 그런 밴댕이 속 보다보다 첨이네. 축구
야 정정당당한 경기였다고. 그래도 축구화로 걷어찬 건 너무 하지 않았
냐고? 무슨 소리, 이번 월드컵 경기에서도 봤잖아, 그 정도는 약과라고.
하긴, 위치가 좀 애매하긴 했지. <u>흐흐흐,</u> 욕실에서야 실수고, 누가 자긴
줄 알았나. 하지만 정정당당 내기에서 졌으면 승복을 해야지, 승복을. 치
사하게 여자에게 데이트 비용을 씌워? 내 그 밴댕이 속 넓혀 주는 의미로
이번 기회에 확 인간 개조시킨다.
　　그런데…… 그 인간 왜 자꾸 이렇게 내 맘을 흔들지?

선우 — 아니, 무슨 여자가 저렇게 무식하게 잘 먹는담. 하이구, 볼때기 살 터지겠
다. 못 먹는 게 없군, 없어. 내 삼십 평생 저런 왈패는 첨이다. 좋아, 박선
우! 저 왈가닥에게 한 수 가르쳐 주자. 인간 하나 구제하지 뭐. 나 아니면
어디 데이트나 한 번 제대로 하겠어? 더불어 이 박선우가 그렇게 만만한
상대가 아니라는 것을 알려주는 거야. 축구장, 욕실에서의 복수도 할 겸.
한 달 안에 저 왈가닥 기를 확 꺾어 설설 기게 만들어 주지. 두고 봐라, 이
연수. 넌 내 앞에 무릎을 꿇을걸!
　　그런데 이 여자 보기보단 귀여운 구석이 있잖아?

## 압도적인 스케일의 로맨스를 선사하는 수잔 브럭맨

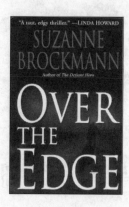

# *Over The Edge*

**사랑은 앞머리털만 가진 요정,**
**다가올 때 움켜쥐어야지 지나고 나면 아무리 후회해도 늦는 법!**

네이비 실 16팀의 스탠 울처닉 상사는 팀 내의 각종 분쟁과 문제들을
해결하는 듬직한 존재이다. 하지만 그에게도 사랑만큼은
해결하기 어려운 문제였는데……어느 날, 그는 마음에 두고 있던
헬기 조종사 테리 소위가 다른 장교에게 괴롭힘을 당하는 것을 보고
돕기 위해 그녀를 자기 팀으로 차출해 달라고 윗선에 요청한다.
그러나 팀이 위험한 작전에 투입되어 테리 소위까지 휘말리게 되는데……
그 와중에 자신에게 호감을 나타내는 테리 소위의 마음을
단지 영웅숭배적인 감정이라고 생각한 스탠은 그녀에게
다른 남자를 소개시켜 주기까지 한다.
더 이상 참을 수 없어진 테리, 스탠이 평소 훈련 때 지도한 대로
몸 사리지 않고, 움츠러들지 않고, 돌격 앞으로를 외치며
스탠에게 돌진하기로 마음먹는데……
그 사이 납치된 비행기 승객들을 구출하기 위한 작전의 시간이 시시각각 다가온다.

# 이야기꾼 중의 이야기꾼, 갤런 폴리

# The Pirate Prince

## 이탈리아의 아름다운 섬, 어세션을 배경으로
## 해적 왕자와 총독의 딸이 펼치는 파아란 지중해빛 로맨스!

어세션에는 15년 전 비운의 사건으로 몰살당한 왕가의 마지막 후손
라자 왕세자가 살아 있고 언젠가는 그가 돌아와
복수의 칼날을 휘두를 거라는 전설이 전해 오고 있었다.
수도원에서 공부를 마치고 얼마 전 돌아온 총독의 딸 알레그라는
불쌍한 사람들을 돌보는 데 큰 관심을 갖고 있었다.
그녀는 또한 비운의 왕가와 라자 왕세자에게도
은밀한 동경심과 애정을 품고 있었다.
그러던 어느 날, 그녀는 광장에서 자신을 쳐다보는 한 남자의 시선에
기묘한 설레임과 어쩔 수 없는 두려움을 느끼는데…….
그가 바로 라자 왕세자였다!
유명한 해적이 되어 돌아온 라자는 알레그라를 납치해 복수하려고 하지만
거부하려 애쓸수록 둘은 서로에게 운명적인 끌림을 느끼게 된다.
결국 은빛으로 반짝이는 지중해의 달빛 아래 사랑을 속삭이게 되는데…….
그러나 마지막 시련이 그들 앞에 어두운 심연을 드러내고 있다.

## 로맨스의 여왕, 산드라 브라운

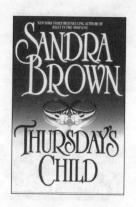

# 목요일의 아이

**목요일의 아이는 길을 떠난다, 사랑을 찾아……**

일란성 쌍둥이임에도 불구하고 앨리슨과 애니는 마치 낮과 밤처럼 달랐다.
쾌활하고 거품처럼 가볍게 톡톡 튀는 애니에 비해
언제나 딱딱하고 고지식했던 과학자인 앨리슨이 애니인 척해야 하다니…….
비록 붉은머리에 외양적으로 너무도 닮은 외모지만
그들은 더 이상 다를 수 없을 정도로 달랐다.
그러나 평상화를 가는 끈 샌들로, 안경은 콘택트 렌즈로, 실험실 가운은
시퐁 드레스로 갈아 입고는 앨리슨은 최선을 다해 보기로 결심한다.
그녀의 첫번째 도전은 애니의 피앙세와의 저녁 데이트,
그러나 앨리슨은 함께 나온 그의 친구 스펜서에게 마음을 빼앗기고 만다!
누군가와 첫눈에 사랑에 빠진다는 것은 너무도 비논리적이라
절대 있을 수 없는 일이라 생각했던 앨리슨,
하지만 그럼 지금 이 감정은 어떻게 설명해야 할까?
검은머리에 파란 눈의 이 미스터리 맨은
앨리슨의 야성적이면서도 환상적인, 그리고 깊고 깊은 욕망을 자극했다.
그렇지만 그가 내 진짜 정체를 알고 실망하면 어떡하지?